杨君——著

夜门

魂灵出窍遁夜门，神游太虚遇仙翁

诉说烦恼求解脱，前世今生受点化

北京燕山出版社
BEIJING YANSHAN PRESS

图书在版编目（CIP）数据

夜门 / 杨君著. -- 北京：北京燕山出版社，
2023.4

ISBN 978-7-5402-6860-2

Ⅰ.①夜… Ⅱ.①杨… Ⅲ.①长篇小说 – 中国 – 当代
Ⅳ.①I247.5

中国国家版本馆CIP数据核字（2023）第042538号

书　　名：夜　门

作　　者：杨　君

出 版 人：孟广银

责任编辑：满　懿

出版发行：北京燕山出版社

地　　址：北京市西城区琉璃厂西街20号

网　　址：http://www.bjyspress.com

电　　话：（010）65240430

电子邮箱：bjyspress@126.com

印　　刷：河北赛文印刷有限公司

经　　销：新华书店

规　　格：880毫米×1230毫米　1/32开　11印张　294千字

版　　次：2023年4月第1版　2023年4月第1次印刷

定　　价：68.00元

简　介

　　《夜门》通过薛海欢与张继琴、张继兰，张继平与薛海花的换亲变故，描写二十世纪七十年代回乡青年励志奋斗的生活经历，反映鄂西农村的婚姻状况、生产生活和风土人情的方方面面，展现计划经济到改革开放时期，农村社会人们思想观念的激烈碰撞、情感纠葛的众生万象。

　　《夜门》以黄龙寺为背景，叙述了人民公社到联产承包的历史跨越，从落后的山村向空港新城的嬗变。

　　《夜门》共五十二章，每章设有标题，力图突出主题，独立成文。全书二十九万四千余字。

序

好几年前，杨君打电话约我"见个面"。此前我与杨君还不熟，只知道他在猇亭区的宣教战线工作，担任过猇亭区文化局长、文联主席等职务。那次见面，他带来了一厚摞打印稿，请我帮忙看稿。

当时正是秋天，满目是金黄色熏染而成的收获氛围，让人心旷神怡。杨君带来的打印稿是一部小说，书名《换亲》，写的是故乡、故人与故事。杨君为人实诚，直言书中人物有他一些亲人的影子。

他粗略讲了讲小说的内容：20世纪70年代，回乡青年薛海欢遭遇了一场"换亲"风波。如果是自由恋爱的换亲，当然无可厚非，现实生活中确实存在着。遗憾的是小说中的人物，由于思想观念的不同，感情基础的差异，导致矛盾尖锐对立。其中一对感情基础薄弱，不愿意屈就病态的婚姻形式，导致一家欢喜一家愁的尴尬局面。小说背景和故事由此而生发，演绎出大悲大喜、甚或近乎闹剧的一系列人间剧。薛海欢多次相亲失败，精神几近分裂，梦里神游太虚幻境，逐渐悟出人间婚姻真谛。

小说通过作家故乡农村中比较普遍存在的换亲现象，真实反映了鄂西农村上世纪末的婚姻状况。难得的是，作家并不满足于此，他将小说背景进一步丰富深化，客观详实地写出了故乡的劳动场景、生活场景、风土人情等世态百相，从而展现了计划经济到改革开放时期鄂西农村社会情感纠葛的众生相，以及人们思想观念的激烈碰撞。

这部小说故事性强，许多场景都由一个个民间故事串联而成，既悬念迭起，又有均衡推进的节奏感。除文字略显粗糙，尚需打磨以外，其余都非常好。那年秋天，我读完打印稿《换亲》后，与杨君在电话中交流了几次，后来又见面详谈想法，也写了几条简短的读后感，供他参考。

杨君对文学的虔诚态度，后来让我刮目相看。一晃好几年过去了，他的情感始终沉浸在这部小说中，将书名由《换亲》改成《夜门》，一而再再而三地反复修改，呕心沥血，数易其稿，全书54章20多万字。此后，他又为书的出版操心，颇费周折。如今《夜门》能够出书，摆放到读者面前，实属不易。

杨君故乡在宜昌猇亭云池，幼小时，家境不宽余，除去简单必须的生产、生活用品外，归属文化的物件极少。他印象中家里有本农历，平时用于记事，年终用来写春联。也许是在文化沙漠中待久了，杨君青少年时特别喜欢阅读，偶尔碰到包杂物的废旧报纸，竟也如获至宝，从头到尾每个字都不放过，连夹缝中的字都要看无数遍。

杨君读到的第一本小说是《西游记》——高中毕业那年，大队工作组进驻他家。昔日校友当上了工作队员，俩人见面兴高采烈，开心地无话不谈。校友也爱读书，随身带了本《西游记》，那本书不知多少人翻阅过，每个页码皱巴巴的不说，还断胳膊残腿缺章少页。接过昔日校友借给他的这本书，杨君熬更守夜捧读，津津有味。

他的文学启蒙源自读高中。有一天，学校请来了两个校外辅导员，一个是当时在全国已走红的农民诗人习久兰，一个是家乡著名故事家徐荣耀。半天的文学熏陶，让他心里直呼"过瘾"。刻板严酷的现实生活，原来可以通过文学艺术的形式表达得如此栩栩如生、多姿多彩，文学创作真是件特别富有诗意而且惬意的事情。

文学的种子一旦在心里发芽，是幸福的开始，也是痛苦的发端。1978 年，国家恢复高考，杨君考取师范学校，分到文理班。理科作业很多，但是写作从不落下，始终坚持写诗，师范毕业时，竟积攒写下了几本诗歌集。

　　后来他走上行政岗位，从事管理工作，直到退休。虽然心里始终珍藏文学梦，却因杂事太多，难以分出时间进行文学创作。正式退休后，念念不忘的写作初心死灰复燃，而且一发而不可收，进入《夜门》写作攻坚的那些日子，几乎到了寝食不安、夜不能寐的程度。为写好这本书，他做了诸如搜集素材、精心构思、片断写作等若干准备，并将构思好的小说内容讲给家乡的亲友们听，认真听取亲友们的意见建议。经过 3 年写作完成初稿，又进行了 3 次修改，反复打磨，终于成为今天这本书的样子。

　　杨君的故乡情结浓郁而深厚，他说自己一生从未离开过故乡，他的心始终都没有脱离过那些老实巴交、在生活的煎熬中负重前行的农民。他一直都在观察他们，想为他们多写点东西。

　　现在，《夜门》即将正式出版，谨此向老朋友表示祝贺。杨君说他心中还有些宏大的写作计划，老骥伏枥，壮心不已。余下时光，要将精力更多地放在写作上，讲好故乡故事。有梦想的人是幸运的，也是幸福的。祝贺的同时，也祝福老朋友能够将炽热的写作梦进行到底，梦想成真。

张永久

2022 年 11 月 8 日于宜昌

目录
ONTENTS

第一章　上街

一

　　薛海欢提着一个发白了的军用挎包和两双没有卖完的草鞋，急匆匆地往回赶。这时的太阳快要落山，西边的天空乌云密布。躲在西山后的日光，给几团巨大的乌云镶上了金边，只有几束阳光从乌云的缝隙中射出来，投射到了远处的天空和山坡上。

　　这时正好有一束阳光照射在黄龙顶上，松树林子和三角架格外分明。欢子望着远处的黄龙顶，心想着爬过山顶，绕过三角架，走过三座坟就是泥尿沟下的新屋了。今天晚上有电影，明天要相亲，都是盼望已久的喜事。他想到这里，心里一阵激动，自然而然地加快了脚步。

　　薛海欢脚下的路是黄龙寺大队通往外面的乡村公路，从长江边上的古镇经过鸡子山、猪头包，再到黄龙寺。大路的上边是山林，植被稀薄，几棵半大的松树、橡树都被揎成了光杆，枝丫很少，孤零零地立在坡岗上。大路下边是农田，田里麦子已经拔节，油菜已经开花。路面不宽，约有四到六米，勉强可以走拖拉机。路中间铺了一层石渣，黄沙和卵石各占一半的样子，一看就知道是从黄龙溪拖来的。石渣很薄，根本盖不住下面的黄土。路上有拖拉机碾轧过的两道印迹，还有几条自行车轮印和大大小小的脚印。路面凹凸不平，低洼处还有一坑坑的积水，显然是刚刚下过阵雨的痕迹。

　　薛海欢个头儿不高，穿着一身深蓝色的粗布衣服。"剃个头，三天丑。"他刚刚剃过头发，发际线很高，耳朵很大，加上一张阔绰的嘴，有点像大猩猩的样子，只是脸上没有黑毛、没有皱纹。他手里提着的挎包里，有一段绸子布和一双解放鞋，还有用报纸包着的两斤猪肉。这是他这次上街特意置办的全部物品，是为明天相亲准备的，是很难得的上档次的商品。他小心翼翼地提着，就像鲁迅先生笔下华老栓捧回的人血馒头，又像怀抱着一个刚出生的婴儿一样。他时不时用手摸一摸，生怕有什么闪失。

昨天晚上，他妈给了八块钱，这是当家人半年的全部积蓄。满脸苦瓜皮还有几颗酱油麻子的他妈，边掏钱边说："欢子，这是布票和钱。明天你上街去买一段绸子布，一双解放鞋，再找你表哥要点肉票，割两斤猪肉。家里只有这点钱，不足的你自己想办法吧。"

他有什么办法呢？手里只有几毛零钱，再就是有几双草鞋可以拿出去卖，多少可以有点收入。早上他刚要出门时，大妹妹薛海花赶上来，往他手里塞了 点钱，他展开一看，是一块八毛钱，揉得皱皱巴巴的。大妹说："哥，我就这点，你拿去用吧。"

他不肯接受，退给她说："我不要你的，我有办法。"

薛海花不接，他只好收下。为了妥善保管，他把钱叠在一起，放在了最贴身的裤兜里。

他一边走，心里还在一边默默地算账：今天卖了六双草鞋，五双是卖的三毛，有一双卖了二毛五分钱。卖鞋的钱一共是一块七毛五分。加上他妈和大妹给的，一共是十一块五毛五分。一段绸子布用了七块三，一双解放鞋是二块一，两斤猪肉是两块九，累计十一块三，应该还剩几毛钱。他伸出一只生满老茧的手，在裤兜里捏了捏，感觉几毛钱还在，心里总算踏实了。

二

翻过黄龙顶，绕过三角架，黄龙寺小学就在眼前了。路上有三三两两的行人。几个放学回家的学生在追逐着推推搡搡，有两个男生滚着铁环边嚷边跑。几个女生边走边说说笑笑，谈论着学校里要放电影的事情。

对面的山上有几个挑着柴草的农民，其中一个正在唱歌。他听着那熟悉的调子，知道那是在唱《双探妹》："正月里来正也正，我接妹妹看花灯……"这是廖二那浑浊的荒腔走板的破喉咙，薛海欢一听就知道。

"就数他最快活，一人吃饱全家不饿。"薛海欢自言自语地嘟囔着，大步向前走过去。

这一群人是队长胡海螺安排的上山砍柴烧火粪（用柴草烧土作肥料）的队伍，领头的是副队长胡友山，他们三五成群地挑着砍下来的几捆老刺往山下走，正好碰上薛海欢提着挎包迎面走来。

"欢子，又说媳妇啦？"他师傅曹大牛一边喘着粗气一边问他。

"是的，明天过门。"过门儿在黄龙寺又叫着细看，也就是定亲。

"两个哑巴一头睡，真是好的没得什么话说啊！"这是廖二的话，明显带有酸溜溜的味道。

"'穷不嫌妻丑，只要脚头有。'老大不小了，还巴不得人家跟你一样打光棍？"欢子六爷爷这样说着，举手打了廖二一巴掌。

"二月里来龙抬头，我接妹妹来梳头……"廖二觉得无趣，又哼起了他的民歌。胡友山、曹大牛、六爷爷还有胡炊子等人，挑着满是老刺的柴草，"哼哧哼哧"地从他面前走过。

"田三妹是个半声子（说话不清楚）呗，怎么会是个哑巴呢？冯婆婆亲口对我说的呀！"薛欢子这样想着，感到非常疑惑。

他回想着介绍人冯婆婆对他说的话："田三妹个头中等，皮肤白净，心灵手巧，会做鞋子，还会绣花。家里的、生产队的活路（农活），什么都会。只是说话是个'夹舌子'（说话有点含糊不清的人），但在一起时间长了，还是能听得懂。她今年二十二岁，你今年二十五岁，两个各方面都很般配。"

"她也不是第一次说人家（谈恋爱）了吧？"薛海欢问。

"我只知道她前一阵子说了一个当兵的，结果那个当兵的要求高。第一次见面以后，说跟她无法沟通交流，就断绝了来往。"

"那她要求肯定不低，能看得上我啊？"欢子怀疑地问。

"田姑娘是老实本分的人，要求不高，只想找一户勤劳人家，一个踏实的心疼她的丈夫，过日子。"

欢子想着这些，心里的滋味是甜蜜蜜的。他不信田三妹会是个哑巴。

这时廖二还在那里高叫，生怕欢子听不见："养女莫嫁黄龙寺，吃哒苔坨就砍刺（割刺）。"

欢子听得真切，这句在黄龙寺附近村子里广为流传的俗语，就像刀子一样戳着他的心。他咬着牙默念着这句俗语，恨不得把它当作食物嚼碎，咽到肚子里去。

三

转过山嘴，就看见了对面山岗下的那栋三正三拖的土砖房，这是他的新家。虽说是土砖房屋，却是崭新的。远远望去，说不上高大雄伟，总算是面目一新，已经赶上了一般农户的住房水平。

新家门口有几棵树，一棵枣树很高大，是原来屋场上留下的。还有几棵是槐树、泡桐树，歪歪斜斜、稀稀拉拉的，是刚刚栽下的新树。

他看见屋前稻场上有几个人正在来来回回忙碌，那是他爹和几个叔叔，正在整理房屋周围的沟坎，以便相亲的时候有个看相。

欢子回到家里已经是傍晚时分。他妈满身灰土，正在厨房里准备晚饭。几个妹妹正在各自忙着。大妹薛海花、二妹薛海蓉在收拾房间。三妹薛海桃、四妹薛海芳正搬着板凳，准备去看电影。

欢子把买好的东西递给了他妈，转身进了厨房，找了一个水瓢，从水缸里舀了一瓢冷水，"咕隆咕隆"喝下。然后就进了自己的房间。他妈小心翼翼地接过猪肉，用桐子树叶子包好，放在筲箕里。又把绸子布用塑料纸包好，和解放鞋一起放进了她的"百宝箱"。

这个"百宝箱"是一口睡柜（方言，一种较宽较天主的柜子），长有近两米，宽和高有一米左右。像棺材一样，成色很旧，通体黑色，满是蛀虫小眼。里面没有隔板和抽屉。有一条腿已经没有了，用砖头垫着。柜面上的盖板有一个角破了，上面补着一块木板，颜色是黄的，与原来的颜色格格不入。柜子的底部有几个老鼠洞，用小块的木头堵着。每天晚上夜深人静的时候，欢子就听到一阵一阵老鼠啃噬木头的声音。老鼠嗅觉灵敏，知道这个里面有好吃的好喝的，只要是一有机会就会钻进来偷吃食物，郑月梅床边放着一根木头棍子，听到老鼠咬得厉害时，就拿起棍子敲打睡柜，"咚咚咚……"就像打鼓一样。有时老鼠钻进来了，就打开柜门抓老鼠。往往是老鼠机灵，瞎折腾一通，老鼠要么从柜底鼠洞里逃出，要么爬上柜面逃走，被抓到的机会很少。确信柜里没有老鼠子了，再把漏洞堵住。底板上的窟窿找一块木板压住，旁边的窟窿做一个木塞或者拿一个苞谷芯子堵住，但是管不了多久，又被老鼠子啃穿了。这口睡柜是薛家人的储藏柜，家里的重要东西都放在里面。

欢子卧室里虽然光线很暗，但他一进屋就看到了房间里的变化。他的床上换上了新的被单，挂起了粗白布的蚊帐。窗台下摆了一个小木桌，上面有了一个篾壳的热水瓶。他知道这些都是妈和大妹给他借来的。原来的房间里并没有这些物品。这几样东西，他都很熟悉，只有表哥家里有。表哥刘松林刚结婚不久，家里有这几样时髦的玩意儿。他摸了摸篾壳热水瓶，心里有些苦涩，眼泪在眼眶里打转，但终究没有流出来。

黄龙寺实在是太穷啦！除了黄土就是石头、老刺。村里的女孩子都往外面跑，外面的女孩子都不愿意嫁进来。薛家也实在是太穷了，完全可以用家徒四壁来形容。我就生长在这样的村子里，这样的家里。这就是命啊！欢子这样想着。

正当欢子独自哀叹的时候，忽然听到外面有人讲话，他出去一看，原来是张继平姐妹三人来看电影，到家里来约他一同去。他赶紧出来接待了他们，然后搬了椅子板凳和他们一起向黄龙寺小学走去。

第二章　电影

一

　　人民公社时期的黄龙寺小学，坐落在黄龙岗上。学校共有三幢土砖教室，呈品字形摆布。上面一栋的是办公室和教职工寝室，下面两栋相对而立，每栋三间，共六间教室，其中一间用来做厨房。学校是在一九五八年拆除了黄龙寺庙宇时修建的。在全县办学条件的检查中，峡江县教育局的一位科长这样形容黄龙寺小学："眼看一条龙，近看在摆动，隔墙能握手，下雨人发抖。"

　　当时学校的办学体制是"分级办学，分级管理"。小学由大队主办，大队和公社共管。教师多半是民办教师，公办教师很少。教育部门的领导多次敦促大队投资新建，但是黄龙寺大队很穷，没有能力建新学校，百把来个孩子都在危房中上课。尽管学校破烂不堪，仍然不失为黄龙寺大队文化活动的中心。每次放电影或者是文娱演出，都在学校操场上进行。

　　太阳还没有落山的时候，一块尿布一样的帆布，就挂在了学校操场边的槐树上。帆布四周是黑色的边框，称为银幕。几根细细的苎麻绳子向四周拉起，像蜘蛛网的丝线一样，固定在粗壮的树干上。这时槐树正开放着一串串白色的小花，蝴蝶已经收工休息了，蜜蜂还在忙碌着嗡嗡叫，没有停歇。晚间的蚊子、飞蛾已经在花间出现，引来了几只蝙蝠在空中转圈追逐。一阵阵好闻的香气袭来，闷闷的香味弥漫在操场上，增添着春天迷人的气息。

早在一个星期以前，欢子他们就听说村子里要放电影了。村民们奔走相告，盼望着这一天快快到来。尤其是小孩子们，欢呼雀跃，踮起脚趾盼望。终于盼来了放电影的日子。在放映员开始悬挂银幕的时候，胡结巴、胡炊子兄弟、廖二等人早就搬来了椅子凳子，抢占着有利的位置，准备电影开始。薛家几姊妹还有四骡子薛家本，也搬来了板凳椅子，只能在比较偏远的地方摆下。这时欢子陪着二姑婆婆的三个孙子，张继平、张继琴和张继兰走过来，薛家人都非常高兴，一边亲昵地打着招呼，一边热情地给他们让座。

太阳落山了，夜幕开始降临。人们从四面八方像潮水一般地拥进操场。一会儿工夫，不大的操场就挤满了人。欢子不时地站起来，观看着周围的热闹场面。胡海螺、宋德山、曹大牛、曹小牛等一家一家地都来了，他们抢到了好位子，坐在放映机旁一边抽烟，一边谈笑。廖二混在几个小青年中间，手里拿着柳树条，在教室墙根下追逐、打闹。有几个不怕刺的小青年儿爬上了半大的槐树，树枝在剧烈地摇晃。树下的小堰塘的对面堤坝上也站着或坐着不少人。他们没有抢到正面的好位置，却抢到了反面最好的位置，准备从反面观看，据说跟正面一样，效果也不错。

教室的东头有几根高大的柳树，树上架着三根扒杆和一副单双杠，有一伙人正在那里爬上爬下，不时吆喝着。篮球架那边有几个耀武扬威的时髦青年，高声大嗓，吵吵嚷嚷，根本不把别人放在眼里。那是一伙儿从峡江市下乡的知识青年，他们趁放电影的机会在那里聚会、结交朋友。

二

张继平兄妹四人，一个姐姐两个妹妹。姐姐张继红和他是龙凤胎，只比他早出生两个小时，去年已经出嫁，把户口迁到了峡江市，成了城市居民，在峡江市街道工厂里当工人。

张继平比欢子大一岁，读书成绩比较好，但是读完了初中就参加生产队的劳动了。

薛欢子五兄妹和张家三兄妹坐在一起说说笑笑，等着电影开始。张继平不时地把手伸进口袋里摸索。欢子知道那是一只口琴，是他的心爱之物，是张继红从城里给他带回来的。张继琴比薛海花小几个月，都在生产队劳动。张继兰也跟薛海桃差不多，都在学校里读书。

发电机放在做厨房的教室里，有几个人影在那里晃动。有一盏煤油灯的光亮，一只手电筒在照来照去。终于发电机响了起来，起初马达声很不均匀，忽高忽低。一盏电灯挂在机器旁边，亮了熄了又亮了。等机器平稳之后，放映机旁边的一盏大灯泡终于亮了起来。

"哇！……呃！……"观众们顿时欢呼起来。欢子回过头来看电灯，瞳孔一片白光，什么也看不见了，他闭眼片刻再睁开，才看见周围有一片绿色的眼睛在闪闪发光，就像黑暗的森林里出现了一大群野狼。儿童们的嘈杂声不绝于耳，什么样的声音都有。廖二的破喉咙最尖利。他依旧在那里放声高叫："养女莫嫁黄龙寺，吃哒苔坨就砍刺。"

不一会儿，"咔咔咔咔……"的机器声，像自行车链条转动的声音一样，有节奏地响了起来。一道白光亮起，先是伸向了空中，继而在寻找着帆布银幕，左右晃动，最后定格那块帆布上。嘈杂的人群终于安静了下来。电灯泡忽明忽暗，反复几次之后，终于稳定下来。许多飞蛾和蚊虫在莽撞地飞行，它们在白色的光柱中上上下下、左左右右地画着各种弧线，有几只胆子大的已经落在白帆布上不动了，还有几只很不安分，煽动着翅膀上下乱窜，寻找着交配对象。有两只已经交尾成功，间歇性地煽动着翅膀，有两只已经开始在银幕上产卵。

欢子正专注地盯着银幕上的飞蛾看。突然，电影喇叭响了起来："大海航行靠舵手，万物生长靠太阳，雨露滋润禾苗壮……"反复几遍之后，戛然而止。这时喇叭里响起了大队书记裘金山的讲话声，先是几声咳嗽，一口沙哑的黄龙寺的土话传来：

"今天是古镇公社电影队，来我们黄龙寺大队放映革命电影，给我们送来了非常宝贵的精神食粮，这是对我们黄龙寺大队广大贫下中农的关心和鼓舞，感谢公社革委会领导，感谢电影放映队的革命同志们……"

篮球架那边传来了激烈的争论，声音很大。突然，发电机停了，电灯熄灭了，讲话终止了。黑暗中只听见有一群人在奔跑、在呐喊。这是有人群发生了争执，在互相追赶。不一会儿，随着身后叫喊声、脚步声的渐渐远去，发电机又响了起来，电灯又亮了，白色的光柱对上了银幕。又是《大海航行靠舵手》的歌曲响起，裴金山书记继续讲话。

欢子正在很专注地看着这一切，就仿佛是在看一场电影。这时张继平偏过头来问他：

"放什么片子啊？"

"卖花……姑娘。"欢子有意停顿地说。

张继平显然没有听出来，继续问："卖什么花姑娘，卖女人哪？"

"是卖花的姑娘，不是卖……花姑娘。"欢子耐心地解释着。

银幕上出现了字幕，是片名。接着是电影插曲："卖花姑娘，你为什么，这样悲伤……"

银幕上先是粗黑的点子，慢慢变细，出现了景物、人影。人们屏住呼吸，睁大眼睛，张开耳朵，生怕漏掉了哪怕一点点好听、好看的东西。

三

薛家和张家是老亲戚，两家的成分都比较高，一个是地主，一个是富农。两家的处境比较相似，走得也比较近。上辈人是亲戚，常来常往，下一辈自然比较熟悉。

欢子爷爷薛五楼有六兄妹。薛五楼老五，六爷爷是老幺。六兄妹中有三个女儿远嫁在外，张继平的婆婆是老二，嫁给了跑马河乡林子山村的张老九。薛家木和张茂业是姑舅表兄弟关系。

张老九在中华人民共和国成立前是林子山有名的私塾先生，家里有十几亩土地，还有私塾学堂。他本人多才多艺，会替人择期、看地、做中伯先生，替人写田契做中人等，一年到头很忙碌。辛辛苦苦赚得的一点银子都买了田。到新中国成立那年，家里已有十多亩土地，有大型农具和牲口，有雇工。张茂业跟他爹读了几年私塾，差不多小学毕业文化水平。新中国成立时已经结婚生子。

前些年郑月梅在家里头偷偷养鸡，养得最多时，鸡蛋的销售成了一大难题。这时欢子他六爷爷知道了，就建议说，你是不是放到二姑婆婆那里去，让张大丫头、张二丫头她们帮忙卖到供销社里去。郑月梅和薛家木一商量，觉得这是一个好渠道。于是她就经常安排薛海花把鸡蛋送到张家，再由张继红她们拿到供销社里去卖。这样一来二去，两家就走得比较近，彼此也就更熟悉了。

第三章　畸恋

一

薛海欢的恋爱，有过几次这样的经历。

第一次相亲是在他二十岁那年，他的姨妈当介绍人。见面的时间是在一个雨天的中午，地点选在鸡子山供销社售货大厅里。欢子的姨妈和那个姑娘的姐姐带着她在那里等候。那个女孩子是鸡子山大队的，个子不高，长得很壮实，满脸雀斑，样子本分老实。欢子到了以后，在供销社大厅的柜台对面，两人匆匆见了一面。

女孩的眼睛望着脚尖，偶尔瞟一眼欢子和旁边的柜台，没有说话，显得很腼腆的样子。倒是她姐姐话很多，和欢子交谈中，问了家里和生产队的一些情况。欢子红着脸一一做了回答。

通过交谈，欢子知道了那女孩叫伍小年，当年十八岁，小学毕业后在家种田。双方见了一面就没有了下文，后来听他姨妈说是女方嫌他个子矮，人才不行。他的第一次相亲其实只是第一次见面就这样结束了。

欢子心里一直比较怀念的是第二次相亲的那个叫罗春秀的女孩子。

第二次相亲是在两年以后，欢子二十二岁了。春天的时候，经薛家一个远房姑妈介绍，远在百里之外的五峰县，有一个土家族的女孩子投亲靠友，想嫁到峡江市附近来。她有一个姑姑和欢子的远房姑妈是邻居，这样牵线搭桥，将她介绍给了欢子。女孩只读了两年书，刚刚会写自己的名字。

一个春暖花开的日子，两人在欢子远房姑妈家里见面。欢子着意打扮了一番，穿着军装解放鞋，戴着军帽，给罗春秀留下了很好的印象。

罗春秀个头中等，虽然腮帮子上有一块鸡蛋大的疤痕，但还算五官端正，和欢子的撮瓢嘴半斤八两，比较般配。初次见面以后很快就商定了初看的日期。

初看是在罗春秀的母亲、姑姑的陪同下一起来的。那时薛欢子一家还住在岗屋（山岗子旁边的房子）里，各方面的条件可想而知。但是罗春秀还是看重欢子这个人，觉得他老实本分，聪明能干，脾气上合得来。初看以后，两人又交往了一段时间，就准备订婚。

可就在这个时候，罗春秀的弟弟当兵去了，在部队里还干得不错，部队发函外调，政治审查，说是要入党提干。姐姐把未来姐夫薛海欢的情况告诉了他，弟弟坚决不同意这门亲事。没有办法，欢子和罗春秀之间的交往就终止了。

最令欢子难堪的是和一个叫鄢秀的女孩子谈恋爱。这个鄢秀是猪头包大队的人，她个子大约在一米五左右，好像是小时候长过癫子，留下几根稀疏的头发，几颗黑黄色的氟牙，面黄肌瘦，但她是初中毕业，文化水平比欢子高。

认识鄢秀是一个偶然的机会。那是两年前的一个秋天，欢子去参加修建猪头包水库，在去工地的路上两人邂逅。

一天中午时分，欢子正走在去水库工地的路上，很远就看见一个女孩子挑着一副担子，两个大箩筐，一个箩筐装着苔米饭（晒干了的红苔），另一个箩筐里装着一个木盆子，里面装着水煮白菜。女孩子个头不高，显得很单薄。一副担子与她的身体很不相称，压得她喘不过气来。欢子挑着工具从她身边经过，他很体谅眼前这个女孩子，就关心地问一句："喂，担子很重，挑不动吧？"

女孩看了他一眼说："是啊，再重也得挑啊！"

欢子接着说："我来替你挑吧？"女孩子喘着粗气回答："好吧。"很快就将担子歇在了路上。

欢子替她挑着重担，陪她一起说着话到了水库工地上，两人就这样认识了。从这次邂逅相遇开始，欢子就经常在茫茫人海中搜寻着那个瘦小的身影。鄢秀也时不时地跟欢子打一声招呼，两个人之间似乎有了一点好感。

水库工程很快结束了，欢子回家把这件事跟他妈说了，郑月梅很是高兴，马上就请六爷爷去给欢子说媒。

初看的那天，陪同鄢秀一起来的有她的一个姑妈和两个姐姐，都打扮得很时髦。欢子一家尽了最大努力招待，可是因为条件太差，没能让鄢秀一行感到满意。回去以后就再无音信。不久村民中就传出了顺口溜，指的正是薛家木家："三张床，两张铺，几床帐子像麻布。腌菜坛子一大路，一个水缸两道箍。一个猪像蜘蛛，堂屋里还有一个土鸡屋。……"

人家嫌弃欢子家里穷，还编了顺口溜。欢子无奈，只得暗地里发誓，一定要砌屋搬家，发家致富。

其实在很长时间里，薛海欢一直暗恋着表姐张继红。这两人从小青梅竹马，两小无猜。在薛海欢的心里，只比他大一岁的张继红既成熟又漂亮，是个理想的美人，他一直暗恋着她。而张继红心高气傲，既看不来欢子土气的形象，也嫌弃黄龙寺这个穷山沟，两人是"剃头挑子一头热"，并没有碰出火花。

二姑婆婆薛德秀常常跟人家说："我们的红儿啊，就是一个凤凰女，天生的富贵命。"她所说的凤凰女，就是长得跟凤凰一样漂亮，气质高贵，举止不凡的女人。张继红中等个头，头小腿长，身材匀称，长相姣美，在林子山是有名的美人。她初中毕业之后，没有能够推荐上高中就回家种田了。俗话："女大十八变，变得像神仙。"张继红到十八岁的时候就出落成了林子山的美女。

当时林子山大队毛泽东思想宣传队办得红火，曾经代表公社、峡江县到地、县演出。宣传队在选拔演员时，看到她长得俊美，又有文艺爱好，就吸收她参加了。那时的农村青年男女都是穿黑白灰颜色的衣服。而张继红有一个远在台湾的幺姑，经香港寄回一些衣物，虽说都是旧的，但是颜色样式都比较新潮，是大多数女孩不可能拥有的东西。张继红穿着寄回来的六个兜的灯芯绒牛仔裤，白色的上衣，完美地突出了她玲珑的身材曲线，长发飘逸，面若桃花，魅力十足。她一来到宣传队，就引起了一阵骚动。村里的严疯子就是因为她而得了相思病，几次住了精神病院也没治好，疯掉了。

严疯子原名严兆龙，是林子山严书记的侄子。他高中毕业之后，就在宣传队里混，还是团支部副书记。自从张继红到宣传队以后，严兆龙就像"黄牯牛盯上了尿桶子"，发了疯似的追求张继红。在遭到几次明确拒绝之后，他就经常发呆，嘴里念念有词："张继红，严兆龙……"或者是："严兆龙，张继红……"几个月之后就嘴角流涎，语无伦次，成了疯子。他经常穿着破衣烂衫在张继红门前徘徊，有时睡在白鹤嘴的树林子里、竹林子里或者是张茂业家门口的稻草垛里，把张继红、张继琴几姊妹吓得半死。他疯病发作时，也曾被严家用铁链子锁在家里。

严兆龙因张继红而疯了，这在林子山是天大的新闻。严家人自然把责任全怪罪在张继红的身上，还编造谎言说张继红是狐狸精转世，是专门来狐媚世间男人的。因为这事，张继红在宣传队没有干上一年就被除名了。

"红颜女子多薄命"，用在张继红身上是再确切不过。后来她一年两次出嫁，在林子山附近的大队里成了人们茶余饭后的笑料。

三

去年三月八号这天，是张继红第一次出嫁。当天红火大日头，成片的菜籽花把林子山装点得一片金黄。

张继红出嫁作为张家继字辈人中第一桩婚嫁大事，张茂业、刘立春夫妇做了充分准备。他们通知了所有姑舅姨亲戚和朋友，聘请了主持人和厨师，准备了两垫两盖床上用品和热水瓶等嫁妆。薛家木、郑月梅给张继红"上花（送礼金礼品）"，准备了一段花洋布。薛家儿女也人长树大了，为了让子女多见世面，薛家木特意派薛欢子和薛海花去参加婚礼。

这一天，他们两个在生产队请了一天假，很早就赶到了张继红的家里。按照主持人刘立雄的安排，薛海花负责接待客人，主要是倒茶敬烟。薛欢子除了做一些体力活儿，还要和张继平一起负责防范疯子严兆龙发疯破坏。

上午十点钟，张继平在大门两边贴上了对联。对联是张继平写的，欢子认识他那带点书隶书意味的字。张继平舅舅刘立雄在一旁帮忙。对联上下联是："移风易俗办喜事，新事新办树新风"。横批是："革故鼎新"。欢子和几个帮忙的人从邻居家借来了五张八仙桌，加上自家的共计六张。门口拉起了帐篷，餐桌从里到外摆放到位，只等上菜。厨房里请来了专门的厨师，炉火旺盛，热气腾腾。

临近中午时分，客人们陆续到来，全是姑舅姨等亲戚。帐篷里八仙桌上已经坐满了客人，三五成群，叽叽喳喳，好不热闹。

闺房里，张继红正在盘着头发，张大婶用白线在她脸上来回拔着绒毛，然后涂上自制的胭脂。她穿上了红花上装，墨绿色的裤子，黑色的皮鞋，显得格外漂亮。薛海欢跑进跑出帮忙，眼睛不时地朝闺房张望。薛海花偶尔跑进去看一下，赞叹着："红姐，你真漂亮啊！啧啧！"

"是吗？你也很漂亮喔！"张继红红着脸看看自己，又上下打量着海花说。

薛海花穿着花格子上装，蓝色裤子，都是逢年过节才穿的衣服，确实也很漂亮。

"族亲有叔，娘亲有舅。"刘立春嫁闺女自然少不了娘家人来帮忙。张继红她舅舅刘立雄是婚礼主持人。他跑前跑后指挥着，大声招呼着客人。

堂屋里摆着两张八仙桌。上桌是伴郎的桌席。左侧为新郎座位，右为男方伴郎座位，其余六个位子是女方亲戚中未成婚的男子座位。欢子自然在其中。下桌为伴娘桌席，上席左侧为新娘座位，旁边为新娘闺蜜座位，其余六个为女方亲戚中未出嫁的姑娘、伴娘们的座位，薛海花自然也在其中。

刘立雄看了一下时间，已经是十一点半钟了，他赶紧招呼伴郎伴娘入席就座，等待新郎的到来。可是一等再等，不见迎亲队伍的影子。张茂业几次跑到门口朝前面大路张望，除了路过的三三两两的行人，并没有看到迎亲的队伍。

刘立雄看了看手表，十二点钟了，可迎亲的队伍还没有到来。张茂业急坏了，他赶紧找到刘立雄，两人嘀咕了一阵，又一起走出去找介绍人张大婶询问，张大婶也急得没办法，只好边解释边安慰说：

"昨天不是说得好好的吗？再等一会儿，再等一会儿吧！"

大约又过了十来分钟，客人们开始窃窃私语，张茂业夫妇急得跺脚，张继红更是气得在闺房里乱摔东西，也不见新郎的身影。

正在张家人急得像热锅上蚂蚁一样的时候，前面的道路上来了一辆自行车，骑车人一阵猛踩，车速在颠簸中走得很快。走得近了，才看清是男方介绍人何启贵。他一边汗流满面地下车,一边解开衣服散热,一边喘着粗气,结结巴巴地说不出话来。海花赶紧给他递了一碗茶水和一把蒲扇,欢子接过他手里的自行车,推到槐树旁边停下。

张茂业急不可耐地问:"何主任,石三发怎么还不来啊?"何启贵在供销合作社里工作过,虽然没有当过主任,但别人都叫他主任,他也乐于接受。也许是个柜台主任吧。

"唉,唉!事情太突然啦!"何启贵一脸的苦媳妇相。

"怎么个突然?连媳妇子都不要啦?"刘立雄在一旁愤怒地说。

"他昨天回去后就收到加急电报,有紧急任务,来不了了。只能改期啦。"何启贵一边用衣袖擦汗一边说。

"人走了没有啊?"张茂业急切地问。

"昨天晚上就赶到县城里去啦!"何启贵两手一摊,一脸的无奈。

张茂业紧盯着他又问:"他走的时候怎么说?"

"他说会写信回来的。"何启贵回答说。

"怎么这么随便,这可不是儿戏啊!"刘立春在旁边埋怨着说。

张茂业一家人听了,简直目瞪口呆。亲友们听到这个消息,面面相觑。刘立春、张继红母子气得发抖,抱在一起哭了起来。

"石三发子,你个狗杂种,怎么能把这样的大事当儿戏啊!太欺负人啦!"张茂业忍不住,终于吼了出来。

"快快忍着点,外面还有这么多客人哪!"刘立雄在旁边提醒着,恨不得伸出手捂住他的嘴。

张茂业气得发抖,转向刘立春母子发泄:"哭什么哭?都是你们做的好事,还要这嫁妆那嫁妆,把别人逼急了是吧?这下好了,自作自受!"

张继红松开手,上床裹紧被子,独自流泪去了。

刘立雄看着大家惊异、疑惑的目光,他赶紧说:"大家入席就座,开席!"帮忙的人应和着:"开席!"

热气腾腾的饭菜很快端上了桌子,大家都饥肠辘辘,也顾不得新郎来与没来，只管抢着吃喝。堂屋里两桌也一样，刘立雄调整了主桌上的席次，安排几个长辈坐了上席，陪郎陪姑的男男女女也胡吃海喝起来，只管自己肚子饱，哪管张继红和家人的感受。

这一场荒唐的婚嫁奇闻传播很广，成了人们茶余饭后的谈资，后来也演绎了不少传说版本。有说是丈母娘太厉害了，非得要多少多少彩礼，得罪了新女婿，他一气之下就逃婚了。当然还有一些说法，总之是石三发没有迎娶张继红，婚事出丑了。

石三发后来回乡后和张继红办理了离婚手续。这一场婚姻闹剧就算草草收场了。

四

石三发逃婚以后，欢子一阵窃喜，认为自己还是有希望的。然而还没有等他反应过来，张继红又闪电般地嫁给了姚家喜。

四月下旬，薛家又接到了张家的邀请，说是张继红又要出嫁啦，这一次薛家木只派了欢子参加婚礼。

张继红的第二次出嫁比第一次低调多了，来的客人也不多，没有大摆酒席。

那一天是五月一号，白鹤嘴前的油菜已经只剩下顶枝上一小撮黄花，菜籽已经饱满压弯了枝丫。大麦开始泛黄，小麦已经开始拔节灌浆，一派阳春景象。

上午十点多钟，张茂业家门口已经有三三两两的人影晃动。欢子来得较早，按照刘立雄的安排，除负责打扫卫生外，还有同上次一样的重要任务，就是警戒，防备严疯子捣乱。

他看见张继红穿着浅绿色的裤子，白色的衬衫外套着红色的毛衣。她化了妆，脸上白里透红，充满了青春的气息。欢子正在想入非非的时候，"咚咚锵，咚咚锵……"一阵锣鼓声响起，打断了他的胡思乱想。锣鼓声由远而近。"嘟嘟，嘟嘟……"又响起了汽车喇叭声。欢子站起来循声望去，只见对面河堤上开来了一辆解放牌汽车，在麦田边停下。虽然锈迹斑斑，但在乡下人看来，那可是一个了不得的怪物。车厢上两面红旗迎风招展，格外引人注目。红旗后面有七八个人在敲锣打鼓。车停了，锣鼓声也停了，车上的人陆续下来，排成一长队，沿着麦田中间的一条小路，向着张家而来。前面是两个小伙子扛着红旗，接着是五六个吹鼓手。一对大鼓、一对小鼓、一只铜镲和一把号。后面是姚家喜，他一瘸一拐地走着，脸上满是幸福的笑容。后面还有五个人，一个是张继红的远房姑妈，就是那个在居委会当主任的胖女人，是介绍人。另外几个是男方的至亲好友。

迎亲的队伍来到大门口，把两面红旗竖在大门两边。吹鼓手一字排开，站在大门口，对着河堤吹奏了两曲，才停了下来。

这时刘立雄高声喊道：

"各位客人请坐，筛（倒）茶！装烟！"

用汽车接亲，乡亲们还没有见过，这在林子山还是第一次，惊动了村子里的很多人，他们都前来围观，一边指点，一边议论。

"啧啧，城里人就是有钱！"

"大汽车娶亲，我还是第一次看到，真气派！"

"气派个屁！我看丑得很！你没看到那姓姚的是个瘸子吗？好模好样的，嫁个残疾人？鲜花插在牛屎上！"

"我看很不错！人家是城里工人，拿工资的，张继红要转城市户口，吃商品粮啦！"

"张继红是破鞋，是二婚！能嫁进城里当工人已经很不错啦！"

欢子在人群中穿行，听着各种各样的议论。突然，他听到麦田深处传来了声嘶力竭的咆哮声："严兆龙，张继红……"开始几声是怒吼，继而变成了愤怒的哀鸣。人群一阵躁动。张继平和薛欢子赶紧向麦田中间跑去。只见破衣烂衫的严疯子被他爹死死地揪着，父子两个正在拉扯。张继平和欢子赶紧将严疯子拦住，免得他前来捣乱。

迎亲的队伍闻讯，赶紧要求发亲。张茂业无奈，望着泪流满面的张继红，点头同意发亲。刘立雄赶紧宣布："发亲啰！"张继红走到父母亲面前跪下，叩了三个响头。她远房姑妈赶紧将她搀扶起来，只见张继红额头上凸起了一个满是土灰的肉包。刘立雄在一旁大声宣布：

"移风易俗，婚礼从简！新郎新娘，一路走好！"

鼓号响起，鞭炮点燃。姚家喜一行没有吃午饭，就带上新娘子及嫁妆，逃也似的离开了白鹤嘴。

欢子眼巴巴地看着远去的汽车，呆立良久，直到张继平喊他吃饭，他才恋恋不舍地回到屋里。后来王妈给他介绍田三妹时，他还在暗地里拿红姐与她作比较。

第四章　相亲

一

清晨，薛海欢被一阵"窸窸窣窣"的响声惊醒。接着他听到了打开鸡笼子门的声音，还有母鸡"咕咕，咕咕……"的叫声。又过了一会儿，听到了母鸡"咕呱呱，咕呱呱……"的救命般的惨叫声，夹杂着不断拍打翅膀的挣扎声。杀鸡，他们要杀掉家里唯一一只母鸡？他完全清醒了，一下子从床上坐起来，胡乱地穿上衣服就跑了出去。只看见他妈和薛海蓉正在厨房里烧水，他爹薛家木正一手操刀，一手捉鸡，面前还放着一只准备接鸡血的土碗，正准备对那只麻黄色的大母鸡开刀问斩。

"不是说好了不杀鸡的吗？"薛海欢问正准备杀鸡的薛家木。

他爹瓮声瓮气地回答："客人很多，荤菜不够吃。"

"是吗？不就是桌把客人吗？"他转向厨房问他妈。

"王妈带口信说，要来一拖拉机的人呢，你爹还接了陪客。"他妈在厨房里回答。

薛海欢没有作声，有点儿闷闷不乐。要说对鸡最有感情的，最舍不得杀掉这只母鸡的就是他妈了。毕竟是他妈一点点把这鸡养这么大的。

这只养了三四年的老母鸡，足有五六斤重，薛家人都舍不得杀掉，尤其是欢子，他对母鸡很有感情，也了如指掌。它身上的毛色，脚趾上的残疾，他都知道。他曾遵从母亲的指示，不止上百次地摸过它那柔软的屁股。有时指头刚一进去，就触碰到了硬邦邦的蛋壳。有时摸得很深，只有热乎乎的肠子和鸡屎，没有鸡蛋。

欢子无能为力救下母鸡，又不忍看见他爹将菜刀刺向它的喉咙，就躲到菜园子里去了。在他去拔葱花蒜苗的时候，那只麻黄鸡最后挣扎的哀号声和翅膀的扑打声，还是钻进了他的耳朵，他想象着他妈的心头正在滴血，和母鸡喉咙正在滴血一样。

二

阳春三月，春光明媚。欢子的新屋里里外外打扫得干干净净。门前的泡桐树开着一串一串紫蓝色的喇叭花，在和煦的春风中摇曳，空气中弥漫着一股闷闷的淡淡的香味，一群蝴蝶和一些小昆虫在花丛中飞舞。小鸟在树上叽叽喳喳鸣叫，蜜蜂在嗡嗡地飞翔。大千世界的动物们都在跟人一样，趁着大好春光忙碌着。

厨房里热气腾腾。郑月梅、薛海花在灶台子前忙碌，欢子的二姑婆婆、六爷爷也在厨房里帮厨。堂屋里薛家木、薛欢子在摆放桌子板凳，薛海桃、薛海芳等都在忙进忙出。时针快要指向十一点了，还不见相亲队伍到来。在场的人都在焦急地等待。

"突突突突……"远处的村道上隐隐约约响起了拖拉机的声音。欢子的耳朵灵，最先听到，他兴奋地说："来了。"这时，几乎所有人都放下了手中的活，像兔子一样伸长了耳朵，屏声静气地聆听。确实是听到了，有拖拉机的声音。"听到了，听到了。"有人附和着说。

随着声音越来越大，山头的村道上有一辆拖拉机出现了，黑点越来越大，朝着这边开来。大家渐渐看清了，那是黄龙寺大队的十二马力手扶拖拉机，俗称"杨叉把"。司机是裘二蛮子，大队书记的侄儿。拖拉机冒着黑烟，从山嘴上开过。欢子家里的人都出来观望，不免有些失望而去。

又过了一会儿，对面的村道上又响起了车子轱辘转动的声音，大家又兴奋地观望。只见廖二，还有周狗子正赶着牛车，从那边经过。

"养女莫嫁黄龙寺，吃哒苔坨就砍刺。养女莫嫁七里冲，天晴下雨要出工。"……

这是廖二那副破嗓音。欢子的六爷爷听不惯，高声嚷嚷："廖二，你积点德好不好！"

廖二肯定没有听见，因为隔得较远，又有车子轱辘的嘎嘎声。不一会儿，他又唱起了那跑调的《十爱》："爱上妹子的头哎，爱上妹子的脚啊……"周狗子偶尔也附和一两声。

牛车在"吱呀吱呀"的声音和他们的歌声拌和下，穿过树林，慢慢消失在对面的山岗上。

欢子的心情最为急切，希望相亲队伍早点儿到来。他一边擦拭桌子，一边不时地向那边张望。他爹拿着土烟袋，正在修理。身边的地上还有一大把叶子烟，准备招待客人。他边整理烟袋，眼睛也不时地朝山那边张望。

一会儿，他看到有几个人影，朝着他家走过来。走近一看，原来是请来的陪客。有生产队长胡海螺，贫协组长宋德山，还有欢子的表哥刘松林。本来胡海螺有些犹豫，在刘松林的一再催促下还是来了。一阵寒暄倒茶敬烟之后，薛家木请他们到屋里就座。

三

厨房里的苔米饭早已飘香，竹格子里的蒸菜正大气弥漫，炒菜已经准备就绪，等着下锅。相亲的队伍还没有来。欢子表现得有些着急，就连陪客都有些坐不住了。

将近中午时分。"突突突突……"远处终于又传来了拖拉机的声音，而且越来越大，大家一时都很兴奋。欢子内心一阵激动，心想这应该是相亲的队伍来了吧。

不一会儿，他看见一辆三匹半的"杨叉把"冒着黑烟，艰难地爬着上坡，朝这边开来。拖拉机的车厢很小，里面坐着或站着的有六七个人，男的女的都有，显得很挤。由于欢子的家没有通公路，他们把车子停在对面的村道上，下车步行。他们排成一条长队，向欢子的家这边走来。走在前面的是工妈和一个中年男子，中间有几个女人，后面还有两个学生模样的小朋友。

欢子今天刻意打扮了一番。他头戴军帽，上身是草绿色的军装，俨然像个退伍军人。其实这两样东西都是表哥刘松林借给他的。外加一条黑色的裤子，一双半旧的皮鞋，看上去精神了许多。看到客人走近了，他赶忙迎上去打招呼。王妈的客套话脱口而出："恭喜恭喜啊，新屋新房，金银满堂啊！"

前来的客人都附和着说些吉利话、恭维话。一时间"叽叽喳喳"好不热闹。主人薛家木也穿戴整齐，恭谨地陪着客人走进堂屋里。薛海花、薛海蓉也穿上了过年时才穿的衣服，给客人倒茶敬烟，忙得不亦乐乎。全家人都在极力展现最好的一面给客人看，期望着给他们留下最好的印象。

客人坐定，自然是相亲的主角田三妹格外引人注目。人们都用好奇的眼光打量着她。欢子看她的神情很特别，就像山里的猴子看着路过的游客一样，目光闪烁不定。他在心里想啊，这个头、身材和张继红差不多，就是稍微胖了一点。欢子满心欢喜。

田三妹个子中等，体格微胖。披着一条纱巾，半遮着面孔。从露出的脸和眼睛看，她面目清秀，走路后的脸色微红，更增添了一分姿色。她上身穿了一件细花格子春装，浅灰色的裤子，蓝色的布鞋，显得干净清爽。欢子从一开始就闻到了雪花膏一样的香味，还有和他妈妈身上一样的气息，心里很是高兴和激动。田三妹也时不时地用眼角瞟上欢子几眼。

"媒婆媒婆，两头撮合。"相亲正是两个媒人充分表现的场合。王妈嘴快，先介绍了来宾的身份。这是田三妹，这是三妹她舅舅、幺姑、大哥、大姐，还有两个一男一女的侄儿。男方媒人是欢子的六爷爷。他先介绍了生产队长、贫协组长、欢子表哥，再接着介绍薛家人。这是薛海欢，欢子的婆婆、爹妈，欢子的四个妹妹。双方介绍完毕，薛家木看到午时已过，大家都已经是饥肠辘辘了，就宣布说："感谢大家看得起，能来到我们家。现在时间已经不早了，先吃饭吧？"

双方都说好。几个帮忙的搬桌子摆椅子，在堂屋里摆了两张方桌。菜很快上齐了，五大五小十个碗。上桌男客，下桌女客，双方很快入席就座。吃饭中，劝酒、碰杯场面相当热闹融洽。欢子给客人敬酒奉菜显得落落大方。这次家宴喝的酒，是一种叫作丁巴兜的散酒，烈性很大，是欢子表哥刘松林找关系弄来的。

吃饭的时候，田三妹将丝巾移到了脖子上，让人看清了整个面容。这是一张并不算漂亮也不算很丑的脸。看着她那粉红的脸，健康的身体，身材和红姐很相似，欢子心里很高兴，觉得很合他的心意。只是她默默地吃饭，始终没有开口说话，哪怕是只说上半个字，让他感觉有点失望。

四

午饭之后，薛家木又在堂屋里摆起了茶座，将两张桌子拼在一起，摆上了瓜子、花生、糖果和点心，请双方来宾一边吃茶一边座谈。等双方的主要成员坐定之后，先是薛家木的开场白，主要是欢迎之辞、感谢之意。接着是欢子的六爷爷介绍："感谢大家到来。我们黄龙寺地处三县交界的地方，是一个交通要道。现在农业生产主要是水稻、麦子、苞谷、红苕。生产队的分值是四毛八，在附近算得上是中上等水平。家木一家去年砌了新房，三正三拖。一家七口人有五个劳动力挣工分，是余粮户。

"薛海欢这个娃儿，是一九四九年八月十八日出生的，属牛，今年二十五岁。这个娃儿聪明善良，勤劳朴实，为人本分，是个靠得住的人。三妹若不嫌弃，看得起薛家，我们很高兴。薛家能与田家结亲，是我们修来的福分。"

女方介绍人王妈接着说："非常感谢主人热情招待。今天来的有三妹的两个长辈，哥哥、姐姐，都是代表她父母来的能做主的人。

"田三妹小学毕业，聪明勤劳，身体健康。只想找一户勤劳善良的人家和一个爱她疼她的丈夫过日子。薛家过去是名门大户，家教很严。薛海欢又聪明本分，身体强壮。看来双方都很般配，很有缘分，三妹也很高兴。你们说是不是啊？"

接着是田三妹的舅舅、大哥讲话，无非都是些客套话。再下来是生产队长、贫协组长讲话，大多是补充介绍男方的情况，大家极尽溢美之词，尽力恭维、粉饰、撮合着。

一个多小时以后，座谈就结束了。欢子六爷爷又领着女方一行人在房前屋后、里里外外看了一遍，介绍了一遍。欢子盯着田三妹，只见她偶尔微笑一下，自始至终没有说话。下午大约四点钟左右，女方告辞离开。临走的时候，郑月梅将四样礼物送给田三妹。这是一段绸子布，一双解放鞋，一条毛巾，一块香皂。还有两个小朋友每人一元钱的打发（礼金），两个小孩推辞了一下收下了。田三妹反复推辞，局面有些尴尬了，王妈才解释说："三妹脸皮薄，很怕羞，我来替她保管。再次感谢你们的热情招待。"王妈从郑月梅手中接过礼物，放进了布包里。

"突突突突……"三匹半的"杨叉把"冒起一阵黑烟，拖着女方一行人渐行渐远，慢慢消失在了对面的山路上。

送走了田三妹，陪客也告辞了，没有发现什么不妥当的地方，一家人的心情都很不错。

"哥哥，我看嫂子长得蛮好看呢！"这是大妹薛海花说的。

"她个子蛮高，跟继红姐姐差不多高呢！"这是二妹薛海蓉的话。

"'年轻无丑妇'，只要年轻，都很漂亮。"她姨婆婆评价说。

"你们欢子哥也很不错，两个人挺般配呢！"这是他二姑婆婆说的。

"怎么没有听见她开口说话呢？"她姨婆婆问。

"怕羞呗，腼腆呗。"二姑婆婆这样解释道。

六爷爷对薛家人说："看来两家门当户对，双方都很满意。下来你们都要加把劲儿，争取年底把田三妹接进家门。"

欢子的爹妈都说："那是那是，要多请六叔费心了！"

"称心不觉脚步快。"大家在说笑声中很快就收拾好了屋子里的东西，把里里外外打扫得干干净净。欢子把借来的蚊帐，热水瓶还有脱下来的军衣军帽，给表哥还回去了。房子里又恢复了原来的模样。

第五章　夜门

一

"人逢喜事精神爽，闷上心头瞌睡多。"田三妹来薛家过门儿（相亲）以后，欢子就像打了鸡血一样，精神亢奋，干劲冲天。走起路来挺胸亮膈，扬眉吐气，腿脚格外有劲。

这几天，他除了到生产队窑场上工以外，还做了不少的家务活。那两分田的菜园子他翻了两遍，山坡上的两块苎麻他施了肥浇了水。还利用早晚时间打草鞋，挂在窗子边上的草鞋又增加了几双。一家人看着他不停地忙碌着，打心眼儿里高兴。

欢子一想起过了门儿的田三妹，就很激动。那黑黝黝的头发，高挑的个子，白净的皮肤，还有那凹凸有致的身材和他暗恋的继红姐一样，让他想入非非。一激动起来，他就会加快脚步，挥动双手。这时他就会不自觉地哼唱廖二时常挂在嘴边的《十爱》。尽管歌词记不太全，但那个调子啊，他是再熟悉不过的了，他用唢呐子不知吹过多少遍。"爱上姐儿的嘴啊……爱上姐儿的腿哇……"

欢子每天在生产队里劳动，也听到过一些不好听的议论：

"好模好样的，找了一个哑巴媳妇！"这是替他惋惜的声音。

"两个哑巴一头睡，好得没得话说啊。"这是带有讽刺意味的议论。

"歪锅对瘪灶，门当户对。""死蚵蚂子也有饿老鸦子。"……都是一些不怀好意甚至有点恶毒攻击的评论。

对这些评头论足的杂音，他只当耳边风，一概都不在乎。

他在心里头盘算着，他爹妈会把他们的房间让出来，给他布置新房。他会弄几根杉树檩子，钉上芦席，再糊上白纸做天花板。把墙壁粉刷成肉粉色，和她的肤色一样，把婚房布置得像城里人那样既温馨、又时髦，跟刘松林哥哥的新房一样。还要请来老金木匠的孙子小金木匠，打一套入时的家具，然后热热闹闹地把田三妹娶进门来，两人恩恩爱爱、甜甜蜜蜜地过日子，生下一大群白白胖胖的儿女，再把他们抚养成人。

这天晚上，他就这样幻想着入睡了。真是"日有所思，夜有所梦"，他夜里做了几个美梦，一会儿梦见田三妹，一会儿又变成了张继红，和她们见面、牵手、亲吻、上床、做爱。

天刚蒙蒙亮的时候，外面的皂角树槐树上的鸟雀子醒来了，叽叽喳喳，叫个不停。欢子在迷迷糊糊的春梦中被鸟雀子叫醒。他赶紧起来洗干净了身体，换了短裤，又半躺在床上，倾听着外面宛转的鸟语，心里又在想着田三妹。他知道相亲时只是看了一点皮毛，离深入了解还有很远的距离。他在计划着，要找机会和她见面，想办法展示自己的才艺，不能这样毫无行动，以免夜长梦多。他准备给她打一双漂亮的麻鞋，再用五颜六色的毛线绣花，把她那娇小的脚踝打扮得漂漂亮亮。还要带上唢呐，给她吹奏最拿手的曲子，博她千金一笑，让她爱上我，主动扑进我的怀抱。想到这里他躺不住了，一挺身就从床上爬起来，很快穿上衣服，悄悄地开门，搬板凳、拿草鞋耙子（打草鞋的工具），还有那装着稻草、苎麻的蛇皮袋子，来到操场边下的枣子树下，准备打一双精美的麻鞋送给田三妹。

打草鞋的材料主要有苎麻、棕绳、稻草之类，欢子最常用的是苎麻，是他自己种的，在屋后的山坡上有两块。这种苎麻是多年生草本植物，多数是野生的，也可以人工栽培。欢子的两块麻中有一块是他移栽的，长得格外粗壮。苎麻每年可以收割两三次。割下来以后趁湿剥皮晒干。还要捶打整理，去掉杂质，打草鞋之前，搓成细麻绳备用。

欢子把草鞋耙子往板凳头子上一勾，将麻绳的一头拴在耙子上，另一头系在自己的裤腰带上，然后铺上底筋，用麻线编织鞋底。鞋底做好以后再做鞋耳。一般草鞋是隔一段安几个耳。欢子这双麻鞋是满耳，周围全部都是麻耳形成的鞋帮，然后再用彩色的毛线绣花。一根褐色的花茎，几片绿色的叶片，两朵红色的小花，还有几个含苞待放的花苞，下面有几缕青草点缀，组成一幅桃花盛开的图案，特别精巧好看。这双麻鞋足足用了他一斤苎麻，没有丝毫杂草。

也许是继承了薛氏家族的基因，欢子从小就很聪明，而且做事很执着。长大了知道自己的身世之后，更憋足了一股不服气的倔劲，干什么事情都刻苦钻研，不甘落后。

欢子打草鞋的手艺，是跟他爹学的。小的时候他就看见他爹大骡子还有叔叔二骡子、三骡子打草鞋。他和四骡子在一旁忙得不亦乐乎，一会儿递稻草，一会儿送麻线，一会儿搓绳子，久而久之他就学会了打草鞋的手艺。到十二岁那年，他的第一双草鞋就穿在自己的脚上了。

他清楚地记得，那年上学的时候，他穿上了自己打制的草鞋，走在路上，挺胸阔步，腿脚格外轻松。到学校里老师们问他，他说这是自己打的草鞋，老师们都很惊讶，同学们都投过来羡慕的目光。后来他的草鞋手艺不断提高，到十五岁的时候，他的草鞋就可以拿到集市上去卖了。

二

傍晚时分，欢子收工回到家里，一进门就看见他母亲郑月梅正从厨房里出来，手里提着一篮子猪草，眼睛好像哭过的样子，似有泪痕，她边走边用手背在擦拭眼角。

"妈，您怎么啦？"欢子关心地问。

郑月梅回答："没有什么，是厨房里的烟子熏人。"

欢子往厨房里看了看，二妹三妹正在厨房里忙活，这时正有炊烟从土灶里冒出来，证实了他妈说的话，他信以为真了。

欢子进到自己的卧室，他用手摸了摸唢呐，还有刚刚打好的全耳桃花麻鞋，心里想着还要再打几双，给爹妈、妹妹们穿，他们的草鞋早就破了。他拿出草鞋耙子，装着麻线、棕绳的蛇皮袋子，准备到枣子树下去打草鞋。在大门口他碰到了大妹薛海花，看见她脸上好像也有泪痕，他没有多想，就默默地到枣子树下去打草鞋了。

晚饭是吃的蒸苔，是专门挑选的小个头的红苔，在锅里蒸熟，和着青菜一起吃。这就是一家人的晚饭。蒸苔和菜汤都端上了桌子。欢子他爹端了个土碗，舀了一点菜汤，用筷子夹了两个蒸苔就到门口阶沿边吃去了。欢子和二妹、三妹、四妹围着桌子吃着。只有郑月梅和薛海花迟迟不上桌子。等他们快要吃完了才到桌子边上吃饭。欢子很高兴地告诉他妈："妈，明天，队长派我和技术员一起，到古镇上去修农具，正好可以去看看小田了。已经半个多月没有音信了。"

他妈说："欢子啊！田三妹那里就不要去啦！"他妈说话时语气很坚定，眼泪快要流出来了。

"呜呜呜，呜呜呜，……"薛海花在旁边忍不住地哭了起来，用手捂着眼睛。几个妹妹也在擦眼泪。欢子一下子蒙了，不晓得发生了什么事情。

听到哭声，薛家木从外面进来，看着他们的样子狠狠地说："有什么好哭的呀？不就是个哑巴啊！"

"是的是的，我们家才看不上一个哑巴！"他妈边擦眼泪边附和着说。

"哥哥什么都好，还找不到一个会说会讲的人啊？"这是薛海蓉哽咽的声音。

欢子总算是听明白了，是田三妹没有看上他，已经退信了。顿时，他停止了吃饭，脸色苍白，呆若木鸡。

这是今天发生的事情。中午薛海欢不在家，六爷爷到家里来了。他把送给田三妹的四样东西放在了饭桌上，跟郑月梅说："这是王妈上午送到我家里的，说是田三妹不同意了，她原来说的那个当兵的，又请人来提亲啦！"

郑月梅用颤巍巍的声音说："哎呀，这怎么行啊！这、这、这……还有没有什么办法补救呀？六叔！"她把六叔两个字喊得很重。

"我也是反反复复地问了，好话都说尽了，别人说得很干脆、很肯定。"停顿片刻又说，"打发都退了，看来是没有希望啦！"六爷爷语气肯定。

沉默片刻，郑月梅说："我这可怜的欢子啊！他还蒙在鼓里啊！还在早晚想她，给她打草鞋，准备去看她时送给她的啊！"话语明显带有哭腔。

"不成也好，她不是个半声子，是个完完全全的哑巴！"六爷爷宽慰她说。

欢子呆立片刻，一下子瘫坐在椅子上，半天说不出话来。他没有想到连一个哑巴都看不上他。他在一家人愤愤不平的骂声，还有轻言细语的劝说声中，终于说了一句："算了算了，这辈子不结婚啦！"说完恍恍惚惚地走进了卧室，眼泪汪汪地仰躺在床上，望着屋顶出神。

这一夜，欢子失眠了，他拿起唢呐子吹了半夜。当然是用棉花把喇叭口堵住，声音不大，只有家里人能听见。薛家木几次要起床劝阻，郑月梅都拉着他说："孩子心里很苦，你就让他吹吧！"

欢子吹得天昏地暗，嘶声哑气，最后精疲力竭，终于停了下来。他感到头昏脑涨，喉咙枯燥。摸索着到厨房里，拿起水瓢，舀了半瓢凉水，"咕咕"地喝了下去。他回到床上，倒头便睡，很快就进入了梦乡。

三

欢子受到了严重刺激，做了一个噩梦：无边而浑浊的巨浪滚滚而来，一浪高过一浪。欢子眼看就要被巨浪吞噬，他用尽全力，拼命就跑。跑啊跑，可就是跑不动，像是被恶鬼拽住了一样，一双胯子有千斤重。最终他还是没有跑过巨浪，被埋在了混浊的浪涛之中。他感觉到喉咙像被魔爪掐住了，怎么也喘不过气来。他一顿乱抓乱刨，想要找到出口，不被窒息而死。他拼命地左冲右突，终于看到了那个巨大的黑洞，就像三座坟那暴露在土堆外的半头棺材的黑窟窿。那是一个巨大的漩涡，无数的污水和浪渣都被吸了进去。他不由自主地被倒卷入洞。在黑洞之中，一堆堆骷髅、白骨与他擦肩而过，一幅幅血淋淋的场景从眼前掠过……不知经过了多长的时间才被冲了出来，他摇摇晃晃地站了起来，无比骇然地看着那巨大的黑洞仍然在背后旋转。他惊恐万状地指着床头，不住地大叫："夜门！夜门！这里有个夜门啊！"他满屋子里乱跑、乱叫："夜门！这里有个夜门啊！你们快来看啊，就在这里呀！"他逃命般地打开房门、大门跑出屋外，借着朦胧的月光，沿着通往黑龙潭的小路高一脚低一脚地奔跑。他仿佛看到远处一片红光，三骡子薛家森正站在那里向他招手。同时他也隐隐约约地听到身后郑月梅、海花海蓉凄厉的呼喊声。

等到薛家木、薛海花举着火把赶到黑龙潭边时，只听得"扑通"一声水响，欢子跳进了冰冷的水里。薛家木把火把一甩，紧跟着跳了下去，抓住了欢子的衣领。正当父子俩在水中挣扎、撕扯，薛家木已经支持不住，快要沉入水中的时候，四骡子赶到了，他也一下子跳到潭水中，协助大骡子将欢子救了上来。

经过冷水一激灵，欢子魂灵好像从躯壳里飘出云游上天。

"啪啪，啪啪……"几声脆响，欢子两颊一阵火辣辣的疼痛。薛家木喘着粗气吼道："狗东西，不想活了啊？"

四骡子在一旁颤抖着说："他是不是被恶鬼迷住了啊？"

"哎呀，我的个天啊！这怎么得了啊！呜呜呜……"这是郑月梅凄厉地哭叫声。

"哥哥，哥哥，你醒醒啊！呜呜呜……"海花、海蓉推搡着他，在伤心地哭喊。

"号什么啊号？不争气的东西，死了算了！"薛家木像一头发了疯的狮子，对着她们大吼。

"不要哭，先弄回去再说。"四骡子说着，蹲下身子，准备背欢子。

众人七手八脚扶起欢子，躺在了四骡子的背上，前护后拥地将欢子背回了家里。薛家木用棉被一把将欢子包起，燃起柴火猛烤。海花找来衣服让他换上，郑月梅打来热水让他暖和身子，在场的人都忙得不可开交。欢子仍然没有完全清醒，他闭着眼睛懒得说话，懒洋洋地任凭他们折腾。一直到半夜过后，他爹才扶着欢子上床睡觉。海花抱来了两床被子，加盖在欢子身上。郑月梅替欢子披好被角，看到欢子已经沉沉睡去，才放心地回到自己房间休息。

四

天刚蒙蒙亮，郑月梅早早地起了床，她第一件事就是看欢子。她轻脚轻手地来到欢子床边，撩起粗黑的蚊帐，摸了摸欢子的额头。这一摸不打紧，把她吓了一大跳。欢子的额头滚烫，他在发着高烧。欢子翻了个身，嘴里还在说着胡话："三妹，三妹……红姐，红姐……"又迷迷糊糊地睡去了。郑月梅赶紧吩咐："海花，快起来，给你哥哥去请医生。"

薛海花一听，不敢迟疑，赶紧披衣下床，一边梳洗一边问："是请刘医生呢，还是魏医生？"

"请刘一平吧。"她妈不假思索地回答。

黄龙寺的医生有两三个，两个是草药医生，年纪都比较大，就会几味自采的草药，又不敢大大方方地行医，只能偷偷摸摸为附近的农民治病。只有实在穷苦的人家偶尔找一下。那些草药的药效来得慢、效果差，没有西医来得快。

村里的赤脚医生姓刘名一平，是薛家一个远房亲戚。刘一平的姑爹在公社当副书记，他读完了高中，毕业回村就被安排当了赤脚医生。

上午九点多钟，刘一平背着药箱，骑着自行车来到了薛家。郑月梅找队长请了假，在家里等着医生给欢子看病。刘一平给欢子查了烧，四十度零八。他有些着急，建议送到公社卫生院住院治疗。郑月梅问欢子，欢子说："我不去，打点针吃点药就会好的。"其实欢子知道自己家里没钱，看不起病，更住不起院。刘一平只得给他打了一针，拿了点儿药片，让他服下，便背着药箱骑车走了。

欢子从小到大很少病过，这一病就倒床睡了三天。他迷迷糊糊地不知做了多少噩梦，那个被洪水掩埋，被卷入夜门的梦，不知做了多少次，每次都是被巨浪吞噬，在阎王殿里游走一番后，才拼命挣扎着从夜门里钻出来，等清醒过来，浑身都是冷汗，一大片被单被汗水湿透，差不多跟尿床了一般。

第六章　神游

一

在梦里，欢子似乎云游在缥缈的夜空，俯瞰着黄龙寺的山山水水，他感觉眼前的景象就像一只匍匐在海底的大章鱼。那高高昂起的黄龙顶，就像是章鱼的头；那蜿蜒伸向四周的山脊，就像章鱼的触须；那逐渐低矮下去的山峰，就像一个个吸盘。借着明亮的月色，黄龙岗、泥尿沟、黑龙潭，欢子的新屋，四骡子的岗屋，等等，都清晰可见。

欢子怎么也想不明白，黄龙寺就这几条黄土岗，除了黄土就是石头，除了老刺就是苔坨，"老少边穷"几乎全都占齐。他爹薛家木在这个鬼地方生活了大半辈子，受的苦难比谁都多，他还尽说黄龙寺的好话，真不知道是怎么想的。

欢子胡思乱想着，在云雾中穿行，漫无目的地到处游逛。过了好长时间，月亮困倦了，钻进了乌云，眼前一片漆黑。他睁大眼睛，努力辨别着方向。忽然发现不远处有一丝亮光，慢慢地亮点越来越大。一阵仙风吹过，只见一个人影朝着他走了过来。走得近了，他看见是一位身着长衫的白发老者，左手提着一盏雕花绢帛灯笼，右手拿着一把犀角貂尾拂尘。仙风道骨，鹤发童颜，笑容可掬。欢子遇见如此矍铄老者，赶紧施礼请安："老前辈，您好啊？好精神啊！"

"哦，是欢子啊！"老者上下打量着薛海欢回答。

"咦！您怎么认识我啊？"欢子惊奇得瞪大眼睛，就像孙悟空遇到了白骨精。

“村子里的人我都认识！不仅你们，你爹，你爷爷，你太公，没有我不认识的啊！”

“啊？！”欢子一个惊叹非同小可。“什么什么，我爷爷、太公您都认识？”他简直不敢相信自己的耳朵。

“你爷爷薛五楼，你太公薛春山，当年跟我都是好朋友哪！”老者进一步说出来了他们的名号。

“那你是谁？怎么会在这里？”欢子探究似的追问。

老者理了一把银白的胡须，一边走着，一边慢条斯理地说：“我乃黄龙寺的土地公公，人们称我三楚仙翁。我在这块土地上巡查，已经四百多年啦！”

欢子更是疑惑地咕哝：“你骗谁呀，还四百多年哪！二十几年我就受够了！”

“不信吧？跟我去看看？”

欢子望着他真诚的面孔，点头同意。于是便跟随仙翁一路巡查，来到了一座土地庙前。只见庙宇轩昂，仙气弥漫。旺盛的香火照彻夜空，整座庙堂闪闪发亮。庙宇门楣上，镶有“楚公坛”三个遒劲的大字。大门两边的楹柱上，挂着一副对联：“日昍晶⿱昍昍安天下，月朋晶⿱朋朋定乾坤”。庙堂正中间，有一尊手持拂尘的菩萨雕像，像极了三楚仙翁。

仙翁指着“楚公坛”下面的落款说：“你认识这几个字吗？”

欢子调动小学五年全部所学，仔细看了看，说只认识“刘伯”两个字。

“对对，就是刘伯，刘伯温。当年朱元璋的军师，明朝道教的祖师爷。”

“他怎么会给你题字？”欢子怀疑地问。

“说来话长。我本是三楚名刹玉泉寺的方丈，坐化仙界以后，成了黄龙寺的土地公公。刘伯温大教主就给我题写了这个牌匾，命我执掌黄龙大印，造福黎民百姓。”

欢子将信将疑地说："那您为黄龙寺做了什么好事啊？"

"你知道黄龙寺是怎么来的吗？"仙翁反问。

"不知道。"欢子摇着头说。

"你跟我来，我会告诉你。"仙翁垂下那只握着拂尘的手，牵住欢子的手，向庙宇里面走去。

━

欢子跨进庙门，一股寒流迎面袭来，庙里的香火像拉闸停电一样，瞬间全部熄灭了，只剩下仙翁手里的灯笼。借着灯笼的光亮，他又看见了梦中的景象：一扇巨大的储存往事的夜门徐徐打开，无边无际的惊涛骇浪滚滚而来，欢子被活埋了，无法呼吸。他左冲右突，拼命呼救，所有挣扎都是白费力气。他被吸进了一个巨大的黑洞，他像一片浪渣被污泥浊水冲刷，被垃圾污秽掩埋。不知过了多久，他被一阵老迈苍凉的声音惊醒："黄龙寺是一块风水宝地，自古就有神灵护佑。黄龙顶是这里最高的山峰，周围还有猪头包、鸡子山、鲤鱼岩三个稍微矮一点儿的山峰，号称'三牲敬黄龙'。黄龙寺曾经受四方朝拜，香火旺盛。

"但在外族入侵，兵荒马乱的年月，一条孽龙趁隙而入，盘踞在了黄龙顶。它性情暴躁，出没无常，专干坏事。常常呼风唤雨，兴风作浪，冲毁房屋，淹没庄稼。一时间，野兽横行，毒蛇遍地，瘟疫肆虐。当地人饱受其害，只得背井离乡，逃往外地，很长时间这里人烟稀少，十分荒凉。

"一次西天王母娘娘举办蟠桃宴会，邀请各路神仙参加。观音娘娘从三峡经过。我急忙上前，向观音娘娘诉苦，报告这里有一条孽龙危害百姓，周围百里已经少有人迹，我这个土地爷爷的小官，快要当不下去了，请观音娘娘大发慈悲，帮忙降服孽龙，召回民众。

"观音娘娘按下云头一看，果然不假，二话没说，便拔下头上金钗，丢在了黄龙顶上，镇住了孽龙。又从峨眉山挑来一座寺庙放在黄龙顶上，将孽龙压住，以免再生祸端，祸害百姓。孽龙被镇住了，压在了黑龙潭中。黄龙寺终于安定下来了，逃难的人们逐年返回，开荒种地，生儿育女，才有了后来人户密集，热闹富足的黄龙寺。

"到后来，我把黄龙寺变成了交通要道。在没有汽车、轮船的年代里，陆路交通全靠骡马驮运。是我修通了黄龙寺商道盐道。商队不管是从当阳到古老背，还是从荆州到峡江，都要在这里歇息，补充草料。

"其实这条沟过去是没有名字的，是黄龙寺的繁荣带给了它这个有点古怪的名字。黄龙寺变成了一个繁荣的集镇，餐馆旅店什么都有，过往的骡马队都要在这里歇息，骡子、驴子、马匹都拴在山沟里，久而久之这沟里就驴尿、马尿横流，臊气熏天，给人印象十分深刻。人们一谈到这条沟，就想起了这股子臭味，顺口就叫这条沟为驴尿沟了。这个名字一出，马上远近闻名，一直沿用至今。

"到了元末明初，'江西填湖广'，薛家先祖薛先甲找到我，说看中了这块风水宝地。要'遵黄命，填湖广'，到黄龙寺剜草为业。反正黄龙寺荒无人烟，我就同意了。薛家迁徙黄龙寺到现在，已有四百多年历史。二十几辈人的繁衍，已经有了两百多个烟灶，上千人的规模。黄龙寺就有薛家老屋、新屋、花屋等等，周围像鸡子山、猪头包、鲤鱼岩、林子山、跑马河等乡村还有不少薛姓人家，出过不少像薛先甲这样的名人。

"再到后来，日本鬼子入侵中华大地，打到峡江县的时候，也看中了这块宝地。他们在这里修建了据点，树立了航标。正规划在黄龙寺修建飞机场，为进攻陪都重庆作前沿基地的时候，因攻不下石牌岭、母猪峡，被打了回来，不久投降了，飞机场才没有建成。

"你看那平整的黄龙岗，从头到尾有几十里路，山脊都非常平坦，是规划中的飞机跑道。

"你看那黄龙顶上的三角架，是用水桶粗的红杉树搭建而成的，有二三十米高，在几十里外都能看得到。那是国家测绘局树立的测绘标志，也是往来飞机的导航灯塔。"

薛欢子只关心他小时候的事情，便问："仙翁老祖，我过去是个什么样子啊？"

三楚仙翁说："这夜门里面什么东西都有，你自个进去看吧！"说完把灯笼递到欢子手里。恰在这时，"咯咯咯……"鸡子山雄鸡一声啼叫，仙翁惊慌，倏地一下，遁入了土中。

第七章　取名

一

欢子提着灯笼，顺着仙翁的指点，跌跌撞撞前行。他似乎到了二十五年前，来到他出生的那段时空。

欢子出生的那会儿，恰好是薛家佃户，猎人胡塌鼻子给他爷爷薛五楼送来了两只猪獾子。他爷爷就给他取了獾子这个小名。

其实欢子的学名本来是叫薛海欢，可是上上下下都叫他欢子。小名比学名还出名。村里除了他的几个妹妹叫他哥哥，老师叫他学名以外，所有的人都叫他欢子。

曾经有一段时间，他很讨厌欢子这个名字，那有什么办法呢，别人都这么叫，他也无可奈何。后来叫的人多了，他也听习惯了，就"哎哎"地应答起来了。再后来，还觉得这个名字很不错，叫起来顺口，听起来顺耳，既不高旺也不低俗，还很喜庆。

欢子出生那天早上，薛五楼正背着手，在天井边欣赏着那两只肥大的、嘴头子上还在滴血的猪獾子时，上大房里传来了"人啊，人啊……"的婴儿哭声。薛五楼一阵惊喜，薛大骡子高兴得手舞足蹈。

不一会儿，接生婆冯婆婆洗过手，迈着三寸金莲般的小脚，从上大房里出来，看见薛五楼站在堂屋里，就大声地说："五老爷，恭喜恭喜啊，生了个大胖子，男孙子啊！"

薛五楼转过身说："谢天谢地！谢谢冯婆婆，你真是菩萨转世，送子观音娘娘啊，托你的福啦！"又转身吩咐："大骡子，赏钱。"

欢子他爹薛大骡子赶紧向冯婆婆递过去早已准备好了的利施（礼金），冯婆婆也没有推辞，接过来说了一声："识领了，谢谢。"然后就放在布包里了。

薛大骡子赶紧跨过门槛，跑到大皂角树下，点燃了早已挂好的一串长鞭炮。他爷爷敲响了供在春台上的古磬，二骡子放响了三眼火铳。随着"轰轰隆隆……""噼噼啪啪"的鞭炮炸响，"当当，当当……"悠长的磬声敲响，在黄龙寺这个黄泥巴岗上，宣告了又一个新生儿的降临。

这时的三骡子薛家森、四骡子薛家本还有欢子的小姑春秀都很小，正捂着耳朵，冒着硝烟奔跑着、躲避着。等鞭炮炸完了，他们又争先恐后地跑到鞭炮渣子里面寻找着尚未炸响的鞭炮。三骡子捡得多，装了满满一裤兜。四骡子和小姑春秀还辨别不了好坏，双手都捏着一大把鞭炮渣子。

二

薛海欢出生的时候，脚板心里有一个红色的印记，像一个五角星的形状，好长时间没有褪去。它并不是胎记，是冯婆婆接生的时候用红色的纸花印上去的。

冯婆婆是黄龙寺远近闻名的接生婆婆，有着多年的从业经历和特殊的本领，能处理妇女生产时的疑难杂症。过去很多妇女生孩子一生几天都生不出来，最后都要把冯婆婆抬过去接生。她有一个绝招，能把手伸进产妇的产道，把横着的孩子弄正体位后拖出来。还能够伸手进去，把贴在肚子里的粘连着的胎盘，也就是土话说的"巴骨衣"扯下来，挽救过不少难产妇女的生命。

薛海欢出生时也是难产，体位是臀位，他母亲郑月梅在一天以前就发作了，肚子疼得嗷嗷叫。

头一天吃完午饭，郑月梅就感觉有些异常。胎儿动得厉害，肚子隐隐作痛。郑月梅的婆婆薛郑氏赶紧在床上加了被子，拿出毛衫等衣物，把郑月梅扶到床上躺着，等着娃儿出生，毕竟怀胎十月了。薛郑氏生了骡子他们兄妹五个，都是顺产，自认为很有经验。可是她守在郑月梅身边直到天黑，不见有什么动静。又守了一夜，天亮的时候，郑月梅痛得更厉害了，一阵阵的叫唤声，整个房子里的人都能听见。薛郑氏有些把持不住了，提出了去请冯婆婆接生的建议。

当欢子他爹薛大骡子还在犹豫的时候，薛五楼吼了一声："初生头养，还不快去抬冯婆婆？"

他爹才赶紧吩咐冯叔和二骡子即欢子二爹去抬。他俩带着滑竿（简易轿子），一路小跑来到冯婆婆的家里，可冯婆婆还没有回来，说是被熊山坝的熊老六抬去了。他俩又一路小跑来到熊山坝熊老六的家里，抬来了冯婆婆。

薛海欢出生时因为体位不正，是倒着来的，疼得他妈仰躺在木床上，"妈呀娘啊"地怪喊。冯婆婆进门一看，发现在场的人都神色紧张。她一边准备一边说："不要紧，不要紧，我会有办法的。"同时吩咐道："薛公子，快来抱腰。"

他爹薛大骡子赶紧上去，将郑月梅拦腰一把抱住。冯婆婆用力在她肚子上按着。薛海欢是先出来的一只脚，冯婆婆很快就在他的脚板儿心里贴了一块红纸花。这纸花搞得他的脚板怪痒痒的，他赶紧乱蹬乱踢起来，那只伸出来的像嫩藕一样的小腿脚很快又缩了进去。冯婆婆在他妈的肚子上按了一会儿，又把身子来回翻动了几次，帮助胎儿调整体位。

那张纸片是薛海欢接触到的人世间第一件物什，它像牛皮癣一样贴在脚板心上，奇痒无比，迫使他在妈妈肚子里拼命扭动，不一会儿就出现了奇迹。只见产道口慢慢出现了一撮缎子般漆黑的细毛。冯婆婆一看，擦了一下脸上的汗水说："好了，快来！"

细毛越来越多，黑色越来越浓。慢慢地露出了眼睛，鼻子，嘴巴还有下巴。这时候冯婆婆伸出两根手指，掐住欢子的下巴，另一只手按着郑月梅的肚皮，用尽了全身力气往外拖，薛大骡子配合着用力往上拽。当欢子的肩头一过，整个身子连同紫黑色的脐带，一下子滑了出来。欢子乱蹬乱弹，冯婆婆把他抱在手里，用满是血迹的手抠了嘴巴和鼻子，"人啊，人啊……"的哭声就响了起来。

冯婆婆后来跟欢子他妈说："欢子是踏花生，是脚先出来的。手先出来的叫接花生。踏花生的孩子会一辈子走桃花运。"

"那为什么要贴纸花呢？"他欢子的婆婆问。

"这你就不懂啦。小孩儿皮柔嫩，怕痒呗。你贴上了纸花，他就会不舒服，就会不住动弹，这时候一部分小孩儿就会缩回去在肚子里调整胎位啦！"

接生完了，冯婆婆用衣袖擦了一把脸上的汗，洗完手，吃完茶，收了大骡子的利施，二骡子和冯叔又用滑竿把她送回家了。

三

薛五楼一直在堂屋里守候，等着看到孙子。用人李妈明白他的心思，等收拾好了以后，便把欢子抱出来，递给薛五楼看。欢子很乖，还没有睁眼睛，眼珠子在眼皮底下转动。薛五楼在他脸上捏了一下，又用他那长满胡子的嘴亲了他一下。再掀开下面包着的毛衫和布片子，看到了他那两腿之间蚕蛹一样的肉桩，高兴地笑起来说："哈哈，薛家又多了一条汉子啦！"

欢子婆婆薛郑氏是个小脚女人，正端着一盆热水从上大房里摇摇晃晃地走出来，把一盆有点红颜色的脏水倒在天井里。水声惊动了薛五楼，他转头一看，低吼了一声："瞎搞！"欢子在他怀里吓了一大跳。薛郑氏赶紧把盆子缩了回去，悻悻地说："不是倒，是端不住了。"

接着又摇摇晃晃地端向大门。过门槛的时候很困难，门槛足有一尺多高，近一尺宽，她一双小脚迈着像踩高跷一样的碎步，挪到门槛边，很吃力地跨过去，走到堰塘边去了。回来后又听薛五楼在嚷：

"叫你们注意就是不听，天井里倒血水是不吉利的！"

大骡子赶紧递上了玛瑙石的烟袋，给他爹点上火，薛五楼才慢慢地坐到太师椅上，抽烟卷儿去了。

过了不一会儿，李妈从角屋里出来，端着个盘子，里面有四碗放有调羹的鸡蛋，正冒着热气。这是给欢子他妈的定心蛋，还有他爹、爷爷、婆婆的乐心蛋。李妈嘴快，边走边说："恭喜恭喜呀！砌屋又添丁，双喜临门，人强命也强啊！快吃定心蛋，快吃乐心蛋！"

她把两碗鸡蛋递给老爷、大骡子，另两碗递给了郑月梅和薛郑氏。拿着空盘子，进厨房里去了。

欢子"洗三"那天，他妈还躺在床上，脸上很苍白，显得很虚弱。她那脸上的红晕连同她那高鼓的肚皮一同消失了，取而代之的是煞白的面皮。原先不怎么显眼的几颗白麻子，现在好像从皮下钻出来，有点显眼了。

欢子睡在他妈妈的怀里，不住地像小猫咪样嘤嘤地叫唤。他妈的奶是空的、疲软的，就像空麻袋一样，有一点浑水也是腥的，没什么奶味，完全吃不饱。尽管李妈每天都变着花样地侍候，欢子妈就是没有食欲，每次都是只喝一点儿汤。李妈用手摸摸欢子的脸，叹息道："郑幺姑受苦了，真是'儿奔生，娘奔死'啊！不吃怎么行呢？'人是铁，饭是钢，一餐不吃就心里慌'啊！何况还有一张小嘴儿在等着吃奶呢？"

"洗三"的时候，欢子还是皮条条的。冯婆婆把他放在热水里，从头到脚洗了个遍。用软软的布片擦干身体后包好，抱到神龛子前烧香作揖礼拜完毕，又抱到薛五楼身边说："还没起名儿呢，快给他起个名儿吧。"

大骡子望着薛五楼说："爹，您想好了没有啊？"

欢子爷爷拿掉嘴上的玛瑙玉石烟袋，看了看挂在天井边上的剥下来的用篾片撑着的两张獾子皮，对前来道喜的亲友们说："就叫獾子吧！"

金口玉言，獾子就成了他的小名。后来将猪獾子、狗獾子的獾字改成喜欢的欢，那是上小学取学名时，谭老师给改的。

第八章　土改

一

欢子刚出生时，睡在松软的被窝里，还是感到很不适应，不住地拳打脚踢。他感觉周围的环境变化很大，各种骚扰增加了许多，特别是噪音更是成十倍百倍地增加。鸡子叫、狗子咬的声音近了，大人们说话，孩儿们打闹哭叫的声音清晰多了。他觉得浑身的压力减轻了许多，有一种失去拘束后的莫名的紧张。他的眼睛，虽然还没有完全睁开，但是外面的光线亮堂了许多。随着他在大人们怀抱中不断变换姿势，明暗的光线，红黑的屏幕交替着出现。外面的世界很精彩，一时粉红，一时灰白，一时黑暗，还有时黑白红绿，多种线条夹杂在一起交替着上映，具有极大的诱惑力。他试图睁开眼睛看看外面的世界，眼珠子在眼皮底下不停地打转，但眼皮好像是粘住了，怎么也睁不开。

骡子生了个獾子，还是个带把儿的，他爹那个高兴劲儿真是没法形容。他时而把欢子这里捏一下，那里摸一下，时而双手捧着他或单手托着他，用力把他抛向空中，嘴里常常念叨着：

"养儿强似我，要钱做什么。养儿弱似我，要钱做什么。"

欢子爷爷同样高兴得合不拢嘴。他喜欢的方式很特别，常常是用手揪住他的小鸡鸡，轻轻地捏搓，直到把它弄硬。再就是抽上一口烟，在他脸上一喷，看着他打喷嚏、流鼻涕，一脸的窘态，然后嘿嘿一笑地开心。

郑月梅站在一边看着笑着，心里甜蜜蜜的。但也无不担心，时常提醒着他们："慢点儿，慢点儿，莫把欢子伤着！"

这时候欢子就会被放回摇窝，耳边很快响起了摇篮的晃荡声。

欢子的摇窝是上等的柏木做成的。四周的金瓜柱子上挂着蚊帐，栏杆的周边雕镂着花纹，脚腿上是弧形的圆木，就像逍遥椅子下的船形木头，两头翘，中间像个月亮弯，只要稍微用力就会晃荡不停。欢子很享受他们的摇晃，身体随着摇窝晃荡，感觉有一种酥酥的麻麻的舒适感。这时哪怕哭得再厉害，也会很快停下来打哈欠。

这个摇窝是他外公专门为他打制的。在欢子还没有出生之前，他外公就请了黄龙寺有名的金木匠，费了一石谷的工钱，打造了这个摇窝。金木匠用了整整五个工才做成，这是外公送给外孙子欢子的第一份礼物。

二

很小的时候，欢子对气味就非常敏感，尤其是他妈妈身上散发出的那种气味，甜甜的，香香的，就像奶油香糖一样的味道。只要是妈妈一走过来，几米远都能闻得到。那是一种体香，也是一种乳香。他妈妈的乳房不大不小，站起来像两只白鸽，白鸽好像还小了一点，更像两只白鹭，停歇在胸前。他每次吃奶，都要用手紧紧抓着，生怕它们飞了一样。

就在欢子一岁半的时候，他明显地感觉到这对白鸽或是白鹭好像是要换毛了，皮肤已经不再柔顺，变得很粗糙了。乳汁也变得淡寡无味了，变得没有吸引力，有些让人讨厌了。这时他也常常听到妈妈叹息的声音。他不懂妈妈为什么叹息，反正妈妈陪他的时间少了，身上不仅没有了诱人的香气，还增加了一股子汗臭味，闻起来让人恶心。

欢子也明显地感觉到了家里的变化，一家人沉默了许多。原来在吃饭的时候，其乐融融，有说有笑。现在是李妈、冯叔、他们都走了，家务活儿完全落到了他妈的身上。田里的活儿都是大骡子、二骡子、三骡子耕种。原来家里门庭若市，他是客人们的明星。现在来的人很少了，只有二姑婆婆、六爷爷等几个老亲戚偶尔来一次，还偷偷摸摸，神神秘秘的。他们的衣服已经没有了从前那样的光鲜。常常还在一起窃窃私语，嘀嘀咕咕讲一些什么事情。欢子最惦记的还是他心爱的小黄狗不见了，这是他的宠物、好朋友。妈妈以前喜欢哼歌，现在也不哼了，有的只是哀叹。家里很寂静，没有了鸡鸣狗叫的声响，穿进拥出的场景。

欢子作为薛家海字辈的唯一男丁，在家里受到了百般宠爱。有好吃好喝的首先满足他，有好玩儿的东西首先给他玩。几个妹妹只好流着涎水在一旁张望。但欢子并不争气，小时候就有点发育不良，个子小而且面黄肌瘦。薛家二骡子、三骡子经常把他托在手心里，生怕他哭闹。尤其是大骡子担心他长得不够壮实，看着他那像蚕蛹子一般的小鸡鸡就唉声叹气，生怕发育不良，影响传宗接代。他经常用手摸着他的小鸡鸡做游戏，直到小鸡鸡勃起变硬，逗得欢子"咯咯"憨笑不止。

三

"妈，妈……爹，爹……"薛大骡子一遍又一遍地教欢子说话，欢子就是说不出来，只会"啊呀啊呀"叫唤。

"欢子啊欢子，你怎么不说话呢，你要快点长大，闯出自己的天地，为我们薛家争光，怎么能当哑巴啊！"

欢子说话迟缓，急坏了他爹薛大骡子。他极不耐烦地把他往床上一丢，欢子"哇"的一声大哭起来。

"能不能轻点，哪有你这样当爹的啊？"郑月梅说着，赶紧把欢子抱了起来，把她那干瘪的乳头塞进他的嘴里，欢子很快止住了哭泣，但身体还是随着一声声"咯咯"在不停地抽搐。

薛大骡子扭过头来，大声地说："吃了快两岁啦，明天断了算了。"

薛郑氏在一旁心疼地说："断什么呀断，你不是吃了五六岁吗？二骡子出生后，都自己会吃了，你还在吃呢！"欢子他爹不作声了。

欢子明显感觉到环境在进一步变化。他原来每天都睡得舒适安逸的柏木摇窝不见了，取而代之的是稻草窝，有时还睡在地上。几条臭烘烘的破棉絮，几件补巴赶骚（方言，意为衣服上的补丁成堆）的破衣服就是被子了。住了一段时间以后，一家人都喊身上痒，欢子也感到身上、头上奇痒无比。他们把衣服拿到太阳底下一看，都是虱子、臭虫。那个大热天呀，欢子日夜号哭。他身上长出很多红包，痒得钻心。没有药水，他妈就用涎水涂抹。再就是用石灰水给他止痒。那个时候，石灰都是稀罕之物，好在二骡子他们在寺庙里的墙缝里，能抠出一点点，再用水泡。这个东西涂在身上有一股子的凉意，也有刺激性，有止痒作用。

在黄龙寺里居住也不是一无是处。寺庙里有很多新奇的东西吸引着他。几个高大的菩萨老爷，虽然面目狰狞恐怖，但那是躲猫猫的好地方。庙里地方宽敞，好玩的东西很多，什么蚂蚁啊、蟋蟀啊、青蛙呀、还有麻雀、乌鸦等等。那时的欢子已经能摇摇晃晃地走路了。他经常跟着四骡子还有小姑，拿着瓶子在墙缝里捉蜂子。有一次他看见蜂子从瓶子里爬了出来，就用手去抓，被蜂子蜇了他一下，整个膀子都红肿了好几天。再就是跟着大骡子二骡子他们，在院子里翻砖头，扒蜈蚣。他们用手扒，有时用木棍扒，一次可以扒几十条。黄龙寺的供销合作社收购，两分钱一条，可以补贴家用。

最不习惯的是被关在寺庙里，不能随便出去。门口有两个民兵日夜值班。出去半天，要跟民兵连长魏雀尕子请假，一天以上要报告农会主席批准。

三

1950 年夏天，一个燥热的晚上，土改工作队进村了。工作队将土地及财产分给贫苦农民，以调动他们的积极性。黄龙寺的土改工作队由外地调入，他们是来自长阳和五峰县的机关干部和知识分子。为防止有人偏私，规定工作队员必须回避本籍，这样才能一碗水端平，有利于推动工作。

工作队进村以后首要任务是争取农民的信任与支持。

当时来的工作队队长姓肖，因为头上无毛，人称"肖光头"。工作队要在村里树立威信，就要依靠苦大仇深的农民。肖光头很快发现了魏雀尕子。他是上无片瓦，下无插针之地，长年在地主家里帮工，真正的无产阶级。但他有一种狠气就是嘴巴子会说。于是肖光头就把他扶起来推荐给村民。说他无田无地，无儿无妻，是贫下中农的代表，是共产党依靠的对象，要农民选他当农会干部。

一个雾气腾腾的上午，薛家新屋门口集中了黄龙寺的贫苦农民，有一百多号人。他们集中在一起，开会选举农会干部。会议由肖光头主持，由区里的干部讲话，再宣布候选人名单和选举办法。农民不识字，只认识人，于是肖光头将候选人叫到前面站成一排，给村民一个一个介绍之后，给每个候选人发了一个土碗，每个村民发给几粒豌豆作为选票。然后让被选举人背对村民，双手背后捏着一个黄龙寺土窑里烧制的土碗，让村民排队依次从被选举人后面经过，愿意选谁就往谁的碗里丢一颗豌豆，再按照豌豆的多少计票。用这个办法选出了土改八大委员。魏雀尕子当选为八大委员之一，后被推举为民兵连长。

选举之后就是分田地，把地主的土地全部没收，中农、富农的田产予以保留。没收的田分给农民，还先后分掉地主的房屋和其他财产。

土改工作队在黄龙寺门口挂出了按政策明确的划分阶级成分的标准。后来肖光头又将这些标准进行了细化、数字化，便于操作。地主，即占有土地二十担种以上，雇有长工一人以上。富农，占有土地十担种以上，雇有短工者。如此类推。当年薛五楼不仅有土地三十担种，还开办有一个放酒的作坊，雇长工二人，因此被划为地主。大骡子是一九三零年出生的，到新中国成立时年满二十岁，已经结婚生子，是成年人了，按政策划为了地主。郑月梅是大地主郑厚山的女儿，也是地主分子，成了地主婆。

自从划成地主以后，大骡子就剪掉了学生头，剃了光头。按他的说法，光头方便，便宜，不张扬。他总是剃一个光头，经常的满头大汗。长年累月的光头，在阳光的照射下闪闪发光。时间长了，周围的皮肤都是古铜色的。后颈部位的颜色更深。他每次剃头，都是选最便宜的。剃头匠剃光头，先将头发打湿，抹上肥皂。然后从上到下一次性地剃光。之后还要再细细地刮一遍。随着一声声撕白布一样的声音，头上的头屑头皮一坨坨地滚下来，就像黑芝麻糊一样。如果头上有头疮，有时候还会剃出血来。欢子不懂事，有时候会看着父亲的光头好笑。但他不理不会，照样做自己的事。

大骡子本身成分不好，又娶了大地主郑厚山的女儿，两口子都是地主分子，被监督劳动改造，自然处处小心谨慎，用黄龙寺的俗语说就是"打屁都怕走渣"的角色。他经常厉声教育欢子："如果我听到你在外面惹祸，就打断你的胯子！"

大骡子在生产队表现很好，说话低声下气，做事任劳任怨，农活样样精通，很受大伙儿信任。

相对于大骡子而言，二骡子、三骡子、四骡子在土改时年龄还小，虽然没有划成地主，但是在婚姻问题上，却碰到了很大的难题。

四

二骡子一九三四年出生，到一九四九年新中国成立的时候，正好十五岁。

二骡子薛家林读书非常用功，中华人民共和国成立那年，二骡子正好在古镇小学毕业，毕业会试成绩是班上的第二名。当时的峡江县咨议局议员提议，为了保证优秀学生上中学，每个学校小学毕业班会考前三名的保送上初中。古镇小学第一名是包三本，第三名是钟有良。

一九五〇年是春季入学，他们三人结伴，跑到峡江中学打听录取情况。峡江中学名册上已经有了他们三个人的名字，但是当时学校政治审查严格，要求村镇出具介绍信。薛家林回到村里，到农会办公室，找到农会主席。薛五楼也通过关系找人帮忙。但当时的农会就是没有给他开出那盖有大红印章的介绍信。二骡子没有办法，只好回家帮助家人种田了。

二骡子人小力薄，干不了农活，只好跟着他六叔学习放酒。这样一干就是五年，到一九五四年满二十岁。那时他们已和大骡子分了家。薛郑氏带着三个儿子和春秀为一家。家里什么都没有，饥寒交迫。看着二骡子他们一天天长大，薛郑氏心里着急，便请托别人给二骡子张罗婚事。按照当时薛家的情况，在家娶媳妇是不可能的，只有当上门女婿。起初介绍人给二骡子介绍了一个，对方和他同岁，在村里当卫生员，初中毕业生。两人只见过一面就没了下文。

接着又给他介绍了第二个对象。女方是二婚，大他三岁，还有一个女孩儿。二骡子听介绍人初步介绍以后，有点不愿意，但是还是跟着介绍人到了女方家里。两人见面以后，彻底改变了二骡子的看法。那个女人不但长得很漂亮，还会裁缝手艺。那个女孩儿也玲珑乖巧，很可爱。当时女方家里全部是女人，没有男劳动力。二骡子特别勤快，相亲第二天就到女方家里帮助做事。只一个上午就把全猪栏屋里的粪肥刨出来，撒到田里去了，女方非常高兴。没过多久，他们俩就登记结婚了。

三骡子薛家森的命运相当悲惨。他是薛家四骡子中最魁梧健壮的一个。但他心眼儿很细，做事认真，有一股子犟脾气。他小学毕业以后就在家里做事，长到十六岁就开始参加水利工程建设。在修建善溪冲水库的过程中，结识了邻队青年林小梅。两人互有好感，不久产生了爱情。

但是林家是贫农成分，大哥从部队转业以后，在公社广播站当站长，二哥在部队当兵，大姐是猪头包大队妇联主任。两人相好以后也很夸张，在工地上不避人眼。这事很快在基建连队引起了议论，消息也很快传回了黄龙寺，林家大哥马上进行了干预。林小梅很快从水库工地调回去了，但两人关系转向了幕后。林家哥姐将林小梅关起来做工作，她态度坚决，发誓说："让我不爱他，除非石头能从水里漂起来。"说完就捡起一块石头丢进水里。看来林小梅是吃了秤砣铁了心，林家人就在三骡子身上下功夫。双方拉锯了一个月，最终三骡子和林小梅也没能在一起，而三骡子在一次意外中掉进黑龙潭里淹死了。

四骡子的婚姻很凄惶。他一直到三十八岁仍然是个单身汉。后来经人介绍了一个寡妇，已经四十多岁了，还有两个儿子。四骡子没有办法，只好同意结婚，到女方安家。三年后，由于女方太强势，过不下去了，又搬了回来。去的时候是他侄女婿用三五拖拉机拖过去的，满满的一大车。回来的时候也是他用二〇拖拉机拖回来的，只剩下了半车厢的东西。到"文化大革命"结束，四骡子仍然是孤独一人。

第九章　上学

一

欢子突然梦醒了。以前的生命轨迹似乎闪回一般在脑海中重现。他想起自己上小学的情景。农历正月二十的天气依然很冷，天空中零星飘着雪花。在许多贫下中农子女报名上课的第二天，大骡子才牵着提着火篮子（陶钵）的欢子，怯生生地来到一户农家的大门口。这时的黄龙寺小学已经从寺庙里搬出，设在刘家台子的几户农家之中。

刘豁子的大门口挂着一个大木牌，上面写着"黄龙寺小学"几个大字，旁边还有用红纸写的"新生报名处"。

刘豁子生下来是兔唇，上嘴唇有一豁口，门牙都露在外面，黄龙寺人都叫他刘豁子。他的房屋是刘家台子上比较好的，虽然都是土木结构，但是大门是用青砖做的，略显高大阔绰，屋面平整，屋脊略高，又靠近大路，因而学校办公室就选在他家里了。

刘豁子形象古怪，行为也怪癖。他一天到晚眯缝着眼睛，满脸红润，一日三餐酒，一副醉醺醺的样子。他应该和其他农民一样，没有任何别的经济来源，但他的房子比别人的好，每天有酒喝，而且是一日三餐，从未间断。"家里有金银，隔壁有杆秤。"别人怀疑他有额外的经济来源，是什么来源呢？一次他喝醉酒之后，终于说出是得了一把金夜壶。村民们越传越神，说他当年在拆郑家楼子的时候，得了郑厚山的一把金夜壶，存放在香港民生银行峡江办事处，他每隔一段时间就要到市里去，把利息取出来用，所以他不差钱。

欢子父子在看招牌时，正好碰到了刘松林，他是欢子大姑婆婆的孙子，在学校读五年级。大骡子要欢子叫松林哥哥。欢子瓮声瓮气地叫了一声。刘松林说："已经开始上课了，你怎么才来呀？"

大骡子说："欢子怕冷，在家里烤火，所以来迟了。"

"哦，快进去报名吧，我们都上了一天的课了。"说完向着隔壁一家农户跑去。

大骡子没有说实话，其实他是怕成分不好，怕学校不收，还待在家里等待观望。他打听别的孩子都上学了，才牵着欢子来报名。

大骡子牵着欢子走进堂屋里。看见屋里正面墙壁上挂着毛主席像，旁边的墙上挂着蓑衣斗笠还有犁耙镐耖等农具，地上放着几张褐色的办公桌。在灰暗的光线下，有一个女老师简单问了一下情况，知道是来启蒙报名的，就向里面喊道："谭老师，谭老师。"里面传来"哎"的一声。"有一个新生报名，你快过来登记。"

不一会儿，一个年轻的女教师走了出来。她二十岁左右，个头中等，面色红润，扎着两条小辫子，穿着花布棉袄，显得非常精神。

她进来就问："哪个生产队的？"

"黄龙寺一队的。"他爹回答。

"怎么来迟了？已经开学上课啦！"

大骡子说："欢子不愿上学，来迟了。"

谭老师转过去问欢子："怎么不愿上学啊？"

欢子紧张了，躲在大骡子后面不敢说话。

大骡子说："欢子很少出大门，有些怕人。"

"哦，过来我看看。"谭老师把手伸出来。

欢子慢吞吞地走到谭老师面前，谭老师拉着他的手说："叫什么名字啊？"

"叫薛獾子。"他只有小名。

"是哪个薛呀，哪个欢啦？"欢子答不上来。

大骡子替他说："薛仁贵的薛，猪獾子、狗獾子的獾。"

"喔，这个名字多土气呀，改个名儿吧？"

"您说改那就改吧。"他爹同意说。

谭老师问明了是海字辈，沉吟片刻说："那就叫薛海欢吧，大海的海，喜欢的欢，你看好不好？"

大骡子和薛欢子都说喜欢这个名字。就这样，薛獾子就叫薛海欢了。但人们依然都叫他欢子。

接着谭老师拿过来一把大算盘，要考欢子数数。欢子走过去，用手拨弄算盘珠子，从一数到了十五，后面的就数不下去了。谭老师还问了其他一些情况，如家长姓名、家庭成分、出生年月日等，都一一做了登记，还收了一块五角钱学杂费。手续齐全了，谭老师说："可以啦。薛海欢，跟我到教室里上课去吧？"

欢子不愿意离开薛家木。谭老师走过来，拉起欢子的手，又说了一些哄他的话，欢子才背了空书包，提了火篮子，跟着谭老师向更远的一家农户走去。欢子走到教室门口，回头来看他爹，没有看见，张口"哇"的一声大哭起来。

欢子被谭老师哄着走进教室，一阵"哇哇"的哭叫声传来。欢子一看，黑暗的光线里，在高低不齐的破旧课桌后面，有几个小孩在晃动，哭声正是从那里传来的。受到感染，欢子又开始瘪嘴，加入了哭啼的行列，屋里的哭声更大了。

"别哭了，再哭罚站！"谭老师一声吼，哭声马上停止了。欢子用袖口擦了眼泪鼻涕，开始观察另外几个小孩子，发现了几个熟悉的面孔，同一个队的张癫子、廖二、胡结巴、胡罐子都在，他们一起在生产队仓库里玩过游戏，彼此认识。廖二还是穿着那件黑色的棉袄，袖口和胸前全是鼻涕结成的油光光的枯壳。他兴奋地叫唤着：

"欢子欢子，快来玩啦！"

几个小孩围了过来，羡慕欢子手上的火篮子。胡结巴、胡罐子也围过来，伸出黑手在他的火篮子里烤火。半天之后，欢子和其他小朋友们就混熟了。

二

欢子从小性格就比较孤僻，没有什么玩伴。读小学的时候，只有张纯银和他一起玩。因为张纯银是满头的癫子，也是其他同学取笑的对象，都离他远远的，根本不和他玩。调皮的学生还给他起了绰号张癫子。胡结巴、胡炊子、胡罐子还有廖二他们经常唱儿歌："癫子本姓张，腰里挎把枪，枪一响，马一张，踏死个癫咣当。"随即起哄："呃……"大笑不止。

每当这时，张纯银就躲得远远的，用一双灰色的眼睛怯怯地看着他们。

胡结巴是胡海螺的大儿子，学名叫胡杰生。胡炊子、胡罐子也是他们的绰号，其实学名分别是胡春生、胡焕生，喊走了音就是炊子、罐子了。

他们也经常欺负欢子，唱一些侮辱薛家长辈的儿歌，说得特别刻薄无情。

这样的事情一般都发生在上学和回家的路上，六爷爷经常碰到，每次都会站出来保护他们。

欢子和张纯银也唱儿歌反击他们："癞子本姓胡，住的是茅屎屋。吃的是臭屄屄，穿的是叉裆裤。"

黄龙寺的土话中，茅屎屋是厕所，屄屄是大便，叉裆裤是开裆裤。但是他们只有两个人，形象畏缩，无人应和，造不起来声势。倒是胡结巴、胡炊子几个越唱越有劲，他们只有躲开的份儿。

三

一天傍晚，夜幕开始升起，鸟雀子也在还巢归林，远处的山林呈现出一片黛青色。欢子和张纯银步履疲倦、表情沮丧地从六爷爷的门前经过。六爷爷一看到他们，就知道又受了奚落。他心疼地把欢子叫到自己的家里，找了一把苕金果塞在他的手里，又拿出了自己珍藏多年的一支唢呐递给欢子看，欢子不解地问："这是什么？"他用手小心地摸着。

六爷爷一边解开包着的碎布，一边说："这是乐器唢呐，吹出的声音很好听。"

待碎布解开以后，一支闪烁着黄铜光泽的喇叭出现在欢子面前。欢子是第一次见到这玩意儿，一扫阴郁的情绪，高兴得用手抚摸着唢呐，央求六爷爷吹给他看。六爷爷用水浸泡了一下哨子，用棉絮堵上喇叭口，试着轻轻地吹了一下，哨音清脆而优美，欢子一下子就被迷住了。六爷爷说："走，我们到黑龙潭的岩屋里去吹。"

欢子背起书包跟着六爷爷在暮色中来到了黑龙潭。那里有一个他们都熟悉的岩屋，在很久很久以前有人住过。他跟着二骡子、三骡子钻过多次。山坡上有一条很少有人走过的小路通向洞口。爷孙俩跌跌撞撞进到洞里，六爷爷划亮火柴，找到两块石头坐了下来，就开始教欢子吹唢呐。那天晚上，他们吹了很长时间，直到子夜时分才摸着夜路回到家里。从那以后，欢子每次放学都跑在前面，一头钻进六爷爷的家里，请他教吹唢呐。

欢子吹唢呐很入迷，有几次放假，他从六爷爷家借了唢呐，躲进黑龙潭岩屋里，一吹就是一天。很快他就学会了唢呐的吹法，能够熟练地吹出《双探妹》《十爱》等民俗歌曲。还会吹《大海航行靠舵手》《献给敬爱的毛主席》等革命歌曲。

一次，由于吹的时间太长，加上用力过猛，在回家的时候，发现自己的胯下肿胀了起来，他不敢跟别人说，只有默默地承受。还是他妈比较心细，看着他走路，义卅两条腿非常痛苦的样子，问是怎么回事，他才把吹唢呐的事情告诉家人。他妈买不起药，根据别人介绍的一个偏方，自己上山采了草药，回来捣碎，敷在上面，很长时间以后才消肿。

四

在黄龙寺小学操场的西边，有几棵高大的柳树。学校在布置体育设施的时候，在树上安装了爬竿，一排三根，用碗口粗的桂竹子制成。在竹子兜子上，由铁匠打造的套筒钩子，勾在树上安装的吊环上，供学生锻炼身体。欢子发现三骡子、四骡子特别喜欢玩爬竿。每隔一段时间就要来玩一次，有时候还趁着月色来玩。他跟在后面跑，发现了其中的秘密。有一次在玩爬竿的时候，他按照三骡子所教的方法，双手双脚用力向上攀爬。攀着攀着，身体在竹节上上下下摩擦，下面传来一种很异样的感觉。同时感觉有些头晕，舒服极了。他终于明白了三骡子、四骡子玩爬竿的原因。后来学校放假，爬竿收了，欢子又跟着他们往胡家竹林子里钻。他发现有几根很粗的桂竹子，上下磨得光滑，三骡子、四骡子爬得起劲，直到浑身燥热，脸色发红。

那年暑假的一天，太阳火红，天气炎热，树上的知了在"吱吱"地叫唤，麻雀子在树上欢快地跳跃。黄龙寺小学的门口挤满了很多人，都在争相观看一张海报。欢子也很好奇，挤上前去观看。只见上面写着几个大字："古镇中学录取新生名单。"欢子挤了进去，看来看去，就是没有自己的名字。只有胡杰生、张纯银和胡焕生，也就是胡结巴、张癫子和胡罐子，也没有廖吉远（廖二）。他怀疑人多影响了，没有看清楚。傍晚趁人少的时候，他又去看了一遍。这次是从头至尾一字一行地看，一笔一画都不漏。一共五行，每行四人，最后一行两人，共计十八人。他横着竖着看、左起向右看、右起向左看、上下来回看了几遍，还是没有。他还心存侥幸，希望是漏掉了，会有补充通知。因为他认为在学校里，不论是学习成绩还是平时表现，自己都比他们几个强很多。直到那张纸变得发黄，最后破损了，又被大风卷走了，确信没有自己了，才不再关注那堵贴通知书的土墙。他辍学回家了，最高学历定格在了小学毕业上。

第十章　双抢

一

欢子在无数次的偷偷观看学校旁边的公告栏之后，最后一丝的侥幸心理没有了，他终于泄气了，知道自己上不了初中了，无精打采地回到家里，躺在床上便昏昏沉沉睡去。

这时正值农村双抢季节。双抢就是抢种抢收的简称。人民公社时期，鄂西农村最响亮的口号是"以粮为纲，全面发展"。农村为提高粮食产量，大力推广二季稻。早稻要在七月底收割，二季稻也要在七月底插秧。口号是："不栽八月秧。""立秋不栽秧，栽了一包秧。"因为过了这个季节，二季稻就都是瘪壳，只能收稻草了。

黄龙寺进入双抢季节，社员们都忙得像热锅上的蚂蚁，风风火火，进进出出。按照生产队的号声早上工、晚收工，割谷、插秧忙得不可开交。欢子父母、婆婆一只眼睛盯着双抢生产，一只眼睛盯在欢子身上，他的情绪低落，长辈们都心里有数。

吃早餐的时候，薛家木说："欢子，你的书是读不成了，死了这条心吧！快回来给老子挣工分！"

"张癞子、胡结巴、胡罐子他们的学习成绩、平时表现都没我好，我为什么读不了中学呢？"薛家木一下被问住了，解释不了，只能干瞪着眼睛望着他。

"你是男子汉大丈夫，不读中学就活不成啦？"郑月梅训斥着说。

"双抢的活他是不行的，是不是让他去做点轻松一点儿的事，比如捡牛粪，寻猪草啦？"薛郑氏在旁边建议说。

"那就先捡几天肥吧。到了大忙的时候还是要下田帮忙的。"薛家木顺水推舟地说。

薛家木给欢子找来一条扁担、两个粪筐、一把钉耙。欢子穿上草鞋，挑着工具就出门了。他一直沿着黄龙溪往下走，寻找着牛粪、驴粪之类的粪肥。开始觉得很新鲜，自由自在，无人管束，一口气跑了很远，差不多要跑出黄龙寺大队的地界了，两个粪筐还空空如也。

快到中午的时候，他寻思着，完不成任务，回去交不了差，怎么办呢？他有点着急了。突然心里冒出来海蓉妹妹说过的办法：把躺在地上休息的牛赶起来，在堤坝上来回走动，就能捡到牛粪了。他趁着喂牛的人不注意的时候试了两次，果然比到处跑要好得多。到中午的时候，欢子就挑着一担牛粪回家了。

捡了几天牛粪之后，欢子觉得没意思了。本来捡牛粪的队伍中，男女老少都有，但他们大多都是早晚出来，只有刚下学的廖二和自己一样，也挑着粪筐在捡粪。廖二看见欢子也主动跑过来和他一起捡。

在学校里欢子和廖二很少往来，因为欢子不喜欢廖二那阴阳怪气、颠三倒四的样子，不愿意和他一起玩。但是现在都回家了，又一起捡牛粪，已经没有第二个玩伴了。张纯银和胡罐子他们已经上中学了，他别无选择，只有和廖二一起捡粪。廖二的一张嘴特别话多，不说话的时候就哼着一些小曲子。这些都是他的叔叔教给他的。欢子听他唱过《双探妹》，也多次听到他说："养女莫嫁黄龙寺，吃了苕坨就砍刺。"捡牛屎的时候，廖二又把词儿改了："养女莫嫁黄龙寺，男女老少捡牛屎""吃家饭，屙野屎，别人见了当狗屎"……廖二唱得最起劲的时候，脖子上的青筋暴跳，嘴角的唾沫星子乱飞，一股臭气飘出，因为他从来就不曾刷牙，几颗氟牙上有一层黄泥巴一样的污垢。

●

清晨，天刚蒙蒙亮的时候，生产队的号声就响了。今天早上是到驴尿沟里割早稻。欢子在迷迷糊糊中被他爹叫醒。他胡乱地穿上衣服，掀开锅盖拿了两个苕坨就跟着劳动的队伍，边吃边跑地来到了驴尿沟。胡友山副队长给他们一家分配的任务是割裤裆丘的早稻，要用一个早工和上午的时间割完。欢子觉得很新鲜，一下田就割开了，不一会儿，身后就铺了一大片割下的稻子。正当他割得起劲的时候，突然感到脚踝处不对劲，像有一个什么东西跟小口袋一样，一走一撞地撞着脚面。他低头一看，脚踝处那道受伤的口子上吸附着一坨蚂蟥，肚子里全都吸满了黑血。那条最大的像一条泥鳅，两头的吸盘牢牢地吸在伤口上，装满鲜血的黑红色肚腹肥肥地耷拉在脚踝处。

蚂蟥吸血跟蚊子一样，都会分泌一种物质，具有麻痹作用，让人感觉不到。欢子心里一紧，赶紧跑到他妈面前，郑月梅一看，镰刀一丢，举起手就是一阵激烈地拍打，蚂蟥纷纷松开吸盘，滚落在稻茬子里逃之夭夭。薛家木也放下镰刀走了过来。他从腰间拉出烟袋，把烟灰倒在伤口上止血，又扯下一根细长的稻草，捅到烟杆子里，搅动几下，掏出黑黄色的烟屎，涂抹在伤口周围，起到驱赶蚂蟥的作用。被蚂蟥吸附过的伤口血流如注，直到盖过脚面。

欢子看着几条伸长脖子逃跑的蚂蟥，心里很气愤，他一把抓起那条最大的，放到镰刀上割着。蚂蟥被割成两截，一股黑血从肚子里喷出来，染红了欢子两只手。被割断的蚂蟥掉在稻茬子上，依旧在一伸一缩地爬动。他妈看着蚂蟥说："蚂蟥的命最长。蚂蟥不怕蒸，不怕煮，只怕放牛娃儿们翻肠肚。"

民间传说蚂蟥生命力无比顽强，哪怕是烧成了灰，倒在了水里，又会变成无数个蚂蟥幼虫。但有一个办法治它，就是把它跟翻猪肠子一样翻过来，在烈日下暴晒，这样它就会死去。放牛娃儿在抓到蚂蟥以后，通常是用一根细签子，从尾部往里捅，从嘴巴里出来，就是从里到外彻底翻过来。这是欢子他们小时候经常玩的把戏。

对于蚂蟥，欢子见得多了，但看到成堆的蚂蟥吸血还是很少。

欢子小的时候经常跟着骡子们捞鱼摸虾、游泳等，被蚂蟥叮咬的事时有发生。记得八岁那年暑假，他跟着四骡子、胡结巴他们偷偷洗澡，没有几次就学会了狗刨，半生不熟的时候瘾是最大的，他经常偷偷跑到胡家大堰洗澡，之后就经常流鼻血，伴随着鼻子里面阵阵恶痒，他也没有太在意。后来鼻血流得多了，薛家木才拉着他到卫生室里去看医生。医生给他检查之后，用钳子在他鼻子里夹出了一条一寸多长的蚂蟥，把一家人都吓坏了。当时欢子比今天还要惊恐。

更有让欢子惊恐的事情。快到中午的时候，火辣辣的太阳照射着田野，稻田里蒸腾着一股股热气。欢子一家挥汗如雨，裤裆丘的稻谷已经只剩下裤裆底部一小块了。欢子浑身已经被汗水和露水湿透，他也顾不得许多，仍然不停地割着。他只有一个信念，就是要在中午吃饭之前完成任务。割着割着，欢子突然发现前面有一根黑色的缆绳，便伸手去捡，手刚刚碰到，缆绳一翻，露出了花白的肚皮。欢子一个惊叫非同小可，他一声尖叫，外带一个猛跳，几乎惊动了驴尿沟所有割谷的人。大家都伸着头向这边张望，薛家木问："什么事啊？吓成这样！"

"快来看，蛇！"欢子用发抖的手指着前面的稻田。

薛家木赶紧放下镰刀，跑过来一看，眼前的情景也让他惊呆了。两条粗大的黑蛇紧紧地缠绕在一起，身子在不停地扭动。两只蛇头高高地昂着，吐着紫色的舌头，警告着靠近的人们。

这是蛇在"绞缆子"，也就是在交配。黄龙寺有一个迷信的说法："蛇绞缆子人背时。"看见了是不吉利的，是要走背时运的。唯一的解脱方法就是要将蛇打死，不能让其逃脱。

薛家木沿着田埂一阵猛跑，在山边捡来了一根竹篙准备打蛇。因为竹子也叫龙竹，是龙的化身，是蛇的克星，用竹竿打蛇效果神奇。薛家木看准时机，对着大蛇一顿猛打。随着竹篙子的起落，谷草、水花上下翻飞，大蛇受到惊吓，立刻缩回高昂着的头，松开紧缠在一起的身子，贴着裤裆丘的田坎，在稻谷的隐蔽下迅速逃离。

这时的田埂上已经站了很多人，多数在看稀奇，部分在吆喝，也有人在议论："快打，快打！这边！这边！"

"见蛇不打三分罪！"

在众目睽睽之下，两条蛇无处遁形。有人在观察指挥，有人在捡石头猛砸。一条蛇沿着田坎隐蔽着逃跑，被薛家木追上，一阵猛烈的竹棍打击之后，大蛇的身子已经动弹不得了，肚皮翻过来了，但是头和尾巴还在不停地搅动。

"打蛇打七寸，扎篾扎三道。"

"啧啧，好大的蛇啊！它还没死！"

薛家木又对着蛇头，精准地补上了几竹棍，大蛇终于死了。

另一条大蛇慌不择路，从稻田里逃了出来，暴露在光天化日之下。围观的社员抢起棍子一阵猛打，捡起石头一阵猛砸，大蛇的身子很快被砸烂，肚皮开裂，血肉横飞。

一场人蛇大战结束了。薛家木用竹篙子挑起大蛇尸体，把它们挂到田角边下的猫耳刺树（枸骨）上，免得蛇刺扎人。黄龙寺有"蛇刺椎，龙刺挑，挑不出来烂齐腰"的说法。欢子蹲在田埂子上，看着眼前的一切，好半天还心有余悸，不敢下田。

三

处在青春萌动期的欢子，回到了生产队里劳动，进入了社会这个大染缸，什么千奇百怪的事情都有。尤其是夹在一群单身汉中间劳动，他们讲述的都是一些那方面的故事，年轻的好奇地问年长的，年长的在年轻人面前炫耀，结了婚的在没有结婚的面前故弄玄虚，说一半留一半，吊他们的胃口；没有结婚的低声下气，打破砂锅问到底，穷追不舍。

农业学大寨推广二季稻，七月份正是双抢季节，生产队里非常忙碌，窑场停工参加双抢，放假的学生都要参加生产劳动，既给生产队的双抢出力又为家里挣工分。张纯银的社会关系好，推荐上了古镇初级中学。由于医疗技术的进步，张纯银的癞子有了明显的好转。他不仅个头长高了，头上的癞疤上已经长出了黑黑的头发。随着身体的发育，喉结开始变大，嗓音也开始变粗。人变得比较开朗了，在镇上还结识了几个家庭条件好的朋友。

张纯银回队里劳动，和欢子、胡结巴、胡罐子、廖二又在一起了。他们割谷插秧在一起劳动，困了累了在一起睡觉，身体脏了在一起游泳洗澡，仍然像过去一样在一起比谁尿得高、尿得远。

第十一章　新屋

一

欢子的外公叫郑厚山，是猪头包有名的大地主，寓所郑家楼子是当地的豪宅，就坐落在猪头包。郑家楼子前有广阔田畈，后有高大靠山，大门一开望八百，转枢一响震四方。站在门口一望无尽的肥田沃土，有八百石课（湖北宜昌方言，意思是"八百担租子"）是郑大老爷的田。黄龙寺猪头包附近的大户就数郑家、薛家，两村百分之八十以上的土地都是他们两家的，其他就是几个富农、中农，多数是佃户。

欢子出生前很多年，他爷爷薛五楼就做了保障所所长，那是在日本人占领黄龙寺以前。刚开始所址就设在薛家老屋。随着几兄弟的成人成家，薛家人口迅速膨胀，老屋已经不够用了，还要拿出房屋做保障所用房，就更加拥挤了。这时他爷爷提出分家，要建新房，大家都很赞同。

薛家新屋是仿照老屋建造的，俗称八大间。这种房子是当时乡村流行式样，但耗资巨大，只有富家大户才能拥有。薛家新屋以一个天井为中心，四周围绕着八间房子。大门是卧槽门，一尺多高的青石门槛，两扇足有半尺厚的木门包裹着铁皮，布满了鼓出来的铁钉，具有防御功能。一扇大门足有两百多斤重，小孩子们根本推不动。房子内的布局是：进大门是前厅，再是天井、堂屋。天井两边是左右厢房，堂屋两边是上大房，前厅两边为下大房。堂屋里设有神龛子，供奉着神像。下边春台上，摆放着烛台、香案，还有一个像法海和尚手里托着的那种古磬，是专供祭祀用的。春台下面是蒲团，供人跪拜。蒲团两边对称放着四把太师椅。

上大房一般为主人所用，下大房一般为老人子女所住。另有一些附房，是工友们的居室和厨房、仓库等用房。佃户住房都很低矮简陋，一家一户地分布在田边地头山岗上。

欢子爷爷他们分家之后一段时间，仍然住在薛家老屋里，因为新屋还没有盖好。欢子太公虽然说家里很富，但儿女很多，分得七零八落。到他爷爷名下，只有十几石课的田和两间瓦房。

俗话说："分了家，各自扒，碰到狗屎用手抓。"欢子爷爷婆婆他们分家出来以后，勤扒苦挣了几年，总算是新建了薛家新屋。

薛家新屋选址在老屋对面。前面是黄龙溪，背后是大龙山。虽比不上薛家老屋，更比不上郑家楼子，但也枕山临水，视野开阔，高大雄伟。薛家新屋说不上奢华，都是就地取材，用本地土砖青石做成。基脚是黄龙溪里的石头，门框、门柱是用黑龙潭里的青石打造的，墙壁都是土砖砌成。这种土砖是秋天把稻田里的水放干，用石碌反复碾轧，再划成砖块挖起来晾干，就可以做房子了。黄龙寺都是黄泥巴稻田，挖出的土砖也是黄泥巴的，只要一干，就非常结实耐用。缺点就是怕水，一泡就软。

●

欢子太公薛春山生育了六个儿子，三个女儿。欢子爷爷排行老五，所以在结婚升号时，就带了一个五字，号名叫薛五楼了。

一九三零年的时候，经济大繁荣。那时薛五楼在黄龙寺，已有几十亩土地，还经营着一支骡马队，经常奔走在玉泉寺到古镇，荆州到峡江的商道上。一天，薛五楼正赶着骡马回来，老远就听到薛家老屋传来了很长一阵鞭炮声，他喜滋滋地想，这肯定是家里的媳妇生娃儿了，他要当爹了。他一阵欣喜狂奔回家，把骡马都丢在了薛家老屋门口，等到他抱着儿子亲了又亲的时候，骡马已经四下散开，有的在啃吃园子里的茶叶，有的在吃田里的庄稼，他却喜不自胜，不管不顾。

"看把你喜的，还不快给娃儿取个名儿？"这是他娘的话。

薛五楼望着门口几匹膘肥体壮的骡马，随口便说："就叫骡子吧，骡子力大好养，是我的好帮手啊！"

再后来，薛郑氏又陆续给薛骡子生了三个弟弟和一个妹妹，就都喊二骡子、三骡子、四骡子了。只是后来生了小妹，才叫春秀，因为是春天生的。

三

薛家木和郑月梅是"指腹为婚"。郑厚山的妹妹薛郑氏经人介绍嫁给了薛五楼。郑厚山和薛五楼都是同年结婚，同年怀孕，两个表兄弟关系好，走得近。在交往中，相互约定，小孩出生以后，如果是一男一女就结"娃娃亲"。后来果然如此。等到两个小孩三岁的时候，就请了媒人，互换了庚帖，也就是拿了八字，只等长大成人，结为夫妻。

薛家新屋建成以后，要搬家并举行过烟火的仪式。

那一天正好是腊月初八。虽然是数九寒天，但并没有下雪，也无北风，天气有些干冷。几天前，薛五楼就准备好了过烟火的东西，竹子炉子餐具等一应俱全。

腊月初七晚上，欢子太公薛春山主持召开了家庭会议，地点在薛家祠堂，也就是薛家老屋。厅堂之上祖宗牌位几十个一字排开，上面是烛台，香案，再下面是蒲团、银钵。在烛台灰暗的火光之中，薛家人二十多口，坐到几排板凳之上。薛春山点燃火纸，放在银钵之中，然后跪在蒲团之上，嘴里念念有词，祷告列祖列宗。然后是欢子爷爷辈，按大小尊卑，一一叩拜，进香烧纸。跪拜礼毕，薛春山发话，先说了些"树大分丫，人大分家"之类的话，再安排了腊月初八搬家事宜，后祷告先祖，祈求列祖列宗，保佑诸事顺利、子孙平安。

上午十点多钟，由薛五楼领队，两个姑父各扛着一根带着青色竹叶的完整的竹子，大姨父提着冒着黑烟的火炉，其他人等拿着厨房里的家什，什么锅盆碗筷啊，火钳、火盆、吹火筒啊等用具，二骡子、三骡子扛着饭桌板凳，一群人浩浩荡荡从老屋出发，来到新屋门口，将两根又高又长的青竹子斜靠在大门两侧，将各种炊具搬进厨房。这一风俗是一代一代传承下来的。翠竹比喻子嗣兴旺，生活节节高升。烟火比喻香火旺盛，子孙繁多，红红火火。

过烟火最初是迎接火神菩萨祝融的祭祀，后来演化为搬家生火的仪式。等火炉一进大门，鞭炮手就点燃了火铳、鞭炮，"轰轰隆隆……""噼啪噼啪……"掩盖了堂屋里的管弦声，只在鞭炮的间隙里才能听到几声细微的乐器吹奏声。

搬家路上，薛大骡子扛着一张餐桌，目光一直在过烟火队伍的中间搜寻。他不时地前后张望，看看有没有郑月梅的身影。看来看去只看见郑厚山老丈人等一行客人，身穿礼服在路边恭候。他在想，过了门儿的媳妇，今天应该来帮忙吧，怎么没有来呢？他想看到她那双迷人的丹凤眼、笔直的鼻子和樱桃般的小嘴，尤其是那长有几颗白麻子的美人貂蝉一样的脸，那……怎么没有来呢，他扛着桌子边走边纳闷着。

新屋果然高大宽敞，厅屋和堂屋里各摆上了四张八仙桌，还有两个厢房，各有一张，共计十张八仙桌，都坐满了客人。门口阶沿边，皂角树下还有很多客人在等候。新屋落成那一天，薛五楼张罗了轰动乡里的隆重庆典。不仅有狮子龙灯，管弦乐队，还请来了一台大戏。那是由楚剧名角刘玉树率领的剧团，在门前搭起戏台，热热闹闹唱大戏三天，让乡民们大开了眼界。

四

相比之下，欢子的新屋与爷爷的薛家新屋，简直是一个在天上，一个在地下。一个是地方绅士的大宅子，一个是寒酸的小土屋，是不同时代农村住房的两个极端。他爷爷的薛家新屋，是闻名遐迩的地标式建筑，是有天井的八大间，还有很多附属屋，是一个很大的建筑群。不说别的，新屋落成时燃放烟花爆竹的渣子，就像铺上了一层红地毯。砌屋上梁时丢的包子，就有几大箩筐。黄龙寺俗语中有"砌屋上梁，包子滚墙"的说法。人们相信砌屋的时候，丢的包子越多越发财、越吉祥。

一九五〇年，他们一家子搬到了黄龙岗最偏僻的一道山梁上，在过去的佃户胡塌鼻子一家的三间茅草房屋里居住。大骡子一家在那里一住就是二十多年。除了欢子之外，他的几个妹妹都是在那个岗屋里出生的。后来薛大骡子增人添口，又与二骡子、三骡子、四骡子分了家。欢子他们分得两间正房。二骡子他们分的是一间正屋一间偏屋。

在那个岗屋里，欢子度过了童年时光，很快长到十七八岁。提亲的人也不少，只是条件太差，别的女孩子看不上，介绍之后没几天就吹了。眼看欢子一天天长大，父母为他的婚事操碎了心。怎么办呢？薛家木左思右想还是要砌屋搬家。他认为只有搬进新屋，才能让欢子娶到媳妇，不打光棍，生儿育女，延续薛家香火。几次相亲失败以后，欢子也下定决心，一定要拥有自己的新屋。

砌屋那年春天，欢子家里喂了一头小猪，全家人都围着猪子转。说来这头猪也很凑趣，吃了睡、睡了吃，到腊月初八也就是喝腊八粥那天，请来了杀猪佬魏麻子将猪杀了。按照当时购留各半的政策，他家留下了三十多斤猪肉和猪杂碎。薛家木把肉挂在了火笼子上面，日夜添加柴火，守候着将猪肉熏干。在腊月底队长总算是答应了砌新屋的事情。

"砌屋造船，日夜不眠。"他们选定了一块水田，放水晒干，用石磙碾轧结实，然后请人挖砖，码成一笼笼晾晒。张茂业有一套挖砖的工具，他知道薛家木准备挖砖砌屋的消息，便主动过来帮忙。从划线、踩切到挖砖他都是师傅，欢子跟在他后面学得很快，前后只用了三天，所需的五千土砖已全部准备完毕。

没有檩条和盖瓦，欢子就趁着天黑到山上砍柴，挑到十几公里外的善溪窑，与别人交换。最后还有很大一个缺口，只得求助表哥刘松林，借大队的塑料薄膜盖了几个月，直到去年年底才全部盖好。

土砌瓦盖的新屋，是欢子爹妈带领一家人利用空闲时间，一块石头、一块砖头地搬回来之后，请了瓦匠、木匠砌起来的。全家人马不停蹄地忙碌了一年，总算是在年前搬进了新家。为此欢子和他爹是日夜操劳，一年下来，都消瘦了许多。

第十二章　养鸡

一

村民们都说："鸡屁股是银行，年年有月月长。"欢子家里的油盐酱醋茶、人情叩拜等等开支，都要靠母鸡下蛋，不养不行。前几年，欢子他妈就在后山驴尿沟的林子里偷偷地养了一窝鸡，都是养的麻黄色的母鸡，因为公鸡一叫就暴露了，颜色特别的母鸡与周围环境格格不入，容易被发现。麻黄色的母鸡声音小，目标弱，容易隐蔽。同时母鸡生蛋多，效益高。小公鸡和颜色特别的母鸡不等它们长大都会被处理掉。

郑月梅是郑厚山的小女儿，从小娇生惯养，是那种只会挑花绣朵的富家闺女，根本不会干农活。嫁到薛家以后，也是富家太太，过着富裕悠闲的生活。但过了两年，家里就落败了，郑月梅也不得不下地干农活了。

好在郑月梅很聪明，所有的农活儿一学就会。特别是她偷养鸡之后，还学会了几个绝招。她可以调教母鸡，让它们都变成哑巴，每天只生蛋，不作声，顶多就会咕咕几声，声音不出喉咙，和野母鸡差不多，不会被人听见。再就是她能提前知道母鸡下多少蛋，这个方法就是用手摸，把手指伸进母鸡的屁股里，摸到硬邦邦的东西，那就是待产的鸡蛋，一摸一个准。如果手摸的数量与实际捡回的数量不符，就知道有鸡下野蛋，通过跟踪观察，就会发现是哪一只母鸡下了野蛋了，第二天早上就会采取措施，强制关禁闭，不让鸡蛋流失。

摸蛋是在每天傍晚时分，鸡子上笼了，第二天的蛋已经揣在肚子里了，一摸就知道。这个方法是她向别人学来的，都教给了下一代，尤其是薛海花。每天傍晚，等鸡进了笼子以后，她会主动去摸鸡，然后向她妈报告，明天有几只鸡要下蛋。薛海欢也在他妈的指导下学会了摸鸡蛋。

有一天薛海花不在家，郑月梅在傍晚的时候说："欢子，去把鸡蛋摸一下。"欢子很听话，打开了鸡笼，按照他妈教的方法把手指伸进鸡屁股里去摸。开始不会摸，一摸一手的鸡屎，臭气熏人，还摸不准。后来摸得多了，也就熟练了，比较准确了。

●

郑月梅调教母鸡的方法是从她姑姑，也就是她公婆薛郑氏那里学来的。薛郑氏也偷着养鸡，而且只下蛋，不作声。郑月梅很是纳闷，于是向薛郑氏讨教。既是姑妈又是公婆的她就把怎样调教母鸡的办法传授给她了。薛郑氏手把手地教，郑月梅很快学会了养哑巴母鸡的办法。她从山上采回了五爪龙等三味草药，放在一起捣碎，榨出汁液，灌给小鸡喝，连续一个星期，小鸡就变成哑巴了。长大后只会小声咕咕叫，不会大声嚷嚷了，尤其是不会在下蛋之后，像报告战果一样地大叫。这就解决了一个大问题。同时为了隐藏，欢子还在驴尿沟里，找到了一处非常僻静的处所，搭建了一个小鸡屋，又用杂草盖住，外面根本发现不了。

十几只鸡在他们的精心喂养之下，很快成长着。但是百密一疏，快要下蛋的时候还是出了问题，因为防得了人，却防不过嗅觉灵敏的野兽。

一天早上，郑月梅突然惊奇地发现，鸡窝外面有一团鸡毛和鲜血，她感觉情况不妙，意识到了鸡可能遇到了危险。等到晚上鸡归笼一清点，果然少了两只，一家人都愁眉不展。欢子找来鸡毛观察后说："这是黄鼠狼或者是野猫子干的。"他妈叹息不已。薛海欢解宽说："我来想办法对付它们吧！"

晚上收工以后，欢子找来了木板、钉子还有锯子斧头，连夜在家里做了一个捕捉黄鼠狼或是野猫子的笼子，放在了鸡窝附近，并且伪装得很巧妙。果然在一个星期内就抓到了一只黄鼠狼和一只野猫，消灭了祸患，解除了养鸡的后顾之忧，还增加了野味和皮毛收入。

三

俗话说："没有不透风的墙。"郑月梅偷着养鸡的事情，还是被人发现了。

她费了好大劲儿做保密工作，但鸡蛋多了，总是要拿出去销售的，恰恰就是在这个环节上出了问题。

那个年代只有供销社收购鸡蛋。每次郑月梅都安排薛海花用布包着鸡蛋，到十几里路以外的跑马河公社供销社去销售。这个渠道很隐蔽，不容易被发现。可不巧的就是，一次薛海花正在销售鸡蛋的时候，碰到了生产队长胡海螺，他在那里给生产队采购塑料薄膜和农药。

那天薛海花将一袋子鸡蛋放在柜台上，正交给营业员称重量的时候，生产队长胡海螺进来了。薛海花警惕性很高，首先发现了胡海螺，但无处躲藏，一阵慌乱之中，将一个鸡蛋掉在了柜台下。"啪"的一声，引起了胡队长的注意。胡队长定眼一看，是薛海花。他装作若无其事，没有看见一样。等到薛海花离开以后，他便询问了营业员。营业员说：

"这个小姑娘，经常到这里来卖鸡蛋，你认识她吗？"

"不认识，我随便问问。"胡海螺遮掩着回答。

这个秘密就这样暴露了。

没过多久，郑月梅也就不养鸡了。

后来大队办起了养鸡场，最初就是将各个农户的鸡集中起来喂养，每家只能留养一只鸡。大队民兵连派民兵到各家各户去收鸡，然后集中喂养。饲养员都是大队干部最信任的人。结果全大队两千多只鸡，不到半年就只剩下几百只了。裴书记追查责任，饲养员说："夜晚被狐狸和野猫子偷吃了。"

"怎么没有听到你们说啊？"书记裴金山很恼火地问。

"跟分管的马尚书大队长报告了，不知好多回了。我们每天夜里都要起来驱赶野兽，就是防不胜防。"

其实裴书记心里很清楚，野兽吃了几只不假，人吃了不止一半。养鸡场办不下去了，不得不关门大吉。

第十三章　家规

一

俗话说："没有规矩，不成方圆。"薛家人过去是当地的名门大户，家里的规矩是很严的，也并没有因为家道中落而中断。比如逢年过节都不能说一些不吉利的话；吃饭的时候不能敲碗；和别人见面时，要先打招呼；扫地要往屋里扫，不能往外面掀，等等。薛家木常教育欢子他们：

"喊人不蚀本，只要舌头打个滚。"

"为人处事，手脚要快，嘴巴要甜。"

他教育儿女们特别强调："谨开口，慢开言。""少说话，多发财。"生怕他们说错话，惹出祸端，让薛家雪上加霜。

家里对女孩子要求更严，不能到处跑，不能随便和外人说话，有时间就要学习针线活，要学会相夫教子的本领，要目不斜视，心不乱想，等等。

薛张两家因为是亲戚开亲，又是互相换亲，双方的家底和为人处世，都非常熟悉，也就免去了"粗看"程序，直接进入了双方订婚的程序。经过张大婶和六爷爷的从中撮合，双方很快商定在明年正月间为薛海欢、张继平举行"订婚"仪式。具体日期选定在正月十五、十六两天。

薛家木夫妇除了直接教育儿女外，还经常给他们讲一些故事，让他们从中受到教育。在薛海欢他们即将订婚的时候，薛家木对薛海欢说：

"欢子，我给你讲个故事，一个年轻人在相亲时，就因为一句话，就把好事给搞砸了。

"从前，有一个年轻人，第一次到丈人家里去，就问介绍人，怎样说话才能让丈人高兴？介绍人告诉他：'你丈人读过私塾，平时说话都是之乎者也，文文绉绉的，你在他面前说话，只要带一个古字，他就会喜欢你。'

"年轻人到丈人家里去，到大门口就看见了一棵大树，赞叹道：'啊，好大一棵古树啊！'丈人一听很高兴。进大门儿以后看到屋里有一个座钟，就说：'好大一口古钟啊！'丈人心里乐滋滋的。吃饭的时候，看见桌子上的碗，就说：'好大一个古碗啦！'丈人喜不自胜，对这个新女婿大加赞赏。

"吃饭以后，丈人到厕所里，正解开裤子在撒尿。年轻人跟了出来，他看见厕所门口挂着一个杵锅（一种夯土的工具），禁不住惊叹一声：'啊，好大一个鼓槌啊！'丈人在里面一听，以为是说他的，从此就断定这个新女婿不清白，像个二百五（傻瓜），随便找了一个理由就推掉了这门亲事。"

薛家木说："这个故事告诉我们，再好的话在不适当的场合乱说，也会误事。"

———

一天晚上，郑月梅和海花、海蓉正在油灯下做布鞋。

郑月梅长叹了一声："女人哪，都是菜籽命，撒到哪里哪里生。你看我吧，从嫁到薛家来，就没有过上一天的好日子。你爹吧，虽说聪明，但是太老实，总是受人家欺负！"

每当这时，薛海花就会说："妈，您不要这样想！你看我们几个都很争气，都很聪明，你以后会享福的！"

"唉！前一福后一福哦！只要你们几个听话，我就心满意足啦！"

过了一会儿，郑月梅又若有所思地说："你看你们的继红姐，真是'红颜女子多薄命'，一点都没错啊！她既漂亮，又能干。可惜遇到了严兆龙、石三发子，把名声搞坏了。现在又嫁了一个姚家喜，虽说转了城市户口，吃了商品粮，我看过得也未必幸福。结婚已快三年了，还没得娃儿呢。"

"是的，我听说他们在扯皮，闹离婚呢。"薛海花补充说。

"女人哪，还是要找一个自己喜欢的、靠得住的人过一辈子哟！"郑月梅教育她们说。

"我看继平哥哥就不错，他长得英俊，又聪明，又爱看书，对姐姐又好。"薛海蓉在一旁插嘴说。

"去去去。不要你插嘴。"海花拦住她继续说。

郑月梅为教育薛海花、薛海蓉嫁到婆家以后，要勤勤恳恳，任劳任怨，不能偷懒耍滑。就问："我教给你们的《女儿经》，都背熟了吗？"

"都背熟了。"两姐妹同时回答。

"今天要考考你们，都背给我听听。"

薛海花很自觉，先背诵道：

"女儿经，仔细听。早早起，出闺门。烧茶汤，敬双亲。勤梳洗，爱干净……"

紧接着薛海蓉也背了，只是没有姐姐的熟练。

郑月梅听了，高兴地说："不错不错。意思都搞明白了吗？"

"都明白得差不多了。"

《女儿经》很多讲的都是孝顺。过去的婆媳关系很紧张。儿媳妇进门以后，婆婆要考察是不是聪明，是不是孝顺。你们将来都会碰到。"

"现在不同了吧？妇女都解放了。"薛海蓉质疑说。

"虽说是解放了，还是有婆媳关系，婆婆照样会拷问儿媳妇的。"

"那是为什么啊？"薛海蓉不解地问。

"儿媳妇进门了，夺走了她的儿子呗。还有就是公婆公爹要耍一耍威风，树立自己的威信。"郑月梅加重语气说。

"那可怎么办？您教我们吧！"两个都央求道。

郑月梅想了一会儿说："我的妈也就是你们的外婆，曾给我讲过一个聪明媳妇的故事，我讲给你们听听。"

"从前啊，有一户人家的儿媳妇进门了，弄第一餐饭的时候，儿媳妇问婆婆：'婆婆，放多少米呀？'

"婆婆已经有所准备，居高临下地说：'一升半的二升半，三升半的四升半，不能煮成夹生饭，又好吃来又好看。'

"她出了一个题目，考察儿媳妇是不是聪明，也显示一下自己的威风。

"儿媳妇随口回答：'我说婆婆呃！真是精明又能干。一斗二升米，说个稀巴烂。'

"从此以后，婆婆就再也不敢轻视儿媳妇了。"

"哦，一二三四升相加刚好一斗。四个半合相加是两升。"薛海花领悟地说。

"海花说得对，当媳妇的要聪明，要会算账，还要勤快，才不会被公公婆婆难倒。"

过了片刻，郑月梅又说："还有一个故事，是讲的婆婆考察儿媳妇是不是勤快的。从前，有一户人家有三个儿子，同时娶了三个儿媳。一天，公爹公婆为了考察儿媳是否勤快和聪明，半夜三更把他们都叫来拷问。

"公婆对大儿媳说：'你知道现在是什么时候吗？'

"大儿媳回答：'半夜。'

"'你怎么晓得是半夜呢？'

"大儿媳说：'我一夜纺四个线坨，这时我已经纺了两个，正是半夜。'

"公婆听了很高兴，大加赞赏。接着问二儿媳：'现在是什么时候啊？'

"'半夜哒。'二儿媳回答。

"'你怎么知道是半夜？'

"二儿媳说：'我一夜绣四朵花，这个时候我绣好了两朵，应该是半夜。'

"公婆表扬她真勤快。接着她喊来三儿媳问：'你说说现在是什么时候啊？'

"三儿媳还没有睡醒，揉了揉眼睛，打了一个哈欠，懒洋洋地说：'大概是半夜吧。'

"公婆问：'你是怎么晓得的？'

"三儿媳说：'我一夜屙四泡尿，刚才我屙了第二泡尿，应该是半夜。'

"公婆一听，气不打一处来，当场就打了几棍子，并宣布：'从明天起，你给全家人做早饭，先做半年再说！'

"这个故事说明，懒媳妇是不受公公婆婆待见的。你们几个嫁人哒千万不能偷懒耍滑！"

薛海花、薛海蓉都点头称是。

第十四章 苕坨

一

到了秋冬季节，走进欢子家里，就能闻到一股子浓重的烂苕味。就连欢子一家人的身上也都隐隐约约有一股子烂苕气味，从外面回来的人闻得到，在屋里待久了的人是闻不到的。

一方水土养一方人。黄龙寺的水土生长出的食物主要是红苕、水稻、苞谷等。以红苕为主，部分稻谷，少量苞谷。人民公社时期，黄龙寺农民的基本口粮是四百七十斤稻谷，苞谷两斤折合一斤，红苕五斤折合一斤。老人和小孩的口粮相应少一点，男劳动力可以凭工分分粮食，分得相应多一点。

欢子家每年的粮食是少部分稻谷，多半是红苕。砌新屋以后，有很多配套设施要修建，挖苕坑就是其中之一。因为红苕占到口粮的一半以上，要从头年的秋季吃到第二年的初夏，度过青黄不接，等夏粮成熟收获的时间。

搬家以后，薛家木就与郑月梅商量着，要挖一个苕坑，地点就选择在了薛家木的床前。苕坑口面约一平方米左右，里面是上小下大，深度根据需要而定，一般在一米五左右。人口多苕多的家庭就挖得深一点大一点。欢子家人多，挖得有一人多深，可以藏几百多斤红苕。

每年秋季红苕收获以后，薛家父子就要将红苕分类，没有受伤的大个儿就放进苕坑窖藏，小的有伤的就马上吃掉，以避免损失。每年春夏季节，红苕就要吃完了，苕坑空出来了，就成了姐妹们捉迷藏的好地方。

二

穷人的孩子早当家。薛海欢、薛海花从有了记忆能力开始，就知道家里穷，生活艰难。时常听到父母的叹息声，看到长辈们愁苦的脸。薛家木夫妇当着孩子们还是信心满满，总是说："天无绝人之路，只要动脑筋、想办法，什么困难都能克服。"背地里还是抱怨命运的不公，生活的艰难。

要养活一大家人，最大的难处是粮食短缺。这给薛家木夫妇很大的压力。那时生产队分的粮食总量不多，不够吃。每年很大一部分要靠瓜菜替代。薛家兄妹从小就养成了节约的习惯。每年他们都要花大量的时间外出采集野生食品，不然全家人都要饿肚子。

"靠山吃山"在薛家发挥到了极致。粮食不够吃的时候，就到山上想办法。春天他们上山捡菌子、捡地藓皮、挖鸡腿子等。秋天上山小秋收，把能吃的野果子等都捡回来吃。特别是橡子豆腐，采摘的人多，每年一到秋天，薛家就利用空闲时间，全家出动上山打橡子。回来后就用磨子一推，最困难的年头连渣都不滤，合着壳子吃，又苦涩又实在是不好下咽。但是还得吃，免得挨饿。

薛家一年四季都要挖野菜，这是全家人的活路。什么地米菜、野辣菜，甚至连黄荆条叶子、粽粑子、榆树皮都不放过。在薛家木的眼里，山上很少有不能吃的植物。

野葛是一种很好的食材。黄龙寺的黄土山上到处都有一种藤蔓植物，它的藤子很长，叶片很大，根部就是野葛。多年生的野葛又粗又长，扎在很深的泥土之中。每到秋冬季节，欢子一家就要上山挖野葛，把它挑回来洗净、剁碎之后，用磨子一推，过滤出葛粉。野葛出粉率很高，在百分之三十左右。它细腻香甜，是很好的补品。薛家兄妹都喜欢吃。

后来条件好一些了，有自留地了，全家人全力耕种菜园子。薛家木常跟孩子们说："家有一园菜，换得谷米卖。"那两分田的菜园子就是一家人的粮食仓库。薛家木、薛海欢一有空闲就往菜园子里钻，挖地栽种，浇水施肥，干得特别起劲。园子里的白菜萝卜、葱花蒜苗一年四季都非常充足，保证了全家人的需要。

三

"嘭，嘭……"生产队仓库那边突然传来了几声巨大的闷响。欢子很好奇地走出家门，向那边张望。只见胡家台子上的几个大人带着小孩儿提着口袋，正向仓库那边连蹦带跳地跑去。

"这是在干什么啊？"欢子在询问。

"是来了个炸米子（米花）的，林子山那边来的。"他爹回答。

薛海芳放下手里的作业，拉着她妈的手央求着说："我们也炸点米子啊？炸点儿吧！"

郑月梅很为难，家里的大米很少，仅有的一点要留着招待客人。但对女儿的要求又没法拒绝。她们也太苦了，常常望着别人家的孩子流口水。"好好，炸就炸点。"郑月梅正在生火做饭，答应了海芳。转身就吩咐：

"海花，海花，舀点米出来，带海芳去炸点米子吧！"

"好啊，没有米了吧？"海花应承着说。

薛海花把手臂完全伸进坛子舀了几下，没有舀出几颗米，她又把坛子倒过来，总算有了半缸子碎米，就带着薛海芳往生产队仓库那边儿去了。

这时山上已经开始起雾。只见一个稻草垛的旁边围着很多大人和小孩，廖二等人在外围观，不时起哄。人群中间，一个黑色的老头儿，戴着顶破草帽，围着一块黑色破布，左手在拉着风箱，右手在摇着一个黑色的罐子。随着左手的推拉风箱的动作，炉子里的火苗有节奏地上蹿下跳。瘦老头儿那炭灰色的脸，胡子拉碴的，在伸缩的炉火映照下一亮一亮的。老头子正转三圈，反转三圈地摇了一会儿，就停下来看了看，然后把黑罐子的一头伸进了一个很长的灰布口袋里，罐子的一根铁管子露在外面。老头子站起身，用一只脚踩着罐子，一只手伸向那根铁管子。

这时廖二和几个小孩儿飞跑着向四周躲闪，没跑的几个用双手堵住耳朵。只听见"嘭"的一声巨响，一股白烟从口袋里升起，一股米子香气扑面而来。薛海芳刚刚走近，被吓了一跳，紧紧地抱住薛海花不放。

等烟雾消散，薛海花一看，排在前面的还有五个人，手里都端着稻米或玉米，而且每个人还不止一锅。这时老头儿发话了："天已经黑了，看不见了，只能炒三锅，后面的明天再来吧。"海花看了看，只得领着海芳回家了。

转过山口，山色已经模糊，几只小鸟正极速地飞回山林。走到家门口，一股油脂的香味正从厨房里面飘出来。这是多么诱人的香味啊，好多天没有闻到这种香气啦！"好香啊！这是什么啊？"海芳跑进厨房问她妈。她妈正在锅里边着边说："这是棉油，棉花籽榨的油。"

吃饭的时候，郑月梅用汤匙给每个人碗里舀了两勺暗褐色的棉油。尽管晚餐是吃的苕饭，有了棉油作调料，一家人都吃得很开心。

吃完晚饭收碗的时候，海花问："这是哪里来的棉油啊？"

"是你六爷爷转送过来的，说是张茂业送给我们的两斤棉油。"

"白送的吗？"海花追问。

"哪能啊，为答谢他们，你爹给他们送了两把土烟呢。"

海花想：张继平他们家是棉产区，棉油是出产之物，这是张茂业在主动拉近两家的关系。

第十五章　队长

一

"嘟哒，嘟嘟……"山乡突然响起了军号声。在全国人民学习解放军的号召下，农村生产队上工收工也用上了军号。人民公社时期实行三级所有队为基础，出工收工统一号令，整齐划一。各个生产队的号令有所不同，有的生产队吹号，有的生产队打铃，有的用铁皮子话筒喊话。由于人户密集，各生产队的农田住户，相互穿插，经常引起一些混乱。"一队的打铃，二队的跑不赢。""三队的吹号，四队的裤子都跑掉。"这是当时生产队的真实写照。

人民公社时期的生产队是一个生产单位，一般是由生产队长掌握人财物大权，副队长负责派工。副队长要把分工安排向队长报告，征得队长同意后再进行安排。副队长一般都是带头下田的不脱产的最忠厚实在的农民，要深得队长的信任和群众拥护。生产队长掌管大权，说是不脱产，但一般都是半脱产的，因为他们要政治学习，参加会议，回来以后还要开会传达，贯彻落实。

黄龙寺大队第一生产队队长胡海螺，是个复原退伍军人，他个子中等，体格健壮，说话高声大嗓。他有一件心爱的宝贝，就是那把皱皱巴巴除了号嘴以外其余都像枯萎了的荷叶的小军号。他并不是军号手，说是在战场上捡的，他复原回家时藏在行李中磕磕碰碰，就瘪瘪歪歪的了。尽管如此，还是派上了用场。自从他当队长以后，很多时候就用它发号施令。

二

胡海螺的太阳穴上面有一个明显的伤疤，在太阳和灯光照射下闪闪发光。他常常用手摸着伤疤，不无自豪地说："朝鲜那里美国鬼子的飞机呀，真他妈的厉害，一来一大片，就像麻雀子一样。'不怕飞机有多大，就怕飞机屙屁屁。'那个飞机飞过来扔下的炸弹，大的有水桶那么粗，一人多长。一颗炸弹能炸出一个小堰塘那么大个坑。"

他还有一顶军帽，和雷锋照片上的那顶军帽一样。他很爱惜这顶军帽，平常挂在床头，只有在重要场合才拿出来戴。那年大队毛泽东思想文艺宣传队在排练革命样板戏《智取威虎山》时找他借过，作为杨子荣的道具。一次外出演出时还差点给他弄丢了，好不容易才找回来。后来他就再也不借出去了。

薛家木常对欢子说："不要听他吹，他当兵是哭着追着去的。"

薛家木告诉欢子，一九五二年招志愿军，第一次公布的名单中并没有胡海螺，他知道以后，一边哭着一边跟着招兵的部队首长追赶。他的举动感动了前来招兵的部队首长，最后破格录取了他。回来以后不久就入了党，当上了生产队长。

三

薛家木经常说："养儿不学艺，压断钩子系。""养儿不读书，不如喂头猪。"欢子辍学已经快两年了，再让他读书已经不可能了。薛家木寻思着，是不是要让他学一门手艺。

人民公社时期的冬春之交，正值农闲时节，也正是开展农田水利基本建设时期。这年冬天，黄龙寺水库开建了。这个水库是小（二）型水库，由古镇公社统一设计和调配劳力修建。公社调集了各大队全部闲散劳力，还觉得不够，又再一次敦促增加。欢子也在增加名单中，这是他第一次参加水利工程建设。他背着工具跟在三骡子身后，夹在人群当中来到工地上。只见工地上一片沸腾，高音喇叭播放着革命样板戏，人们的说话声、吆喝声、号子声响成一片。廖二也夹在人群当中，一边走一边叫唱："养女莫嫁黄龙寺，吃哒苕坨就砍刺……"欢子虽说长高了一点，但是还很单薄瘦小，胡队长看着他是第一次上工地，摸着他的头发说："你就去打硪吧。"

打硪在工地上算是比较轻松一点的事，多半由女人和老人从事。石硪由石匠专门打制，方形，四个角上都有孔，系着绳子。打硪的人用力把它拉到空中，然后放松绳子让石硪塌下来，这样把松软的泥土塌结实。欢子走向大堤，老远就听到打硪的号子声。有人在领唱：

"吆咧嗬，嗬里嗬里吆，打四硪哟吆咧嗬……"接着众人一起应和。领唱着又唱出了新词"幺女娃子是祸害呀哟喂哟！"众人一边哄笑，一边应和着按照节奏打下四硪，再喘气。

本来打硪可以偷懒，夹在人群中充当南郭先生，扯着绳子不着力，但是欢子做事很认真。一天下来欢子累躺下就爬不起来了，但第二天天不亮的时候，薛家木又把他从被窝里拉起来，背着工具上工地了。

一到工地他又活跃起来。休息间隙常跑到挖土的场子上去推鸡公车（独轮车）。因为推车是一门技术活，不但要有力气还要有平衡能力，年轻人都想学推。开始他推得不多，但他进步很快，几天下来就和大人推的一样多了，胆子也越来越大了。有一次他推着一车土，经过前面一个下坡。欢子拼命地拉着独轮车，可还是力气太小，拉不住。他赶紧把车子放下来，让两只车脚触地，增加摩擦，减缓车速，可是车脚不扎实，很快断了。车子顺着斜坡滑了下去，一下子撞倒了前面推车的一个老头儿。老头儿被撞在地上，腿上和身上都受了伤，痛苦地流出了混浊的眼泪。薛家木赶紧把他背到工地卫生室里包扎敷药，还赔偿了医药费。从这以后，薛家木让欢子学一门手艺的想法更强烈了。他把想法向胡队长提出来了，胡海螺说："学什么手艺呢？金木匠吧，已经带了两个徒弟了，都还没有出师。刘篾匠吧，也才刚刚收了一个徒弟。看是不是可以到窑场，跟邓大牛去学做砖瓦，当窑匠吧。"

"窑匠又脏又累，没有别的啦？"

"你想想吧，就这几个艺人，还有谁呢？"胡队长摊开两手，说得很坦诚。

薛家木想了想，确实没有可选的了，只好同意让欢子去学窑匠手艺了。

第十六章　香火

一

欢子的婚事吹了，消息不胫而走。

廖二手里拿着一根刺棍子，在学校操场对面的堰堤上闲逛，他一边漫无目标地走着，一边用棍子打击路边的花草，嘴里还在不停地叫唱：

"养女莫嫁黄龙寺，吃哒苕坨就砍刺……"

今天他又有了新词："欢子得了相思病，没得媳妇子真要命……哈哈，哈哈……"

他一边走一边叫个不停。路边的小学生远远地避着他，生怕他身上的虱子跑到自己身上来了。

廖二只比欢子小一岁，学名叫廖吉远，因为他长得尖嘴猴腮，贼眉鼠眼，就叫廖鸡眼儿了，因为谐音也因为形象，村民们也就这么叫了。廖二是个命运很悲惨的人,在三岁的时候就没了娘,十岁的时候又死了爹,成了孤儿,跟着叔叔廖发财长大。十二岁时又得了脑膜炎,抽了脊髓,智力变得比较低下。十五岁时勉强小学毕业,就回家种地了。后来他叔叔陆续生了几个弟弟妹妹,就把他分出来,一个人独立生活。他最大的缺点,就是管不住自己的嘴,经常图嘴巴快活,不管什么话到了他嘴里,就变成了小区广播,无人不知,无人不晓啦。他相亲过多次,都没有成功。在村民眼里,是一个头脑简单、满嘴胡言,呆傻快活的单身汉。

薛海花去上工,从旁边经过,听到了廖二的胡话,马上停下脚步正色道:"廖二哥,别瞎说啊,欢子哥得的是重感冒!"

廖二不理她,依旧在那里大声叫唱。

欢子六爷爷牵着一条老瘦的黄牯牛,从旁边经过的时候听见了,厉声吼道:

"廖鸡眼儿,你住嘴!是谁告诉你的啊?"

"是胡罐子跟我说的。"说完马上改口,"养女莫嫁黄龙寺,吃哒苕坨就砍剌……哈哈,哈哈……"他一边迈着癫痫步,一边胡乱地叫着,往胡家台子去了。

欢子病了,一家人心急如焚,都是一脸严肃的表情,做事都是急急火火,跑进跑出。刘一平每天都背着药箱上门来打针退烧。欢子得病的消息自然保不了密,生产队的人都知道了,当然也包括廖二。

欢子六爷爷听说他病了,急急忙忙来到床前。欢子强打精神坐起来说:"六爷爷,我要出家!"

"出家?我们这里哪来的和尚庙啊?不要胡说,你爹妈听到以后会非常难过的啊!"

"我是说去做上门女婿,不是去当和尚!"

"跟你的二爹一样?"欢子点了点头。六爷爷没有作声。

在欢子的亲人当中,六爷爷是他觉得最亲近的一个。他从小就跟着六爷爷放牛、捉鱼、吹唢呐。有什么心里话,他首先就跟六爷爷说。

六爷爷知道了欢子的心思，很快就告诉了他的爹。薛家木说：

"哼！想得倒好，看老子一顿不打死他。"

六爷爷说："打也不是个办法，'越惯越娇，越打越翘'，你打能让他改变主意？"

薛家木说："不打不成人，打了成乖人。"

"我们要动动脑筋，想个办法，让他安定下来，让他回心转意！"

于是父子俩商量，先开个家庭会，听听欢子怎么说，让家人都来指教他。

二

三天之后，欢子的病情开始好转，体温降下来了，饮食起居已经比较正常。这天晚饭后，六爷爷来到欢子的家里。还有欢子的婆婆和二爹、四爹十来个人，围坐在堂屋里的油烟子灯（油灯）下。六爷爷先开口说："欢子的爷爷走得早，婆婆年纪又大了。我和家木商量着开个会，就是如何延续薛家香火的事情，先听听欢子的想法。"

欢子说："感谢各位长辈，为我的婚事操劳了很多年，可就是没有人能看得上我们家。一是穷，二是我没得用，连残疾人都看不上我。呜呜呜……"他说着说着就忍不住哭了出来。

"男人有泪不轻弹，只是未到伤心处。"欢子哽咽着说不下去了，眼泪哗哗地往外流。

薛家木无比沮丧地说："感谢六叔多年关心、帮衬，这几年欢子是说一个吹一个。原来在岗屋里就不用说了，砌了新屋吧也一样。只怪我没用，拖累了儿女！"

郑月梅转向薛海欢说："欢子，我们想听听你的想法，你说说看？"

欢子望了一眼他妈说："我能有什么想法？想出家吧，又没有和尚庙，只有像二爹他们一样，去做上门女婿！"

"啊？"一家人顿时都惊叹起来，沉默了好一会儿，薛海花忍不住了，眼泪汪汪地说："欢子哥哥，你可千万不要这样啊，不要丢下我们不管哪！你要为薛家、为爹妈他们多想想啊！"海花一说，其他几个妹妹都几乎哭出声来。

薛家木厉声吼道："好你这个狗东西，想得倒好，看老子不打死你。"

说完便抄起门后的扁担，就要下手打人。屋里的人都一下子站了起来，二骡子薛家林一步上前，架住了薛家木的臂膀。四骡子、薛海花等上前，拦在了他们中间。薛家木挣扎了几下，继续吼叫："你只想自己不打光棍，没想过我们薛家怎样延续香火，你是想要我打死儿子招女婿呀！是把我往死里整啊！我的这块脸往哪里搁啊！我死了怎么去见你太公、爷爷啊！"顿时老泪纵横。

"我是不想上门，但又有谁看得起我们呢？"欢子看着他爹痛苦的样子，反问道。

薛家木一时无语，仍喘着粗气。一屋子的人都面面相觑。停顿了一会儿，薛家木高声叫道："你是男子汉，要有骨气。'饿死不种丈人的田，穷死不借寡母子的盐。'你知道吗？你上门做女婿，就是改名换姓，种丈人的田啦！"

欢子无动于衷。六爷爷在一旁劝说："我们薛家海字辈里就你一个男人，你如果做上门女婿去了，薛家该怎么办哪？"

郑月梅说："还是慢慢考虑，不能太着急了呀！"

"都快二十六岁了，还不急，还等到什么时候啊？"欢子一听又急了。

薛家父子俩关于延续香火的争执，终于白热化了，且势同水火，无法调和。一个晚上，一家人你一言，我一语，吵吵嚷嚷，没能让欢子回心转意，也没想出一个能解决问题的办法来。午夜时分，大家才散场，各自回家或回房间休息。

三

清晨，大龙湾里雾气升腾，一片寂静，只有林子里偶尔传来几声蛐蛐和纺织娘的叫声。

薛家木一夜都没有睡好。他在迷迷糊糊中很早就醒来，静静地躺在床上，听着外面的虫子鸣叫，想着昨天晚上的情景。他还在生气，还不时在想，欢子怎么会这样呢？我们薛家还有希望吗？想着想着，不禁连声哀叹。他的声音惊醒了郑月梅。

"还哼什么呢？他要出家上门，你能拦得住？"

"我就是要拦。真是人大志大，翅膀都变硬了？"

"我看还是要想办法让他冷静下来再说。"

"我才不信这个邪呢，还没有结婚就不听老子的啦？"

"这几天你千万要对他好点，让他冷静下来我们再想办法。"

"我的命怎么就这么苦喔！"薛家木哀叹不已。

在老两口子一声声的叹息声中，远方的鸡叫已经第三遍了，东方的天空开始发白，渐渐地，天已经蒙蒙亮了。大骡子扭头看了看窗外，披衣下床，扛着锄头，打开侧门，到驴尿沟看水去了。

这驴尿沟有一沟的水田，梯级而上。这些田都是在一九五八年成立人民公社以后改成的。田边有一条小路沿着田块蜿蜒而上。路边是一个个大小不等、形状各异的水稻田，名称依形而叫，什么裤裆丘、驴尿沟啊等等什么都有。田里一片青绿，叶间布满了一张张的蜘蛛网，网上挂满了露水，在绿色的背景下显得格外的明亮。雾气在稻田里蒸腾着，从叶面升上来，消散在空气当中。

大骡子扛着锄头，沿着小路走来。穿着草鞋的脚步声惊动了树林中的不知是什么鸟，"噗噗，噗噗……"地从山这边飞到山那边去了。

在农村水稻产区，看水这件农活还是一件技术活，一般是要交给有经验有责任心的老农民去干。驴尿沟距离村子中心较远，但离欢子家很近，于是队长就把这个任务交给了大骡子。那时的待遇是每季按三个工日计工，记三十个工分，只能业余管理，不影响白天上工。

看水的技术所在，就是要根据稻田里的长势情况，什么时候需要放水，什么时候需要灌水，灵活掌握，保证恰到好处。比如长苗子的时候就要灌水，抽穗以后就要放水，也叫结扎，让水稻不再分蘖，使稻子同时成熟，便于收割。

第十七章　祝寿

一

农历五月二十日，是薛郑氏满六十岁生日。按照黄龙寺的习俗，"男做进，女做满"。应该为薛郑氏庆祝六十花甲大寿，举办寿宴，隆重庆祝。但当时的习惯不能大办，于是薛家私下里相互串联了几个至亲，当天晚上，来到了薛郑氏居住的岗屋里，为老人家庆祝生日。

薛郑氏的房屋是过去佃户的住房。它位于黄龙寺与鸡子山村交界之处的黄龙岗上。房子在几棵歪脖子松树、枣子树、刺槐树包围之下，显得格外低矮。一个两正一偏的干打垒的土屋，孤独地立在一个黄土包上。两边都是冲沟和水田。左边有一个小堰塘，里面尽是黄泥巴水，是薛家人饮水和洗菜的地方。两间正屋原来是草屋，后来把茅草掀掉，盖上了土瓦。旁边有一个偏屋，还是茅草房。正屋用来居住，茅草偏房用作厨房。虽说是厨房，里面只有一口破缸，上面放着一口破锅，俗称缸灶。几个土碗和陶罐放在一旁的土台子上，没有碗柜等像样的家具。

傍晚时分，薛大螺子、二骡子早就到来，四骡子也提前收工回家，在屋里屋外忙前忙后。大骡子提来了几个鸡蛋和两把面条，这在当时是上好的礼物。薛郑氏准备了茶水，在菜园子里弄了蔬菜。郑月梅和薛海花、薛海蓉收了工，也来到了婆婆居住的岗屋里，帮着收拾房间，整理蔬菜，薛海花帮着她妈烧火煮饭。一时间屋里热闹起来。大家在烟雾中相互说话，准备迎接远方几个亲人的到来。

傍晚的雾气渐渐地升了上来。薛海花忙着找灯点上。因为家里没有钱，买不起煤油，只有一盏煤油灯，是用墨水瓶子做的。一个废旧墨水瓶子，加了一根用铁皮子卷成的管子，插在瓶子里，管子中间穿了一根棉线，瓶子里倒上煤油，就是一盏煤油灯了。这在薛家已经是很奢侈的东西了。这盏唯一的煤油灯，点起来灯火部分只有南瓜籽粒那么大，光线灰黄，黑烟粗长，一直往上升腾。

在平常的日子里，一家人一盏煤油灯也可以凑合着用。可是今天，客人多了，三四个房间，一盏灯肯定不够用。于是就想办法，点起了桐籽灯。每到秋天收获的季节，生产队收完了桐籽，薛二骡子他们就会抽空上山捡桐籽，用以照明。有时捡得多了，还可以拿到供销合作社去卖，补贴家用。桐籽灯就是用一根铁丝，穿上几粒桐籽，点燃后用以照明。桐籽灯燃烧时间短，亮光小而且油烟浓重，只能勉强凑合着用。海花一连穿了五串，每串穿着五六颗桐籽粒，这是为了延长照明时间。桐籽串分别插在萝卜或者土墙之上。每间屋里算是有了一丝亮光。

天色渐渐暗了下来，树林子里传来鸟雀子归巢的叽喳声。薛郑氏换了一件仍有些补巴（补丁）的干净衣服，坐到阶沿边准备整理蔬菜。薛海花对婆婆说：

"这里不用您帮忙啦，今天您是老寿星，就坐着等着客人来吧。"

薛郑氏闲不下来，又拿了一把扫帚在屋里打扫灰尘。

在微弱的灯光下，薛郑氏的身影显得格外的单薄。由于岁月的风霜侵蚀，薛郑氏已成了风烛残年的老人。头上早已白发枯槁，脸上布满了皱纹，就像苦瓜皮、核桃壳一样。她今天穿了一身黑色的土布衣服，上面还补了两个补丁，是刚刚浆洗过的，布料粗硬。这就是她最好的衣服了。

二

执掌黑夜的菩萨急不可耐地拖着巨大的黑幕铺天盖地而来，山野完全笼罩在了黑色的夜幕之中。这时客人陆续到来。最先到的是六爷爷，接着到来的是二姑婆婆，带着她的大孙子张继平。张继平穿着灰色的上装，黑色的长裤和解放鞋。接下来就是三爷爷、四爷爷、舅爷爷、姨婆婆等，大家热情地打着招呼，互相嘘寒问暖，都不免互相倒一些苦水。薛海花、薛海蓉忙着接待，递茶敬烟。

堂屋中间摆了一张方桌，周围放了四条板凳。不一会儿，菜肴就上齐了。这是他们一家人精心准备的一餐晚饭，七八个菜。都是四骡子捕捞的荤菜或是菜园子里的青菜。中间有两个土钵子，分别煮着鳝鱼泥鳅和山菌。还有几个青菜，一碗韭菜煎豆腐，两碗腌菜。主食是面条。

一共十多个人，一张桌子坐不了。晚辈们都没上桌子。八仙桌周围只坐了几个前辈和大骡子、二骡子。其余的几个人都在厨房里，每人端着一个土碗，吃了一碗面条。尽管是这样，已经算是当年最好的生活了。

"吃无言，睡无语。"这是黄龙寺当地的风俗。因为大家都有些饥饿了，加上祝福的话已经在饭前说了，吃饭的时候就只有喝汤的声音和牙齿咀嚼食物的声音。

晚饭后，大家把几盏桐籽灯都移了过来，一时间堂屋里亮堂了许多，大家围坐在一起，向老寿星说些祝寿祈福的吉利话，也互相谈论一些事情，都是生产队的劳动工分情况，家里的成员情况。言语之间都不免有些唉声叹气，诉说着自家的难处。

薛郑氏答谢着大家的问候，问了一句："欢子呢？他怎么没有来啊？"

薛家木没有好声气地回答："他还在生我的气呢！"

"这是怎么了？"薛郑氏疑惑地问。

"还不是为了那个哑巴！"薛家木回答。

"把他叫过来，今天怎么不来呢？太不懂事了！"这是二姑婆婆的插话。

"他最听六爷爷的话，只有六爷爷才叫得动他。"薛郑氏接着说。

六爷爷说一声："我去。"一会就消逝在了夜色中。

不一会儿，六爷爷就回来了，后面跟着欢子。欢子样子很特别，脸色有些别扭，双手背在身后，原来是六爷爷要他带上唢呐，用一块灰布包着，晚饭后给大家吹一曲的。欢子给长辈们打着招呼。

薛海花说："哥哥，还给你留着面条呢，快来吃吧！"欢子走进厨房吃面条去了。

三

晚饭后，薛海花主动承担了收碗、刷碗的任务。她先收拾好碗筷，放在锅里，然后烧了一锅热水，在水里放了一勺子盐，好去油污。桐籽灯插在灶台上，灯光正好映照着她红扑扑的脸和丰满的胸部，显得青春靓丽。她熟练地洗碗，动作麻利自然，足以证明她平时顶替爹妈做过很多家务活。张继平看着薛海花洗碗，跑过去拉话说："海花妹妹，我来帮你洗吧？"

"平儿哥，你这么远来，辛苦了！你就去陪长辈们说说话吧！"

其他人看着张继平进了厨房，和薛海花谈得火热，就都出去了。

这时，天边的月亮像一个羞涩的少女慢吞吞地从山头的树叶间露出了一丝笑脸，山间的轮廓逐渐清晰了起来。门口的稻场上，也变得有些光亮。

"继平呢？他到哪里去了？"这是二姑婆婆在找她的孙子。

"他在厨房里，正和海花说话呢。"这是薛海蓉的回答。

"他俩从小就在一起玩，谈得来，有很多的话要说呢。"这是薛郑氏的插话。

土屋里很闷热，几把破扇子解决不了问题。这时有人提议到外面去坐。一来可以省下灯油，避免油烟子熏。二来可以乘凉消暑。大家一致同意，很快就搬上椅子，到了家门口的稻场子上坐下。

月亮逐渐升高，山间洒满银光。山雀子在林子里叫唤，蛐蛐儿在草丛间鸣叫，环境轻松自然。大家呼吸着新鲜的空气，消散着一天的疲乏。这时六爷爷提议，让欢子给婆婆吹一曲唢呐，以示祝寿。

对于一个长期压抑的家庭，能有这样的娱乐活动，大家都很高兴，一致同意，都迫不及待地催促欢子。欢子脸部涨得通红，显得不好意思。但他又不好推辞，只得慢吞吞地从那灰布包裹里拿出唢呐，下掉哨子，含在嘴里轻轻地吹了吹，然后找来一个土碗，装上热水，开始浸泡哨子。他依旧拿了一团棉花堵着喇叭口，以免声音过大，怕惊动了乡亲。张继平在厨房里听到哨音，搬着一把椅子走了出来，挨着六爷爷身边坐了下来。

欢子喝了一口水，润了润嗓子，又试了试哨子。"滴，滴滴，滴滴滴……"声音响亮清脆。欢子把哨子安在喇叭上，就开始了吹奏。第一曲是《大海航行靠舵手》。一曲终了，尽管堵着棉花，唢呐声受到了抑制，音质音色软绵绵的，但仍然非常优雅好听。特别是欢子那吹唢呐自动换气的功夫，好像肚子里装的全部都是气一样，一口气吹了下来，使大家特别吃惊。

"吹得好啊吹得好，这都是你六爷爷给教的吧？"这是舅爷爷的问话。

"欢子很聪明，自己学的。"六爷爷谦虚地说。

受到欢子吹唢呐的影响，张继平也拿出了他心爱的口琴，吹了一首《敬祝毛主席万寿无疆》。他边吹边打着拍子，琴声悠扬，很有节奏感。大家都听入了迷，谁也不愿离去。在大家的一致要求和赞扬声中，两个年轻人你一曲我一曲，或者两人合奏，硬是吹了一个多小时。什么《献给敬爱的毛主席》《军民鱼水情》《看看拉萨新面貌》，《鄂西民歌》还有《想起往日苦》等等。他俩把所有曲子差不多都吹完了，直到有些疲惫了，才停下来。

四

在他们俩吹奏的间隙，几个长辈凑在一起，交头接耳地议论开了。

"两个都吹得不错，两个后生都很聪明。"

这话被薛家木听到了，他一声叹息："唉！还是我们的命不好啊，两个都没有对象啊！"

"这么好的后生还愁找不到媳妇？"这是欢子他姨婆婆说的。

"就是啊，说一个吹一个，不是嫌穷就是嫌成分不好，至今还没有落实，你看都快三十的人了，还是单身汉哪！"

当天晚上，欢子的二姑婆婆、姨婆婆都没有走，留在薛郑氏家里住宿。薛郑氏吩咐二骡子、四骡子把床铺让出来招待客人，让他们打地铺睡觉。他们从稻草垛子上拉来两捆稻草，放在房子一角，解开翻松，上面盖上破布片子，就凑合着睡了。

这天晚上，几个老人睡在一起，由于很长时间没有见面，在一起讲了大半夜，不时谈到欢子和继平两个的婚事。在谈论中，欢子的姨婆婆建议说："我看继平蛮喜欢海花的，不晓得他们两个有没有缘分！"

"那可不行，海花已经说了婆家了，是我们队里向瘪脑壳的小儿子，在部队当兵，马上就要过门啦！"这是薛郑氏的声音。

"不就是你们家的，原来的那个佃户向瘪脑壳？"他姨婆婆问。

"是啊，就是原来岗屋里住的向瘪脑壳。"薛郑氏回答。

他二姑婆婆又把话题说了回来："海花是个好姑娘，我好喜欢。只是亲戚开亲，我跟她爷爷是亲姐弟呢，不晓得行不行。"

欢子姨婆婆说："亲戚开亲怎么不行？我们那里很多呢！你五舅妈和郑月梅不是亲姑亲侄女？我看她们蛮好呗！"

"要是海花没有说人家，我看还是可以的。'肥水不流外人田'嘛！"

"唉！这些都要靠缘分。"

一个老人说完，其他几个都说"是，是"。

没有过多久，这天晚上几个老人议论的事情就在薛家亲戚的圈子里传开了。说是要把薛海花许配给张继平。张家人听了满心欢喜，尤其是张继平，他和海花从小青梅竹马，长大后也是互有好感，恨不得马上就把这件事说开。薛家木听到这个消息以后怒火中烧，薛海花已经许配给人家了，马上就要过门儿定亲，怎么说出这样的话呢。薛海花听到了也只当耳边风，没有当一回事。

还是张家主动，张茂业在听到这个消息以后，马上与老婆刘立春商量，就找了媒婆张大婶，张茂业的表妹，前来打探消息。她先是去了欢子六爷爷的家，因为他们都是媒人，早就熟悉。她把张家的意思说了，六爷爷有些为难，说让我打听打听再说。这事就算搁下来了。

到了过年的时候，当兵的向有才并没有请假探亲，来处理薛海花过门定亲的事。向家人放出话来，向有才在部队表现很好，马上就要入党提干，说是婚事只能往后推。其他人一听一分析，就觉得这桩婚事悬了。六爷爷在听说这一情况后，马上就把张家说亲的事情告诉了薛家木，薛家木一听，气就上来了：

"他倒想得美，看上我家的海花啦！"

六爷爷启发他："张茂业看上海花了，你看不看得上张二呢？"

薛家木先是一惊，细想了一下又觉得眼前一亮，心里想这是个好主意。但是他没敢说出口，只是敷衍着说，这个事太大，要商量以后再说。就把六爷爷给支走了。

六爷爷是多年的媒人，察言观色很有悟性。自从与薛家木交流之后，他就感觉到有戏，薛家木对换亲的主意有所动心。毕竟他对欢子的婚事是很着急的，只是碍于面子不愿意说出口而已。于是在张大婶儿再次来打听消息的时候，六爷爷就说出了薛家木的意思。张大婶一听，心情马上凝重起来。她觉得两家虽然门当户对，两对男女年龄正好，人才也般配，两家换亲没啥不可。只是她正在为张继琴介绍对象。这个人是林子山大队民兵的头儿，高中毕业生高林子，大队严书记的侄儿子。他高中一毕业就安排在大队里了。张大婶已经向高林子的妈说过了，高林子母亲很喜欢张继琴，说是本村本土的知根知底，为人又老实，模样又好看，粗活能下田，细活会针线，样样都行。不知高林子是否同意，这事正在酝酿之中。做了多年媒婆的经验告诉她，这事不能急，要见机行事。她没有马上说透，只是迟疑了片刻说：

"船在江中划，事在本人心。这件事很大，要征求她们父母及本人的意见再说。"

六爷爷觉得她说得也对，就说："那就按照你说的办吧。"

其实，张大婶儿早就在心里盘算着，这两桩婚事孰轻孰重，她心里自有打算。论亲戚吧，这边都姓张，是本家人，自然应该向着张家。但如果论形势，那肯定是高家。她左右为难了，只好不动声色，两边都不说破，看看事情的发展再说。她回到家里，只在田里扯草，并没有上门去说信。张茂业请托张大婶儿去黄龙寺回来几天了，总要有个回音，于是就登门去打探。为了感谢张大婶跑路，他按照刘立春的安排，给她送了十个鸡蛋，一斤油条，请张大婶多费口舌。高林子那边呢，林子妈肯定将这个信息告诉了儿子。可等了好几天没得回音，她就在想这肯定是有问题了，于是张大婶就放弃了给高林子说媒，把精力都放在了张家了。

这天早上，张大婶早早地吃过早饭，又剁了猪草喂了猪，出门就往张继平的家里来。两家虽说不在一个生产队，但一个住在山这边一个住在山那边，之间只相隔一里多路。张大婶上身穿了一件白布衬衫，下身穿着一条咖啡色的裤子，"尿素"二字在裤腿上很显眼。穿这种裤子在当时农村很时髦，农民想弄一条尿素口袋要费尽周折。张大婶的丈夫在跑马河供销社销售生产资料，弄两条尿素口袋自然容易。

张大婶迈着轻快的步伐，从田埂上走过来，"尿素"二字在轻盈的步伐中一荡一荡的。早间的露水很多，打湿了她的解放鞋。来到张继平家，老远就看见刘立春在稻场上扫地。

"刘大妹儿啊，你好勤快哟。"

"张大婶啊，又麻烦你跑路了。"

两个女人一碰头总有说不完的话，等张大婶把薛家的意思说完。

刘立春一听："那不就是换亲吗？"脱口而出。

"是换亲呀，又不是不能换。你要男婚女嫁，他也要女嫁男婚，这不是两全其美，皆大欢喜？"张大婶开导着说。

"不行不行，得考虑周全了再说。"刘立春欲推还就。

"我们这里有古话呢，说的就是调换亲。调换亲，亲上亲，连着骨头连着筋。一人亲来百人亲，一辈亲来辈辈亲哪。"张大婶滔滔不绝。

"这要看两个娃儿的意思再说。"张茂业在一边听着插话道。

刘立春表明了态度："我看继平没问题，继琴呢还要转个弯。反正我们大人没意见。"

"那就这样说定了，我马上到黄龙寺那边儿去说，包在我身上，保证把这个天大的好事办好。"

说罢，张大婶就迈开了她那双风火腿，出了张家的大门。

第十八章　劝嫁

一

通过张大婶、六爷爷的两边撮合，薛张两家换亲的事终于有了一点眉目，两边的长辈都同意了这两门亲事。毕竟这是一件双赢的又能够解决双方家庭最大难题的大好事，双方家长都求之不得。张大婶两边穿梭，她快嘴快舌，说话既贴切又有分寸，说得两边都非常开心。

"你看看，这是多么般配的两对青年啊！男的高大威猛，都像将军，女的细皮白肉，都像公主，世界上真是没有比他们更般配的了。再说你们两家又是老亲老戚，双方都是看着他们长大的，知根知底。两边的家庭状况啊，本人什么脾气啊，有什么能力啊，比我了解得多。真是祖上积了德了，我才会遇到这样子的好事。还有就是张继平是四八年出生的，属鼠的。薛海欢是四九年出生的，属牛的。薛海花是五二年出生的，属龙的。张继琴是五三年生的，属小龙的。你看看年龄都相当，真是好般配啊！这是你们两家祖上积了德了，你们为人善良，修来的福分啊！"

"媒婆就是鬼，全凭一张嘴。"真是一点都没错，两家人都被她忽悠得合不拢嘴。在两边准备正式确认这两桩婚姻的时候，薛家木正式聘请了六爷爷作为薛家的介绍人。

六爷爷对张大婶说："我看两个男娃子应该没有什么意见。两个女娃子同意不同意，还是一个问号。因为还只是家长的意见，没有征得本人的同意。"

张大婶说："只要家长同意就大功告成了。婚姻大事，'父母之命，媒妁之言'。孩子们有什么意见，由他们家长去做工作。再说两家的家教都很严，儿女都孝顺，肯定听大人的。"

六爷爷也赞同地说："这倒也是。"

随着事情的推进，张茂业提出来一个条件：张继平要先结婚。因为张继平比薛海欢大一岁，薛海花比张继琴大一岁，婚事更为紧迫。薛家木本想提出欢子先结婚，显然站不住脚，又想不出其他理由，就提出同年结婚的想法。张茂业表态说：只要拿得到手续可以同年结婚，但时间上要错开，张继平上半年和薛海花结婚，下半年张继琴出嫁，与薛海欢结婚。最后两边反复协商，薛家木最后同意了他们同年结婚，一个安排在上半年，一个安排在下半年。

二

一盏用墨水瓶子做成的简易煤油灯，拖着足有半尺长的浓烟在桌子上跳动，昏黄的灯光照映着旁边的三个不够整洁的脸，那是郑月梅、薛海花、薛海蓉。她们母女三个聚在昏暗的油灯下赶做一家人过冬的鞋子。海花海蓉脸上黑里透红，健康而粗蛮。郑月梅的脸苍老了许多，额头上有了两道抬头纹，眼角有了几条明显的鱼尾纹。那几颗酱油麻子窝窝在昏暗的油灯下格外明亮显眼。

冬天快要到了，一家人的鞋子还没有着落，这让郑月梅很着急。每年的夏秋之际，郑月梅就要为一家人准备过冬的鞋子。还要教会海花、海蓉，这是做妈的责任。俗话说："男儿的田边，女儿的鞋边。"在黄龙寺，不会做鞋，不会针线活是不够格的女人。嫁人的时候，男方要嫌弃的。郑月梅很早就教她的几个女儿做鞋子了。海花心灵手巧，早已是妈妈的好帮手了。在晃动的灯光下，郑月梅在做鞋帮，海花海蓉纳着千层底的鞋底。两只飞蛾在扑着灯火，一次又一次，她们毫不理会，都很专注地挥舞着手里的针线。每当这个时候，也正是薛家母女在一起谈心说事的时候。

郑月梅对海花说："你究竟对继平是什么态度啊？"

海花评价说："平儿哥人很聪明，心眼儿很细，爱吹口琴爱看书。只是向有才说媒在先，怎么办呢？"

"你还在等向有才啊？他说腊月回来相亲，现在又过了大半年了，还没有个准信，看来是没有希望了。"郑月梅提醒她说。

"不是说他要提干要前途吗？"这是海蓉的插话。

"这些都是瞎猜。"郑月梅打断她的话说。

"怎么是瞎猜呢？我亲耳听到他姑妈说的。"海蓉说得肯定。

"你说的是那个王彩玲啊？我们队里就数她话多，不可信。"郑月梅语气肯定。

海蓉还想争辩，郑月梅伸手一拦说："他给你姐写信了，听你姐的，看他怎么说吧！"

"他信上怎么说啊？"郑月梅偏过头问海花。

薛海花叹了一口气说："他说最近备战备荒很忙，要推迟探亲。"

"说了相亲时间没有啊？"郑月梅追问。

"他只说迟点回来，没有说具体时间，他要我等他。"

"这是最近的信吗？"郑月梅进一步追问。

"这是两个月前的信了。"薛海花低声回答。

"唉！这就苦了你欢子哥哥了！"郑月梅叹了一口气说。

薛海花面无表情，也无回应，只顾埋头做针线活了。

过了一会儿，海花若有所思地问她妈："妈，听别人说近亲结婚对后代不好，是不是这样啊？"

"什么近亲结婚？俗话说：'姑舅老表嫡嫡亲，姨妈老表外姓人。'姑舅表兄妹不能结婚，姨表兄妹可以结婚。再说你们俩人隔得很远呢。我们两家开亲是没得问题的。"

"那我们是什么关系呢？"海花问。

"你爹跟张茂业是姑舅表兄弟，你们是下一代。"

三个人一边做鞋，一边嘀嘀咕咕，讲了很长时间。

三

张茂业一家七口人，三个长辈，四个晚辈。张茂业的父亲张老九在新中国成立之初就去世了，张继红在年初嫁到了峡江市，有了城市户口，吃上了商品粮。其实对于张继红的婚姻，张茂业心里一直都不舒服。主要是他的女婿姚家喜是一个残疾人，在峡江市残疾人工厂里当工人。但有什么办法呢？"女大不由娘"啊。当时峡江市出台了照顾残疾人的政策，允许残疾人婚迁，将配偶转为城市户口，吃商品粮。张继红的一个远房姑妈，在峡江市里当居委会主任，给她介绍了姚家喜，其实他们完全不般配。姚家喜虽然很聪明,动手能力很强,会修收音机等电器,在厂里面负责电气维修,但他一条腿伤残严重,走起路来摇摆幅度很大。张继红能说会道,体貌端庄。她完全是在受到打击之后,冲着城市户口、商品粮嫁过去的。

秋天的白鹤嘴,时常大雾弥漫。雾气从跑马河那边升起,像一团一团的巨大的棉花一样,飘浮着漫过棉花田、稻田,久久地笼罩在白鹤嘴上。大雾之中只见那高大的乔木稀稀拉拉,孑然而立。低矮的灌木,就像癞子头上的乱毛,稀的成疤,厚的成坨,在浓雾中时隐时现。尽管由于过度砍伐,山上的植被破坏严重,但是在那些歪歪扭扭的橡树上,还是顽强地生长着稀稀拉拉的橡籽粒。每年秋天到来,村民们都要上山采摘橡子,打成橡子豆腐,既当蔬菜又补充粮食的。

张茂业一家挨山居住,近水楼台先得月,早早地就从山上采集了一箩筐橡子,准备做橡子豆腐。做橡子豆腐的第一道工序就是要把橡籽粒磨碎,成为水浆。再拿到石磨上去磨。第二道工序是在过滤后放到锅里煮沸,冷却下来,就是橡子豆腐了。张茂业家里没有石磨,只有拿到张大婶家里去磨。

一天傍晚,刘立春和张继琴抬着一箩筐橡子,来到张大婶的家里。张大婶正好在家。张大婶嘴快:

"哟,继琴啊,稀客啊!又长高了啊!"

"张大婶,您好!"继琴回答。

"哟,这件白褂子,好抬人(显漂亮)啊!好漂亮哦!"张大婶啧啧称赞。

"这是她大姐送的旧衣服。"刘立春在旁边插话。

的确,张继琴穿了一件半旧的白衬衣,格外好看。那弯曲的腰身,高高挺起的胸脯,充满了青春的活力。趁着继琴收拾石磨的当口,张大婶把刘立春拉在一旁问:

"继琴的事情,怎么样了?"

刘立春说：“还没有想通呢。”

“那边又来催了，要抓紧啊！”张大婶催促着说。

“是这样啊，我马上抓紧跟她说。”

走在回家的路上，母女俩的话多了起来。刘立春问张继琴：

“上次跟你说的，你和欢子哥的事，你想得怎么样啦？”

“我还小嘛！”张继琴故意往一边说。

“你还小？你看你的同学，都已经结婚了，有的还生了孩子了。”

“我就是有点不喜欢他。”张继琴终于实话实说了。

“欢子哥有什么不好啊？你说说看。”刘立春让她说明理由。

“依我说呢，欢子哥长相一般，家里又穷。”她说的是心里话。

“才子无佳相啊！男子重才不重貌。俗话说：‘会嫁人的嫁儿郎，不会嫁人的嫁家当。’你看他有手艺，唢呐子也吹得好，还会做砖瓦，比你平子哥强多了呢！”

“反正我还很小嘛！”张继琴噘着嘴说。

“那你平儿哥哥怎么办？你跟你爹说去。”刘立春使出撒手锏。

一说她爹，张继琴就不作声了。

走到家里，刘立春还在唠唠叨叨地说着欢子的事。张茂业正在抽烟，屋子里弥漫着一股浓浓的土烟味。他听到老婆在说欢子的事，心里很烦地说：“格老子的，还没有成人，就不听老子的话啦？”

张继琴把扁担一放，赌气跑到房间里去了。刘立春赶紧劝道：

“你不要发火嘛！让她慢慢来。”

张茂业还想说什么，但话到嘴边又忍住了，没有说出来。

张茂业只顾说话，烟袋已经熄火了，他猛吸了几口，发现不冒烟了，赶紧用火柴点烟，一连几根火柴，才将烟叶子点燃。他坐在那里抽着闷烟，想着心思。

过了一会儿，他好像想起了什么，问刘立春：

“继红的信，寄了没有啊？”

"寄出去几天了。前天继平到跑马河就寄了。"

"不晓得她最近能不能回来？"

"上次她说厂里很忙，要等到放假才能回来呢。"

四

"用不过的牯牛，种不过的河田。"这是张茂业经常挂在嘴边的一句话。跑马河边的河田，由上游泥沙淤积而成。泥土富含细沙和腐殖物，黑黝黝的沙土富含营养，一锄头下去看不到铁，是种植棉花的理想场地。林子山村五百亩棉花田，沿跑马河堤一字摆开，一望无垠。夏秋之际，棉花已经长到有半人多高，五颜六色的花朵竞相开放。蜜蜂和蝴蝶在花间飞舞，蜻蜓在花间停歇，麻雀在草地上觅食。

张继琴穿着一身灰色的衣服，背着一个崭新的手摇式喷雾器，在棉花间行走，边走边给喷雾器加压。她手里的喷头正在"吱吱"地喷着雾水。药水在一块块火烧了似的棉花叶子上汇聚、滚落。一阵阵隆重的药水气味在田间弥漫开来。她肩上的喷雾器是最新产品，过去都是两人抬着一桶药水，一人给喷雾器加压，一人喷药。现在是加压和喷药于一身，劳动效率倍增。

临近中午时分，在一片绿色海洋的尽头，出现了一个白色的亮点。慢慢地，白点越来越大。走近了，继琴看清了，那是一个骑着一辆自行车的女子，从河堤上过来。等走得更近了，张继琴惊奇地发现是姐姐张继红回来了。她赶紧调整方向，朝着河堤喷过去。张继琴比张继红小四岁，她从小就是在姐姐一手照顾下长大的，两人的感情很深。继琴远远地就叫喊着："姐姐，你回来啦？"

"继琴妹妹，你在打药啊？怎么没有戴口罩和手套啊？"继红关心地问。

"戴了，放在药桶子上了。你怎么回来了？"继琴解释着问。

继红放下车子，朝着妹妹跑过来，拉着她的手说："你哥给我写信了，说婆婆、爹妈和你们都很想念我，让我一定回来一趟。这几天换休了，我就回来了。"

"你真厉害，会骑车了！"继琴一脸羡慕的神情。

"前两个月在厂里学的，城市里的人都会骑车。"

姐妹两个在棉花田里简单地说了几句话，由于怕影响生产，继红就急着骑自行车回家了。

你别小看这辆自行车，当年在农村一个生产大队只有两三辆，只有大队书记等几个人才有。当年能有一辆自行车出行，那是非常风光的事，就像现在有一辆小车一样。

傍晚时分，一轮明月升起在白鹤嘴上，银光洒满了山坡。张继琴吃过晚饭，就吵着要姐姐告诉她骑车。继红把自行车推出来交给继琴嘱咐说："小心点，这是公家的车，从厂里借出来的。"继琴应承着，和哥哥还有继兰，把车推到稻场子上学车去了。他们两个你给我扶，我给你扶，互相轮换着学车，累得满头大汗。继兰在一边看热闹兼看管衣物。

屋里只剩下四个人。这时张茂业说话了："'家有长子，国有大臣。'继红是老大，家里重要的事情都要和你商量。"

刘立春接过话题说："是这样的，继平的婚事现在有点儿眉目了。对面的张大婶做媒，要把薛海花说给你弟弟。但是薛家木提了一个条件，要把继琴换过去。"

张茂业接着说："我很敬重薛家木，也很喜欢欢子。这是一个两全其美的大好事。亲戚开亲，亲上加亲。现在的问题是，海花和继琴两个人还没有表态。请你回来，就是给继琴做做工作的。"

"你弟弟已经二十六岁了。你看和继平同年的陈新高，已经有两个儿子了。"刘立春插嘴说。

"这是件大事！这不是换亲吗？"继红提出了疑问。

"是啊！有什么不行吗？"

"好倒是好，要是能成，那是巴不得哟！"

"你妹妹很听你的话，你给她好好说说。"张茂业给继红安排了任务，继红应承了下来。

晚上，继红和继琴睡在一个床上，姐妹俩一直嘀嘀咕咕讲了半夜。第二天，张继红吃过午饭要回去了。临走的时候，张继琴拉着姐姐的手，眼眶红红的。

"你自己拿定主意吧，就看你自己的了。"说完张继红就推着自行车，从棉花田中间的小道过去，上了河堤，骑上自行车朝跑马河那边回去了。

五

连日的太阳像个火球炙烤着山川大地。快到中午的时候，室外的温度达到了摄氏四十多度。棉花田里一股热浪在流动。

队长胡海螺和技术员刘民来到棉花田里，查看红蜘蛛的危害情况。队长发现棉花叶子的背面还有很多活着的红蜘蛛，就吩咐刘民说：

"要加大力度，一定要把红蜘蛛压下去，不然今年又完不成上交皮棉的任务了。"

刘民说："队长您放心，还有两天，第二道喷药的任务就要完成了。"

为了突击消灭红蜘蛛，生产队成立了有张继琴等八人参加的突击分队，加大了对红蜘蛛的围剿力度。

就在第二道喷药工序即将结束之际，张继琴的身体出现了问题。她感到恶心、呕吐。

在棉花地里无精打采地走着走着，突然觉得天旋地转。她刚要把药桶从肩头上放下来，头一低，眼前一黑，腿子一软，"咣当"一声就倒在了地上，失去了知觉。刘民听到响声，赶紧跑过来，把她从棉花地里背了出来，到阴凉地方歇息。灌了一点热水下去，还是没有清醒，就赶紧送到跑马河公社卫生院了。公社卫生院一检查，觉得病情严重。她又被送到了峡江市人民医院。

张继琴一连昏迷了三天，灵魂在躯壳外游荡。她看到天地间一片血色，无数个像螃蟹一样大小的红蜘蛛，爬满了棉花田，噬咬棉花蕾，吃光了棉花叶。地上枯枝败叶一片狼藉。红蜘蛛到处乱窜，又爬上了她的身体，在她浑身上下撕咬，她感觉浑身奇痒无比，疼痛难忍，苦不堪言……她又梦到了两个饿鬼拿着锁链，张牙舞爪，要来索命。她拼命地跑啊跑啊，就是跑不快、逃不脱。她还看见爹妈、哥哥、妹妹，都跪在地上哭泣，脸上的泪水像跑马河的水一样，汹涌流淌，冲刷着棉花田。河砂地上很快冲出来几道很深很深的沟槽，露出来一堆堆白骨……慢慢地慢慢地，她看见了一丝光亮，由小变大。听到了有人在轻轻地啜泣。她终于睁开了眼睛。第一眼就看见继平哥哥还有欢子哥哥那两双充满血丝的惊奇的眼睛。两个大男人双眼通红，面容憔悴地守候在她的病床边。

"啊！继琴，你终于醒过来了。"两个哥哥异常兴奋地叫着。

张继琴看这两个大男人守着自己，心里一阵感动，苍白的脸上难得地露出了一丝笑容。她挣扎着想爬起来，但是动弹不得，身上插着管子，打着吊针，缠着绷带。张继平看她想动，赶紧过来扶着她靠床边坐起来。欢子给她送过来一杯热水，轻轻地喂给她喝了一小口，一股暖流涌遍了全身，她的眼眶突然湿润了。

经过十多天的治疗，张继琴的病情终于有了好转。又调理了几天，终于可以出院了。

出院那天，阳光明媚，继平哥和欢子哥两人抬着担架，把张继琴从峡江市一直抬回家里。一路上，为了逗她开心，继平吹口琴，把口水都吹干了。欢子吹唢呐把腮帮子都吹肿了。担架上传来一阵阵爽朗开心的笑声。张继琴看着两个哥哥对她这样的殷勤呵护，心里早已被感动。"欢子有什么不好啊？有手艺，会吹唢呐，又会体贴人。'会嫁人的嫁儿郎，不会嫁人的嫁家当。'"她妈的这番话百遍千遍地在耳边响起。"唉！人啊，真是太脆弱了！要是活不过来，不就什么都没有了？"继琴这样想着。

回到家里，刘立春又说："你看欢子哥哥对你这么好，你就同意了吧！"突如其来的大病，既使她觉悟，又让她看透了人生。"无论穷富，只要他对你好就够了。"张继琴这样想着。出于同情和感激，也出于顺从父母，成全平子哥哥的婚姻，她终于松了口，同意了明年秋天嫁给薛海欢。

第十九章　合婚

一

在薛张两家同意换亲的当晚，薛家木和郑月梅都很兴奋。两人躺在床上，都被这件事折磨得辗转反侧，毫无睡意。各自想象着这两桩婚事，掂量着各家的得失，琢磨着可能出现的情况，还有需要做的一些事情。两人想了很长时间没有吱声。还是郑月梅憋不住了说：

"家木啊，我看还是要给他们两个娃子合个八字，看是不是合适。"

"合什么呀合！'信则有，不信则无。'你莫节外生枝喔！"薛家木明确表明了不赞成的态度。

"'宁可信其有，不可信其无。'再说这是祖辈传承下来的规矩，还是算一下让人放心。"郑月梅也明确要坚持。

"看把你急的，不算不行吗？"薛家木改成了商量的口气。

"不是不行，心里总搁着这么件事，总有一个疙瘩在那里。我们结婚不是也算过吗？"郑月梅在摆事实，讲道理，坚持自己的看法。

"那是旧社会，现在是新社会。"薛家木仍然不同意。

"新社会怎么了，我们生产队里还不是在偷偷地算？"郑月梅反驳着说。

"我说你哟，就是个死脑筋！如果合适倒没得话说，如果不合适怎么办呢？你是不是要反悔，要拆散他们？"薛家木声音越说越大。

"你小点声。我巴不得欢子早点结婚，我们早点抱孙子，怎么会拆散他们呢？"

"你坚持要去就一个人去，不让别个晓得。"薛家木妥协了。

"我抽空去找一下余瞎子。"郑月梅决定了。

二

郑月梅说的这个余瞎子在黄龙寺是一个传奇式的人物。余瞎子本名叫余有根，生下来时眼睛并不瞎，三岁时害了一场大病，他爹请了个自称神医的刘半仙给治病，因为"爆灯火"（火疗）的疗法，治好了病，却治瞎了眼睛。

余瞎子的传奇之一在于他会唱瞎子戏，有文艺专长。他有一个大二胡，四根弦的，共振的木筒子足有大痰盂那么粗，在没有扩音器的年代，它就是扩音喇叭，发出的声音浑厚而洪亮，久久在山谷传响。他的瞎子戏很有感染力，社员群众都非常喜欢。那个时候由于宣传需要，余瞎子参加了省里组织的盲人宣传队，到武汉市参加培训班回来，全公社各大队和许多小队都争相邀请他去唱瞎子戏，一时间应接不暇。

黄龙寺一队的瞎子戏在生产队仓库里演唱。余瞎子夫妇二人在队长胡海螺家里吃完晚饭，由他的儿子胡结巴牵着来到稻场上坐定，很快周围就围满了看戏的人群。胡炊子带着几个民兵维持秩序，廖二也来到现场看热闹。

"光棍没人要啊，歪锅对瘪灶啊！……"廖二独自叫唱着。有人逗他，他也偶尔唱两句《双探妹》。胡炊子听到歌声，跑过来警告他说："不准唱，不准唱《双探妹》。"廖二嘿嘿一笑，做一个鬼脸，不作声了，他怕胡炊子的拳头。过了一会儿，他又唱起了《红灯记》："临行喝妈一碗酒……"

操场上一片嘈杂，呼儿唤女，哭爹叫娘的什么声音都有，根本没有把余瞎子当回事。余瞎子坐定以后，伸出食指弯成一张钩，伸进嘴里，一声尖利还带着转了几道弯的哨音从他嘴里发了出来，送进了在场所有人的耳朵里，全场顿时鸦雀无声。余瞎子把满是涎水的手指拿出来，不慌不忙从肩上取下一个白布口袋，半头已经是灰黑色的了，上面污迹斑斑。他从口袋里拿出二胡，开始调弦。高低几声响动之后，正式演奏曲子了。先是《大海航行靠舵手》，接着是《军民鱼水情》，还有《智取威虎山》片段，这些都是闹台，前奏曲。

余瞎子的正式节目是《秦香莲吊孝》《老伯嫁弟媳》《梁山伯与祝英台》《李双双》《小二黑结婚》等等。只见他边拉二胡边唱歌词，有时也双人合唱。唱到最伤心的时候，他脖子上青筋暴跳，满脸涨得通红，一双眼睛翻白，两行热泪长流。他也顾不得擦掉泪水，只管拉着弦子唱着曲子。

他是典型的男中音，声音极富磁性，时而高亢，时而凄凉。很多村民在他的歌声感动下，满脸都是泪水。

三

余瞎子的第二个本事就是会算命，当然是偷偷地。从暗地里到公开给人算命，是因为一桩蹊跷的盗窃案。

五年前，生产队的一头健壮的大黄牛突然不见了。这可是生产队的头牌耕牛，重要资产。生产队长派出几批社员到处寻找。整整找了两天，方圆近十里的地方都找遍了，没有找到。实在没有办法了，有人建议找余瞎子算一算，死马当成活马医呗。胡海螺听说请瞎子掐算，气上加气地说："'算命查八字，出钱养瞎子。'活见鬼吧！"

但是耕牛毕竟要找，因为是生产队的最为重要的财产。副队长胡友山偷偷地跑到余瞎子家里请他掐算。余瞎子问明牛的大小、颜色以及丢失的时间，大拇指在食指中指无名指上来回掐算，嘴里叽叽咕咕、念念有词，最后他说："东南方向有灵光闪耀，你们朝东南方去找，不出二十里准能找到。"

副队长向湖海螺汇报，胡海螺半信半疑，但还是派了几个精壮劳动力朝东南方向找去了，一直找到林子山村的白鹤嘴，在一片松树林子之中，果然找到了丢失的耕牛。

耕牛牵回来了，有人建议给余瞎子奖励，也有人不以为然地说：

"他有这么神吗？他要是能算出黄牛是怎么跑到那里去的，我就服了，不管奖多少都没意见。"

这个时候，副队长又去找余瞎子说：

"还请先生你算一算，是耕牛自己跑这么远的呢，还是有强盗偷到那里去的？"

余瞎子又问了找到耕牛的地方和时间。他伸出手指，又是一阵掐算之后说：

"在林子山村有一个偷牛的强盗，外地人，常年戴一顶破布帽子，很可能是一个癫子。"

胡海螺有一点相信余瞎子了，他很快将这一线索报告了派出所。派出所按照余瞎子说的特征，真的在林子山村抓到了一个流窜作案的偷牛贼熊癫子。

这一件事在全公社引起了轰动，人们口口相传，越传越神。胡海螺心服口服，不仅给予了奖励，还成了余瞎子能掐会算的义务宣传员。从此他给人算命就不再躲躲藏藏的了。邻里坊间有什么难事，都要去找余瞎子算一算。

合了八字，给了余瞎子两块钱的礼金，郑月梅就喜滋滋地回家了。一进门就高兴地报告："哎呀，他们两个一个是牛蛇配，一个是鼠龙配，都是上好配偶，这下我就放心了！"

薛家木听到这个结果，自然求之不得。欢子听到这个消息，高兴得像个小孩子似的，蹦了起来。

第二十章　创收

一

支撑一个穷苦的小家，要靠全家人的辛勤劳动，要靠不住脚手地勤扒苦挣。随着两家换亲事宜的逐渐明朗，欢子比以往更加努力，他像发了疯似的劳作，为家里创收。

清晨，他早早醒来，听着窗外小鸟叽叽喳喳的叫声，看到东方已经发白，就轻脚轻手地下床。洗漱完毕之后，拿着锄头和夹担（一种收拾柴草的竹器）出门。他刚刚把门打开，屋里就传来了海花的声音："哥哥，等我们一会儿！"

接着听到她在叫醒海蓉的声音。过了一会儿，海花、海蓉梳洗完毕，拿了锄头、镰刀，背着背篓和欢子一起向驴尿沟走去。他们是要到山上去挖丁巴兜，一种野生植物的根茎，像竹根一样大小粗细。供销社里正在大量收购。在那没有粮食酿酒的年代，丁巴兜可以代替粮食，是上好的酿酒原料。

"哥哥，上次那一点儿卖了多少钱？"海蓉问。

"上次有一百三十几斤，价格是两分半一斤，卖了三块多钱。"

"现在挖的人越来越多了，听说要降价呢。"海花插话。

"你在哪里听来的呀？"欢子追问。

"我听胡结巴他们说的。说现在收得很挑剔，还要分级呢。"

"管他呢，现在挖的人多，近处已经挖光了，要跑更远一点才能挖到。"

三个人边走边说着，很快翻过了驴尿沟，朝黄龙顶那边走去了。他们一边走一边朝两边看，生怕漏掉一块地方。

"哥哥，这里好多呢。"薛海蓉指着山坎那边的几丛硬刺说。

欢子放下扁担，走到一丛丁巴兜跟前，开始挖了。几锄头下去，一窝丁巴兜根茎就出土了。

这种丁巴兜是多年生植物，地下有很长的一节一节的根茎，每个节巴上长着一根枝叶伸出地面，红褐色的枝干上长着硬刺，团团的叶子还带着露水，圆圆的果实是紫色的。黄龙寺的山上特别能生长这种东西。

欢子和海花在土里挖掘，海蓉拿着镰刀收集。她砍掉枝叶，只留下竹根一样长短不一的白根。这就是他们要采集的主要部分。

欢子越挖越起劲，很快脱掉了衣服，挥汗如雨。海花心疼地说：

"哥哥，你休息一会儿吧，已经挖得差不多了。"

"这里多而且好挖，我们多挖一点儿吧，今天我们是三个人呢，搬得动。"他继续在山上寻找着可以挖掘的丁巴兜藤子。

一个多小时以后，海蓉已经将担子和背篓装满，还捆了一捆。三人分别挑着背着和扛着，高高兴兴回到家里吃早餐。不一会儿胡海螺的小军号就吹响了，他们又各自上工去了。

就像这样，欢子有空闲就想着多做事情，要么为家里创收，要么改善家里的环境。他先后用泥巴抹了墙壁，用三合土打了地平，门口还栽了几棵果树，菜园子和苎麻都除了草、施了肥。薛家木郑月梅看在眼里喜在心里。薛家木说：

"人们常说：'男服学堂女服嫁。'我看欢子也服婚嫁呢！"

郑月梅答话:"他心里高兴,自然就有使不完的力气喔!"

二

阳春三月,万物复苏。黄龙寺的山冲坡岗,到处都是金黄色的菜籽花。蜜蜂蝴蝶扇动翅膀在花间飞舞,蜻蜓鼓起两只大眼睛在低空穿行,燕子衔泥开始筑巢。冬眠的青蛙、蟒蛇,已经醒来,开始了一年一度的新的生活。这时有一种藏身土石之中的节肢动物,也和其他的昆虫一样,结束了冬眠,正在求偶,繁衍后代。它就是金头蜈蚣,华夏名牌中药,畅销东南亚各国,黄龙寺尤其富产。

在计划经济时代,黄龙寺人没有其他创收门路,就把扒蜈蚣作为一种重要的创收活动。就像永州人捕蛇一样。蜈蚣和毒蛇、蝎子、蜘蛛并称为四毒。古镇的金头蜈蚣,自古就是驰名中外的精品名牌,资源有限,供不应求。

造物主赋予了古镇金头蜈蚣的神奇外貌。它的头尾都是金红色的,背部二十多个节肢都是蓝黑色的,二十多对螯足都是金黄和金红色的、通体油光水滑,玉润透亮,不愧为动物界的精灵。有《天龙赋》为证:

"古镇山野产天龙,红头黑背金蜈蚣。海马天龙,洋宝山珍,名贵中药,天赐神物。头尾血红,通体金黄。背部黝黑泛蓝,螯爪玉润晶亮。前须红润,如龙虾之双须,蜗牛之头触。一对螯牙,如关公偃月大刀,李逵开山板斧。二十多对金爪,对称排列。爬行如波浪起伏,悄无声息,目不暇接。转瞬之间,不知所踪……"

每年开春,黄龙寺供销社,小学院墙上,就会挂出绘有大幅蜈蚣图案的宣传画。路上可见三五成群的扛着蜈蚣耙子的队伍,山沟里早已响起刨动石头的声音。这时,一年一度的蜈蚣盛筵已经开席。

春节过后,薛家木很早就从铁匠铺里加工了两把蜈蚣耙子,拿回家里安好了木把。这是一种专门工具,两根新耙齿足有一尺多长,是翻动石堆杂草,捕捉蜈蚣的特殊工具。春天到了,春雷一响,泗水横流,扒蜈蚣的季节就到了，薛家木就带领家人上山捕捉。那时候的一条蜈蚣，可以卖到两分钱，抵得上一个鸡蛋。如果运气好，一个劳力一天可以扒到一两百条，一季下来可以扒几千条，这对于家里是一笔可观的收入。因此，有的人家还成了扒蜈蚣专业户。

扒蜈蚣是一项体力活，也是技术活，会扒和不会扒的大不一样。因为蜈蚣有剧毒，咬一下可不得了。虽说不会致命，但要疼痛个七八天，伤口会肿得发紫。特别是五更天，鸡子叫的时候会钻心地疼。那种疼痛随着心跳一阵一阵地袭来，使人非常难受，几乎所有扒蜈蚣的人都有体验。

欢子很小的时候就跟着大人扒蜈蚣，薛大骡子教会了他捉蜈蚣的技巧，他自己也积累了不少的经验，什么时候多，哪个地方好扒，他都有自己的一套经验积累。

薛家木现在已经很少上山了，带领几个妹妹扒蜈蚣的责任自然就落到了欢子头上。因为要创收，保证家里的开支。特别是今年，欢子很快就要订婚，要购置像样的礼品，还要请客，置办酒席。每每想到这些，欢子就感到压力山大。所以他只要一有空闲，就会上山去扒蜈蚣。同时也因为季节性很强，一到夏至节，蜈蚣吃饱，肠胃发胀，很容易腐烂，供销社就停止收购了。

三

采挖野生植物和扒蜈蚣，都是有季节性的。采挖一般是在秋冬季。扒蜈蚣是在春夏之交。没有野外创收活动的时候，欢子就在家里打草鞋。除了自己穿，家人穿，还能拿到集市上去卖钱，给家里创收。

欢子种有两块苎麻，就在房屋旁边的小路边，收的麻完全是为打草鞋之用。今年经过他的精心管理，苎麻长得又粗又壮。苎麻每年收割两三次，春天的质量要好一些，秋天里的要稍差一点。苎麻收割以后要趁湿把皮剥下来，边晒干边整理，直到把杂质全部去掉，使麻丝柔顺，再挽成团状，贮存备用。看着一捆捆丰收的苎麻，欢子在盘算着打一批草鞋放到古镇去卖。为了加快进度，他平时在窑厂上工的时候，就将苎麻卷成一团放在布包里带在身边，休息的时候就拿出来搓成麻绳。就像海花、海蓉把鞋底子带在身边，一有时间就拿出来缝几针一样。曹大牛也常看到欢子在工地上搓麻绳，他很大度，只要上工的时候卖力气，休息的时间他一般不管。

天黑了，到处蚊虫飞舞，欢子还坐在槐树底下搓绳子、打草鞋。海花点燃一盏桐籽灯，给他拿过去。

"哥哥，你累不累呀，休息一会儿吧？"

"我还好，我不要灯，摸着就可以搓绳子呢。"欢子很自信地说。

"已经很多了吧？不要这么急嘛！"海花劝他说。

"还差一双就二十双了，今天要赶出来，明天要送到裴民那里去呢。"裴民是薛家的一个远房亲戚，在古镇供销社里工作，他那里收购草鞋。

"看不见了，你就歇一会儿吧？"

欢子想起了什么，突然问："我上次送给你的给田三妹准备的那双桃花麻鞋，还没有看见你穿过呢。"

"我有穿的，你就把这双送给继琴妹妹吧。"

"以后我可以给她打好多双呢，你不用这样客气啦。"欢子打草鞋很晚才睡。

第二天一早，薛家木起床以后，就看到二十双草鞋已经捆扎得整整齐齐，放在桌子上。他拿起草鞋出门，去请六爷爷带到裴民那里卖去了。

四

就在扒蜈蚣活动热火朝天的时候，欢子被一条巨大的蜈蚣抓伤了手臂，从手指到胳膊都肿得厉害，一个多星期剧烈疼痛，耽误了创收的大好春光。

那是在一个春光明媚的中午，欢子跟他爹说："驴尿沟那堆石头，估计没有人动过，我们去把它扒一下吧？"他爹说："那我们就中午去吧。"

他们早早吃了午饭，约了四骡子，拿着蜈蚣耙子来到了驴尿沟的底部。

　　这是一个很大的石堆，从山上冲下来的大大小小的石头都堆积在那里。石堆中间长了很多的小树，大的足有碗口那么粗。周围的小石沟都不知扒了多少遍了，唯独中间一条石堆没有人有能力翻动。石堆中间有一米多高，两边也有一尺多厚。他们三人一字摆开，从下往上扒。刚下耙子不久，就很有收获，每人很快都扒了有十多条了。扒着扒着，欢子突然"啊"的一声尖叫，猛地往后一跳，身体一下子撞到下面的一棵栗树上，裤子被树桩撕了一条大口。他爹和三骡子赶忙过来一看，只见一条银环蛇，足有两米多长，盘踞在石头中间，昂着头向他们吐着紫色的舌头。薛家木很有经验，拿着蜈蚣耙子触动了它一下，银环蛇的头猛然地砸下来，咬住了耙齿，薛家木一拖，把大蛇拖了出来。大蛇昂着头，和他们对峙了一会儿，转过头向石堆的中央爬过去了。

　　欢子又重新回到他原来的位置上继续往前扒着。不一会欢子扒到了一条巨大的蜈蚣，足有七八寸长，而且这条蜈蚣很特别，前半部分是红色的脚爪，后半部分是黄色脚爪，背部约有半寸宽，是一条蜈蚣王。欢子熟练地用蜈蚣耙子按住它的身体，不让它爬走。大蜈蚣回过头来，使劲咬着耙齿。欢子赶紧用手按住了它的头部，把它抓了起来，很熟练地掐掉前螯，大蜈蚣那二十多对有力的爪子紧紧地缠在他的手上，他用了很大的力气才把大蜈蚣的爪子从手上撕扯下来，装到了口袋里。这天中午他们收获丰厚，每人都扒了五十多条。

　　下午欢子照常上工，到了晚上，欢子只觉得被蜈蚣抓过的地方痒痒的，他不时地用手挠一挠，也没太在意。到了半夜，手指就开始红肿了起来。到五更时分，无名指的根部就长起了一个红色的疙瘩，慢慢地整个手背都肿起来了，胳肢窝的淋巴结也形成了疙瘩。第二天鸡子报晓的时候，整条胳膊又红又肿，疼痛得厉害。而且随着脉搏的跳动一阵一阵地疼痛。听到欢子的哀叫，郑月梅拉着欢子的手看了一下，就跑到对面山脚下去采了几味草药，回来在石头上捣成糊状，敷在了伤口上。这是村民们自己发明的土办法，专门医治蜈蚣咬伤的草药。

第二天，欢子胳膊肿得更厉害了，海花看见了非常心疼，去请刘一平到家里来给他打针，一连打了三天。第六天欢子的胳膊才慢慢消肿。虽然是这样，欢子仍然没有误工，坚持到窑场上工。曹大牛也很体谅他，只安排他做一些比较轻松点的活儿。

第二十一章　杀猪

一

薛家木常说"穷不丢猪，富不丢书"。即使是在当时那个年代，薛家也没有放弃过养猪。当时的国家政策规定，由食品所向农户收购生猪，购留各半的任务到生产队，到农户。公社除鼓励集体养猪外，也允许家庭养猪。收预购猪以一百二十斤为起点，每头猪奖励粮食四十斤，布票两尺，猪越大奖励越多。

欢子很快就要订婚、结婚，这是薛家木夫妇的头等大事。春节过后薛家木就购进了一对猪崽，准备养大育肥，年底宰杀，为明年欢子订婚结婚做物资准备。

一个雨天的傍晚，薛家木在刘松林家借了一个猪篓子，准备去买猪崽儿。这是一个篾织的猪篓，用粗硬的宽篾片编织而成，约有一米长宽。上面有一个口子，约有一尺直径的口面和盖子。有拳头般大小的窟窿，是专门的猪崽篓子。只有手艺高超的篾匠才会编织。

薛家木用一根扁担戳在篓子窟窿里，扛在肩上，一边走一边抽叶子烟。他来到曹小牛的家里，说要买一对猪崽。曹小牛老婆说要五块钱一只，薛家木没说个不字，就进到猪栏里，准备捉猪崽。这时天气已经很暗，猪圈里有一头母猪和七八只小猪，他也看不太清楚，就胡乱抓了两头放进了猪篓。在担子的另一头，他捡了一块土砖，用绳子系住挑了回来。

第二天早上天亮了，一家人围着猪崽看。这是两只才刚刚满月的黑毛小猪，每只大约有七八斤重，一公一母，还没有阉割。毛色黑而发亮，活泼好动。看着这对漂亮的紧紧地靠在一起发抖的小猪，全家人都好像看到了希望。希冀着今年终于可以交一头猪、杀一头猪了。这是按照当年的购留各半政策，农户要杀猪过年必须完成预购任务。两头猪要上交一头才能自留一头宰杀，如果没有完成预购任务，只能与别人家共享一头。薛家木对全家人说："今年全家都要努力，薛四、薛五放学回家要多寻猪草，过年才有猪肉吃。"

两头小猪在全家人的精心饲养下，还算长得不错。一个多月以后已长到十多斤了，已经到了阉割的时候了。薛家木请来了兽医鲁宝山，来家里阉割。之后，郑月梅专门给喂了米糠。看着两只小猪又欢快地吃起了食物，一家人都放心地笑了。

过了两天，那只切除了卵巢的小猪不肯吃食了。郑月梅喊薛家木来看。只见它躺在猪窝里，不肯起来。薛家木又请来了鲁宝山，他进猪圈里看了一下，在小猪身上打了一针，说是有些发热，过两天就会好的。但是两天后的一个早晨，郑月梅到猪圈里一看，那头小猪已经死在猪窝里了。薛家木很是心疼，又有什么办法呢。他找到鲁宝山，鲁宝山说："这叫一刀猪，只要是在它身上动一刀，就会死掉的，没有办法可救。"

薛家木对"一刀猪"的说法将信将疑，又无可奈何，只怨自己运气不好，自认倒霉。他把死猪提出来，拿到堰塘里洗了一下，又舍不得丢。

就又提了回来，叫郑月梅烧了开水，用开水烫过，拔掉猪毛，开膛破肚，洗净之后还有十多斤猪肉，一家人省着吃了十来天。

另一头小猪一直喂到腊月份，已经长到有一百多斤了。按照政策，他与张纯银家商量，两家共享一头猪，由张纯银向国家交售预购猪，薛家木宰杀这头猪之后与张纯银平分。

二

欢子家和张纯银家商量着搭伙杀猪过年。两人一起对两头猪进行了比较，觉得张纯银的花猪小一点，决定由张家交预购猪。欢子家的黑猪大一点，育肥后过年平分。

交预购猪那天清早，欢子早早起了床，来到了张家坳口子。张纯银母亲早就起来了，已经用煮熟的红苕喂了两次猪了。她见欢子来了，就招呼着欢子和张家人一起吃了一碗红苕稀饭，又将剩下的苕给了花猪，花猪又是一阵狼吞虎咽。张纯银母亲有些不舍，趁花猪吃得津津有味的时候，拿着一把烂梳子，将花猪从背脊到尾巴梳得整整齐齐。花猪很是享受的样子，一边吃食一边摇头摆尾，还不时地抬起头来"嗯嗯"两声。很快猪肚子就像气球一样涨得滚圆。她一边梳毛一边依依不舍地说："今天是最后一餐，你想吃就吃够吃饱啊！"说着流露出伤感的神情。

花猪吃饱喝足以后，欢子和张纯银父子将它揪了出来，用麻绳子绑在了猪架子上。欢子拿起抬杠，穿过钢绳，和张纯银用手掂了一掂，觉得稳妥了，就抬起上路了。张纯银母亲跟在后面，一直送到他们走出坳口才回转。走了很远，欢子还听到后面传来"喏喏，喏喏……"的呼唤声。

在古镇食品所门前，有上十头生猪排起了长队。欢子他们刚刚放下花猪，后面又来了两头，看来今天还很热闹。在生猪的尖叫声中，人们相互打着招呼。食品所的职工大声地吆喝着，卖猪的人都唯唯诺诺，生怕得罪了食品所的人，影响自己卖猪。

张纯银担心花猪受伤，解开了绳子。花猪解放了，从猪架子上一下子弹起来，躲在旁边赶紧拉屎拉尿。张纯银看着花猪，恨不得用手去捏住它的屁眼儿，不让它屙屎尿而减少斤两。等了个把小时，总算是轮到张纯银了。一个满脸横肉的收购员，把花猪赶进了一个铁笼子里。张纯银赶紧掏出圆球牌香烟递了过去，收购员看都没看，伸手摸了一摸花猪的肚子，拖着长腔对里面说："除食 12 斤。"这是食品所为防止猪子吃得太饱，收购生猪都要除去食物重量，以保证收购质量。张纯银一脸的窘态，呆立在围墙边，眼巴巴地盯着磅秤，结果显示的是 130 斤，除去猪食就只有 118 斤了。张纯银的脸色苍白，眼睛都绿了。他小心翼翼地赔着笑脸，希望算达标。可里面一个男人高声喊道："不够重量，抬回去再喂！"张纯银一脸惶惑，一丝悲哀袭上心头，差点流出眼泪。欢子见状，出来想了想，对张纯银说："你把猪看好，我去去就来。"欢子来到供销社，找到了裴明，请他帮忙想想办法。裴明正在清点货物，他问明了情况，马上来到了食品所，跟收购员说了几句话，抽了一支烟就走了出来，跟他们说："你们等一会儿吧，等他们忙完了再说。"说完就回供销社了。

张纯银和欢子把猪牵出来，放到旁边的柳树林子里，蹲在树下等候，直到中午时分，那个收购员才来叫他们去结账。他们喜出望外，兴奋得蹦了起来。二人来到柜台前，食品所会计给他们按 120 斤进行了结算，并发给了一张屠宰证。

一出大门，欢子就很好奇地把屠宰证拿过来看。这是一张盖着公章的纸片，上面是一条红色美术字标语："猪多肥多，肥多粮多。"下面是生猪屠宰证，年月日，接着下面是一个表格，有几项内容。第一项是畜主姓名，后面填着张纯银。下面是屠宰员姓名，空着。发证单位，古镇公社革命委员会，有效期限为 10 天。两人抬着猪架子，边看边说笑着，兴高采烈地回到了家里。

三

为了加强管理，各地都出台了比较严厉的规定。黄龙寺大队增设了经济方面的管理措施，比如杀猪宰羊时，除取得宰杀证外，还要写申请，在小队大队备案，签字盖章，等等。

薛家木要杀猪，安排欢子写了申请，找胡海螺签了字。然后来到大队部，找到书记裘金山签字。

大队部设在黄龙寺小学旁边，一条砖木结构的房子，到处是"以粮为纲，全面发展""农业学大寨"等标语。裘书记办公室在正中间。欢子说明来意，裘书记好奇地问：

"你家今年有猪杀？"

"有一头，和张纯银家搭伙。"欢子回答。

裘书记看了看生产队长胡海螺的签字，就吩咐会计收取了屠宰税。他慢条斯理地审查了宰杀证，郑重其事地盖上公章，交给欢子。

接着欢子又来到了魏麻子的家里。他敲门进来，魏麻子正端着一个大茶缸子在喝茶。欢子说：

"魏大爷好。请魏大爷给我们家杀猪。"

"你是一队薛家木的儿子吧？先定个日期吧。"魏麻子边喝着茶边说。

"那后天，行不行？"欢子建议。

"后天？腊月二十二？申酉戌亥，后天正好是亥日，亥日不杀猪，是我们这一行的规矩。天蓬元帅得罪不得啊。"魏麻子还很有讲究。

"那就改个日期吧？"欢子退一步说。

"腊月二十三行不行？"魏麻子问。

"好吧，什么时间烧水呢？"欢子同意了。

"上午吧，你们吃了早饭开始烧水。"魏麻子吩咐道。

四

腊月二十三早上，薛海花很早就起了床，到猪圈里看了一下。黑猪已经有一天没有进食了，它听见脚步声，就"轰"的一声爬起来了，昂着头要吃的。薛海花舀来一瓢热水倒在猪槽里，黑猪低下头"汩汩"地喝着。薛海花做过早饭，就开始烧水，两口锅同时烧。厨房里一阵烟雾缭绕，什么都看不清楚，她在浓重的烟雾中一阵阵咳嗽。

村里的孩子们都放了寒假，转着圈儿看别人家杀猪，看生产队打鱼，这是他们最喜爱的活动。听说欢子家要杀猪，有几个孩子早就来到欢子家门口玩着啦，等着看杀猪的热闹场面。这中间有廖二等人，几个孩子都把他当做把戏，在逗着他玩。

过了一会儿，张疤子先挑着盆子和工具篮子来了。他是魏麻子的大徒弟，杀猪技术很全面。他到稻场子边槐树底下放下工具，进门就高喊着说："东家好屋场，发财又吉祥啊！"

薛海欢说："谢谢张师傅，快点儿喝茶抽烟。"马上递上一碗茶和土烟叶。

张疤子喝了两口茶，装上一支烟，悠闲地抽着，等着魏麻子的到来。

魏麻子扛着一个梃杖，挑着一支烟袋，一走一荡地从田埂子上过来了。他边走边哼："两脚忙忙地走喔，为了一口酒；两脚忙忙地蹿哪，为了一口饭……"

魏麻子已有五十多岁的样子，方脸大耳，头发已经花白，脸上有几坨横肉，白里透红，几颗酱油麻子格外显眼。他上身穿着灰色夹袄，下边穿着黑色棉裤，脚上一双半筒子胶鞋，腰里系着一方灰色的围布，像是用泥清除过一样，闪闪发光。他一到来，一群小儿一哄而散。这时，廖二领头在那里高唱儿歌：

"魏麻子，张疤子，挑盆子，杀猪子，翻肠子，弄票子。讨个媳妇子，下个猪儿子……"

一群少儿也跟着唱：

薛海欢一听马上正色道："瞎唱，滚一边儿去！"

小孩子们停住了嘴，只有廖二依旧在那里唱。

魏麻子一进门儿，薛海花就端上一大缸子浓茶递了过来，边递边说：

"又要麻烦魏大爷啦。"

"哪里哪里，承你们信得过。"魏麻子谦虚了。

薛海欢搬来椅子，请他坐下，他说：

"今天还有五六家，抓紧抓紧。你们水烧开了吗？"

"早就烧开了，只等您来。"薛海花说着，又往土灶里塞进柴火。

魏麻子放下桎杖，先到猪圈里看了一眼。

"今年手气不错啊！"

"哪里呀，没有交预购任务，只有半头呢。"薛海花不无遗憾地说。

"和谁分的呀？"魏麻子问。

"张纯银，他们家交的预购猪。"海花边回答边把证件递过去说：

"您看这是宰杀证。"

魏麻子看了一下，把证放进口袋里。这时徒弟周狗子也来了，魏麻子对两个下手说："开始吧。"

五

周狗子从篮子里拿来铁钩子，和张疤子一起进猪圈里赶猪。猪圈设在厨房的后边，外边有一个松木栏杆，里边有一个猪槽，后边有很多猪粪，散发着一阵阵恶臭。黑猪一见他们进来，吓得躲到了最里面的角落里。周狗子、张疤子顾不得里面很脏，踩着猪粪，慢慢地接近了黑猪。趁黑猪比较安静的时候，周狗子一铁钩子勾住了黑猪的下巴，把猪往外拖。张疤子揪住了满是猪粪的尾巴，在后面推。两个男人使尽了浑身力气，才把黑猪拖出了猪圈。

周狗子说："嘿，好大的力气哟，稀乎把老子搞翻了！"

这时魏麻子早已将两条八仙桌的板凳捆绑在了一起，中间用钩绳子（拴有钩子的绳子）捆紧了，正在等候两个人在把黑猪揪上板凳。薛家木从厨房里端出了血盆。这是里面放了盐和花椒之类佐料的木盆，用于接猪血的。

六

魏麻子和徒弟忙活很久之后，杀猪的工作基本快定成了。只见魏麻子从篮子里拿出小刀走到黑猪旁边，将猪皮从尾到颈细刮了一遍，用净水冲洗干净。再从猪肚子下边沿着肚脐向前到颈部开出一条口子，再把口子加深。在肚皮的地方非常小心，他生怕划破了猪肠子让脏东西流出来，影响翻肠子的作业。处理完内脏之后，剩下的就是猪肉了。这时魏麻子从篮子里拿出了砍刀开始砍肉。随着"嚓，嚓……"的砍刀和骨头的摩擦声响，猪肉沿着脊背的正中间分开来，脊骨被一分为二，魏麻子一手砍肉，一手和腿子配合接肉，直到最后一刀下去。他用力地搂住，搬到早已准备好的木门板搭成的台子上，他让欢子拿来杆秤，用钩子勾住脊骨称了一下。魏麻子报数：

"三十五斤半，东家不简单！"

然后放下猪肉，撕下了猪板油，交给欢子称了一下，两斤三两。开始分肉时，他又从篮子里拿出了一把薄刀，就像一把芭蕉扇，和大砍刀一起配合把猪肉分成几块。卸下来两只猪蹄后，魏麻子问：

"分成七块好吗？"

"请师傅做主吧。"欢子答。

"那就砍七块。另一半边留给张纯银。"

魏麻子砍肉的时候，张疤子在一旁修理猪头和四个蹄子。因为猪头凹凸不平，很多毛都没有刮起来，他又让薛海花提来一大桶开水，淋在猪头上，用毛夹子一个地方一个地方地拔毛，直到弄得干干净净为止。

周狗子蹲在盆子边清理猪肠。先是将肠子上的肠油撕下来，这是农家最好的东西，可以煎猪油。他把肠油挂在一旁后，分开猪肚小肠大肠，再用梃杖将肠子翻过来洗干净，挂在一旁。一群围在旁边观看的小孩，不时地大声嚷嚷着吆喝着取乐，直到魏麻子一行离开，他们又跟着到下一家看热闹去了。

第二十二章　小年

一

就在欢子家杀猪的当天晚上，一场暴风雪袭击了黄龙寺。只见黄龙顶上大雪覆盖，山川田野都披上了银装，小路田埂都没有了踪影。

半夜里，薛家木就听到北风呼啸，发现外面正在下雪。同时他也感觉双脚冰凉，睡不热乎，索性爬起来一看，外面正刮着风下着雪，冷得不得了。他和郑月梅都起来了，床上床下找出所有破棉絮，还有几件破衣服，分别盖在了儿子女儿的床上。自己又把棉衣盖在被子上，心里感觉踏实了一些，又才上床睡觉。

早上，薛家木很早就起了床。开门一看，外面一片白茫茫的。远处的树上，屋旁边的竹子上，都落满了雪，不时还有竹子压断的声音。稻场上的雪足有一尺多厚，平平整整，干干净净，只有小鸟在上面留下两串"个"字足迹。雪还在下着，比早先小了许多。看到天已经亮了，该叫孩子们起床了。他对着屋子里喊：

"欢子，海花，都起来，下大雪啦！"

欢子一听，像弹簧一样从床上跃起，惊奇地跑到窗子边观望着外面的雪景，异常兴奋。

薛家木对欢子说："你快去把竹竿子拿来，去把竹子上的雪打一下。"

转身又对海花他们说："海花、海蓉，你们几个人去把门口的雪扫一下。"

欢子拿着竹竿子到房屋旁边，见几窝竹子东倒西歪，有的伏在房子上，有的已经压断了。他几竿子下去，竹子如释重负地从地上、屋上慢慢伸起腰来。很快他就把竹子上的雪清扫得差不多了。

薛海花带着几个妹妹在门前扫雪。薛海芳对姐姐说：

"我们来堆一个雪人吧？"薛海花点了点头。

她们一边说一边铲雪，一会儿就在槐树底下，弄起来一个雪人一样的雪堆。薛海芳边堆雪边说："这下好了，你们都不用上工了，可以在家里过小年了。"

黄龙寺一带的小年是腊月二十四。北方的小年是腊月二十三，据说是皇帝的信使通知迟了一天。

薛海蓉说："你想得倒好，过大年都要出工。"

薛家木最担心的是他的房顶。去年虽然砌了新屋，房顶上檩子都比较细，瓦片也比较稀薄。这是新屋经受的第一场大雪，能不能承载这么厚的雪，他心里还在犯嘀咕。他把每间屋顶都检查了一遍，已经发现屋面有多处压弯了，有几处还很危险。他赶紧吩咐欢子，搬来梯子，和他一起爬上了屋顶去扫雪。一家人忙了一个大早上，总算是把屋上屋前屋后的雪扫得差不多了才停了下来。郑月梅已经做好了早饭，全家人胡乱地吃了一点。这时生产队上工的号声响了。接着又传来了副队长派工的声音：

"'水利是农业的命脉'。接公社通知，今天全体青壮年劳力，全部都上黄龙寺水库……"

进入冬季以后，窑场已经停工，欢子又参加生产队里劳动。他和薛家木一起挑着粪筐锄头，跟着生产队的一群人到黄龙寺水库去了。

一

薛家木父子俩穿着都比较单薄，冻得有些发抖。郑月梅里里外外找出一堆破旧衣服，准确地说是一堆破布片子，要他们穿上。欢子看了看，脸露难色。他妈看出来了，对欢子说：

"'一层麻布挡一层风，十层麻布过个冬'。"

欢子也不作声，低着头找出来两件，穿在了里面。

欢子父子走出家门，走在去水库工地的路上。欢子四下张望，发现这场雪确实不小。只见远处的山岚似银浪翻滚，近处的景物如大象奔腾。大有"千山鸟飞绝，万径人踪灭"的景象。

父子俩沿着别人踏出来的脚印，艰难地向前走着。他们俩都是穿着一双自制的油鞋，已经破旧不堪。油鞋是用麻布制成以后，再用桐油浸泡几次，晒干后在雨雪天穿的。鞋口不深，很容易把雪水灌进去。

父子两人小心翼翼地走到大路上了，路上有拖拉机走过的痕迹。路面宽了，好走了一些。这时从其他小路上走出来的人群多了。有推着车的，挑着粪筐锄头的，也有扛着钢钎铁锤的。一群群一队队，向着黄龙寺水库跋涉着。走得近了，就听见工地上拖拉机的轰鸣声，打硪的号子声了。

黄龙寺水库修建已经有好几年了，今年，要将水库堤坝加宽加高，以便蓄积更多的水。黄龙寺一队的工程断面在库堤东头山坡上，胡海螺等几个人已经到了，正在铲雪修路。欢子他们一到就加入了劳动的行列。他们的任务是挖土装车再推到大堤上去。欢子放下工具，挖起一筐子黄土提到独轮车上，由胡炊子他们几个往大堤上推。

在人来人往的工地上，欢子突然看见大堤西头的张茂业和张继平父子，才知道林子山村也调劳力到了黄龙寺水库了，因为隔得较远，欢子只是打了几下手势，没有看见回应，更没有见面说上话。

小年的中餐是在工地上吃的，由各生产队自己解决。黄龙寺一队由民兵排长胡春生挑来。中午的饭是用土钵子蒸的苕米饭，每钵三两。苕米占大多数，米占小部分。菜是粉条白菜，大多是白菜帮子，只有星星点点的粉条。用胡结巴的说法是："粉条只在里面放了个屁。"尽管这样，这已经是当时比较好的民工生活了。

三

吃过午饭，还有半个多小时的午休时间。欢子准备到林子山村工地那边去，与张茂业父子见个面，打个招呼。他边擦着嘴巴边走出工棚，正好碰见张继平来了，他是过来看薛家木父子的。

"平儿哥哥，你们也来啦？"欢子抢先开口。

"哎，来啦，欢子弟弟，薛大伯在吗？"张继平问。

欢子指了一下说："正在工棚里休息呢。"

"先见见大伯。"张继平说。

工棚很矮，是用芦席临时搭起来的。里面坐着很多人。张继平经常到黄龙寺来，他与很多熟人相互打着招呼，见到薛家木就说：

"大伯，您好啊？"

"哦，是继平哪，你们也来啦？"薛家木回答。

"来了，我爹也来了。"张继平说。

"下这么大的雪，真是不容易啊！"薛家木感叹着说。

"是啊，你们也一样啊！"张继平也有同感。

说了一会儿话，继平要回去，薛家木说：

"欢子，你快去看看你张大叔。"

"我正要去呢。"欢子高兴地说。

说完就出了工棚，拉着继平到林子山村工地那边去了。

林子山村没有搭建工棚，是临时租用黄龙寺五组的牛栏屋，简单收拾了一下凑合着用的。屋里弥漫着一股浓重的牛粪味。张茂业卷着一支叶子烟，蹲在墙角边悠闲地抽着。欢子进门就喊：

"张大叔，您好啊？您这么大年纪了还来工地啊？"欢子亲热地叫着。

"欢子啊，你爹不是也来了？"张茂业看着欢子说。

"大婶、继琴他们都好吧？"欢子讲客气了。

"都好都好，你妈还有海花她们都好吧？"张茂业借话答话。

"都很好。"欢子回答。

欢子和张茂业说了几句话，工地上的喇叭就开始放音乐了，一曲未完，就响起了上工的军号声。欢子不敢逗留，很快告辞回工地了。

晚上收工时，两家人又走到一起。因为明天还要来工地，薛家木邀请张茂业到家里住，张茂业推辞。欢子要继平到他家里住，张茂业心里高兴，没说不字，薛家木也表示欢迎。张茂业就独自回家了。薛家木和欢子、继平一路说笑着往家里走去。到家的时候，天色已经黑下来了。

四

薛海花收工很早，回家就收拾了堂屋后面的小屋。她搬来几块土砖砌成火笼，放下铁钩子，挂上水壶，点燃了柴火。她知道爹和欢子今天肯定是累坏了，冻坏了，提前准备着迎接他们回来。郑月梅将几个猪骨头放在鼎锅里，切了很多的萝卜，准备做大骨萝卜汤。没想到张继平来了，她们都喜出望外。

张继平一进门就大声地请安：

"大妈，您好啊？"

郑月梅正在忙着准备晚餐。她听到叫声，定眼一看是张继平站在门口，显得非常惊讶：

"哎哟，是继平啊？稀客呀！快请坐，冻坏了吧？"

"工地上干活儿很热乎，现在走路也不冷。"

欢子拿来椅子让继平坐，张继平说："还是先洗一下吧。"

他们三人又返回堰塘边，去洗脚底下的泥巴。堰塘就在稻场边上，约有半亩田大小。有一个用石碑搭成的码头，上面的雪早已铲除，只有刚刚落下的一层薄雪。他们三人一字摆开，站在或蹲在码头上，清洗着腿脚上的泥巴。

张继平的到来有点出乎意外。薛海花心情特别地激动，她赶紧给火笼里添加了柴火。郑月梅在睡柜里舀来了一碗大米，又吩咐海蓉到园子里弄青菜。海桃、海芳都收起了作业，站在门口，新奇地看着他们。

回到屋里，薛海花见到了高挑而白净的继平，脸上惊起了一阵红晕：

"平儿哥，你好啊？快进来烤火吧？"

张继平看到了想念已久的薛海花，看到了她那红红的脸蛋，乌黑发亮的头发，虽然裹在棉袄里但微微挺起的胸脯，心情异常地激动，一时不知说什么好。

欢子来到火笼边，赶紧脱下鞋子，把冻僵的腿脚伸到火边取暖，火屋里马上弥漫起一股浓重的臭脚味道。薛海花找来盆子，倒了热水，递给张继平，要他洗脸烫脚。张继平脱下一双有着几个补巴的半筒子胶鞋，放到一边。这双胶鞋和他那有着六个口袋的旧灯芯绒裤子，都是他大姑从香港给他寄回来的，这在当时是稀罕之物。海桃、海芳很好奇，对那双胶鞋看了又看。

厨房里烟雾腾腾。一盏昏暗的油灯亮着豌豆大的猩红的火苗在雾气中跳动。郑月梅在灶台子上忙着，薛海蓉在往灶膛里添加柴火。郑月梅先炒了两碗青菜，炖了一碗鸡蛋。在煮主食的时候，她切了一大堆的红苕，往里面放了一点碎米花子，加上水放到锅里煮着。又用一个白布小口袋，在里面装了几把大米，放进了正煮着红苕的锅里。这是给张继平专门准备的白米饭。

五

有客人的小年晚餐，增加了两个荤菜。一个是大钵子装的大骨萝卜汤，一碗炖鸡蛋，另外有几碗青菜和腌菜。郑月梅从红苕稀饭里捞起来那个煮有大米的白布口袋，现在口袋已经鼓胀。她解开袋口，从里面倒出白米饭，由薛海花给张继平端了过去。张继平见薛海花给自己端来米饭，猛地站起来赶紧用双手去接，一下捧住了海花的手。海花一惊，连忙将手抽出来，险些将饭碗掉到地上。张继平发现自己的碗里是大米饭，和别人碗里的红苕稀饭不同，坚持要把白米饭分给海桃、海芳，郑月梅不允许，张继平一再地坚持，最后郑月梅只好同意。张继平把大米饭分给了海桃、海芳，待到米饭将要分完的时候，他发现了碗底的几块肥肉，又挑起来分给了他们。一大桌子的人在相互的谦让中喝着大骨萝卜汤，欢欢喜喜地吃着红苕稀饭，算是过了一个丰盛的小年。

吃饭当中，薛家木夫妇只喝汤和吃青菜，把荤菜都留给了孩子们。欢子看了过意不去，给父母奉菜。他夹起肉骨头送到了父亲的碗里，薛家木又退回菜碗里，母亲也是一样。因为荤菜不多，要尽量让客人和孩子们吃。

收碗的时候，郑月梅细心地将桌子上的骨头收在一个碗里，和空碗一起端进了厨房。过了一会儿，欢子发现他父亲正在厨房里吃着东西，腮帮子上的肌肉突起，脖子上的青筋暴出。他正在吃力地咬着剩下的骨头，艰难地下咽。

事后欢子对他妈说起这件事。他妈问欢子："你看见我们家的肉骨头什么时候丢过啊？"

"没有看见过。"欢子想了一下回答。

他妈深深地叹息一声说："穷啊！我们家连狗子都不来，因为没有骨头吃啊。"

这次对话，说得欢子满眼都是泪水。

六

晚饭后，张继平从挎包里拿出一包糖果，分给海蓉、海桃、海芳，这是上一次他和姐姐一起到省城，给他们带的礼物。还剩下半包，他放回包里，说是要去看一下舅婆婆。薛家木赞同着说："正是正是。"接着吩咐："欢子，你陪平子哥一起去。""好的。"两兄弟又穿上雨鞋，沿着雪地上踏出的小路，到岗屋里去看老人家了。

张继平、薛欢子走了以后，薛家木不无夸奖地说：

"张家不愧是书香门第，教出的孩子就是有礼貌！"

"继平有孝心，心眼儿很细，还喜欢看书。"郑月梅补充说。

薛海花在纳鞋垫，听见了爹妈对张继平的评价，心里热乎乎的。

过了一会儿，张继平和欢子回来了，薛海蓉马上招呼着：

"快点过来烤火，外面很冷吧？"

"还好还好，我们都不怕冷。"

他俩一边回答一边围着火笼坐下。郑月梅问张继平：

"你幺姑给你们来信了啊？"

"是的，她从香港给我们寄来了一封信，还有一些衣物。我身上穿的这条裤子，还有这双胶鞋，都是幺姑寄过来的。"

讲了一会儿他幺姑的情况，薛海蓉提议："平儿哥哥，听说你到过省城，跟我们讲一讲省城里的新鲜事吧？"

张继平说："我讲什么呢？"他停顿了片刻说："我看见了火车，你们哪个看见过火车没有？"

大家都兴奋地睁大眼睛说："没见过。"

薛海芳却说："我看见过。"

欢子好奇地问："你没有出过黄龙寺，在哪里看见过？"

"我在小人书上看见过。"大家一阵好笑。

"是真的，欧阳海的故事。"海芳很认真地说。

"哦，欧阳海是个英雄，他为了拉住一匹受到惊吓的军马，被火车轧倒，牺牲了生命。"薛海桃说。

"不是救一匹马，是救一列火车，成了一个英雄。"薛海蓉纠正着说。

张继平说："我看到的是真火车，有几里路长，从你们家到黄龙寺小学这么长。"她们几个都睁大眼睛望着他。

薛家木说："听裘书记说过，我们这里马上就要修铁路，还要修飞机场，可以很快看到火车和飞机了。"

张继平说："乡巴佬看火车，闹出很多笑话，我跟你们讲一个故事吧。"

"好好，快讲吧。"海桃她们齐声赞同。

张继平说："我们林子山有一对傻子兄弟去看火车。弟弟问哥哥：'火车是什么样子啊？'哥哥说：'火车很长很长，比我们队里火土埂子（火土堆）还长，冒的黑烟子跟烧火土（把土放在柴草上烧）一样。'

"兄弟俩来到火车站，等了好一会儿，还不见火车踪影。弟弟又问哥哥：'火车怎么还不来呀。'哥哥说：'可能是炸胎了吧。'一会儿火车冒着黑烟过来了。弟弟一看，果然像烧火土，也没有轮胎，他信以为真地说：'炸胎了还跑得这么快呀？'哥哥说：'你还没有看到，它是睡着跑的呢，如果站着跑，那肯定跟飞的一样！'"说得一家人哄堂大笑。

看着张继平兴奋的样子，欢子也在想念着远方的张继琴，不知道她的小年会怎么过。

第二十三章　分红

一

人民公社时期，每年年底都要进行大队小队结算。每个小队要将全年的收支情况向社员群众公布，接受贫下中农协会监督。

黄龙寺一队会计谢明友每个月都要算账三天，年底要算账一周甚至十天半月，要将结算情况向社员群众公布。到了十二月份，谢明友要先将结算的初步情况向队长胡海螺报告：

"三叔，今年年成不太好。农业收入有所减少，副业收入有所增加。今年分值要下降喔。"

胡海螺正卷着叶子烟津津有味地抽着，面前还有一缸子浓茶冒着热气。他抬起头来看了看谢明友问道：

"今年怎么会这样呢？副业收入不是增加很多吗？"

"增是增了，幅度不大，副业收入填补不了农业收入的下降，再加上增加副业项目开支很大，还有今年公社要求提留有所增加，所以分值就会下降。"谢明友分析原因。

"分值大概是多少啊？"胡海螺只关心结果。

"三角八左右。"谢明友回答。

"这么少啊！去年还四角五呢，怎么今年不到四角了呢？明友呀，你得想想办法，再怎么样也要在四角以上。"胡海螺一听就有点急了。

"这是全年的账目，请您过目。"谢明友边说边把账本递过去。

胡海螺推开他的手说："账本我就不看了，也看不太懂。反正你要保证调整到四角以上，不然面子上过不去呀！"

"那就只有在集体资产上想想办法，行不行啊？"谢明友问。胡海螺又埋头喝茶去了，未置可否。

谢明友从队长家里出来，就直接到了贫协组长宋德山的家里。他把队长说的话一五一十地告诉了宋德山，与宋德山一起商量怎么样增加收入。宋德山问：

"现在仓库里的谷子还有多少啊？"

"那是明年的种子和春粮，还有个万把多斤吧。"谢明友估计着说。宋德山问："如果打紧算，到明年春季小麦收割的时候，还有没有多余？"

"顶多也就只有2000多斤吧。"谢明友回答说。

宋德山一听又问："那还有没有别的办法呢？"

"再就是那两头小牛，可以变卖。"谢明友说出了想法。

宋德山嚯了一声说:"现在卖的话卖不出高价呀!要等到明年春上,春耕大忙的时候,才能卖个好价钱。"

"远水解不了近渴啊!"谢明友为难地说。

宋德山望了望他,赞同地说:"那就只有卖牛了。"

"现在是什么行情啊?"谢明友问。

宋德山说:"我听人家说,水牛150、黄牛120左右。"

谢明友说:"这么低啊!"

宋德山又问:"按这个价格卖掉两头牛,你看看能不能达到四角以上?"

"应该差不多吧。"谢明友有点把握地说。

回过头谢明友又把商量的情况向胡队长报告。胡队长说:"那就开个会吧。"

二

晚上,胡海螺的家里,一盏柴油灯拖着足有尺把长的黑烟子在桌子上跳动。灯下有队长胡海螺、贫协组长宋德山、会计谢明友、副队长胡友山、保管员曹大牛、民兵排长胡春生、妇女队长齐长秀。七人中除胡春生、齐长秀外,其余都是年纪很大的人。他们每人手里都有一杆烟枪。队长拿出一把叶子烟放在桌子上,大家掐着烟叶在手里搓着,有的装进烟锅凑到油烟子灯上点火。烟子随着烟枪吸进嘴里,引起一阵阵咳嗽声。队长娘子提着土炊壶给几个搪瓷缸子里掺水,胡结巴在另外一个房间里搓绳子。

胡海螺主持发话:"今天是腊月初八,召开年终队委会,主要是商量年终分配的事情。另外还有几个着急的事。请明友会计报告结算的情况。"

谢明友拿出账本,先介绍了全年收入支出情况。在讲到今年公社大队年终分配会议的要求时说:

"在积累和分配问题上，必须兼顾国家、集体和个人利益，留分（提留和分配）比率四六开。今年生产队扩大了窑场，添置了板车，增加了支出。由于黄龙寺水库衬帮，大队要从生产队公积金中提取百分之二十，这一项占我们队里公积金的五分之一。今年的工分分值算下来只有三角八。"

大家一听就炸开了锅：

"怎么这么低呢？"

"不是说大队要逐年减少小队的提留吗？"

"这是我们队五年来最低的了，去年还有四角五呢！"

胡海螺听着议论说道："今年分值是低了一点，再少也不能少于四角，不然我们都没有面子。"

贫协组长宋德山说："我赞成，不能低于四角，大家想想办法。"

谢明友说："现在只能从减少提留和增加收入上想办法。减少提留，要打报告，肯定批不准，行不通。看是不是可以从增加收入上想点办法。只要能够增加三百元左右，就可以达到四角的分值。"大家一听觉得有道理。

究竟怎样在近期增加收入呢？沉默片刻，胡海螺说出了他们商量好的办法：

"没有别的办法了，只有变卖两头小牛，可以增加两百多元。另外要几个搞副业、手工业的人提前交点，他们手里都很活泛（富余），每人预交十元左右就差不多了。"

曹大牛一听，率先表态："我同意，我提前预交十五元。"因为他还是窑场的负责人。

大伙一听一看，觉得可行，都表示赞同。

副队长胡友山提出了补充意见：

"卖两头小牛我也同意，但是要写报告批准。还要给两个养牛户奖励工分，工分价值要达到小牛价值的四分之一。"

"往年我们不是有养小牛的先例吗？都是按喂养天数计算的，每天两分半工分。"宋德山补充。

大家都说没有意见，一致同意了。

接着胡海螺安排会计给大队写报告和向副业手工业社员收款的事。之后又研究了生产、民兵、计划生育、五保户等事项。

最后胡队长说："感谢大伙支持。谢会计，你给每个生产队干部每月多记两天会议工分，算是给大家的报酬。"

队委会开到半夜才散场。

三

队委会后的第二天，谢明友就写好了卖掉耕牛的申请，上交给了大队书记裴金山。裴书记简单地问了一下情况，又叫人找来了胡海螺问情况。胡队长说：

"这两头小牛一头有病，另外一头也还小，都不是当家牛，属于多余的耕牛，可以变卖。再就是今年灾害大，农田收入减少，年终分配有困难，请书记批准！"他说得很恳切。

裴书记想了一下，没有再问。他掏出笔来签了"同意出售。裴金山。"几个字。他边签字边说："大队签了还要到公社盖章，公社同意了才能够变卖。"

"好嘞，谢谢您啦。"胡海螺收起申请书，又跑到公社办公室。办公室主任看了一下，就在上面写了"同意"二字，并盖上了办公室的公章。只用了半天时间，申请书的签批手续就办好了。

第二天，谢明友给两个养牛户核算了小牛工分，就要将小牛从牛栏屋里牵走。小牛出栏的时候，母牛在牛栏屋里哀叫。养牛户的孩子胡沙牛一把抱住小黄牛的脖子，不让牵走。胡沙牛的爹在一边嚷嚷：

"沙牛，快让开，怎么这么不懂事呢？"

小牛在母牛的哀叫声和胡沙牛的哭声中被牵走了，牵到了跑马河公社集市上。小水牛卖了150元，小黄牛卖了110元。

过了大约一个星期，谢会计将结算情况报告了胡海螺。胡队长说："腊月二十可以开年终群众大会了。"

四

腊月二十傍晚，生产队仓库门口陆陆续续有人进出。廖二很早就来了，他手里拿一根树枝在门口转悠，嘴里还在唱着"养女莫嫁黄龙寺，吃哒苕坨就砍刺……"的顺口溜。人们从他旁边经过，没有人理会他。

仓库内的大厅里，两盏拖着猩红火舌和黑烟的柴油灯在跳动着。灯光照射着屋子里的陈设。除两个大围席围着的稻谷以外，还有犁耙镐耖等农具，或放在墙边或挂在墙上。社员们自带座椅，密密麻麻地坐满了仓库每个角落。有的在抽烟，有的在纳鞋底，有的在喝茶，有的在逗小孩子……

柴油灯放在一张方桌上，旁边坐着胡队长、宋德山、谢明友等生产队干部，也都裹着叶子烟在抽着。仓库里烟雾腾腾，咳嗽声、叫唤声不绝于耳。薛家木和欢子都来参加会议了。欢子在搓着棕绳子，薛家木津津有味地抽着土烟，其他的人有的在拍打衣服上的灰尘，有的在挖着鼻子，有的在搓着耳朵。女人们在做鞋子，有的在说悄悄话，都在等待会议的正式开始。

"人到齐了吗？"这是胡海螺在问。

胡炊子站起来，环视了一周，心里在默默地数着数字："到齐了，可以开会了。"

胡海螺咳嗽了两声，是在清嗓子，准备比较正规的发言。全体社员停止了议论和手里的私活，都在屏声静气地等着。

"社员同志们，今天……"

"正月里来是新春，我和妹妹看花灯……"

突然大门口传来了廖二响亮的歌声，打断了胡海螺的讲话声。

"胡排长，快去把他赶开！"胡队长烦躁着吩咐。

胡炊子站起来，沿途的群众给他让路。

胡炊子回到仓库内，重重地关上大门，基本上听不到外面的声音了。

胡海螺接着说："社员同志们，今天是年终分配会议，按照人民公社的政策规定，分配必须兼顾国家、集体和个人三者的利益。要尽可能地使农民能够在正常年景下，从增加的生产中，逐步增加个人收入。今年不是一个正常的年份，上半年阴雨很多，下半年又是一场干旱。我们队里想了很多办法，扩大了窑场，增加了副业收入，算下来分值还不是很高。没有办法，我们又卖掉了两头小牛，分值勉强达到了四角以上。下面由谢会计公布结算的情况。"

谢明友清了清嗓子说："公社大队前不久都召开了分配会议，公布了分配的原则和要求。总体上是要兼顾三者的利益，扣分比例四六开。即扣留 40%，分配 60%。本来增产多，收入水平高的队，扣留可以多一点。收入水平低，因灾减产的队，扣留可以少一点。我们生产队今年遭受了灾情，扣留还是确定在 40%。年中遇到了黄龙寺水库称帮（水库加固工程），大队又提取了 20% 公积金，社员群众分配确定在 60%。胡队长向上争取了几次，才有了这个结果。

"经过几天的核算，全年生产队的分值是四角零五分。下面宣布每户的分红情况。

"宋德山，全年工分 12634 分，总收入 517.99 元。扣除分配的实物折价 482.5 元，分红 35.49 元。"

大家交头接耳，纷纷议论。胡队长站起来说：

"安静，安静！"

"廖发财，总工分 7921 分，总收入 316.84 元，实物折价 380.51 元，超支 53.67 元。"又是一片嘘嘘声。

终于说到薛家木了，"薛家木，总工分 14686 分，总收入 602.13 元，分配实物折价 554.88 元，扣除历年超支款 40 元。实际分红 7.25 元。"

全生产队 28 户，有 16 户是余粮户，12 户是超支户。会议开到半夜方散。

薛家木只领到了 7.25 元。领取现金的时候，薛家木用颤颤巍巍的手签了字，把几张揉得皱皱巴巴的纸币和铁分子儿卷起来放进口袋里，夹着烟袋和欢子一起闷闷不乐地回家了。

第二十四章　年味

一

小年一过，年味渐浓。这时黄龙寺都在腌制和烟熏腊肉，家家户户都架起了火笼，屋面上都飘起了淡淡的炊烟。如果你在这个时节走进村子，到处都可以看到晾晒的腊肉和香肠，可以闻到一股浓烈的烟熏腊肉的味道。

薛家木家也一样。半头猪肉放在陶缸里腌制了几天，因天气不好，没有出晒，就挂到火笼头上，直接烟熏了。薛家木搬来梯子爬上去，整理了一下挂腊肉的钩子，准备把猪肉挂上去。欢子一看就急了，生怕他爹不稳当摔下来，就说：

"爹，您快下来，让我来。"

薛家木下来了，换上了欢子。他把腌制好的肉块从陶缸里捞起，递给站在梯子上的欢子。欢子沿着檩子将六块猪肉、半个猪头、两只猪蹄，还有猪肝肚肺一字摆开挂上。薛家木望着一家人一年的成果，苦涩地笑了一下，马上又想起了什么，吩咐道：

"欢子，你去割一捆猫耳刺来，要防备那个家伙偷吃啊！"

"好嘞，哪个地方有啊？"欢子问。

"近处的没有了，要往驴尿沟那边去找。"薛家木提醒着说。

欢子从梯子上下来，欢快地拿着镰刀出去了。薛家木说的那个家伙就是指的老鼠。黄龙寺有个风俗，认为老鼠是个非常聪明的动物，是不能直接点名的。如果直接点名，隔墙有耳，就提醒了老鼠，肯定要遭鼠害的。因此，农家在家里说老鼠，就用"那个东西""那个家伙"的称呼，乡民们一听就懂。

过了一会儿，欢子就从外面回来了，手里提着一捆用稻草绳子捆着的猫耳刺。猫耳刺的学名叫枸骨，叶片像猫，长满了尖刺，伸向四面八方。有四只脚、一个头、一个尾巴。老鼠怕刺也怕猫，因而是防鼠的好材料。欢子用铁丝将猫耳刺捆在了檩子的两头，挡住了老鼠的通道。薛家木一看欢子心细，防范严实，也就放心了。这之后几乎每天晚上，薛家木一家都围在火笼边，一来是烤火取暖，二来是烟熏腊肉，既不能太急，又要在过大年之前将肉熏好。

腊月二十六的晚上，郑月梅和薛海花在忙着炒苕金果。这是黄龙寺年前准备炒货的最后一天。因为俗话有"七不吵，八不闹，九里吵了惹强盗"的说法。炒和吵同音，乡民们认为二十七八九是不能炒制东西的，如果炒了就是"吵了"，就会不顺利，影响全年的好运。

苕金果是一种用红苕蒸熟之后晒干，再用沙子炒酥脆的食品，它是农村孩子们过年的点心。薛家今年过年有贵客要来，郑月梅很早就炸了一点米子和苞谷花，密封着放在睡柜里。再炒点苕金果增加品种，过年时有客人来了，就用盘子端出来供客人享用，既有面子又不花钱。

薛家除了两个男人外，其余五个女人都围在厨房里，添火加柴是海蓉的专利，给母亲打下手是海花的特长。海桃、海芳就是伸长了脖子，很馋的样子在旁边等着，偶尔帮着做点儿小事。厨房里烟雾很浓，郑月梅不时地咳嗽。一盏豆粒大火光的油灯，在雾气中跳动，看不清锅里的炒货。郑月梅把沙子从土钵子里倒出，在锅里炒热。再把干红苕条放进去，用锅铲不停地翻炒。海花在旁边又是递东西，又是帮着观察。锅里看不太清楚，炒酥了没有全凭感觉。一股烟味飘上来，海花赶紧喊："煳了，煳了！"郑月梅赶紧将炒货从锅里捞起来，放到筛子上筛出沙子，再倒在桌子上的簸箕里冷却。海芳急不可耐地上前，伸手抓一抓又松开，然后抓上一只放在嘴前吹着，喂进嘴里津津有味地吃着。等到完全冷下来了，海芳突然伸手抓了一大把，准备转身离开。郑月梅低喊了一声："海芳！"有喝止她的意思。

"我给爹和哥哥他们送去一点儿，让他们也尝尝。"海芳怯怯地说。

薛海芳年纪最小，最先想到别人，这么有孝心，郑月梅差点错怪她了。

在她妈和姐姐们赞许的目光里，海芳给正在火笼边搓绳子的她爹、她哥送去了刚出锅的苕金果。

薛家木说："我不吃。"

欢子接过来尝了一口说："好像是炒煳了，要再炒嫩一点儿。"

海花应承着说："好嘞，再嫩一点儿炒。"

二

腊月二十八早上，薛家木醒来，随即叫醒了欢子、海花、海蓉，说是要"打扬尘"、做卫生了，要干净彻底地把家里的清洁卫生做一下。

薛家木从竹林子里砍来了一捆竹枝，用绳索绑在了一丈多长的竹竿子上。然后戴上草帽，披上围腰子，到每个房间里去刷蜘蛛网和灰尘。欢子他们几个用木盆打来热水，用抹布擦拭着桌椅床柜。

郑月梅也起来了，到园子里弄青菜准备早餐。她手提一颗白菜，一进门就跟欢子他们说：

"张纯银家被偷了，猪肉被偷光了！"一副惊恐的神情。

一家人听了都很震惊。欢子将信将疑地问："是真的吗？"

"这还有假？我刚才听胡队长说的。"他妈说得肯定。

薛家木马上吩咐说："欢子，你快去看看。"

张纯银的家住在张家坳口子里，距离欢子的家只有一里多路。

走进张家坳口，很远就能看见张纯银的房子。那是一栋两正两偏的土砖屋，坐落在对面山坳里。屋前有一个堰塘，后面有一小片竹林。门前已经聚集了很多人。

张纯银蓬松着头发，满脸灰土，穿着一件破棉袄，坐在门口的石磴上。看见欢子来了，他用手示意了一下，站起来拉着欢子的手，嘴巴嗫嚅着说不出话来。张纯银的妈坐在堂屋里的桌子边，抹着眼泪，正在跟乡亲们诉说着被盗的经过。欢子和他妈打声招呼，就进屋里去看了一下。

张纯银的火屋设在偏屋里。火笼里还有几块没有烧完的柴头子，正冒着黑烟。房梁上还挂着半个猪头和两只猪蹄，猪肉全都不见了。

胡海螺也来到了他家里，一边看着，一边谴责强盗：

"该死的强盗，怎么这么狠心啊！"

"'偷柴偷米，隔不上一里'，肯定是附近的强盗偷的。"

"也有流窜作案的，现在进出的人比较多。"

"把他揪出来，打锣游街，判刑坐牢。"

大家边看边气愤不已地议论着。胡海螺说："大家都出来，不要破坏现场，我马上去报案。"

看了一会儿，乡亲们议论着渐渐散去。欢子是最后一个离开的。离开前张纯银领着他又看了一遍。

偏屋有一个后门，外墙上有一个小窗子，窗子是用几块土砖竖着做的窗户齿。张纯银指着窗户说："强盗就是从这里进来的，偷了腊肉后，从后门出去的。"

欢子看到窗户有撬过的痕迹，竖着的土砖掉在地上，摔成了两截。

欢子问："你一点儿动静都没有听到吗？"

张纯银说："哪个没有一点瞌睡呢？半夜的时候我还加了柴火的。天亮的时候刚刚睡了一会儿，早上起来就看见后门开着，我一看檩子上，腊肉都没有了。"

欢子愤愤不平地说："是哪个王八强盗这么狠心哪！"

接着他安慰张纯银母子说："你们不要伤心，年还是要过的。"

之后他就回到家里和薛家木商量：

"我们送给张纯银一块肉吧！"

他爹补充说："还加一只猪蹄吧。"

欢子取来了梯子，从墙上取下一块肉和一只猪蹄，给张纯银家送去了。

晚上，欢子一家围在火笼边，都在议论着张纯银家被盗的事。

海花问欢子："不是报案了吗？派出所来人没有啊？"

欢子说："下午的时候，派出所来了一个警官，在魏孝的陪同下，到他家里进行调查，看了现场，问了几个人，做了记录就走了。"

薛海蓉问："有结果出来吗？"

欢子回答："哪有这么快！民警说，现场已经破坏了，看不出什么痕迹了。虽然才刚刚下过雪，还没有完全化完，应该留下痕迹，但现场的脚印多，已经看不清了。"

薛家木感叹道："强盗胆子真大啊，下雪天还敢偷东西。"

薛海桃问："强盗还怕雪吗？"

薛家木说："强盗有行话：'偷黑不偷月，偷风不偷雪。'"

"这两句话是什么意思啊？"薛海桃问。

"天黑和有风的夜晚好偷，有月亮和有雪的夜晚不好偷。这是强盗们的经验总结。"

"哦，原来是这么个道理啊！"薛海桃似懂非懂地说。

接下来，薛家木给一家人讲了关于强盗的故事。

"过去的强盗叫丐帮，是有组织的。如果你得罪了丐帮，每年年底都要受害。'宁跟强盗结亲家，不跟强盗结冤家。'你们的太公薛春山是个能人。在修建薛家老屋以后，家里年年被强盗偷，就是因为得罪了丐帮。

"有一年冬天里的一个夜晚，伸手不见五指。你太公薛春山感觉到了强盗要来，就提前躲在了后面的厕所里。夜深人静的时候，果然发现两个强盗从后门而来，一边沿路插着点燃了的香签子，一边偷偷摸摸地撬开后门，钻进了屋里。你们的太公不动声色，偷偷地把强盗的香签子移到了屋旁边的堰塘边。然后从前门进屋，在堂屋里大喊：'赶强盗，赶强盗啊！……'

"你爷爷他们几兄弟惊醒了，赶紧起来，绰起家伙，连声高喊：'赶强盗，赶强盗……'顿时屋里灯火点亮，呼喊声和脚步声响成一片。

"两个强盗听到叫喊声，慌忙从后门逃出，沿着香签子指引的道路飞奔而去，只听见'扑通，扑通'两声水响，两个几乎是在同时掉进了水塘里。两个强盗水淋淋的被你爷爷他们从堰塘里捞起来。

"你太公看到浑身发抖、狼狈不堪的俩强盗，赶紧把他们请到火屋里，吩咐架起大火给他们暖和身子，打来热水给他们洗澡、烫脚，又给他们换上了崭新的棉衣、棉裤。

"你爷爷他们建议送官，你太公却吩咐下人：'马上准备酒席，我要陪客人喝酒。'

"第二天放他们回去的时候，你太公还送给了他们很多过年的酒肉和银子。

"从那以后，薛家老屋就再也没有犯过强盗了。"

四

腊月二十以后，郑月梅就吩咐：

"海花，你和海蓉要在年前将所有被子、衣服、蚊帐洗干净了好过年，今年全都交给你啦。"

"好咧，您尽管放心休息吧！"

薛海花很懂事，每天清晨很早就起床，烧热水烫洗衣服。只见门口摆着几个木盆，盆子里堆满了被单、蚊帐之类的东西。薛海蓉进进出出端着热水，将洗好的被子拿到堰塘里清洗干净，晾晒到门口的槐树下的竹竿子上。

每天晚饭之后，郑月梅又吩咐薛海花，将所有的鞋底、鞋帮都拿出来，要给家里每个人做一双新鞋过年。

今年年成很差，欢子家七口人五个劳动力，辛辛苦苦劳动一年，年终分红虽然不是缺粮户，但是只分得七块二毛五分钱。郑月梅舍不得花，要留着明年为欢子、海花订婚嫁娶之用。仅有的一点布票，也为这两件大事准备着。一家人只能将旧衣服洗干净凑合着穿，没有新衣服过年了。

晚上，一盏昏暗的煤油灯下，依然聚集着她们三个人，薛海花在穿针引线做鞋帮，郑月梅在教薛海蓉上架。上架是最后一道工序，要将鞋底、鞋帮缝在一起，才是一只完整的鞋子。这是一个难度很高的技术活儿。所谓"百艺好学，一窍难得"。上架就是窍门所在，只有学会了上架，才算完全学会了做鞋子。薛海蓉上了多次都没有成功，不是多了几针就是少了半寸。今天郑月梅手把手地教她：

"从脚弯开始，经过前脚掌，再到脚后跟，最后回到脚弯收尾。要恰到好处，边做边看边比试，不能多一针也不能少一针，不然就上不拢，穿不成。"

薛海蓉好不容易完成了一只，递给她妈检查：

"妈，你看这只行不行啊？"

郑月梅检查了一下说：

"哎呀，已经很不错啦，我们蓉儿已经长大了，会做鞋了！"

薛海花也说："蓉妹妹心灵手巧，纳鞋底好快，三天就纳一双。做鞋的功夫肯定要超过我。"

听到妈和姐姐的夸奖，薛海蓉心里甜滋滋的。

五

腊月二十八的晚上，欢子很早就收了工。吃晚饭的时候，薛家木就安排欢子去辞年。

辞年在黄龙寺由来已久，并已约定俗成，就是到了年底的时候，女儿女婿或者是学艺的徒儿，要向岳父母或师父辞年。要带上礼物表示感谢和尊敬。薛张两家是老亲，而且已议定了换亲，过了年就要订婚，还要择期嫁娶，双方都感觉到需要辞年，以便进一步拉近关系，融洽感情。

薛家木吩咐："欢子，怎么还没有走啊？快去给你张伯娘辞年啊！"

"拿点什么东西啊？"欢子问。

"你妈都已经给你准备好了。"薛家木回答。

欢子很快吃完饭，略微收拾打扮了一下，换上了干净的衣服和鞋子，拿上早已备好的礼物，欢快地上路了。

欢子的心情非常急切。自从上次从医院把张继琴抬回家以后，中途只匆匆忙忙见过两次。已经有很久没有见到她了。欢子一边走着一边想着张继琴那张俊俏的笑脸，那风风火火走路的样子，心里甜滋滋的，脚步格外地轻快。但他还是非常地小心翼翼，因为郑月梅给他准备的礼物是一块腊猪肉和二十个鸡蛋，他生怕鸡蛋被打破了。

黄龙寺到林子山的路是一条机耕路，在山林和田间蜿蜒曲折延伸。路面上断断续续地铺着石渣，高低不平，有的地方还杂草丛生。欢子拣着平坦的地方下脚，一双解放鞋在黄土石沙间跳跃。走着走着，他碰到了张继平，他也是提着礼物去给薛家木辞年的。欢子先开口：

"平儿哥，你好啊？"

"欢子弟弟，你好啊？"张继平问。

"张大叔、大婶都在家吗？继琴妹妹她们还好吧？"欢子关心地问。

"好好，他们都在家。大伯、大婶和海花妹妹在家吗？"继平问。

"都好，海花在家。"欢子回答。

他们简短地交谈了几句，问候的都是对方父母，打探的都是自己心上的人，看到对方提着挎包里露出的东西，各自的意图不言自明，就互相告别，急着赶路了。

欢子赶到林子山的时候，夜幕开始降临。他沿田间的小路快速地向前走着，远远地就看见了白鹤嘴下张茂业那三间土瓦房里亮起了煤油灯。等到走近了，又闻到了一股棉油炒青菜的香味，引起了肠胃的一阵绞动，他感觉到了明显的饥饿。

欢子嘴巴很甜，进门就一个劲儿地打招呼问好。张茂业看到欢子的到来感到很高兴，连忙把他领到火笼边就座。火笼里熊熊的柴火正在燃烧，热气在升腾。在油灯和火笼火光的照耀下，他看见里面坐着一个人正在跟自己招手。看清了，他就是姚家喜。欢子也打招呼：

"姚哥，你好啊？你来得早啊？"

"好好，海欢弟弟，你也来啦？"

姚家喜挪动瘸腿上前与欢子握手，两人热情地互动着，欢子明显感觉到他的手柔软而湿润，也闻到了一股雪花膏的香味。

姚家喜穿着崭新的棉袄、棉裤和皮鞋，显得华贵。欢子的穿戴相对破旧，显得比较随便，略带寒酸。很显然，姚家喜也是来给丈人辞年的。

对于姚家喜这个女婿，张茂业心里一直不热乎。他觉得姚是个残疾人，与他女儿张继红不般配，刘立春也一样。但是在张继红的一再坚持之下，他们只好让步。刘立春一说起就叹息："女大不由娘啊！"好在张继红嫁过去之后，不仅转进了城市，吃上了商品粮，还很受姚家人看重，很快就成了当家少奶奶。姚家喜也对张继红很依赖，对张家也很好。城里人拿工资条件好，逢年过节必定要拿着礼品看望。同时也因为姚家喜用解放牌汽车接亲，张茂业觉得很有面子，毕竟这在林子山是第一次，大队严书记的儿子严兆启结婚就是用拖拉机接亲。这样张家也就对姚家喜另眼相看了。

欢子刚刚坐定，继琴就从外面回来了。一进门儿，她就到火笼边向姐夫和欢子问好。他们两个都站起来和她说话。继琴穿着姐姐留下来的衣服，已经很合身，身体更加丰满，面色红润，充满了青春的活力。欢子见了异常激动，含情脉脉地看着她。继琴有些腼腆了，就说了一声："我去给妈帮忙做饭。"说完就转身出去了。

火笼边只剩下姚家喜和欢子两人，他们互相拉着家常，说了一会儿话。

过了一会儿，欢子想着继琴，从火屋里出来。他看见继琴和继芳都在灶门口，就过去搭讪。继琴见欢子哥过来了，就说要去喂猪，借故走开了。欢子赶紧挨着继琴坐下，顺手摸了一下她的手，这一下像触电一样，她的手柔软而细腻，手指细长而光滑，一股暖流涌遍全身。她不好意思，把手抽回来说："我妈来了。"欢子赶紧把手缩了回来，装成若无其事的样子。

欢子长这么大只摸过两个女孩的手，另一个就是罗春秀，那个奇峰县土家族的女孩。

那是在欢子远房姑妈到家里来退信之后，欢子还不相信，专程跑过去询问。在他远房姑妈家里，他拉着罗春秀的手不放，要求她说明原因。罗春秀泪流满面地说："我弟弟几次来信坚决反对，我爹妈也不同意，我有什么办法呢！"

罗春秀要抽出手擦眼泪，欢子才慢慢地松开手。罗春秀含着眼泪非常苦涩地对他笑了一下，转身就跑开了。

六

掌灯时分，薛家木从卧室里抱出一个蛇皮口袋，从里面拿出用塑料布封好的一捆土烟，从里面分出一部分，准备分成几份，分别送给六叔、二骡子等人。这时张继平来了，他人不上前嘴上前，很远就在高声喊着：

"大叔，您好啊？给您辞年啦！"

"哦，是继平啊！稀客呀！"他表现出很吃惊的样子。其实他在安排欢子去辞年的时候，已经想到了张继平要来。

"什么稀客呀，我不是在您那里过小年的吗？"说完就将瓦罐装的棉油、牛皮纸包的猪蹄还有一包烟叶递了过去。边递边说：

"这是我爸妈要我带来孝敬你们的。"

"你们真是太客气了，快屋里请坐。"薛家木满心欢喜地说。

薛家木拨亮了桌子上的煤油灯，把张继平请到了燃着柴火的火笼边坐下。

"平子哥哥，你稀客呀！"薛海蓉已将沏好的茶水递了过来。

张继平说："海蓉妹妹，谢谢你啦！"

他接过茶水，吹着喝了两口，边喝边向厨房那边张望。他的心是急切的，急于想看到薛海花的身影。他看到通往厨房的门开着，厨房里烟雾弥漫，有人影晃动。他估计薛海花在厨房里做饭。想起小年时摸过海花的手，他很激动。他在想，怎么没有看见她那娇美的身影呢？

坐了片刻，他端着茶杯来到厨房，在灶台前看到郑月梅忙着做饭的身影，在灶门口看到海桃、海芳在往灶膛里添加柴火，没有看到薛海花的影子。张继平上前请安：

"大婶，您好啊？"

"哦，是继平来啦？"海桃、海芳在冲着张继平微笑。

张继平问："你们的大姐姐呢？"

郑月梅说："她说要请你写对子的，可能是去买纸和笔了。"

"喔，我的字不行！"张继平谦虚地说。

"都说你写得好呢！"海桃赞扬着说道。

正说着，薛海花回来了，娇喘着气，见到张继平马上娇滴滴地叫唤：

"你来了，平儿哥哥？"

"这么晚了，你还在外面跑啊？"张继平看着她，关心地问。

"我去买了墨汁和毛笔，要请你写对联呢。"薛海花解释着。

"不行，不行，我的字太差了。"张继平推辞。

"你不要谦虚了，谁不知道你的字写得好啊？继红姐姐出嫁时，你写的移风易俗的对联，大家都赞不绝口呢！"薛海花夸奖一番。

"那是在自家屋里，现在可是要出丑到黄龙寺了！"

正说着话，薛家木领着薛家林进来了。二骡子也是回来给母亲辞年，大骡子请他来陪张继平的。大家寒暄了一阵，就围着桌子吃晚饭了。

晚饭后，薛海花收拾好了桌子，拿来两盏煤油灯，帮着牵纸。张继平用他那带有隶书意味的毛笔字，按照薛海花的要求写了三副对联。

大门的对联是："四海翻腾云水怒，五洲震荡风雷激。"横批是："东风浩荡。"

厨房门上的是："亲戚朋友都来行走，萝卜白菜一杯淡酒。"横批是："礼尚往来。"

父母卧室的是："尊老爱幼万家和，勤劳节俭百业兴。"横批是："优良传统。"

这时，薛海花说还要给三爹写两副。张继平想了一下，挥笔写就。还有一副，张继平看了看地上放着的对联，把横批是"优良传统"那副再写了一次。

剩下的边角料，张继平又充分利用，写了两个小条幅："鸡鸭成群""六畜兴旺"，准备贴在鸡屋和猪栏屋上。

对联写完，字好又贴切，大骡子、二骡子都只是读了个小学毕业，见了这字都啧啧称赞，用敬佩的目光看着这未来的女婿。继平哥哥的形象在海花心里更加高大了。

第二十五章 除夕

一

雪天易晴。太阳在连续多天的雨雪之后，终于在除夕这天早上露出了笑脸。阳光从红白相间的彩霞中射出，黄龙顶上的白雪闪闪发光。茅草屋上的还有油菜心上的尚未融化的白雪，显得格外明亮。小鸟在空中飞翔，不时地鸣叫着，好像在告诉人们，天晴了，太阳出来了，快出来活动吧。

薛家木很早就起来了，在收拾着槐树底下的杂草。这时郑月梅已经做好了早饭，从厨房里出来，正在整理一把蒜苗，她向着薛家木问：

"今天还上不上工啊？"

"还没有听到安排呢！"薛家木回答。

他们俩正说着话，胡友山的铁皮子话筒响了：

"全体社员同志们，今天是大年三十，接到公社和大队的通知，今天的安排是：上午上工，下午过年。全体男社员，带好粪筐锄头，到胡家大堰堤上集合。全体妇女社员，在家里清理厕所粪坑，打扫卫生，将肥料交给集体集中保存，明年开春使用。"

欢子和他爹赶紧喝了两碗苕米稀饭，就挑着工具出门了。

在家里，郑月梅带着海花、海蓉清理了厕所、猪圈、粪坑。把粪肥交到了生产队里。回来又把家里彻底清扫了一遍。薛海花在大门外搭起了几根竹竿，把被子都拿出来，晾晒在竹竿上，又和她妈一起清理了家里的睡柜。

薛家木家里没有什么家具，没有衣柜木箱，全部的衣服都是放在几个笭筐里或是堆在枕头旁边。家里除了几张木床之外就是这个睡柜了。它是薛五楼用过的唯一没有丢失的家具。那年分薛家果实的时候，几个农民嫌它笨重，抬到堰坎边，摔断了一条腿，就丢掉了。大骡子、二骡子他们捡回来用了几年，分家时又分给了大骡子，成了郑月梅的百宝箱。她作为当家人，全部的家当都收在这个柜子里。睡柜放在郑月梅的床前，便于日夜守护，以防被盗。

郑月梅凭什么当家呀？就是凭柜子上那把牛卵子大的铁锁，她掌管着那把足有一尺长的钥匙。这是一把非常老旧的铁锁，足有两斤多重。像牛的肾脏，一边平直，一边鼓起，通体黑色。铁锁用久了，表面已有一层黝黑的包浆。它是欢子家里的文物级的宝贝。

薛海花母子俩把柜子里的东西全部拿出来，把里面彻底地清扫了一遍，把几块堵洞的木板加固了一下，又把东西放了进去。有半袋大米，一小袋苞谷，一袋苕米。一个布袋里面装着田三妹退回来的那段花布和解放鞋。还有张继平送过来的一个油壶，棉油还剩半壶。另有两个塑料袋，装着米子、玉米花、苕金果等零食。这些就是薛家人的全部家当。

薛海花看着油壶出神，回想着前天张继平来辞年的情景，她突然脸色凝重地低声问：

"妈，我给你说点事！"

"什么事啊，还这么严肃？"郑月梅感觉奇怪。

"妈，我会不会怀上毛毛（宝宝）啊？"薛海花神秘而胆怯地低声说。

"咦！怎么啦？他动了你啦？"郑月梅用惊疑的目光看着她。

"是啊，他吻了我。我听人家说男人和女人肉挨肉就很危险！是吗？"海花羞怯地承认。

"吻一下就怀孕？哪有这么容易！你没有和他睡一起吧？"她妈感觉事态严重，急着追问。

"怎么敢？就只吻了我一次！"海花红着脸解释。

"不会的，不会的。怎么这么容易就怀孕呢？"她妈肯定地说。

"他咬了我的嘴唇，还把舌头伸进了我的嘴里！"海花仍然心有余悸。

"不会不会。只要你不和他睡觉，就不会怀孕的。"看到郑月梅说得肯定明白，薛海花也就放心了。

接着郑月梅又不无埋怨地说："看他老老实实、很有礼貌的，背后还很有点花花肠子啊！"她又加重语气对海花说："你可要防着他点，不举行婚礼是不能一起睡觉的啊！"

"这我知道！您不知说过多少遍了。"薛海花回答。

二

胡家大堰是一队的当家堰，位于一畈水田的上游，面积在十亩左右，堰上是胡家竹林子，中间是胡家台子，堰下是大大小小不规则的农田，灌溉面积有近百亩。夏天的时候发洪水，堰角上冲出了一个很大的豁口，平时忙不过来，没有认真修补，今天正好趁这个机会，把它好好地修补一下。

欢子父子来的时候，堰堤上已经聚集了很多人。廖二夹在人群中边抽烟边哼着儿歌：

"修了猪头湾，不吃团年饭……"

胡友山吼道："不唱了，快点搞，几下搞完了回家过年！"

欢子父子俩一来就加入了劳动的队伍。他们到竹林子边上取土，挑到豁口的地方，再由专人平整夯实。这点工程量不是很大，只用了一个多小时就完成了，胡友山还想把堤面整修一下，胡海螺说：

"算了算了，意思意思就行了，都回家过年吧。"

三

"咚咚咚，咚咚咚……"，门口突然传来了一阵鼓声，还伴随着妖里妖气的唱歌声：

"恭喜东家好屋场，一年四季都吉祥。恭喜东家发大财，年年岁岁得安康……"

从歌声的调门判断，好像是外地人，海花、海蓉赶紧跑出门外观看。只见大门外站着两个女人，拿着手鼓和鼓槌，一边打着鼓一边唱着歌。好像是一对母女，老的好像是母亲，小的好像是女儿，都是国字脸形，面黄肌瘦。头上胡乱地扎着两把"刷子"，每人肩上都挎着一个脏兮兮的口袋，里面鼓鼓囊囊有半袋东西。她们见到有人出来，劲头更大了。那个年轻一点的还玩起了三根棒的花式魔术。和着手鼓节奏，"恭喜发财又吉祥，恭喜平安又健康……"的歌声更大了。

郑月梅出来一看，赶紧吩咐海花：

"快点儿给她们拿点儿粮食吧，玩山梆鼓讨米的来了！"

薛海花拿着一只葫芦瓢，跑到她妈的房屋里，舀来了大半瓢苞谷，递给母女俩。两个一见非常高兴，赶紧停止了打鼓唱歌，说声谢谢。她放下口袋，打开袋口，把苞谷往里面倒。口袋沉甸甸的，足有二三十斤。海花往里面看了一眼，苞米、小麦、苔米、稻谷等什么都有。两人再三感谢，背着口袋向着胡家竹林子方向去了。

看着她们远去的背影，郑月梅叹息着说：

"哎！女人真是命苦哇！大年三十还在外面讨，不容易啊！"

"我们也好不到哪儿去呀！只差讨米啦！"薛海蓉说。

正在议论着，她们看见欢子父子挑着工具回来了。郑月梅说：

"快点儿做饭吧，他们肯定是饿了。"

欢子一进屋，喝了一口水，就拿出对联，准备贴上去。海花将对联分出，欢子准备贴了，但又犯了难。要海花拿主意，海花说：

"平儿哥哥说了，左大右小，左边贴上联，右边贴下联。"

薛海花从厨房里舀来了米汤，帮着欢子将"四海翻腾云水怒"贴了左边，将"五洲震荡风雷激"贴了右边，将横批"东风浩荡"贴在上面。又将另外两副工工整整地贴好。海花一直在旁边指挥着他，上点儿、下点儿、左一点儿、右一点儿，直到满意为止。看来她非常在乎这几副对联。这毕竟是她帮着牵纸，和张继平一起写的第一幅字，看着心里就热乎乎的。

四

中午团年饭是在薛四骡子家里吃，这是自从分家以来形成的惯例。这时的二骡子早已到云池做了上门女婿，三骡子已经不在了，薛家秀早已出嫁，只剩四骡子与他妈守着这破烂的岗屋过日子。

早上起来，四骡子就将岗屋收拾了一遍。薛郑氏年纪大了，没有出工。她在屋里忙了半天，精心地准备了中午的团年饭。和往年一样，中午时分，薛郑氏就吩咐薛四骡子去叫薛家木一家过来团年。

说是团年，其实就是比平日里的饭菜多了一点。薛四骡子没有杀猪，找别人剐了几斤肉，放到灶膛上面熏成了腊肉。一块肉分成了三小块，经烟子一熏，一缩水分，就像几个狗舌头，显得格外寒碜。所以团年饭的饭菜也相对简单。就是白菜梗炒腊肉两碗，胡萝卜煮猪骨两碗，还有两碗冻鱼。说是冻鱼，其实鱼很少，主要是辣椒、香菜。另外还有一碗香肠。说是香肠，其实是在榨广椒上面，薄薄地盖了几片香肠而已。另外就是青菜和咸菜，东拼西凑凑齐了十个破碗。团年的主食是苕米饭，欢子他们主要是吃苕米饭，吃白菜和冻鱼，不敢吃香肠。因为他们总共只有五节香肠，要管一个正月，吃了就没有了。薛家木一家人都心知肚明。看着两家人围在一起有说有笑地吃了一顿，薛郑氏那凄苦的脸上舒展了许多。

"三十的火，十五的灯。"这是黄龙寺的古老民俗，虽然中断多年，但乡民们都没有忘记。过年的灯火民俗，除了供活着的人们娱乐外，还有祭祀亡灵的仪式。过去有祠堂的时候，族长要召集所有族人磕头、烧香，给列祖列宗拜年、扫墓，祈求保佑平安。"文化大革命"之后，这些东西都被破除了。但是在近几年，又有所松动，人们忘不了这些祭祀活动，又渐渐地搞起来了。

中午团年之后，薛家木就回到家里，找来了几根竹子，把它们劈成若干片，再把一头削尖，准备做防风用的灯笼骨架。还找来了几块塑料薄膜，做成灯罩的外衣。这是要在晚上给逝去亲人的坟头上"送亮"。

傍晚的时候，薛家木就带着欢子来到薛春山、薛五楼等祖辈的坟头上，烧纸烧香，磕头礼拜，以示对祖辈的纪念。欢子多次跟着薛家木一起祭奠，程序方法已经非常熟悉。他按照薛家木的安排，跪在了薛五楼的坟堆前，往地上插上四根竹片，套上塑料薄膜，中间放上一盏墨水瓶子做成的煤油灯，将灯点燃放好。再将火纸一张一张叠好点燃，还将几根香签子点燃。在浓重的烟雾中，他开始磕头，嘴里念念有词，都是一些祈求平安顺利的话。今年欢子祈祷的时候，增加了祈求保佑他和海花婚姻顺利的心愿。但语音很小，只有他自己才能听到。

正当欢子祈祷完毕，就听见有唰唰的脚声传来。他抬头张望，只见四骡子提着一个袋子正在走来。他很远就看见了烟雾，走近了就看清了是欢子父子正跪在地上烧香祷告。四骡子打着招呼：

"大哥，你们来得早啊！"

"家本，你也在给老人家们送钱啦！"薛家木回应说。

四骡子一边问答，一边放下纸袋，挨着欢子跪下，拿出油灯点燃放稳，又拿出火纸点燃，放在还在燃烧的纸灰上，然后叩拜，祈祷。欢子站起身子，对还在跪着的四骡子说：

"四叔，到我家里团年吧！"

"你婆婆已经去了，我还有两盏灯送了就来。"说完提着纸袋到薛春山的坟头上去了。

欢子父子从山上回来，已经是掌灯时分。欢子进门就看见堂屋里油烟子灯拉得老长，一点猩红的火色在炸开着的灯花上跳动，油灯下的八仙桌上已经摆了几个荤菜，香气扑鼻，这时欢子才感到有些饥饿。

等到桌子上的十个碗全部上齐，薛家木先将四方的椅子摆好，桌子上的碗筷放好，又拿出几张火纸，依次点燃放在每张椅子的前面，嘴里念着：

"爷爷、婆婆、爹、新老亡灵、孤魂野鬼、古老前人，你们都回来过年！”

　　薛家木嘴里说着，手里拿着酒瓶子在每个酒杯里斟了一点酒，然后倒在地上，又从饭钵子里舀来苕米饭，分拨在每个饭碗里。之后在每个桌椅前的地上倒上一滴茶水，以示请逝去的亡灵喝酒吃饭喝茶。这一仪式完毕，才请出火笼边坐着的他妈薛郑氏、四骡子上桌子吃团年饭。

　　薛家木家里团年饭也和四骡子家一样是十个碗，菜品花样都差不多，主食也都是苕米饭，只是多了半壶丁巴兜烧酒，这还是欢子上次相亲时剩下的，薛家木一直舍不得喝，从上年一直留到年底，过年时才拿出来。

　　除夕的晚上就是守岁，即一家人围坐在火笼边，吃着零食，听着长辈们讲故事，一起迎接新的一年的到来。过去的黄龙寺还有和尚撞钟，给守夜的人们报更。现在只有生产队队长胡海螺有钟，放在他家的桌子上。欢子家里没有钟，只能凭着感觉估摸时间。过年时裘家老屋、胡家台子等，在迎接新年时会燃放烟花爆竹。有钱人家里爆竹一响，就知道是新年到来了。

第二十六章　捡妻

一

　　正月初二的早上，曹大牛就带着薛欢子、周狗子两个徒弟，扛着工具，准备到窑场收拾收拾，把破损的地方修补一下好开工。他们翻过驴尿沟，远远地就看见了那个像坟包一样的土窑和几间破烂的工棚。走得近了，欢子隐隐约约看见土窑里，有一股淡淡的青烟袅袅升起。欢子疑惑着走近一看，窑门用几块芦席遮挡着，里面好像有人说话的声音。欢子对师傅说：

"师傅，里面好像有人哦。"

"可能是叫花子住进里面了吧。"他师傅估计着说。

自从土窑造好以后，几乎每年冬天都有叫花子来土窑里居住。土窑封闭结实，不仅能遮风挡雨，还很热乎。去年冬天，为了争夺土窑的居住权，本地的叫花子和外面来的叫花子还打了一架，最后是外地的叫花子身强体壮一些，占了上风，将本地的一个叫徐疯子的叫花子赶了出来。徐疯子左手拄着一根竹棍，右手提着一捆麻布片子，瘸着一条腿，一边走着还一边叫屈喊冤："日本鬼子来啦，杀人放火啊！你们看啦，真的是'本地的叫花子住不得本地窑'哇！"他告路状，希望有人帮他，把外地的叫花子赶走，把破窑夺回来。尽管他声嘶力竭地喊破了嗓子，号天叩地地暴施苦肉计，却只换来了人们的围观和嘲笑。

工棚收拾完了，欢子他们要收拾土窑了。曹大牛吩咐欢子：

"去看一下，把他们赶走，我们要进去收拾了。"

欢子掀起芦席的一角，往里面看了一眼，赶紧回头。他看见窑里面有两个像鬼一样的女人，正在收拾着什么东西。欢子一惊，赶紧退了出来。看到欢子惊慌的样子，曹大牛问：

"怎么回事？这么慌张！"

"您来看看吧！好像有两个女人。"

曹大牛看了看欢子、周狗子，把嘴噘了一下，示意他们两个跟着。他掀开门口的芦席，光线马上就射了进来，一股臊臭热气扑面飘出。他看见里面确实有两个女人，年老的正坐在用稻草铺成的草窝里。稻草上面有两团稀烂的破布和棉絮。一个年轻一点儿的站在几个黑乎乎的口袋旁。窑堂的中间有一堆仍在冒烟的灰烬。上面有两块土砖，架起一个破了半截的瓦罐。靠墙边的地上，摆放着几个满是补丁的大口袋，里面好像装着满满的东西。上面还有手鼓、小锣等几件乐器。两个女人有些惊慌，怔怔地望着他们三人不敢说话。曹大牛问：

"你们是从哪里来的？怎么住在这里呀？"

两个女人互相望了一眼，好像没有听懂他们的问话。欢子一看明白了，他们可能是外地人，听不懂黄龙寺的方言，就刻意地憋了一点带有浓重黄龙寺口音的普通话：

"你们是什么人？从哪里来的？怎么住在这里呀？"

这时，那个年轻一点的女人好像听懂了，转身走到老点的女人旁边，嘀咕了几句。老点的女人从草窝里爬出来，用生硬的方言回话，嘀嘀咕咕说了几句。曹大牛他们都听不清楚，又反复询问了几次，年轻一点的女人回答了几遍，总算是听懂了一部分。原来他们是母女关系，是江州地区菱角湖公社红旗桥大队的社员，因为灾荒，出来谋生活出路的。

这时欢子他们已经将门口的芦席全部揭了下来，里面又明亮了几分。只见两个女人都是破衣烂衫的。头上胡乱地扎着两把"刷子"，脸色青黄，闪烁着目光，显得很害怕的样子，根本不敢正眼看曹大牛他们。曹大牛看着两个可怜的女人，心生了怜悯之心，示意欢子、周狗子从屋里退了出来，吩咐说：

"'叫花子也有三天年'，今天就算了。明天开工再来收拾。"

薛欢子、周狗子满心欢喜，迅速挑着工具收工了。

回到家里，欢子把见到的情况向家人讲了一遍。郑月梅说：

"这就是前天来我们家讨米的那两个女人。造孽呀造孽！这就叫讨米要饭，无家可归呀！"

二

两个年轻人走了以后，曹大牛又里里外外地检查了一遍，才挑着工具离开。他没有回家，而是到了队长胡海螺的家里，给胡队长拜年，顺便把在窑厂见到两个女人的情况向他报告了。胡队长说：

"把胡排长找来，你跟他一起去问一下，把她们赶走。"

曹大牛说："好咧！"转身就走。一路上他想着"女人住窑，灾祸难逃"这句俗语，加快了脚步。

曹大牛喊来了胡炊子，和他一起又返回到了窑场。进到窑里，胡炊子高声大嗓地询问：

"你们是什么人？从哪里来的？"

老女人不敢说话，示意她女儿回答。年轻的女人偷眼看了看胡炊子，回答说：

"我们是江州地区菱角湖公社红旗桥大队的。"

这时她的声音稍大了一些，有浓重的江州湖区方言口音，因为有浓重的弹舌音，说话时舌头弹得厉害。他们总算是听清楚了。胡炊子又问：

"有什么证明没有啊？"

年轻女子听懂了问话，向老女人嘀咕了几句。老女人从草铺里翻出了一个土布挎包，从里面拿出一个塑料袋包裹着的纸袋子，打开拿出一张皱皱巴巴的公文纸，递给胡炊子。他接过来展开一看，公文纸上有用钢笔写得歪歪扭扭的两行字：

"证明，兹有红旗桥大队社员柳其美、古秋娥母女俩，……特此证明。"

下面有一个黄泥巴颜色的公章，时间是"一九七〇年三月八日"。

"怎么会是一九七〇年的证明？"胡炊子又问。

"这是前两年开的证明，没有来得及换新的。"古秋娥壮着胆低声解释。

江州湖区一带有着外出讨米要饭的习俗，他们并不是缺吃少穿，而是在农闲时节把它当成副业做。有点小手艺的就卖艺，变相乞讨，没有手艺的就直接乞讨。这已成为他们的一种谋生手段。一般都是在农闲时节出去，过年回家，据说收获很不错。这对母女俩很特别，过年也在外，显然不正常，或是有什么隐情。

胡炊子看了看证明，知道是卖艺乞讨人员。于是他说：

"你们不能长时间住在窑里面，明天就要开工啦，快点搬走吧！"

曹大牛说："窑里是住不成了，窑堂窑顶都要修补，台子要加固。看你们也很可怜，还是找个别的地方吧！"

听到要赶她们走，两个女人一阵紧张。

曹大牛看着两个女人紧张而慌乱的样子，对胡炊子说：

"看能不能让她们搬到生产队牛栏屋去住两天？刚刚卖了两头牛，有地方。"

胡炊子说："胡队长怎么说的？"

"队长说要把她们赶走。"曹大牛说。

胡炊子想了想，又犹豫了一会儿说："看这样行不行，让她们搬到我家的偏屋里住两天，等过了年再让她们回去？"

胡炊子有这番好心，曹大牛当然赞同。他把这个想法跟她们说了，她们好像不敢相信自己的耳朵。等到胡炊子当面说明白了，柳其美母女俩都很高兴地连连点头。

三

胡炊子住在胡家台子，是胡海螺的远房侄子，靠着胡队长的信任当了个民兵排长。但是他跟欢子一样，快三十岁了还没有成家。别人给他介绍了无数个对象，但都没有成功，主要就是这地方太贫瘠，家里太穷。

炊子他妈周氏个头矮小，体弱多病。嫁到胡家养育了三个儿子，一家五口，四个男人，口粮总是不够吃，每月都是瓜菜代，勉勉强强地应付着，几个钱都用在了糊口上，根本没有钱搞别的。眼看着胡炊子兄弟三个长大成人，周氏那个心里呀，真是火烧火燎地难受。

周氏心里明白，胡炊子长相粗鲁，不讨人喜欢是其一，但主要原因还是家里穷，不是老门老户，底子太薄，姑娘们看不起。于是她又精心地准备了一番，等着下一次的相亲。

有一天，胡炊子收工回来，看到他妈正把好几个空坛子扑在土钵子里。炊子没好气地问：

"妈啊！扑这么多空坛子，不是扑空吗？"

周氏笑着说："这是冯婆婆教我的啊。她说别人家里都是这样搞的呢！"

炊子看着一大溜新的空坛子，闷闷不乐地走开了。

没过几天，周氏正提着竹篮子在堰堤上打猪草，很远就看见冯婆婆朝他家这边走过来。周氏马上停住手中的活儿，迎上去打招呼。冯婆婆嘴快先开了口：

"哎呀，周妈！真是炊子有福气呀！苦草坝有一个姑娘，听说还是个初中生，相中了你们家的炊子啦，过几天要来看一看。"

苦草坝和黄龙寺一样，都是"屋山尖子上挂粪桶——臭名在外"。苦草坝是血吸虫疫区，俗语说："养女莫嫁苦草坝，男女老少肚子大。"黄龙寺还强一点，起码没有血吸虫。

周氏说："真是感谢冯婆婆啦，快到屋里坐坐，喝杯茶。"

周氏把冯婆婆引到屋里，又是茶又是烟的侍候，还油煎了一碗荷包蛋招待。临走的时候，周氏还不放心，又提起说：

"我家炊子说扑空坛子是扑空呢。"

冯婆婆说："还是那句老话，不扑才是空！你按我说的准备就是了。"

送走冯婆婆，周氏心里踏实多了。

过了一些日子，冯婆婆带信来，苦草坝的那个叫刘彩云的姑娘要来家里看一看，日期就定在五月一号。周氏自然高兴得很，想方设法准备了彩礼、酒席，等着刘姑娘的到来。

相亲那天，胡炊子特意借来了军装军帽这些当年男青年最时髦的服装，穿上去之后格外帅气。周氏看着儿子，心里底气更足了。

没过多久，冯婆婆带着刘彩云的相亲队伍终于来了，一大溜儿的人。

周氏夫妇热情款待，还请来了胡队长等有体面的干部作陪。

刘彩云也不是一个很安分的角色，屋前屋后，上上下下都看了个遍。最后把目光停留在那一大溜儿的腌菜坛子上面。趁人们不注意时，她把坛子动了动，一个是空的，两个是空的，三四五个全是空的，这可把彩云姑娘气坏了。临走的时候，周氏把准备好的彩礼往彩云手里塞，彩云硬是不要。尴尬的相持之中，冯婆婆解了围：

"彩云姑娘啊，就是不爱财！来，我替她收下啦！"

冯婆婆打了个圆场，胡家人总算松了一口气。

几天后的一个中午，胡炊子突然从外面回来，进门就提起空坛子往外面甩。"咣当—嘭隆"几声惊动了家里人。"炊子！"周氏一声大吼，胡罐子赶紧接住了炊子手里的坛子，只见两行热泪从炊子眼窝里滚了出来。这时弟弟罐子发现了哥哥衣服口袋里有一封信，拿过来掏出信纸一看，上面写着一首打油诗。他轻声念着："相亲走进胡家台，空扑坛子一排排。不是彩云爱生气，虚假人品我不爱。刘彩云，五月五日。"

"刘彩云在信上说什么啊？我听不懂。"炊子他爹疑惑着问。

"就说我们家坛子是空的，弄虚作假骗了她，她不喜欢。"胡罐子回答。

炊子他爹听了也很沮丧，恶狠狠地埋怨周氏："都是你偷偷摸摸搞的好事！"

"还不是你们胡家穷得舔灰，叫我有什么办法啊！"周氏哭哭啼啼地反驳。

这次相亲对胡炊子打击很大，使他一年多不愿意再提相亲的事。

四

胡炊子在生产队里是响当当的人物。他自从当上民兵排长以后，是有名的铁石心肠。这一次不知是哪根神经触动了他的同情心，让曹大牛都感到很意外。他在见到古秋娥母女俩后，没有跟家里商量就拍板接纳她们到他家偏屋里暂住，这与他往日的做派，形成了明显的反差。

与古秋娥母女俩说好之后，他先回到家里，跟他妈周氏说了，周氏完全赞同儿子的善举，倒是他爹有点犹豫，但最后还是同意了他的决定。

胡炊子收拾好了偏屋，就挑着扁担箩筐来到窑场上，去接古秋娥母女。古秋娥从昏暗的窑洞走出来，胡炊子才看清她的形象。她扎着两把半尺长的"刷子"，上身穿着带有补巴的灰色棉袄，下面穿着一条黑色的棉裤，脚上穿着一双破旧的布鞋。虽然脸色青黄，背脊微驼，样子像一个三十多岁的女人。但那双眼睛很大，流露出哀怨的神情，看到生人表现出很羞涩的样子，仍不失几分女人的娇媚。

一路上，胡炊子挑着古秋娥母女俩讨得的几口袋粮食在前面走，母女俩挎着几大包裹被褥、衣物等物品跟在后边。沿途有拜年的三三两两的村民路过，也没有人在意。快到胡家竹林子了，碰到了廖二，他用怪异的目光打量着胡炊子。这一次他不敢唱洋歌，因为他领教过胡炊子那双粗大拳头的厉害。廖二在很远的地方就看见胡炊子挑着担子，领着两个女人过来，偷偷地躲在了一棵大树的旁边，静静地看着他们过去。他跟在后面，直到炊子他们进了偏屋里才转身离开。廖二一回到生产队的仓库门口就唱开了："胡炊子，叫花子。两口子，生娃子……"

经廖二这么一唱，胡炊子家里来了两个女叫花子的事，生产队的人很快都知道了。小娃子们想看热闹，大人们想看稀奇，使得胡家台子人气大增，炊子家的客人也多了起来。欢子在窑洞里见过了，也就没有去凑热闹。张纯银，还有二队三队的欧结巴等几个老光棍儿，对这事很感兴趣，都在想方设法打探她们的消息。

儿子领了两个女人住进了自己的偏屋，周妈自然很高兴。高兴之余，自然又会往几个儿子的婚事方面想。周妈觉得炊子自从受了刘彩云的刺激之后，性格有了改变，不再高声大嗓，变得沉默寡言了。这次古秋娥母女俩来了以后，他的话明显多了起来。周氏以女人的直觉，认为这事不简单，可能是炊子对古秋娥有了什么想法了。她闷在心里高兴，暗地里也开始行动了。她觉得先要把情况了解清楚，于是一有空就钻进偏屋里去，与古秋娥母女交谈，请她们到屋里火笼里烤火，还不时给她们送点儿吃的用的，一来二往，双方关系逐渐融洽起来。

第二十七章　订婚

春节期间，薛家木夫妇就在紧锣密鼓地准备着薛海欢、薛海花订婚的事。毕竟是两桩大事叠加在一起，都要提前准备。薛家木没有经验，除了与郑月梅商量外，再就是向他妈和他六叔等长辈请教。

正月初一这天，薛家木很早就吃过早饭，带着欢子去了岗屋里，先给他妈拜年，之后来到六叔的家里拜年。他六叔既是长辈也是两个娃儿的介绍人，他觉得有很多事情要与六叔商量，请六叔给他拿主意。

他六叔也在堂屋里生了一个火笼，火苗子正舔着一个黑乎乎的土炊子（烧水的陶罐）底部，土炊子里的水正在"咕哒咕哒"地响着。他六叔拿着火钳正在添加柴火。欢子推门进来就高声喊着："六爷爷，给您拜年啦！"六爷爷赶紧请他们到火笼边烤火，接着吩咐老伴给他们倒茶。薛家木坐定以后，掏出烟袋装上叶子烟，伸到火笼里点燃，放在嘴里慢慢抽着，屋子里顿时弥漫起浓重的土烟味。欢子从筲箕里拿了一颗苕金果放在嘴里嚼着。

六爷爷先问薛家木："家木啊，马上就要给两个娃订婚，准备得怎么样啊？"

"我正要来请教您呢，请您给我拿个主意。"薛家木回答。

"两件大事聚在一起了，你肩上的担子很重啊！"六爷爷说。

"我和郑月梅一起商量了，您看这样安排行不行？"薛家木以请教的语气开头。

"你说说看，我听着呢。"六爷爷说。

"先说海花吧。张继平与海花订婚时，我们薛家和姑舅姨亲戚中，安排这几个人参加。您老人家一个、她二妈一个、姑妈一个、舅妈一个、三姨妈一个、海蓉一个，加上海花一共七个人，您看怎么样？"薛家木和盘托出他的安排。

"单数怎么行呢？要讲成双成对呢。"六爷爷讲出他的道理。

"那就少去一个，怎么样？"薛家木说。

"不如多去一个的好，凑齐一桌八个。你们两个是不是去一个啊？"六爷爷建议说。

薛家木略微想了一下说："有您和二妈代表我们就行了，我们就不去了。"

"哎，那可不行！你们两个一定要去一个。"六爷爷强调说。

"那就叫月梅去吧。家里由我来负责准备。"薛家木采纳了六爷爷的建议。

"这样也好，她很少出门哟！"六爷爷肯定地说。"呃，自己女儿订婚，哪有不准的道理啊！"六爷爷说得肯定、干脆。

与六叔商量之后，薛家木的心里更有底气了。他回家把征求意见的情况告诉了郑月梅。

郑月梅为难地说："家木啊，还是你去吧，家里这一摊子事我走不开呀！"

"不要紧的，我都已经安排好了，你去吧，家里有我呢。"薛家木坚持要她去。

"还是不妥当，去的人是不是多了点？我们家就去三个？"郑月梅提出不同意见。

薛家木赞同说："也是，你去的话，那海蓉就不去了。"

"那又不是成了单数了？"郑月梅反问。

"那就再减一个吧！你去的话，那她二妈就可以不去了。"薛家木说出了最终安排。

郑月梅面露难色，没有再说什么，好像是默认了。由于成分高，她近十几年来很少出远门儿，本来也想出去，只是担心形象太邋遢，又没有什么穿得出去的、好一点的衣服。

薛家木早就猜出来了，就建议说：

"鞋子裤子可以穿海蓉的，衣服可以找她二妈借，你们两妯娌个子和身材差不多，二妈他们家景比我们好，又是裁缝，家里有做客的好衣服呢。"

"家景好还有几套棉衣服，她自己不穿哪？"郑月梅提出疑问。

"你只借外套，哪里是要你借棉袄棉裤的。"薛家木耐心解释。

"只怕不合套吧？"郑月梅仍有疑虑。

"应该差不多吧！"薛家木说。

郑月梅想了想，很勉强地答应了。

⊜

正月初三，生产队已经开了工。薛家木抽空给胡海螺拜年，顺便给海花、郑月梅请假。胡队长爽快地答应说：

"请一天假没问题，只是郑月梅出远门，要向大队申请，批准了以后才能走呢！"

"那怎么申请呢？"薛家木不懂就问。

"你写个请假条，就说是女儿薛海花订婚，请假一天。我签了字以后你再去找裴书记请假。"

薛家木找胡队长要了纸笔，很快写了一张请假条递给胡队长。胡海螺接过一看，上面歪歪扭扭写着："请假条，我女儿薛海花正月十五订婚，要到林子山大队去一趟，请假一天。"落款是"郑月梅"。字迹潦草。

胡海螺只读了个初小，也没计较字没写好。他拿起笔就在下边签了："同意，胡海螺"五个字。字写得更潦草，不熟悉他字的人根本认不出来。

薛家木拿着请假条马上又到了裘金山的家门口。裘书记家里有很多客人，他到门口看了看，没有胆量进去，就揣着条子回家了。他把假条递给欢子说："你去给裘书记拜个年，请他批准你妈出门。"

欢子接过条子看了看，很快就找到裘书记签了字，回来又把请假条交给了胡海螺。

正月十四晚上，郑月梅怎么也睡不着。她为明天的活动兴奋着，也为明天怎么表态讲话困扰着。辗转反侧，久久无法入睡。薛家木一觉醒来，发现她还在不住翻身叹气，知道她还在想着明天的事情，就关心地问：

"月梅啊，怎么还没睡啊？"

"我在想啊，明天我代表薛家应该怎么表态呢！"她心事重重地说。

"喔，这个不是已经说过了吗？你表态同意他们两个同年结婚，可以错开月份，不能错开年份。可以同意张继平上半年结婚，欢子下半年结婚，但是要同时去拿结婚证。"薛家木的语气肯定。

"这个我知道。那如果问到彩礼呢？"这是个关键问题，郑月梅正在考虑。

"啊噢！这是个不好说的问题。你就往后推呗，说拿了结婚证再说。"薛家木也不好表态。

"那什么时候拿结婚证呢？"郑月梅追问。

"订了婚，就应该可以拿了吧。你让他们自己定。"薛家木说出了自己的意见。

两人嘀嘀咕咕讲了半夜，直到薛家木又响起了鼾声，郑月梅才慢慢入睡。

三

久阴的天气在正月十五这天终于转晴。早晨的东方天际，飘起了朵朵白云。重重叠叠的白云边上已经泛起了一丝金色的光辉。地球上的生物最为灵敏，已经感受到了气温在上升。喜鹊喳喳叫着从山前飞过，麻雀子早已叽叽喳喳地飞上了房顶，黄龙岗上还不时传来野鸡的鸣叫。

郑月梅很早就起了床，在厨房里生火做饭，准备着一家人的早餐。薛海花也起来了，跑到厨房里帮忙。她妈说：

"海花啊！今天你就不要插手啦，快点去梳妆打扮吧！客人马上就要来了。"

郑月梅说的客人是指陪伴她去订婚的亲人，他们约好早饭后在薛家集中，然后出发。

"还早着呢，吃了早饭再准备来得及。"薛海花回答，依然到灶前给灶膛里添加柴火。

早餐之后，薛海花进到卧室，在床头拿出衣裤鞋褂试穿起来，薛海蓉在旁边帮着她整理。穿戴完了，站到了窗前。只见薛海花扎着两条小辫子，上身穿着一件白色衬衣，外面是细花格子的棉袄和绛红色的外套，蓝色的棉裤和草绿色的解放鞋。薛海花本来就很漂亮，加上一身的新衣服，更显得脱俗而不妖媚，健康而有风韵，一副时髦的村姑形象。薛海蓉看着姐姐穿戴完毕，好像想起了什么，拿着剪子出去了，一会儿又回来了，只见她手里拿着从对联上剪下的红纸片，递给海花，要她含在嘴唇上，这就是当年女孩子化妆的口红。薛海蓉又用剩下的两片在海花脸上搽起来，两个脸蛋马上红润了许多。

过了一会儿，薛海花将红纸片吐了出来，原先那枯黄的嘴唇红润了。薛海蓉看着薛海花，发自内心地说：

"姐姐，你真漂亮！"

薛海花没有答话，脸上更红了。薛海蓉从口袋里摸出一个小镜片，递给海花姐。她接过来，对着镜子看了看，不好意思地笑了。

郑月梅也在房间里面打扮。她那几根枯黄的头发怎么梳也梳不顺。薛海花在自己穿戴整齐之后，就跑到她妈的房间里，看到她妈正在梳头，连忙接过梳子，替她妈梳起头来。梳着梳着，薛海花鼻子一酸，几滴眼泪掉下来落在了她妈头上。郑月梅一惊，问：

"海花，今天是个好日子，你怎么这样伤心呢？"

"我是看到您的头发，又稀疏又枯黄，您真是太辛苦啦！"薛海花哽咽着回答。

"我不辛苦，只要你们几个都长大成人，成家立业了，我们就享福了。"这是郑月梅的心里话。

"我不想离开你们。"海花依恋地说。

"'男大当婚，女大当嫁。'张继平是个好男人，他会心疼你的。"郑月梅劝道。

"我也是蛮喜欢继平哥哥的。"薛海花说的是实话。

"是的！开开心心就好。你今天订婚，你哥明天也要订婚呢！"

一提到她哥欢子，海花就不作声了。毕竟她与哥哥感情最深，她从内心里愿意为他做出牺牲。

薛海花收起眼泪，马上露出笑脸。她帮着她妈脱下满是补巴的外套，套上借来的二妈的新衣服，帮着穿上。海蓉拿来她的解放鞋替她妈穿上。刚好打扮完毕，六爷爷和姑妈他们就来了。他们一个个都穿上了过节的衣服，显得精神了几分。大家说笑一阵，就开始赶路了。一群人走到槐树下，薛海蓉赶上来，给她妈递了一个新手绢，这是那个时候女人出门一定要带的东西。

元宵节一整天，张茂业家里都热闹非凡。除了薛家人以外，还有张家的姑舅姨亲戚和他请来的大队小队干部等人。为招待好客人，还特地请了专门的厨师，并安排张继平舅舅刘立雄负责主持整个活动。

四

晚饭之后，张家送走了订婚的客人。张茂业总算松了一口气。他根据薛家来人的情况，及时对明天的人员进行了调整。家里人和媒人及亲戚都没有意见。但是在出行的方式上，出现了分歧。他主张对等安排：

"薛家人是步行过来的，我们也只能步行过去。"

在这个意见上不够统一。张继红主张说：

"骑自行车去。有三辆自行车就够了，每辆车两个人。"

"那不行吧，别人都是步行来的！"刘立春也提出疑问。

"这有什么不行呢？他们没有这个条件！"张继红坚持自己的主张。

"我们有这个条件吗？"张茂业问。

张继红马上说："有！我和继琴还有舅舅，三个人都会骑车带人。"

"车子不够吧？"张茂业提出关键问题。

"我和舅舅都有车，还差一辆车。请继平想想办法，借一辆就行了。"张继红说出了解决办法。

张茂业马上转过身问："继平，你能不能借到一辆自行车？"

"借一辆自行车没问题呀。只是怕不合适吧？"张继平也赞成他爸妈的观点。

张继红说："有什么不合适的？"

"人家都是步行过来的，我们骑自行车去，是不是有些显摆呀？"张继平不无担心地说。

"这有什么？现在是什么年代了。我们城里人结婚都是用汽车接送！"张继红用城里人打比方。

话说到这个份上，张茂业也转变了观点，他接过话来说：

"我知道薛家木一家人都比较实在，他们是不会计较的。"

就这样，张家人敲定了明天参加订婚人员的出行方式。

五

正月十六这一天，欢子打扮一新。和上次与田三妹相亲一样，他借来了军装军帽，穿上了解放鞋，显得精神了许多。虽然穿上了新衣服，但是他还是在跑前跑后、忙里忙外，准备着迎接客人的到来。

正在薛家人急切盼望的时候，"丁零零，丁零零……"对面山岗上响起了自行车的铃声。欢子家里人都迎了出来，看见张继琴一行人在对面小路上下了车，前面走着刘立雄、张继红、张继琴，每人推着一辆自行车，后面跟着张大婶，继琴她大姑妈、二姨妈。有张继红参加，刘立春就没有来。

"哎呀，稀客呀，一路辛苦啊！快请屋里坐！"薛家木热情地招呼着。

"欢子，快给客人接自行车。"刘松林说。

欢子虽然看见过无数次自行车，但还从来没有接触过。他连忙从张继红手里接过自行车，准备推到槐树底下去。刚一推动，前轮一歪，车子就倒了。张继红马上放下茶杯连忙帮着欢子把车子扶起，推到槐树底下放稳。欢子看着张继红，脸一下子红到了耳根，觉得很不好意思。

平常人家有喜事时，能有一辆自行车已经是很不错了。而欢子订婚，一下子就来了三辆自行车，这在黄龙寺一队引起了轰动。不少人前来围观，主要是一些孩儿们。还有廖二、张纯银、胡罐子等一些年轻人。廖二唱起了儿歌："两个磙子一个把，上面坐个大王八。"这是黄龙寺的一个谜语，谜底是自行车。廖二见到自行车，就把它当儿歌唱。刘松林听见了说："廖鸡眼，你不要高声大噪的，让客人听到了不好啊！"

廖二望了他几眼，低着头走了。走到田埂上的时候又唱了起来，依旧是："两个磙子一个把，上面坐个大王八。""养女莫嫁黄龙寺，吃哒茖坨就砍刺。"……

双方的订婚仪式办得都非常成功。两家人也非常满意，都同意了他们今年的婚事，并确定了在今年的三八妇女节，分别到各自公社民政办公室去办理结婚手续。

第二十八章　领证

一

从正月十五订婚到三月八日，只不过二十来天，欢子却觉得特别漫长。他每天都在掐算着拿结婚证的时间，心里急切地盼望着这一天早点到来。为了这一天，他早就在心里盘算，要送给张继琴一件特别的礼物，给她一个惊喜。送什么礼物呢？他在心里计划着，去买吧，要花钱，还不能表现自己的技艺。还是送一双麻鞋吧，这可是我的拿手好戏，一定要精致，让她高兴。他不知继琴那双金莲的尺寸，就问他妈。郑月梅说也不清楚，于是欢子就问海花、海蓉。海花说：

"继琴妹妹的脚比我大些，好像跟海蓉的脚差不多吧。"

薛海蓉说："上次她来我们家的时候，穿过我的鞋，她的脚跟我差不多。"

郑月梅说："那就按海蓉的鞋样子做吧。"说罢，就把家里的样包（集中陈放鞋样的布包或纸包）递了过来。

这是一个古董级的样包。缎面的颜色已经发白，四角早已磨出窟窿，一看就知道有些年份了。这个样包跟薛家的睡柜一样，是从薛五楼手里传下来的，是薛郑氏的嫁妆，分家时薛郑氏用不着，就传给了郑月梅。

样包的内页（内部的包页）为绢帛质地，半透明，乳黄色，从外面就可以模糊地看到里面的样本。每人的鞋样都放在夹层里面。两接头的鞋样分鞋面、鞋底两部分；三接头的有两个鞋面、一个鞋底。样本都用牛皮纸或是报纸剪成，每人一到两页，分开陈放，便于查找。

欢子打开样包,找到海蓉的那一页。他打开夹层取出鞋底,量了尺寸,又放回原处,用布带子系好。他早已暗下决心,要把这双鞋打成麻鞋精品,比田三妹的那双还要好些。

薛海花也在赶制布鞋。她已经为张继平做好了两双鞋垫,还要给他做一双布鞋,以展示自己的女红水平。其实薛张两家之中,谁有什么才艺双方都一清二楚,这次送礼物只不过是为了表达各自心意罢了。

在张家,张继平兄妹俩也有同样的想法。他们也在盘算着,怎样在单独见面相处的时候,送给对方一个定情物,以示纪念。张家的经济条件好些,多半是在商店买东西。张继平给海花买了手帕、方镜和雪花膏。张继琴给欢子准备了一双解放鞋和两双鞋垫。双方都精心准备着,迎接这一天的到来。

二

接连几个晚上,欢子和海花都在赶制自己的礼物。夜深了,其他家人都已入睡了,欢子和海花,一个在布鞋上飞针走线,一个在麻鞋上锦上添花。堂屋里,一盏昏暗的油灯下,兄妹俩"一边讲古,一边摇橹",互相说一些心里话。

海花问:"哥哥,你对继平哥哥是什么看法呀?"

欢子评价说:"继平哥哥是少有的好男人。他有学问,心眼儿又细,还会疼人。你嫁过去肯定会享福的。"

"是吗?他田里的农活儿,可不如你!爹就说他'郎不郎,秀不秀'!"海花故意说他的不足。

"他有自己的长处,将来不一定靠种田吃饭呢!"欢子预测未来。

"都快三十岁的人啦,哪里还会有别的机会呀!"海花不相信地说。

过了一会儿,欢子反问:"那你对继琴妹妹是什么看法呢?"

"继琴妹妹,漂亮,勤奋,爽快。比我强多了。"海花评价说。

"妈跟我念叨过,说她脾气很大!"欢子说出她的缺点。

"这个我也是听说过。妈说在她八岁的时候，被她爹打了一顿，她一气之下跑出家门，三天之后，才在峡江市街道上一个候车室里找回来。但她现在长大了，懂事了。"

欢子话锋一转说："听说胡炊子也要结婚了？"

"是吧，可惜古秋娥命苦，她没有生育能力呢！"海花说出了一个秘密。

"怎么会这样呢？你听谁说的？"欢子好奇，继续追问。

"我听王彩玲说的。说是不能生育才被男方退了婚，出来讨米找婆家的。"海花说得有枝有叶。

"王彩玲的话你也当真？"欢子质疑问。

"他们菱角湖的人田多，特别重男轻女，很少抱养，一定要亲生，这倒是真的。"海花分析原因，"我们的爹妈多不容易呀！把我们几个养大，不知流了多少血汗，受了多少冤屈啊！我们可要孝顺，听他们的话呀！"海花话题一转说着心里话。

"这是当然。我们孝顺了，他们享福的日子就在后头了！"欢子赞同。

一晚上，兄妹俩一边交谈一边干活儿，直到半夜鸡叫。

三

按照双方的约定，三月八日的早上，张家兄妹俩，在吃过早餐之后，就骑着一辆武汉牌的自行车，从林子山出发啦。

昨天下午，张继平就到舅舅刘立雄的家里借来了自行车。今天早上，他就带着继琴妹妹，沿着黄龙寺到林子山的乡村道路前行。石渣子路面坑坑洼洼，高低不平，兄妹俩在曲曲弯弯的山路上，时而推行，时而骑行，不慌不忙地赶路。

三天之前，张继平就到林子山大队部开了证明。按照当时的规定，双方都要到男方所属的公社民政办公室领取结婚证。今天张继平要将张继琴送到薛家，再接薛海花到跑马河公社去办理手续。而欢子和张继琴要到古镇公社办理手续。晚上张继平又要送回薛海花，接回张继琴。他们双方的方向正好相反，要分头行动。

张家兄妹俩今天都穿上了亮丽的衣服。各自准备了一个布包，用来装礼物和随身物品。张继平的那个黄里带白的军用挎包里，有准备送给薛海花的手帕、方镜、雪花膏，还有口琴。张继琴的蓝布书包装着一双解放鞋和两双鞋垫，还有手绢、卫生纸等零碎物品。兄妹俩一边走路一边交谈：

"哥哥，听说严兆龙又发疯病啦？"

"还是上次你姐姐回来的时候，被他看见了，就又发疯了，一直没好。"张继平回答。

"听妈说他这次疯得特别厉害？"张继琴问。

"前两天我到严家台子去了，看见严兆龙穿得破衣烂衫的，坐在大门口，头发乱七八糟，双眼发直，嘴角流涎。见到来人就暴跳怒吼。"张继平讲述他看到的情况。

"那他没有动手打你啊？"张继琴担心地问。

"他爹用铁链子锁着他呢，怎么能让他到处乱跑啊！闯下大祸负得起责任吗？"张继平回答。

讲了一会儿严兆龙，张继平又拿出口琴边走边吹。吹的都是样板戏和一些革命歌曲。走了将近一半路程的时候，张继琴浑身发热，停下来脱下棉衣纳凉。这时她问哥哥：

"哥哥，你对欢子哥哥是什么看法呀？"

"欢子弟弟嘛，为人实在，勤劳又有手艺，还会体谅人。他很爱你哟！"张继平评价说。

他也问她对未来嫂子薛海花的看法。张继琴说：

"海花姐姐一直是我们姐妹们的榜样。他和你很般配。我真为你高兴！"

"这要感谢你啊，没有你，海花能同意嫁给我？"张继平说着感激的话。

"你知书达理，心眼又细又好，海花嫁给你是她的福气呢！"张继琴的话说得他有一些不好意思了。

兄妹俩就这样边走边聊，不觉薛家的三间瓦房已经遥遥在望啦。

四

欢子一家人都在积极地准备着，等待张家兄妹的到来。欢子依然穿着军装、军帽，换上了崭新的解放鞋。在穿戴整齐之后，找出梳子将乱七八糟的头发梳了又梳。之后又顺手拿了一条毛巾，跑到堰边，对着水塘里的自己，看了又看，觉得满意了才放心。回到屋里，他拿出那个发了白的军用挎包，装上麻鞋、雪花膏、唢呐，还有证明等东西。他不放心，又把证明纸条摊开，看着上面用毛笔写着的字迹：

"证明，兹有我大队社员薛海欢，男，汉族，出生于一九四九年八月十八日，现年二十五岁。按照《中华人民共和国婚姻法》，符合结婚年龄，特此证明。古镇公社黄龙寺大队。一九七四年三月三日。"落款的地方盖着大队的公章。

薛海花在闺房里正在换衣服。一阵忙活之后，她从闺房里出来，只见她穿着白衬衣和那件格子花的外套，配上深蓝色的裤子，扎着两条小辫子，脸上像抹了胭脂一样红，嘴里还含着红纸片以增加嘴唇的红色。她手里提着一个黑色布包，那里面装着准备送给张继平的布鞋和鞋垫。她把布包放在饭桌上，随时准备出发。

"丁零零……"自行车铃声响了。欢子一家人兴奋异常，都出门迎接。双方热情地招呼。欢子见到张继琴，非常高兴。张继平见到薛海花也异常激动。双方你一言我一语，交谈甚欢。过了一会儿，张继平就带着薛海花，骑着自行车上路了。欢子和张继琴也走上了通往古镇公社的乡村公路。

刚出村口的时候，老远就听见廖二那沙哑的喉咙里挤出来的歌声：

"癞子本姓姚啊，腰里挎把瓢哇！锅里还没开呀，就在锅里捞哇！……"
欢子赶紧领着张继琴绕了一道弯，躲开了廖二的视线。

一路上，欢子和张继琴有着说不完的话。从双方的见闻到大队、生产队的情况，再到自己的兴趣爱好，讲得很投机。两人的心理距离越来越近。到分路碑的时候，已经走了一大半了。张继琴提议休息一会儿，欢子也很赞同。两人走到石碑边，找到别人经常休息的磨得很光滑的石块坐下。张继琴脱下外套，露出红色的毛线衣，站着扇风纳凉。欢子看了看石碑上"分路碑"三个遒劲的魏碑体大字，然后拿出零食给张继琴吃，又把自己给她编织的麻鞋递给她试穿。张继琴也把礼物送给欢子。张继琴拿着麻鞋看了又看，用手摸索着鞋耳和上面的草花，脱下了鞋子穿在脚上，左看右看，发自内心地赞叹道：

"这是我见到过的最为精致的麻鞋啊！你的手艺真好！"

"不知道你喜不喜欢？"欢子故意试探。

"喜欢！你怎么知道我脚的大小尺寸啊？"继琴不解地问。

欢子解释说："是按照海蓉的尺寸做的。海蓉说你穿过她的鞋子。"

欢子拿出唢呐吹了起来，张继琴跟着唱歌。开始声音很小，后来放开喉咙唱开了。他们两个一个吹一个唱，从革命歌曲到样板戏，唱了很多曲子。欢子吹得腮帮子疼了才停下手来，伸手牵了张继琴的手。张继琴也没有感到惊慌，任由他牵着。张继琴感觉到了欢子那双满是茧子的大手的温暖。直到欢子用力捏的时候，她感觉有些疼了才猛地一下子抽回来。

五

分路碑是一个十字路口，因路边有一块石碑而得名。两条大路在这里交会，纵向从当阳经过黄龙寺到古镇，横向从荆州到峡江。路面宽阔，车辆行人很多。据考证，分路碑是明末时期的建筑遗迹。当时有一个叫吴天伯的商人出资修建了分路碑石桥，疏浚了溪口，方便了民众，人们为了纪念他，便在石桥旁边立下了这块碑，以彰显吴天伯的功德。而今石桥早已垮塌，只有石碑还孤零零地立在路边。

欢子牵着张继琴的手，走上了古镇大道。沿路都是高大的白杨树，几乎每棵白杨树干上都有过标语的残留，都是红纸和毛笔字历经风吹雨淋后的孑遗。

快到古镇街口的时候，欢子碰到了胡炊子。他正拉着古秋娥的手，在向她解释着什么。古秋娥一个劲儿地摇头摆手，不知是在拒绝什么事情。欢子上前打招呼：

"胡排长啊，你们来得早哇！"

"哦，是欢子啊。你们也来啦？"胡炊子听见叫声，转身回答。

"今天是集中领证的日期，怎么能不来？你们领了吗？"欢子高声说。

"还没有呢。按规定要搞婚前体检，她不愿意。"胡炊子应答。

"婚前体检是要干什么呀？"欢子疑惑不解地问。

"说是要检查未婚先孕、妇科病，还有婚前同居的情况。"胡炊子说明。

"查就查呗，这有什么呢？走吧！"欢子显得无所谓。

欢子和张继琴一起加入了劝说。古秋娥见三个人都劝她，执拗不过，才勉勉强强地跟着他们，回到了公社院子里。这时胡炊子好像想起什么事，跟欢子说：

"我看见他们都买了糖果和香烟，送给办证人员的。"

"这个嘛，好办，我们一起去买点吧。"欢子同意。

他俩丢下古秋娥和张继琴，让她们在一起说话。两人一前一后出了公社院子大门。在院墙外边的商店里，两人各买了一包圆球牌香烟和一包硬糖，装在挎包里走了进来。

公社办公楼有很多人进进出出。他们走进大门上到二楼再向右拐，看到门口有个牌子是"民政办公室"。前面有十几对青年在排队等候，不时有一对青年拿着结婚证，欢欢喜喜地离开。也有垂头丧气，互相埋怨着的年轻人走出，他们肯定是没有拿到结婚证。

轮到胡炊子和欢子他们的时候，欢子看到桌子上尽是糖果和香烟。香烟有游泳、圆球、黄金叶、大公鸡等牌子，整包、半包、单支都有。糖果有硬糖、软糖、薄荷糖等，堆满了半边桌子。桌子后边坐着两个人，一个人检查证明，一个人开具结婚证。一个五十岁左右的男人，方脸大耳，剃着小平头，头皮上有几颗癞头疮好了以后留下的白色伤疤，很扎人眼目，他左手两根已经熏成蜡黄色的手指夹着一支香烟，右手捏着一支钢笔，正在审核资料。满屋子雾气弥漫，烟味浓重，引得古秋娥不时咳嗽。欢子猜测他就是有名的邬癞子，公社分管民政和计划生育工作的副主任。胡炊子上前请教道：

"邬主任，您好！"边叫边将两包圆球的香烟和糖果递上去。

邬主任没有理会，目光只在张继琴他们几个身上飘移。接着他回过神来，胡乱地看了一下大队证明，便把几张体检表推了过来说：

"先体检，再领证。"

欢子和炊子拿了四张体检表，带着继琴和古秋娥从人群中挤出来，下楼朝公社卫生院去了。

古镇公社卫生院距离公社大院大约一公里路程，是一个四周都有围墙的小院子，临古镇大道是一栋三层的楼房，后面是围成四合院的平房。欢子他们拿着体检表来到了卫生院，看到有很多的青年男女都围在一栋平房的门前，手里拿着体检表，分别从三个门里进出。那里分别贴有"综合检查室""男科检查室""女科检查室"的临时招牌。

体检结束，胡炊子和古秋娥有一项指标不符合规定，暂缓办理结婚证。由于张继琴的年龄不符合新的地方性规定的晚婚晚育的要求，她还有三个月才能达到二十岁，所以要求在下半年来拿结婚证。

在回黄龙寺的路上，他们四人的心情都很复杂，都不想说话。一直到分路时才互相道别。快进家门的时候，张继琴才说了一句：

"但愿哥哥他们比我们好。"

欢子也说："我跟你一样，祝福他们。"

六

走进堰塘边，老远就看见大门上挂着那把黑色的牛卵子一样的陈年老铁锁。欢子知道家里人都还没有回来，就走到窗子边，伸手进去摸出钥匙，打开了大锁，推门进去。因为大锁只有一把钥匙，只能放到一个隐秘的地方，供家里人共同使用，窗子就成了最佳位置。随着锁扣打开，大门"吱"的一声闷响，惊动了猪圈里的猪和槐树下的鸡鸭，两头小黑猪"哼哼"的带头叫唤起来，拱动松木栏杆"咚咚"直响。鸡鸭也被惊动，"咕咕""嘎嘎"地跑过来，伸长脖子望着主人，眼睛里都是饥饿的神情。张继琴见此情景，一扫忧郁的情绪，跑到猪圈里，提起猪草篮子喂猪，两头壮实的小黑猪马上争抢起了猪食。接着又舀出谷糠喂鸡鸭。动作是那样娴熟麻利，看得欢子满心欢喜。欢子赶忙倒来一杯热水递过去说：

"你真勤快，让我来吧！"

"习惯了，喂猪喂鸡都是举手之劳，天天都要做的事情。"继琴随口应答。

"看你说的，走了一天的路了，不辛苦啊？"欢子关心地问。

"比在生产队劳动轻松多了。"继琴深有感触地说。

他们一边说着，一边走回屋里。张继琴刚坐稳，欢子就挪动椅子挨着她坐下。欢子看着她那一双勤劳的大手，不无粗糙，便伸手拉过来，放到自己手心里摩挲，比试大小后惊奇地说：

"继琴妹妹，你的手跟我一样大哦。"

"是吗？让我看看。"张继琴把欢子的手拉过来，正一下反一下地比画着，感叹道：

"喔，真的一样大吔！"接着话锋一转说："女人手大不好，命苦啊！"

"怎么不好？俗话说，'脚大江山稳，手大镇乾坤'呢！"

"那都是说你们男人的。女人要'细脚小手，樱桃小口'啊！"

"我只听说女生嘴大不好，'男人嘴大吃四方，女人嘴大吃家当'。"

"这倒是不假。你看看，我的嘴大吗？"

张继琴转过脖子，让欢子观察。欢子一下激动起来，口里说着："好看，真好看！"接着一把将张继琴拥进怀里。张继琴也很顺从，偎依在欢子胸前。他们胸相拥，面贴面，两人都感觉到了对方的呼吸、心跳，欢子顿时热血沸腾，不由自主地开始吮吻她的耳朵、面颊，慢慢移向嘴角。双手也在背部乱摸。张继琴一惊，猛地一推说：

"你送的麻鞋真好，再试一下鞋子吧？"

欢子正尴尬，马上借坡下驴地说：

"好好，看有什么问题，我还可以修改。"

"解放鞋是四十二码的，不合适也可以换。"

正当他们两个在试鞋的时候，"丁零零……"外面响起了自行车的铃声。欢子说："你哥哥来啦。"他们两个赶忙推开大门迎接。跑出门一看，原来是刘一平推着自行车从门前走过，一边走一边摇铃一边哼歌，往胡家台子方向去了。两个人相视一笑，重新回到屋里。这时张继琴的好奇心转到了卧室里。欢子领着她参观了他父母和妹妹们的卧室之后，走进了自己的卧室。

这是一个近似正方形的土屋，约有二十平方米。靠西边有一个不大的木窗子，这时正有一股阳光从那里射进来，屋里的光线比较明亮。陈设很简单，就是一张床、一张小方桌、两把木椅子。床上是叠得整齐的被子和衣物。小方桌上有几本书和牙膏牙刷，上方的墙壁上挂着草鞋耙子和几双草鞋。张继琴坐到了木椅子上，翻看那几本书，原来是几本初中课本和柑橘栽培方面的书籍。张继琴翻开书页，看到上面有断断续续的钢笔记号，知道他还在努力学习，这让她感动。张继琴边翻书边漫不经心地问一些问题，欢子站在他身后，两人交谈很投机。

天色已经很晚了，鸟儿已经开始归巢，林子里传来一阵一阵鸟儿的骚动声，张继平和薛海花还没有回来，张继琴有些焦躁不安。

七

太阳已经西沉，散乱的乌云从四周升上来，试图扑灭那最后一团火焰。顽强的阳光在乌云中拼命穿行，无奈败下阵来，透出的光辉越来越弱。张继琴不住地望着那渐渐消失的太阳，还有远处渐渐模糊的山口发愁，见不到继平他们的影子，提出要欢子送她回去。欢子说：

"你平儿哥哥会来的，他哪次骗过你吗？你耐心等着吧！"

"要是他们不回来呢？"张继琴担心地说。

"不回来怕什么？你就在我家住一夜，反正你要嫁过来的呀！"欢子说得直白。

"你说得倒好，回去我妈不打死我。"继琴不同意。

正当他们俩在讨论回不回去的时候，薛海桃、薛海芳她们放学回来了。两个小妹妹热情地拉着她的手，"琴姐姐，琴姐姐"一个劲儿地叫个不停。一个要她辅导算算术，一个要和她一起做翻绳的游戏，搞得张继琴应付不过来。

过来一会儿，家里人都陆续收工回来了，与她热情地打着招呼。薛家木问：

"手续办好了没有啊？"

张继琴没有回答。欢子说："她还差三个月满二十岁，要下半年去拿手续。"

薛家木听了，脸色顿时严肃起来。薛海蓉插嘴说：

"海花姐姐她们应该没有问题吧？她比琴姐大一岁呢！"

提起薛海花，张继琴又想起了回家的事，着急地对欢子爹妈说：

"天色很晚了，我还得赶回去啊！"

郑月梅说："你平儿哥哥他们会回来的。海花走时还说了，要给他们两个准备晚饭呢。"

郑月梅的话让她心里踏实了一大半，加上其他人都在挽留，她也就安静了下来，专心地辅导着薛海芳的作业。

家里来了未来的儿媳妇，一家人都精神抖擞，很快就分头忙活着。薛家木拿着锄头到菜园子里去了。薛海蓉帮着妈做饭。欢子忙着整理屋子里的卫生。他找来煤油灯，上油点上，给做作业的妹妹送去。不一会儿，厨房里就响起了剁腊肉、打鸡蛋搅拌的声音。欢子在屋里无事找事做，一会儿摸摸这里，一会儿摸摸那里，不时过来和张继琴说话。张继琴也觉得欢子家里人都很热情，跟她家里一样，很自在、放松地与其他人频频互动，没有了刚才的隔阂和拘束。

欢子忙着收拾餐桌准备吃饭，张继琴帮着薛海芳搬到他哥卧室里的小桌子上。不一会儿，餐桌上的菜都摆齐了。"平时不见米，来客打牙祭。"今天的饭菜很丰盛，是正月十五订婚之后的最好的一餐。荤菜有腊肉、香肠、炖鸡蛋，素菜有白菜、萝卜、腌菜、炸辣椒等一大桌子。吃的是白米饭，比过年还好些。一家人请张继琴先坐，再围拢来吃饭。薛海蓉不时地给张继琴夹菜，大家都说说笑笑，吃得很开心。

农历二月的天气依然寒气逼人，尤其是在晚上，仍然要穿棉衣。晚饭后薛家木燃起了火笼，让一家人围着烤火。大家说说笑笑显得非常融洽，话题自然是围绕张继琴展开。末了，薛海芳摇着她妈的手，要她讲故事，郑月梅想了想，很勉强地说：

"那就讲一个狐仙的故事吧。"

"好，好！"大家一致赞同。

"从前，在一个大山里有一只狐狸。一次，被一个猎人打伤了腿，跑不动了，碰到一个单身的农夫进山砍柴。农夫抓到了狐狸，见它伤得很重，非常可怜，就采来草药，替狐狸治疗伤口。不久狐狸伤好了，他就把它放归了山林。

"之后单身汉的生活就发生了变化。有一天，他从地里回来，推开家门一看，屋里的面貌焕然一新。地面打扫得干干净净，东西摆放得整整齐齐。换下的脏衣服已经洗干净了，晾晒在家门口。小伙子被眼前发生的情景惊呆了。更让他吃惊的是连续多天都是这样。为了一探究竟，他在去田里的半路上悄悄地折回来，躲在屋后树丛里偷偷观察。

"这一看就有了重大发现。他看到家里有一位漂亮的小姐在给他料理家务。动作娴熟，飘飘似仙。连续观察几天之后，他就有了与她见面的冲动。但每次推开家门的时候，仙影一晃就不见了。连续几天之后，小伙子恍恍惚惚进入了梦境，他梦见三楚仙翁给他指点迷津，说这是一只已经修行五百年的狐狸精，只要你突然回家，把狐狸皮藏起来，它就跑不掉了。他按照三楚仙翁的指点，偷偷潜回家里，趁狐狸仙子脱下狐狸皮，忙着做家务的时候，把狐狸皮藏了起来。狐狸仙子找不到狐狸皮，只好留在小伙子的家中。在小伙子再三恳求下，狐狸仙子嫁给了他。

"一年之后，他们生下了一对漂亮的儿女。一家四口，男耕女织，幸福美满。但是好景不长。一次安福寺的和尚经过这里，发现这里妖气太重，决定捉拿妖精。狐狸仙子得知消息，知道自己斗不过高僧，只有赶紧逃走才能活命。于是她就跪在丈夫面前，坦白了自己是为了报答救命之恩，才来给他洗衣做饭的。现在大难临头，求他放她一条生路。丈夫望着妻子哭得死去活来，心如刀割，他不忍心骨肉分离，更不愿看到心爱的女人遭到灭顶之灾。正当他犹豫不决的时候，山口传来了高僧的怒吼。他果断地拿出狐狸皮交给妻子。妻子钻进狐狸皮，逃进了深山老林。"

"知恩图报，人畜一般哪！"薛家木感叹地说。

接着又讲了几个憨女婿和巧媳妇的故事，大家都听得津津有味。海桃、海芳还不时提问。直到夜深了，薛海花他们也没有回来。张继琴仍然提出要回去的事，全家人都极力挽留。她仍然心有不甘，几次走到门边，打开大门，外面黑洞洞的，一股寒气袭来，使她打了几个寒战。她思想斗争激烈：走吧，天黑路远；留下吧，又不情愿。她还在急切地盼望着继平哥来接她。这时郑月梅已经准备好了新的被套被单，重新调整了床铺，安排薛海蓉陪张继琴在欢子的屋里睡。欢子搬到父母房间里和他爹薛家木一起睡。郑月梅到薛海蓉的床上去睡。张继琴无奈，只得留了下来住宿。

八

夜已经很深了，火笼里的火依然旺盛。家里人都陆陆续续睡觉去了。火笼边只剩下薛海蓉、欢子和张继琴。他们三人又说了一会儿话。薛海蓉明白要给他俩单独相处的空间，说瞌睡来了也去睡了。欢子挨着张继琴坐着，忍不住又拉起她的手，揉捏着，摩挲着。张继琴喃喃地说：

"平子哥是不会来接我的了。"

"放心吧，你海花姐不也要在你家里住？"欢子安慰说。

张继琴终于安静了，耐心地听着欢子在她耳边讲话。欢子讲到他做砖瓦陶器的工艺流程，讲着打草鞋的要领。她只觉得这些话绵绵悠长，娓娓动听。慢慢地张继琴瞌睡来了，迷迷糊糊地靠在欢子的身上睡着了。本来来回奔走几十公里不算什么，然而欢子的叨叨絮语极具催眠作用，她真是困乏极了。

欢子第一次拥着一个健硕的美人，听着她均匀的呼吸声，看着她那精巧的五官，心里一阵热血沸腾。借着火光，看着她精巧的嘴唇、鼻子、长长的睫毛，清晰的脸庞，忍不住一阵兴奋，不自觉地将脸贴了上去。张继琴依然沉沉地睡着，朦朦胧胧地做着美梦。她梦见自己睡在生产队的大棉花堆里，周身都异常地柔软暖和，有一种像蒸汽一样的暖流包裹着全身。有一团温暖的棉花揉搓着她的手臂、肩膀、后背，还有脸颊、嘴巴……她感到非常舒服。正感受着的时候，那团棉花又靠近了她的嘴唇，钻进了她的牙缝，触碰了她的舌头。她感觉有点喘不过气来了，猛地一下惊醒，发现欢子正在吻着自己。她慌忙挣脱，一把将他推开，整理衣服。欢子缓缓地说："你的确很困了，再睡一会儿吧？"

他将她拉过来，张继琴挣脱站起来说："我去睡了。"

欢子虽然百不愿意，但还是赶紧掌灯送张继琴走到自己的卧室里。这

第二十八章　领证

时薛海蓉翻了个身，正说着梦话。张继琴拉过来被子，和衣挨着薛海蓉睡了下去。

欢子回到父母的房间，听到父亲正鼾声如雷，便轻轻地退出，又回到了火笼边。这时，火笼里的火已经熄灭，欢子用火钳扒了一下，仍有红红的灰火，他伸手烤了一会儿，又在椅子上静坐了一会儿。他在大脑里把今天的活动回顾了一遍，仍然没有睡意，脑子里全都是张继琴的身影，嘴里只有吮吸她嘴唇的酥麻麻的感觉。欢子就这样独处了很长时间，远处的公鸡开始半夜鸡叫了，他听得真切，想到今天请假了一天，明天还要出工，便轻轻地走回自己的房间，听到张继琴和薛海蓉轻微的鼾声，便退了出来，到父母的房间里挨着父亲睡下了。

九

"丁零零……"清晨的寂静之中，铃声格外地清晰。欢子被一阵自行车的铃声惊醒，他一跃而起，披衣下床，迅速迎了出去。只见张继平推着车子走在前面，薛海花提着拷包，臂弯里夹着张继平的外套跟在后面。进到屋里，全家人都起来迎接，相互一阵亲热的问候，张继平"大伯、婶娘"的声音格外地甜。

等到张继平坐着喝茶时，薛家木才关心地问：

"手续办好了吗？"

"办了，很顺利。"张继平回答。

"爹，您看，这是我们的结婚证书。"薛海花喜滋滋地将结婚证书递了过去。

薛家木没有接，欢子急忙接在手里，看了看。这是一张对折的红纸。红的一面印着"结婚证"三个大字。白色的一面有几面红旗和红色的边框组成的一个正方形图案，方框中间几行打印的字迹，是结婚证的正文：

"张继平，男，汉族，公社社员。生于 1948 年 10 月 2 日，家庭住址：峡江县跑马河公社林子山大队第五生产队。

185

薛海花，女，汉族，公社社员。生于 1952 年 9 月 21 日，家庭住址：峡江县古镇公社黄龙寺大队第一生产队。

经审查，两人自愿申请结婚，符合《中华人民共和国婚姻法》，准予结婚。此致，敬礼！1973 年 3 月 8 日。峡江县跑马河人民公社（公章）"

尽管结婚证非常简单，连两人的黑白照片都没有，但是在薛家人眼里却异常珍贵，大家相互传看着，都喜笑颜开，向他俩表示祝贺。在传到薛家木手里的时候，他看了看结婚证，咧嘴笑了笑，勉强而且尴尬。刚一露齿又很快地严肃起来，神情变得很凝重。

细心的郑月梅看在眼里，一把将海花拉进了卧室里训斥道：

"死女伢子，不听话！谁叫你随便在外面住宿的啊？怎么不回来呀？"

"妈！我们领证了嘛！"海花红着脸解释。

"领证了就可以了吗？就可以乱来吗？"她妈质问。

"不是的，我们是合法的了。"海花按照继平嘱咐她的话回答。

"你还敢嘴硬？看我不打死你！"说着，她就顺手拿起了一只没有做完的鞋底，要下手打她。突然，"哎哟！"一声，郑月梅举起的手松软了下来。海花一看，那根纳鞋底的大针扎在了右手臂上，针眼处已经流出了鲜血。海花一把拉住她妈的手把大针拔了出来，正张嘴准备吮吸伤口的时候，郑月梅手臂一拐，从海花手里挣脱，怒气冲冲地跑到厨房里抹盐去了。

之后海花、海蓉做了早餐，让张继平、张继琴兄妹俩吃了早饭，骑着自行车回林子山去了。

第二十九章　求肯

薛海花自作主张在张家一夜未归，这引起了薛家木夫妇的互相指责埋怨。郑月梅说："家木啊，你说这成什么体统啊！太随便了呀，人家要说我们薛家太缺家教啊！"

"'女不淑，母之过'喔！"薛家木瓮声瓮气，不无责备地说。

郑月梅听得真切："这个，你就没有半点责任？"

"我肯定有责任，主要是你做母亲的教育责任哪！"薛家木不承担责任。

"她跟我们长这么大，从来没有单独在外面住过啊！"郑月梅说出她的担心。

"哎呀，你不要想多啦！张继琴不也是在我们家里住了一夜？两家是对等的呀！"薛家木宽她的心说。

郑月梅说："我是看你愁眉苦脸的，很不高兴的样子啊！"

"我不高兴不是因为海花，是因为欢子。怎么他们俩就没有拿到手续呢？"薛家木说出了原因。

郑月梅问："他们不是说下半年拿证吗？"

"昨天我听胡海螺说，要是找了人还是可以拿的。"薛家木有些后悔。

郑月梅回答："你以为找人是一件很容易的事？我们在公社里又没有半个亲戚和朋友。"

"办法总是有的啊！当初怎么就没有想到这一层呢？"薛家木在自责、

后悔。

"事情都过去啦,你就等他们下半年拿吧。"郑月梅劝解道。

薛家木问:"那海花也等到下半年结婚?"

"可以商量啊!继平来求肯(请求同意)的时候,你不肯就是了。"郑月梅出主意说。

话虽然是这么说,薛家木那个心头啊,还是放心不下。他生怕夜长梦多,搞出什么对薛家不利的事来,对不起列祖列宗。所以到了晚上,它就夹着玉石烟袋来找六叔商量。他六叔听他说了这个情况,也觉得不尽如人意,但还是开导他说:

"张茂业这个人还是很直巴(耿直)的,你也了解他的为人,你就放心好了。再说也就是两个月的事,你就等着吧,我会为你说话的。"

听他六叔这么一说,薛家木也觉得说得在理。再说也是求告无门,心里的疙瘩也就解开了许多。

—

张茂业夫妇得知张继平和薛海花拿了手续,那个兴奋劲儿啊自不必说。高兴之余刘立春说:"只要海花进了门儿啊,我们两个就轻松多啦!"

"现在这话还说得太早,只有拜堂成亲了,才能算是我们张家的儿媳妇。这中间的事情还多得很呢!"张茂业想得比较远。

"你看要不要通知继红回来一趟,商量一下?"

张茂业表示赞同,并补充说:"还要把张大婶、他舅舅请过来一起商量一下。"

张继平按照爹妈的吩咐,很快写了信并寄了出去。信中说他与薛海花拿了结婚证,爹妈要她迅速回来一趟,有要事商量。

三月中旬的一个下午,张继红穿着一件红色的上装,一条绿色的灯笼裤,蹬着自行车,沿着林子山的河堤回来了。傍晚,张家请来了刘立雄、张大婶儿来家里吃晚饭,一起合计合计,怎样给张继平办喜事。张大婶听说张继平拿了结婚证，进门就恭喜张茂业吉祥发财。晚饭后大家围坐在桌子边，一边喝茶一边讨论。

张茂业尊重介绍人，要张大婶儿先说。张大婶推辞说：

"船在江中划，事在本人心。你说一下想法，我们给你当参谋。"

张茂业说："谢谢舅舅、张大婶儿帮忙，继平他们两个的手续已经办好啦。现在是下一步如何办喜事，请你们两位来帮忙出出主意。"

张大婶嘴快："这是张家祖上积了德啦，能迎娶像海花这样的女孩子真是太好了。俗话说：'百年修得同船渡，千年修得共枕眠。'这是张家和继平修来的福分。"

刘立雄接着说："薛海花嫁给继平，这是从'糠槽跳到米槽'里来了。薛家也是求之不得啊！"

张继红说："按国家法律规定，拿了结婚证就算是正式结婚了。现在是走个过场，举行一个仪式。"

女主人刘立春说："是啊，男婚女嫁是家里的大事。请你们来多给我们拿个主意。"

"接下来嘛，无非就是要定个日期。继平到薛家木家里去求肯，同时做好结婚前的准备事项。"刘立雄说。

"婚前的准备主要是打家具、办嫁妆、布置新房、报期过礼、举行婚礼，等等，事情很多，要一步一步地来。"张大婶儿建议说。

"现在最要紧的是求肯。不晓得薛家木会不会同意。"张茂业说出他最担心的事。

"手续都拿了，早晚都要嫁，他还能不同意？"刘立雄说。

"原来商量的是同时拿手续，现在是欢子和继琴没有拿到，怕他会有意见。"张茂业不无担心地说。

"不是商量着我们上半年，他们下半年吗？"张继红说。

"拿不到手续是因为继琴还小，下半年就可以啦。继琴，你说是不是啊？"张大婶儿问。

"是啊，我还差三个月满二十岁，下半年才能拿手续。"继琴回答。

"那就这样吧，你们先请人择个好日期，安排继平去求肯。其他的准备事项都要抓紧进行，怕来不及哟。"刘立雄总结似的说。

张茂业夫妇表示赞同。刘立春说：

"求肯的事还要大婶多费心哟。"

"那是那是。"张大婶应承着说。

之后他们又讨论了打造家具办理嫁妆的事。直到张茂业夫妇认为一切都商量妥帖了才结束。

三

求肯是指男方若要结婚，必须征得女方同意。一般是男方准备礼物，和媒人一起到女方家里去征求意见，征得女方家长的同意。

张继平要到薛家求肯，先请张大婶儿打前站，到女方介绍人的家里打探消息。张大婶来到六爷爷的家里坐定，开门见山地说：

"张继平他们拿了结婚证了。张茂业说上半年要接人呢！您说该怎么办？"

六爷爷望着张大婶说："能怎么办？先征求薛家木还有薛海花的意见呗！"

"双方有话在先，张继平上半年结婚，欢子下半年结婚。不会有变吧？"张大婶强调约定。

六爷爷补充："双方也约定过，要同时拿结婚证。"

"那是那是，可政策规定得很死，欢子他们没有拿到哇！"张大婶强调变数。

"拿不了就等着吧，着什么急呀？"六爷爷缓缓地说。

张大婶急了说："张茂业催得很急啊！我有什么办法。还是要请六叔您辛苦一下，去征求一下意见。"

"好吧，免得你跑冤枉路，我去去就来，你等着。"六爷爷答应去打听。

六爷爷马上就到了薛家木的家里。薛家木正在整理土烟，他递过几片烟叶，六爷爷装上，放在嘴里边吸边说：

"海花拿了手续了，你打算安排他们什么时候结婚呀？"

薛家木想了想说："原来说上半年，现在看来不行了。"

"那是为什么呢？"六爷爷明知故问。

"要等欢子他们俩拿了手续再说。"薛家木说出想法。

六爷爷担心说："哦，只是两桩喜事集中了，会很被动喔！"

"那有什么办法！我要为欢子着想！"薛家木如实相告。

六爷爷问："你是信不过张茂业？"

"'防人之心不可无'啊！您说是吧？"薛家木答道。

六爷爷发现薛家木态度很明确，口气也很坚决，道理也站得住脚，看来很难改变。也没有多加劝说，就匆匆告辞，回到了家里。他把薛家木的意见转告了张大婶。张大婶又把意见带给了张家。张茂业虽然很不满意，但也只能干瞪眼。

但是事情往往会有转机。就在张大婶征求意见半个月以后，郑月梅突然找到六爷爷说，薛家木松动了，同意薛海花上半年出嫁，让他把意见透露给张茂业。

原来这个戏剧性的变化，就发生在昨天晚上。薛海花收工回来和薛海蓉一起做了晚饭，全家人坐在桌边吃饭的时候，薛海花端了一碗饭，久久没有咀嚼下咽。过了一会儿又独自端到厨房里去了。细心的郑月梅跟在后面，发现薛海花正在呕吐，她问怎么回事，薛海花回答说胃不舒服。这件事引起了郑月梅的高度警觉。

晚上睡觉的时候，妈妈郑月梅钻进了薛海花的被窝。母女俩讲了很长时间，薛海花在妈妈的一再追问下，讲出了她心中的秘密。原来她与张继平已经有了很深的交往。拿结婚证的那天晚上两个人已经同房了，海花觉得自己怀孕了。郑月梅虽然非常烦心，但也无可奈何。她用手摸了摸海花的腹部，发现在她小腹的上方，有了一个鸭蛋大小的肉包。这一发现惊得郑月梅是目瞪口呆，她回到卧室告诉了薛家木，薛家木一听就暴跳如雷。郑月梅赶紧用手捂住他的嘴，在他耳边轻轻地说：

"'家丑不可外扬'，快点想办法啊！"

"这有什么办法？纸包不住火……只有早点儿请她出门！"薛家木缓了一口气说。

郑月梅为难地说："你上次把话说得那么绝，现在又怎么改口啊？"

"那你去跟六叔说吧！"薛家木说出办法。

"好吧，那我明天就去。"郑月梅应承下来。

四

事不宜迟。第二天一大早，郑月梅就来到了六爷爷的家里。自然就说到了欢子和海花的事。六爷爷问：

"最近欢子和海花都还好吧？"

"真是'人大不中留'啊！海花好像有些变了。"郑月梅有意把话往拢说。

六爷爷问："怎么个变了？你说说看。"

"她一向是很勤快的，最近有些懒懒散散的。昨天晚上洗碗的时候，还打破了两个碗。"郑月梅撒了一个谎。

"怎么会这样呢？"六爷爷疑惑地问。

郑月梅顺势说："可能是人在薛家，心早飞了呀！"

"那你们还拖着等到下半年里啊？"六爷爷不解地问。

"我正是来向六叔请教的呀！"郑月梅说。

六爷爷马上劝导说："依我看哪，哪有大麦、小麦一起割的道理呀？还是按原来说的先嫁海花吧？"

"可以呀！那就要请六叔您老人家多跑些路啦！"郑月梅正中下怀。

"这可是薛家木的意思？"六爷爷追问。

"我们商量过了，没问题！"郑月梅说得肯定。

到底是多年的媒人，知道"窈窕淑女，君子好逑"的道理。六爷爷并没有急于向张家通报，而是等到张大婶儿再次登门的时候，才委婉地告诉她说：

"其实继平要上半年结婚也不难，'丈人要敬，菩萨要求'啊。"

"听话听声，锣鼓听音"。张大婶很敏感，马上就说：

"听您的意思是说可以安排求肯了？"

"薛家木的口气好像有所松动。"六爷爷说。

"那好，那太好啦！真是求之不得吔！我马上回去跟张茂业去说。"张大婶喜不自胜。

这正是六爷爷所需要的效果。六爷爷看着张大婶频频点头。

张大婶又办成了一件难事，心里特别高兴，她马上迈开风火腿，急着回去邀赏。张茂业喜出望外，很快就择定了结婚日期，就在"五一"劳动节。张家安排刘立雄、张大婶和张继平三人，带着红糖、面条、白酒，还有几斤棉油到薛家去求肯。薛家安排六爷爷、二骡子陪同，置办酒席招待。双方一致同意五月一号，薛海花与张继平结婚。同时还一起商定了报期过礼的事项。

第三十章　婚房

一

马上就要布置婚房了，张继平和薛欢子两个都面临着这个问题，只是张继平更为急迫。俗话说：除了栗柴无好火，除了郎舅无好亲。欢子和继平是亲上亲，格外亲，遇事都互相帮衬。准备婚房时，他俩在一起商量，要像城里工人一样布置新房，像楼房一样装饰。欢子说：

"你看看你们村最近结婚的人家，他们家里是怎样布置的啊？"

张继平说："我们村严书记的儿子严兆启，才刚刚结婚，他的新房装饰得富丽堂皇，在林子山村是最好的。"

"那我们去看一看，借鉴一下他的搞法。我帮你先把新房装修好，下半年我再装修。"

一个阴天的下午，下着小雨。张继平约欢子来到严兆启的家里。正好看见他在大门口补渔网。张继平说：

"严大哥，你准备撒网捕鱼啊？"

"发春水了，跑马河里鱼虾很多呢。"

欢子切入正题问："听说你的新房布置得很好啊，能让我们参观学习吗？"

严兆启说："听说继平也拿手续了，马上要结婚了吧？"

"是啊，现在准备布置新房，准备打家具。"

"那好啊，祝贺你们啊！进来看吧，没关系！"

严兆启欣然同意，陪着他们进到屋里说：

"哪有什么看头啊？没有钱，很普通。"

"哪里话，你这可是林子山最好的新房啊！"继平赞赏着说。

他三个边走边说。欢子和张继平像刘姥姥进了大观园，睁大着眼睛，新奇地看着严兆启的新房的模样。

严兆启的新房门和窗子上还贴着大红的喜字，红色还没有褪掉。新房是按照城里人的标准装修的，专门请了瓦工、木工，用了半个月的时间才装修粉刷完成。新房分里外两间，中间一个圆门。里间是卧室，安放有床、柜、写字台、梳妆台等家具。雕花玻璃木床和白色的蚊帐在灯光照射下闪闪发光，格外引人注目。外间是客厅，家具有茶几、沙发、自行车、收音机、挂钟，等等。整个房间有平整的天花板，粉红色的墙壁，显得格外舒适和温馨。

严兆启拿起荆江牌热水瓶，给张继平、薛欢子各倒了一杯白开水，要他们坐一会儿。欢子一屁股坐到了沙发上，马上又弹了回来，他显得很尴尬。这是他第一次坐沙发，不知道这东西有这么柔软，弹性这么好。严兆启在一旁说：

"这是沙发，里面有弹簧，弹性很好，城里人结婚都有。"

薛欢子、张继平小心翼翼地坐了上去，感觉就像坐在棉花包里一样，整个屁股都陷进去了，他们轻轻地颠了颠，生怕坐坏了赔不起，赶紧回到凳子上坐。

张继平、薛欢子看着他家的"三转一响"，摸着柔软的沙发，真是羡慕不已，差点儿忘了他们是来学习房子装修的。直到临走的时候，欢子才问：

"严大哥，你这天花板是怎样装修的呀？"

"我这是全房间的阁楼。从前到后都是檩子加木板，刷上白漆就行了。"严兆启介绍说。

"你这红色的墙壁呢？"继平指着粉红色的墙壁问。

严兆启答："粉刷墙壁时，在石灰浆里面加了一点儿红色颜料，就成粉红色的啦。"

"喔，谢谢你指点。"说完就要告辞，严兆启在后面相送。

刚要走出严家台子的时候，他们碰到了严兆龙，他正破衣烂衫地坐在大门口，翻着血红的眼睛看着张继平和薛欢子，嘴里又吼出了"严兆龙，张继红……"一连串含混不清的疯话。严兆启催促着说："快走，他的疯病又发了。"薛欢子、张继平赶紧离开。

走在回家的路上，兄弟两个都在思考着怎样搭建天花板，以免新家具蒙上灰尘，也像城市人一样过一把住楼房的瘾。欢子说：

"真是看得起，学不起啊！像他这样，我们两个肯定做不到。"

"那是，檩子可以想一点办法，但是楼板怎么办哪？哪有那么多木料啊？"

"可以再参考别人的搞法，再想想办法。"两人一路讨论着回到家里。

二

张继平婚房的装修请了一个瓦工，是本村的一个姓田的泥瓦匠。再就是请了欢子帮忙。田瓦匠来了以后，先和了一摊黄泥巴，将婚房从上到下泥了一遍。在刷墙的同时，张继平和薛欢子正准备给新房吊顶，人造一个天花板。怎样施工呢？他们两个商量着。张继平说：

"我想了很久，就是差檩子，想不出什么好的办法。"

薛欢子建议："万一没有檩子，就用竹子好了，也许可以搞成。"

"你见过别人用竹子代替檩子的吗？"

"没有见过。我想竹子长而且直，应该是可以用的。"欢子想当然地说。

继平在欢子启发下说："还有一个办法，就是用铁丝，再铺上篾格子。"

"这倒是个好主意。你有铁丝吗？"欢子兴奋地问。

"我有啊，就是不够长，一截一截的。"

"有就行了，短的可以接长嘛！"

张继平从猪栏屋里提出来一坨烂铁丝，已经锈迹斑斑。欢子接过来看了一下，有很多是八号铁丝，还比较长，短的也有一米多长。欢子说：

"不错不错，就用铁丝吊顶，搞一点儿小创新。"

他俩请田瓦匠在墙上画线，再搬来梯子，依次在墙上打洞。把接好的铁丝从墙洞里面穿进穿出，然后绞紧。接着就是编织篾格子。约两米见方，搁在铁丝上。等最后一块篾格子铺好以后，新房里就有了一个天花板的模样。田瓦匠看了以后，赞不绝口地说：

"真有你们两个的，我还没有看到过这样吊顶的呢！"

天花板粗具规模，只等着装裱。其实就是糊上报纸，外面再糊上一层白纸。张继平和薛欢子跑到厨房里，捣鼓了一阵子，端出来一盆子糨糊。他们把糨糊涂在篾格子上，再糊上报纸。又在报纸外面，糊了一层白纸。一个像模像样的天花板就大功告成了，张继平和薛欢子都非常满意。特别是薛海花和张继琴看了，都说好。毕竟在这偏僻落后的农村，有这样的天花板已经是够奢侈的了。

但是到了第二天，林子山刮起了大风，铁丝天花板的毛病就暴露出来了。大风刮起时，天花板就随着风头起舞。大风吹来就向上鼓起来，风小了就塌下来。房门开关，天花板也会随着气流抖动。尽管这样，也不损它美观实用的价值。

第三十一章 家具

一

从与田三妹相亲开始，欢子父子就在积极地筹备木料，打家具的时候用。在砌新屋的时候，剩下的几根用不上的榆木疙瘩，歪脖子柳树，郑月梅准备用来烤火，薛家木却把它当成宝贝，收到了偏屋里堆放着。郑月梅说：

"这有什么用啊？只有做灶楔（灶膛里的柴火）。"

"真是'头发长，见识短。'没有听说'弯木头，直木匠'噢？"薛家木鄙薄地说。

"我只听说'榆木疙瘩难锯，癞子脑壳难剃。'"郑月梅辩驳。

薛家木强调："你给我收好，'没得儿子，癞子都是好的'哟！"

欢子也在积极准备着。他听说驴尿沟里死了一棵松树，生怕被别人砍走，趁天黑，他带了一把锯子，把死掉的松树锯下，汗流浃背地把树干扛回来，放到了偏屋的材料堆上。日积月累，偏屋里的木料堆在不断地升高。

相对薛海欢来说，张继平筹备木料的途径和办法就少得多了。由于村民缺少柴火，白鹤嘴上的林木砍伐严重，几棵松树稀稀拉拉、弯弯曲曲地散落在山岗上，根本没有可以用作家具的树木。张继平已经拿了结婚证，择定了婚期，马上就要结婚了，打家具在即。

经薛海花介绍，张继平请来了黄龙寺的小金木匠给打家具。小金木匠到张继平家里看了一下觉得木料还差得远，要张继平再筹办一些木料再开工。张继平很是着急。薛海花看在眼里，记在心里。回家就把这件事跟薛家木说了，希望他爹帮忙想想办法。欢子在一旁听见了说：

"我们家里有一点，先给他们用。"

薛家木说："那不行，你下半年就要打家具了。"

"到时候再想办法吧，现在是继平哥急需呀！"欢子说得恳切。

薛家木觉得欢子讲得有道理，也为欢子的慷慨所感动，就没有再阻拦。

张继平在听到欢子要送给他木料打家具时，不愿意接受。欢子对他说：

"一家人不说两家话，你先拿去用，你非常着急，我还不急。"

张继平还是坚持不要。欢子说：

"就算我借你的好不好啊？下半年我需要的时候你还给我行不行？"

这时薛海花也表态同意说借，张继平才勉强同意了。当天晚上，张继平就拖来一辆板车，装了满满一车，由欢子护送，"吱呀吱呀"地拖往了林子山。借此机会，欢子也可以顺便去见一下张继琴。

二

开工那天早上，薛海花、欢子很早就来到了张家。因为家具是男女双方结婚后的共同财产，所以打家具时女方一定要在场。欢子是张继平请过来帮忙的，和他一起拉大锯，把木料锯成木板和木方。

八点左右，小金木匠带着他的三个徒弟，挑着扛着木工工具来到了张继平的家里。吃早饭的时候，小金木匠对张继平他俩说：

"小张、海花啊，你们准备打一些什么样的家具啊？"

"金师傅，你说现在打什么家具好哇？"张继平讨教。

小金木匠介绍说："现在流行的有打三十六条腿的，四十八条腿的，六十四条腿的。你准备打多少条腿的家具呀？"

张继平表态："多了材料不够，少了也不够用。那就打四十八条腿的吧。"

"四十八条腿就是大大小小加起来十三件，十二件每件四条腿，共计四十八条腿。木箱是搁在衣柜上的没有腿。是这样的吧？"小金木匠具体解释。

"是这样的，'请师傅为主'啊！请金师傅给我做主。"

"那就是一张床，一个踏板，一口衣柜、木箱，一张写字台、梳妆台、方桌，一把办公椅子，两个床头柜，四个凳子，总共十三件，是不是啊？"

"是的，就按你说的办。"张继平赞同，薛海花也说行。

"那样式呢？"小金木匠又问。

张继平问："您说有什么样式好啊？"

"现在流行的有古典的和现代的。"小金木匠介绍样式。

"海花，你来确定样式吧？"张继平把决定权推给薛海花。

"我不晓得什么样式好看啊？"薛海花为难地说。

"刘松林哥哥的家具就是古典的，你看见过吧？"欢子在一旁启发着说。

"那就打古典的样式吧。"薛海花拿定了主意。

张茂业这时说话了。"继平、海花的家具就按你们说的办。另外还要请小金师傅打几样东西，给继琴出嫁做准备。"

"您说的是'四圆'吧？"小金师傅说。

"对对，就是'四圆'。""四圆"是对便桶、洗脚盆的统称，是女儿出嫁的必备之物。因为都是圆形的，所以这样称呼。

"具体是水桶、便桶、大小木盆各一个，是吧？"小金木匠再问。

薛家木补充："还要做小板凳、搓衣板。"

"好哪，'艺人就是依人'。就按您说的办。"小金木匠吹了一声口哨，显得胸有成竹的样子。

放下碗筷，小金木匠对三个徒弟的木工活儿进行了安排。他拿着卷尺丈量木头，准备下料。他一边抽烟一边哼唱："赚钱不赚钱，赚个肚儿圆啊！做工不做工，做个逍遥翁啊……"在歌声、说笑声和敲敲打打的响声中，张继平的家具开工了。

三

"瓦匠进门三天挑，石匠进门三天敲，木匠进门三天烧。"木匠进门以后满地都是木屑、刨叶、锯末，不愁没有柴烧。张家屋里屋外摆开了打造家具的工场。小金木匠掌墨，三个徒弟加工。薛欢子、张继平架起木料，拉开了大锯。薛海花、张继琴搞后勤。大家说说笑笑，非常热闹，干劲十足。张继琴跑里跑外，给他们倒茶拿烟，给欢子递毛巾擦汗。两对恋人眉来眼去，心里异常温暖。

吃晚饭的时候，为了活跃气氛，小金木匠说：

"我来给大家讲一个关于木匠的小故事吧？"

大家都表示欢迎，尤其是两对恋人都投以期待的目光。

"从前，有一户人家招了三个女婿，都是木匠。一次在丈人家里做客，丈人为了考察他们的能耐，就给他们出了一个题目，说你们每人要说出一件木工工具，说一个四句子，说了才能喝酒。大女婿说：

"'我有一把斧，木工做得粗，上调屋脊檩。下立顶梁柱。'说完一杯酒下肚。丈人一听很高兴，投以赞许的目光。二女婿紧接着说：'我有一把锯，木工做得细。会雕龙与凤，木偶会演戏。'说完仰头一杯。丈人一听，开心地笑了。

"轮到三女婿了，众人都望着他。他不好意思地说：'我只一张嘴，拈筋又选肥。'丈人怒目圆睁。大家一听哈哈大笑，觉得这个女婿只会吃喝。'喝尽天下酒，鲁班来作陪！'说完也一饮而尽。丈人一听转怒为喜。众人一听，对他刮目相看。"

薛欢子听完赞叹："这真是一个聪明的丈人！"

张继平听完总结说："他用一个题目，考出了三个女婿的能耐，大女婿是做房子的大木匠，二女婿是做细活的雕匠，三女婿则是木匠大师。"大家都点头称是。

三个女婿的故事启发了薛海欢，他为了热闹气氛也说：

"我也来给大家讲一个三个女婿的故事。说的是三个女婿去给丈人拜年，丈母娘为考察三个女婿的脾气，在碗里放了三块肉，也出了一个题目，要每人说一个四句子后才能吃肉。三个女婿被四句子难住了，你望着我，我望着你，都不敢吃肉。大女婿突然说：'管他三七二十一，我拈来就吃。'一块肉没有了。二女婿一看，接着说：'管他三六一十八，我两块一路夹。'这样三块肉都没有了。三女婿一下子急了，就说：'你们吃肉我不管，我就来掀碗。'说完站起来就要掀桌子。丈母娘在一旁赶紧说：'不烦不烦，还有两碗，马上就到，保证解馋。'说完转身端上了两碗肉，给三个女婿分着吃。"

小金木匠说："这个丈母娘也真不简单。"

张继平接着说："她用三块肉，就试出了三个女婿的脾气，大女婿反应快，机智。二女婿好吃，贪心。三女婿反应慢，鲁莽。"

大家都听得津津有味，都赞同张继平的总结评价。

这时张继琴提议说："平儿哥、欢子哥哥，你们俩给我们吹奏几首曲子吧？"

大家齐声附和："吹几首吧，让我们听听。"

张继平、薛欢子拿出来口琴、唢呐，你一首我一曲地吹起了民歌和革命样板戏，在场的人都听得如痴如醉，还不时地随着歌曲低声伴唱，直到月上树梢才停下来休息。

第三十二章　开剪

一

"贫贱夫妻百事哀。"作为当家人，郑月梅对于即将到来的两桩大事，特别是薛海花马上就要出嫁，急的是吃不下饭、睡不着觉，人也消瘦了许多。薛海花看在眼里，急在心头。她在帮妈做饭的时候，体谅着说：

"妈！你不要这么急！免得急出病来，对自己不好啊！"

"没有啊，我没有急啊！"郑月梅强颜欢笑，免得家人为她担忧。

"妈，你是不是为我和哥哥的事儿发愁？"她妈的心事瞒不住薛海花。

"海花，你是懂事的孩子。生在我们家，吃了不少苦啊！你要出嫁，我们总要对得起你呀！"看来是藏不住了，郑月梅直接挑明了说。

"您不是经常教育我们'好男不争家当，好女不争嫁妆'吗？嫁妆只能管一阵子，不能管一辈子，我不要什么嫁妆！"薛海花体谅父母艰难，表明自己的态度。

"你没有读什么书，下学又早，做事又多，是姊妹们的榜样，为我们家所做的贡献是很大的。不给你办点儿嫁妆，我们心里过意不去呀！"郑月梅也表明了父母的愧疚。

"妈，你们不要为难。我们的家底我一清二楚，我只要随身穿的几件衣服就行了。"海花力图阻止她妈。

"那怎么行？总不能像你的小姑那样，只提一双拖鞋，就跟着人家走吧？"她妈拿小姑打比方。

"小姑她现在不是过得很好吗？"海花反问。

"是啊！她现在是过好啦。可她当年出嫁的时候，我们家里连吃的东西都没有，天天饿肚子，更谈不上给她办嫁妆了。她听说婆家有大麦吃，只提了一双拖鞋，就跟着红缘先生过去了，就算是出嫁啦！"黄龙寺人把媒人叫作红缘先生。

"唉！那真是苦了她了。"薛海花叹息着说。

过了一会儿，郑月梅从睡柜里找出了两段洋布，还有一匹土白布，她在盘算着给海花做嫁衣。海花走过去，摸着那匹土白布说：

"妈，我不要，都留给欢子哥哥吧。"海花替哥哥着想。

郑月梅感叹着说："那怎么行呢？我们总要办得'出得了自家的门，进得了人家的门'哪！"

"怎么样才能叫作'出得了自家的门，进得了人家的门'呢？"海花问。

"就是要拿得出手。比如铺盖，现在一般是两垫两盖。嫁衣按春夏秋冬四季，要陪嫁十二件以上。"郑月梅说出了她的安排。

"这么多啊？我们怎么拿得出来呀？"海花惊讶地问。

"这就不用你管了，我和你爹会有办法的。"郑月梅说得肯定。

其实早在几天前的一个晚上，郑月梅睡在床上想着心事，翻来覆去睡不着。薛家木关切地说：

"月梅呀！愁也不能解决问题，总得要想个办法。"

郑月梅想了想说："你看这样行不行，我们可以去找海花她二妈、姑妈，还有舅舅、姨爹他们想想办法。总要体面地把海花嫁出去，把继琴迎进来，尽到我们做父母的责任。"

"好啊，我也是这么想的呢。我明天就去找他们。"两人一拍即合。

从第二天开始，薛家木就抽空去找了二骡子，海花她姑爹、大舅、二舅，还有姨爹。薛海花出嫁是薛家木夫妇手上的第一件大事，得到了亲戚们的大力支持。他一共借到了十多块钱。她二妈、姑妈、姨妈听说薛海花马上就要出嫁，还送了三段布，算是给海花"上花（送礼金礼品）"。

借来的钱和家里的二十多块钱，加起来已经有近四十块钱了，这在当年已经是很多的啦，可以给海花"开剪"做嫁衣啦。

二

薛张两家开剪依次进行。请的裁缝师傅都是欢子的二妈。他二妈带着师傅和徒弟一行三人，很早就从家里出发，来到了欢子的家门口。

欢子的二妈四十多岁，中等个头，不胖不瘦。她长相甜美，梳着飞机头，穿戴整洁时尚，眉宇间透露着一股戾气，那是当师傅的一种威严。老者是二妈的姨父，六十多岁，穿一身灰色的长衫，戴一副老花眼镜，就像旧时的一位教书先生。徒弟是一个十几岁的小姑娘，显得有些青涩。一行三人很早就出发，到达欢子家的时候正是早饭时分。正当他们走进屋场，又来了一位背着挎包，扛着弹弓的弹花匠，姓蒋，四十多岁的样子，是专门请来为海花弹制被褥的师傅。

"开剪开剪，东家有钱。绫罗绸缎，嫁衣百件。"老裁缝师傅进门就说了一个四句子，搞得蒋师傅赶紧应和：

"弹花弹花，开门大发。今年嫁女，明年生娃。"

都是踏百家门的老师傅，说起恭维话来都是一套一套的，搞得薛家木不好意思了。欢子赶紧说：

"师傅们不要客气，快进屋里，请坐，请坐。"

薛家木吩咐："海花、海蓉，敬烟、倒茶。"

一阵客套的应酬之后，薛家木就请师傅们吃早饭。趁早餐时间，欢子已在堂屋里搭起了门板，那是供裁缝师傅裁剪用的台面。又在火屋里支起了两块门板，是为蒋师傅弹制被褥准备的台面。

很快，师傅们各就各位，开始施展各自的手艺。不一会儿，屋里就传出了"邦邦邦……"弹花的声音，还有"咔咔咔……"缝纫机的声音。

郑月梅从睡柜里抱出来几段布料，还有一匹土布，交给二妈安排，说是要缝制春夏秋冬一年四季的衣服，按十二件安排。他二妈把布料看了一遍，觉得还差很多。就对郑月梅说：

"恐怕不够，你还有没有啊？"

"都在这里了，没有了啊！"郑月梅交底了。

她二妈很无奈地说："那就少做几件。快叫海花来量比子吧。"

"海花、海花，快过来量比子啊！"郑月梅对着屋里喊着。

薛海花边回答边从厨房里出来，两手水淋淋地站到了二妈的面前。她二妈夸奖着说：

"好你个海花，真勤快呀！你妈怎么舍得把你嫁出去哟！"

"真是舍不得呀！又有什么办法呢？"郑月梅叹息着说。

她二妈一边量着胸围臀围身高，一边夸奖着海花：

"个头中等，胖瘦刚好，不亏衣料。张继平能够娶到海花，真是他的福气啊。"

她二妈的话说得海花满面绯红。

三

一桩喜事，两家人忙。张家也在筹备开剪的事。

一天，刘立春拿出家里的布料，正摆在桌子上查看，筹划着张继平的结婚礼服，还有给海花缝制的嫁衣。按照林子山的民俗，女方出嫁时要穿男方缝制的衣服，婚后"回门（婚礼第二天回娘家）"时要穿女方陪嫁的衣服。男方给女方"过礼（婚前男方将彩礼嫁妆送到女方）"时，最少都是里里外外六件以上的衣服。张家安排给海花缝制的嫁衣是十二件。

刘立春在翻看布料时，张继琴看见了，感到很新奇地上前观看。张家条件好些，布料摆了一大桌子。除了普通的樱兰士布，还有卡其布、灯芯绒、涤卡等多种好布料。张继琴很少看到这么多好布料，她一边翻看一边与她妈说话：

"妈，听说裁缝师傅偷布，您听说过吗？"

"'裁缝不偷布，三天一条裤。'你可要给我多留点儿神啊！"刘立春嘱咐张继琴说。

"有这么厉害吗？"张继琴惊得瞪大了眼睛。

"还有更厉害的呢，你没听说'铁匠不偷铁，当面剪一截'啊？"刘立春用俗语反问。

"二妈跟我们也是亲戚了，应该不会吧？"张继琴怀疑地说。

"'人心隔肚皮，虎心隔毛皮'呀！再说'害人之心不可有，防人之心不可无'啊！"刘立春深以为然。

"不过还有另外两个师傅不知底细，是要防着点呢！"张继琴看着她妈的眼睛点着头说。

第三十三章　嫁娶

一

就在"五一"国际劳动节前三天，也就是婚期的前三天，张茂业安排媒人张大婶，带着张继平和刘懵子，走上了去薛家"报期（男方将婚期报给女方）过礼"的乡间小路。张大婶是媒人自然要参加，负责双方的沟通协调工作。刘懵子是张继平的表弟，他舅舅刘立雄的儿子，是专门请来的挑夫，为张继平搬运报期过礼的物品。黄龙寺有"大懵子、二憨子、三尖子、四痞子……"的说法，刘小军排行老大，绰号也就自然叫刘懵子了。

按照先前的商定，这次过礼的物品主要有两大类。一类是薛海花十二件套的嫁妆衣物；另一类是酒肉等物资。东西比较多，于是就请了他舅舅的儿子来帮忙。

刘懒子穿着蓝色的上衣，灰色的裤子，脚穿解放鞋，头戴一顶军帽，显得非常神气。他挑着一担新箩筐，担子里的礼品有：猪肉一块，羊肉一块，白酒十斤，红糖、杂糖各一包，饼子若干份，还有梳妆打扮的装饰品。按照黄龙寺的风俗，送过去的礼物当中不能有烟、伞之类的东西。烟与"冤"同音，怕结了亲家成了冤家。伞与"散"同音，怕婚姻不长，离了散了。为慎重起见，每一件礼品都用牛皮纸包成一定的形状，外加一个红纸条，表示是特别喜庆的礼物，要挂起来给亲友观看。箩筐里的礼物放好以后，上面再盖上一块红布，表示红红火火的意思。

张继平穿着瓦蓝色的上装和裤子，戴着军帽，脚穿解放鞋。他也挑着一副担子，两个新箩筐里，一边装着床上的细软物品，一边是薛海花的衣服。每件衣服都用红线缝好，等到穿戴的时候才能拆开。黄龙寺的风俗中，床上的东西由双方共同制备。被褥由女方准备。床单、被单、枕巾等由男方准备。在结婚之前，男方将东西送到女方给，床上的东西合二为一，再于结婚当日热热闹闹地抬到男方给。

三人一路西行，一路讲话。张大婶怕他们不懂礼节，闹出笑话来。她对张继平还是比较放心的，但是对刘懒子心里就没有底了，生怕他说话办事不靠谱，留下笑柄。于是就再三叮嘱他们两个：

"你们到了薛家是尊贵的客人，要坐上席的，一定要谨开口慢开言，不能乱说乱动。有什么事情一定要给我讲，我会告诉你们怎么做的。"

"上席的客人就这么重要吗？"刘懒子问。

"那是当然的啦，你没听说'上席不放碗，下席胀得喊''上席不离桌，坐得腰背驼'吗？"

"喔，听说过。"刘懒子似懂非懂地回答。

"你们听说过一个'王八炖汤'的故事吗？"

"没有听过。"两人都摇头。

"想不想听呢？"张大婶问。

"当然想听，您快讲啊！"两人异口同声地说。

"这个'王八炖汤'的故事，讲的是一句话就坏掉了婚姻大事。说的是有一个财主，招待刚过门儿的新女婿，他亲自下厨，炖了一锅乌龟汤。新女婿觉得乌龟汤炖得好，太好喝了，喝了几口之后大加赞赏：

"'老王八炖的汤，真是好喝啊！'

"他是赞扬财主的，财主觉得是在骂他，并认为这个新女婿二黄八调（大脑有问题）。之后就退掉了这门婚事。

"一语双关，祸从口出啊！"张继平评论着说。

三人一边说笑，一边赶路，很快就到了黄龙寺大队。

婚礼前一天的下午，薛郑氏和六爷爷出于对孙女的关心，来到欢子家里，薛家木留下他们一起吃晚饭。

掌灯时分，欢子点上了煤油灯，放到了堂屋里的饭桌上。薛海花、薛海蓉端上了饭菜，在饭桌上摆好。薛家木请六叔和他妈上桌吃饭，坐在了上席位置上。其他人围拢来，坐在椅子上吃着晚餐。

煤油灯那昏黄的火苗拖着长长的黑烟，在墨水瓶子上跳跃，映照着桌子上吃饭的每个人的脸，光亮和黑影变幻着交织在一起，画面阴森而古怪。他们都在吃着碗里的苔米饭，不时地伸出筷子在几个菜碗里夹菜，手臂和脑袋在墙壁和屋梁上投射出长长的怪影。

一只飞蛾，扑着粉灰色的翅膀，扑向那豆粒般大小的火苗，撞上了灯花溅出飞絮，四下散落，几乎要将灯光扑灭。但火苗颤抖了几下，吐着油烟子拐了几道弯，依旧升腾着稳定了下来。欢子看得真切，转身拿了一束篾片，追着扑打。飞蛾急速飞上了头顶，众人目光齐集观望，只见两只蝙蝠在屋梁下飞行，一只俯冲下来，将飞蛾吸入口中，很快又飞上屋梁，在屋里转着圈圈。

俗话说："吃无言，睡无语。"有老人在桌上吃饭都很严肃，没有人说话。只有碗筷的碰撞声、嘴巴咀嚼食物的声音和老人的咳嗽声夹杂在一起，分外清晰。

晚饭很快吃完了，海花照例收拾碗筷，准备去刷碗，郑月梅制止她说："海花，你放下，让妹妹们干吧！"

薛海花没有停手，犹豫了一下，手里的碗筷很快被海桃、海芳抢了过去。她望着母亲和婆婆，坐回自己的椅子上。她的眼窝已经红润，鼻子开始发酸。婆婆就坐在薛海花旁边，她伸出枯瘦而颤颤巍巍的手，把薛海花的手拉过去捧在胸前。郑月梅走到薛海花的面前，用她那满是老茧的双手捧起了她的脸：

"海花，真是苦了你了！妈舍不得你啊！"她的话音颤抖着。

"妈！"一声凄厉的尖叫声响起。薛海花伏在了妈妈的胸前。

六爷爷看见了，埋下头去抽烟。薛家木转过头去寻找着自己的烟袋。薛海欢望着祖孙仨，眼泪汪汪，坐在一旁。几个妹妹听到喊声，放下了手里的碗筷，迅速跑过来，围着薛海花"大姐，大姐"地叫个不停。

郑月梅强忍住泪水说："你们的大姐就要出嫁了，这是大喜事，你们都不要哭。"几个妹妹用手臂擦着泪眼。

"爹妈生了我一场，养我这么大，没有享过什么福。我马上就要出嫁啦，真是舍不得你们哪！"

"你是妹妹们的榜样，你们几个都要好好地向大姐学习。"薛家木忍不住说话了。全家人都点头称是。

薛海花擦干眼泪，走进自己房间，在床上提了一个布包出来，这是她出嫁前给亲人们准备的礼物。给长辈和哥哥是每人一双布鞋。给三个妹妹的是自己比较好的旧衣服，还有每人一方新手帕。她从老到小依次分发给每个人。四个长辈都说不要。欢子接过布鞋，在手里摩挲一下，走过去，放回口袋里说：

"我不要，我有鞋穿。你还要为婆家长辈们准备啊！"

"我这里还有很多呢，这是专门给你做的。"说着把布包提起来给他们看。

"海花打夜工做了很多，这是她的一点心意，你们就收下吧。"郑月梅帮着薛海花打圆场。看到郑月梅的态度，几个长辈都收下了，只有欢子坚持不要。

三

夜深了，薛海花和衣躺在床上，怎么也睡不着。她时而坐起时而躺下，时而擦亮火柴，点燃煤油灯，时而闭目养神，思前想后。她在胡思乱想着，想着爹娘那愁苦的样子，想着妹妹们那青涩的脸。她下意识地伸手抚摸着微微凸起的腹部，想着和张继平在一起的时光，特别是拿结婚证那天晚上的情景……

张继平从薛家出来，和薛欢子挥手告别以后，就急急火火地带着薛海花一路狂奔。薛海花坐自行车的机会不多，在货架上来回颠簸着，有几次几乎要掉下来了。张继平只好停下车，帮助她调整坐姿，又从挎包里取出几张报纸，垫在了货架上，以增加坐垫的舒适程度。薛海花再次坐上去以后，感觉舒服多了，但还是很紧张，因为没有扶手，总感觉不安全。她不自觉地把手伸出来抓住张继平的上衣，又不敢太用力，生怕把衣服抓坏了或是影响了他骑车。只好抓住张继平的皮带，又觉得很不好意思，因为手指碰到了他的后背。张继平也发现了问题，只好让她抱住自己的腰。薛海花试着抱了一下，发现他的腰温暖而柔和，感觉安全了许多，心里也踏实了许多。后面有心爱的人抱着自己，张继平感觉心里热乎，双腿特别有劲，十几里的山路只用了不到一个小时，就赶到了跑马河公社大院子里。

公社民政办公室里外挤满了人。他们在门外排队等候，一个小时左右才领到两张体检表，他们马上到公社卫生院做了婚前检查，结果都没有问题。吃了中饭以后，他们就早早来到门口排队，等着工作人员的到来。一直等到下午四点多钟，才轮到他们。张继平拿着证明、体检表还有糖果、香烟，递给负责的一个男同志。他把证明和表格仔细看了一遍，对旁边的一个女同事说："可以啦，开证吧。"

他俩拿到了结婚证书，简直是高兴极了。在人多的地方他们都表现得很克制，直到走出公社大院，他们的情绪才释放出来。薛海花举着证书，高兴得手舞足蹈。张继平高兴至极的时候，从后面一把抱住了薛海花。她猝不及防被抱住，生怕别人看见，急得满面通红，高喊着："放下来，我要下来！"张继平缓缓地放下她，非常深情地吻了她。当他就要松开的时候，薛海花一下子抱住了他的脖子，踮起脚尖吻起来，这一下子调动了张继平的积极性。他俩靠在一棵树上，激情相吻。

就这样两人嬉闹着，一会儿骑车，一会儿步行，吹吹口琴，看看风景。一个多小时以后，他俩才回到白鹤嘴的家里。

这时的林子山已经炊烟升起，暮霭弥漫。张茂业夫妇听说他俩拿了手续，高兴得合不拢嘴。作为准婆婆的刘立春更是热情地拉起薛海花的手，久久不肯松开。张继兰也围着薛海花跑来跑去，问这问那，好不亲热。

薛海花看着天气不早了，催着张继平送她回去。张家人都极力挽留。张继平磨蹭不过，答应吃了晚饭以后再走，薛海花这才安下心来。

刘立春安排的晚餐还算丰盛，又是腊肉，又是鱼虾，还有鸡蛋。吃饭的时候，张继平不住地往薛海花碗里夹菜。薛海花一边吃着一边含情脉脉地看着张继平吃饭的样子，感念着张家人对她这么好，心里有说不出的喜悦。

四

入夜的白鹤嘴，像一头巨大的黑熊蹲在跑马河边。一钩弯弯的月亮早已爬上黑熊的头，挂在了树枝上。张继平推着自行车和薛海花走出家门，沿着麦地里的乡间小路，向前走着。她打着一只手电筒，因为电池已经很陈旧了，灯光非常微弱，根本看不清前面的道路。

拐过两道弯就是一片槐树林子了。过了这片林子就是乡间公路。

他俩正走着走着，突然槐树林子里冲出一条黑影，向他们扑过来。薛海花一声尖叫，扑向张继平。张继平丢下车子，一把将她抱住。只听那黑影怪笑着、咆哮着："张继红、严兆龙，张继红、严兆龙……"歪歪斜斜地从他们身旁插过。

"这是严疯子，你别害怕。"继平呵护着、安慰着她。

一说起疯子，薛海花浑身就起鸡皮疙瘩，她最害怕疯子，将张继平搂得更紧了。张继平拥抱着薛海花，嘴巴贴在她的耳边。他闻到了一股体香，是久违的小时候闻到过的妈妈的味道，像奶酪一样的香甜，让他陶醉了。他开始吻她，从头发、耳朵到颈部，再到脸上、嘴巴。薛海花开始任凭他狂吻，接着也反过来吻起他来。两张嘴巴像搁浅的鲢鱼，互相饥渴地亲吻着。张继平一边吻着一边浑身上下地摸索。

一阵激情过后，他俩在草地上汗流浃背地喘息着坐了很长时间，才慢慢爬起来整理衣服，准备继续赶路。可此时的薛海花浑身还在颤抖，酥软无力，根本上不了自行车。没有办法，他俩只好又折回张继平的家里。

㊄

很长时间，薛海花才从甜蜜的回忆中回过神来。

室外黑沉沉的，偶尔传来几声山猫和野鸟的叫声。室内妹妹们的鼾声和梦呓声清晰可辨。老鼠追逐着打闹，好像是在求偶交配，"吱，吱吱……"的叫声不曾间断。薛海花怕咬坏了木箱和箩筐里的嫁妆，不时点亮煤油灯查看。就这样她熬到鸡叫一遍，二遍以至三遍，看到屋上亮瓦有了曙光，窗子外面有了一丝光亮，才打开房门，走进厨房开始给全家人做早饭。在她点燃柴火开始烧水的时候。郑月梅拿着一把木头梳子，一边梳头，一边来到厨房里。

"海花，你怎么起来得这么早啊？"

"不知道什么原因就是睡不着啊。"

"你去梳妆打扮吧，厨房里有我呢。"

"现在还很早啊，等一会儿再去吧。"

郑月梅把木梳子递给海花，海花接过来一边梳头，一边往灶里面添加柴火。母女俩边烧饭边交谈，语气很是亲切，很快煮好了红苕稀饭，还炒了两个青菜。

这时，欢子的表哥刘松林来了，他是薛家木请的支客先生。她的二妈、姑妈、三姨妈等都陆续到来了，他们都是提前来薛海花家帮忙的。薛海花母女俩赶紧出来迎接，全家人都很快起了床，和几位亲人打过招呼，各自忙去了。唯独薛海桃、薛海芳无所事事，在房间里嬉戏打闹。薛家木看见了，就给她们两人一人一把扫帚，安排她们去打扫庭院。两人很乐意地接受了任务，到稻场边扫地去了。

早餐过后，准备活动进入了异常繁忙的阶段。刘松林是这场活动的总指挥，他安排欢子负责桌子椅子的借还和摆放，安排薛海蓉负责照顾薛海花，薛海桃、薛海芳负责接待客人，二妈、姑妈、姨妈负责为海花梳妆打扮。

她们搬来了一个大木盆，口径足有一米开外，在里面倒满热水，让海花痛痛快快地洗了一个热水澡，从里到外都穿上了婆家送过来的新衣服。她二妈从针线包里拿出来一根白线，开始给海花扯脸（扯掉脸上的汗毛）。只见她二妈用牙齿咬着白线的一头，用右手拽着另一头，左手将白线的中间叉开，动作非常熟练。那根白线在她皮肤表层来回滚动，这样一遍又一遍地在脸上、颈部扫荡着，将皮肤上的汗毛全部拔得干干净净。只见海花脸上白净了许多，发际线也格外分明。接着二妈解开麻花辫，抹上土法熬制的梳头油，给她梳了一个洋气的飞机头。再用白炭画好柳叶眉，用红纸当胭脂，增加脸部的红润度，又让她含上了红纸片当口红，增加嘴唇的红润。一个多小时以后，海花的形象得到了彻底的改观，穿戴粗俗的资深村姑形象不见了，一个深闺待嫁的美娇娘出现在众人面前，像出水芙蓉，亭亭玉立，像仙女下凡，闭月羞花。当海花走出闺房的时候，在座的客人都惊呆了，齐刷刷地瞪大眼睛望着她。薛海芳第一个尖叫起来：

"啊，大姐，你好漂亮喔！"

其他的人也啧啧称赞："海花就是漂亮！"

"'男服学堂女服嫁。'真是一点不错！"

……

薛海花微微一笑，脸上现出了一对动人的酒窝，但很快平复了，恢复了满脸愁怨的样子。就像图画中的林黛玉，又像一尊救苦救难的观音菩萨。

六

在她二妈、姑妈的帮助下，郑月梅开始给薛海花装箱子。这是女孩子出嫁的一个重要环节，一般由女孩子的母亲主持，将男方送过来的嫁妆和女方的陪嫁，全部展示给在场所有的亲戚观赏，再装在箱子里面，用锁锁好，等待男方娶亲时抬走。薛欢子和刘松林将堂屋里的四张方桌并拢在一起，从薛海花的闺房里抬出来一口大红木箱，搬出了四个箩筐的衣物，还有两垫两盖的被褥，全都放在方桌上。薛海花浓妆艳抹、香气袭人地站在大红木箱旁边。刘松林大喊一声：

"在座的客人们，都来看花衣裳啊！"

客人们都站起来争先恐后地往桌子边上挤，像欣赏宝贝一样，向着堂屋里的四张方桌围过来。客人们无不把目光集中在薛海花的身上。

薛海花的姑妈、姨妈清理着嫁妆，一件一件地递给他二妈，准备往大红木箱里面放。郑月梅拿着系着红丝线的钥匙，准备打开木箱上的一把铜锁。薛海花二妈用手挡住她的手，逼她说一个四句子之后才能开锁。郑月梅显然有所准备，她顿了顿说：

"开锁装箱，好事成双。嫁出女儿，招进儿郎。"

围观的客人一边鼓掌，一边起哄吆喝。说完之后，她二妈让开，"叭"的一声，郑月梅将铜锁打开。她二妈正要上前揭箱子，郑月梅一把拦住说：

"你也不能免，大家说是不是啊？"

"不能免，不能免！"客人齐声吆喝。

二妈理了一下飞机头，走上前说：

"装箱装箱，龙凤呈祥。昨天一个，今日一双。"客人们齐声叫好。

她二妈揭开箱子，里里外外检查了一遍，像选举时检查票箱一样。她伸手要她姑妈递衣服。她二妈一边唱念，一边装箱子：

"花格子棉袄一件。"

"家织布棉裤一条。"

"樱兰士布褂子一件。"

"蓝布裤子一条。"

……

一直将男方过礼来的十二件衣服，女方陪嫁的八件衣服全部装完。客人们围着桌子啧啧称赞，久久不愿离开。

"长辈们，都来放压箱钱啰！"刘松林一声吆喝，几个长辈都把手伸向裤兜，摸索着准备好的压箱钱。她二妈带头往箱子里面放了五块钱，大家称赞鼓掌。接着是姑妈、舅妈、姨妈、六爷爷、姑婆婆等人，依次往箱子里放了三块两块一块不等的人民币。每放一次薛海花都要鞠躬一次。口里说着"谢谢！"之类的话。姑舅姨亲戚放完了，欢子走上前，往箱子里面放了一双精致的麻鞋和五元人民币，客人们又是一阵掌声鼓励。薛海花向哥哥鞠躬，口里说着："谢谢哥哥！"接着海蓉、海桃、海芳也挤进人群，往里面放钱。特别是海芳，她个头不高，够不着箱子，她拿着五毛钱，往箱子里面丢，就是丢不进去。众人都看着她，急得她满面通红，薛海花看见了，心疼地把她拉到怀里，薛海芳仍坚持着把钱丢在了箱子里。

放压箱钱结束了，郑月梅走上前去，从箱子里清点钱币。

"感谢长辈们，感谢亲人们，谢谢啦！领情啦！"

这时薛郑氏颤颤巍巍地挤进人群，手里拿着两元人民币，一边挥舞一边说：

"海花就是纯良（贤惠善良），又孝顺又勤快，是我的好孙女，我要给她上花。"

说完将两元钱放在箱子里，又引起大家一阵喝彩。

郑月梅将钱捡到手里，展开压平，仔细清点了一下，只有二十三块五毛钱。

"总要凑足一个整数。"郑月梅这样想着，转身去找薛家木商量，只见他蹲在室外的石磙上抽烟。她走过去，将一沓钱递给他。他放下烟袋，把钱数了一数。郑月梅说：

"总要凑个整数吧，你说凑多少啊？"

"'养女是个贴钱货，不养也得过。'多了拿不出来，不凑又对不起人，凑齐三十吧。"

她转身回到屋里，从裤兜里拿出几块钱，凑足三十块钱整数，用一块红纸包好，压在了衣服下面，然后锁上铜锁，把钥匙交给了薛海花。薛欢子和刘松林将箱子抬出去，与其他嫁妆放在了一起。

七

薛海花收好钥匙，刚回到闺房的床上坐下，就听到对面的山岗那边传来了"轰、轰、轰"的三声铳响。这叫"把信铳"，是告诉女方，男方的娶亲队伍马上就要来了，让他们做好准备。刘松林赶紧吩咐点燃鞭炮回应。随着槐树底下鞭炮响起，薛海花顿时泪水涟涟，她难以割舍的是生养自己的父母，亲如手足的兄妹。一想起在这个家里生活了二十年，父母为他们所受的苦难，就非常难受，不禁悲从中来。薛海蓉在一旁安慰她，不住地用手帕给她擦拭眼泪。

不一会儿，刘懵子就挎着挎包、提着火铳，带着另外一个男青年出现在了人们的视野里。他俩走到薛家门口的槐树底下，又点燃了火铳的引信，另一个青年点燃了一挂鞭炮，一时间"轰轰轰""噼噼啪啪"的鞭炮声震天价响。

"大炮手""小炮手"（负责燃放鞭炮的人）都进了家门儿，郑月梅吩咐，一人一碗鸡蛋茶招待，并给他俩每人两元的"利施"，也就是红包。客人们都像是高度警惕的螳螂，一个个屏住呼吸，竖起耳朵，等待着婆亲队伍的到来。很快，客人们听到了山岗那边传来了军号声，接着又传来了鼓乐声。不一会儿，对面的山岗上就出现了两面红旗，慢慢地出现了人群。前面两个青年挽起袖管，满头大汗地扛着两面旗帜走在前面。红旗后面是一面大鼓，两面小鼓，一对铜镲，一把军号，一管笛子。乐队的后面，是婆亲的队伍。新郎张继平走在前面，后面依次是介绍人张大婶、刘立雄、张继红、张继琴和五六个年轻人。他们是来帮忙接亲和搬运东西的亲戚朋友。

张继平军装军帽解放鞋，全身上下都是草绿色的，只差帽徽和领章就是一个标准的军人了。

欢子老远就看到了张继琴。今天她扎着两条小巧的麻花辫，穿着灰格子春装，深蓝色的裤子。脚上穿着那双精致的麻鞋，鞋上红色的草花格外引人注目。她也看到了薛海欢，用眼睛、手势打着招呼。

迎亲的队伍来到了薛家门口，全体客人都起立迎接。这时鞭炮齐鸣，欢子、胡炊子等人，赶紧接过了红旗，竖在了大门的两边。两个扛旗帜的青年甩着臂膀，如释重负。乐队人员站在大门口，对着大门吹奏了三首曲子，才停了下来。

刘松林高喊："贵客驾到，筛茶装烟！"薛海桃、薛海芳两个在客人面前穿梭，一个倒茶一个敬烟，忙个不停。

客人落座片刻，刘松林又高声宣布：

"正午时分，午宴开席！"

"新郎、新娘，请上座！"

薛家婚宴摆了六张八仙桌。堂屋里两桌，分别为伴郎和伴娘各一桌。门口的棚子里有四桌，主要是招待亲朋好友。张继平被请到了首席的上席位置，旁边陪伴的是薛欢子、张纯银、胡炊子等未婚男青年。薛海蓉陪着海花坐在了另一桌的上席位置，旁边陪伴的有张继琴等未婚女青年。

今天中午的菜肴是五大五小，荤菜有猪肉、羊肉、鸡蛋等，其余为小菜。主食是苕米饭。喝的是丁巴兜白酒，张继平有要事在身不敢喝酒，尽管刘懵子、胡炊子等伴郎极力劝说，但他始终坚持不端杯子。没有办法，他们几个只得自斟自饮，喝了一点点白酒就吃主食了。

八

这样的场合大家都很自觉，没有没完没了地闹酒，婚宴很快就结束了。海花回到了闺房里，坐着整理着自己的东西，等待发亲的时刻到来。今天宣布发亲的人是薛家木，这是他的专利，由他说了算。在黄龙寺，推迟发亲和不发亲的事情时有发生。问题多半是为聘礼不足和言辞不当所致。今天薛家木心平气顺，应该一切顺利。双方介绍人都这样想着。

已经是下午两点多钟了，还没有看到发亲的迹象，女方的客人开始躁动不安了。两个介绍人也有些坐不住了，在一起嘀嘀咕咕地商量着。不一会儿，他六爷爷起身去找薛家木。屋里找遍了，没有。问郑月梅，她说："屋里没有，就到屋后面的山坡上去找。"她说得肯定，因为他每次思考问题的时候都要爬到后山上去坐着抽烟。六爷爷顺着屋旁边的小路爬上了后山，果然在后面的山坡上看见了薛家木。只见他一个人，坐在一块石头上抽着闷烟。六爷爷走过去问道：

"家木啊，时间不早啦！什么时候发亲？"

"六叔啊！我何尝不想早点儿发亲呢？我还是要为欢子的事情着想啊。"薛家木说出了他的顾虑。

"我也是这样想啊。但事到如今，你要相信张茂业，也要相信我。现在到了要马上做出发亲决定的时候了，你要果断决定。"六爷爷逼着薛家木表态。

"六叔啊！我的脑子里很乱。你给我想想办法吧！"薛家木求他六叔出主意。

六爷爷想了想说："看是不是这样，叫张继平他们来跟你当面说一下。"

薛家木略微想了一想说："好吧！那就叫他们一起来吧。"

六爷爷心里清楚薛家木说的那个他们，就是指张继平几姊妹，还有刘立雄、张大婶等人，是要他们代表男方，当着大家的面，做出某种承诺。

六爷爷心里有了底，马上过去和张大婶儿一起商量。只见张大婶频频点头。之后她就叫来了刘立雄、张继平一起商量，把六爷爷的意思转告给了他们。他们都说没有意见，就按张大婶儿说的办。

这时薛家木也回到了屋里。女方有刘立雄、张大婶、张继平几姊妹。男方有六爷爷、郑月梅、海花、海蓉、二妈、姑妈、姨妈等，都往海花的闺房里集中。

薛家木夫妇刚刚坐稳。"岳父、岳母在上，请受女婿继平一拜！"说完张继平就扑通一声跪下去了，薛家木赶紧将他扶起来。

见人已经到齐，六爷爷发话了："现在双方的主要亲友都到场了，商量一下发亲的事。"

张大婶儿说："商量好的三点钟准时发亲，现在已经差不多啦。"

薛家木说："三点准时发亲，我没有意见，只是还有事情要说一下。"

大家都张口望着他，等待下文。薛家木也望着大家就是不开口。六爷爷心领神会薛家木的意思，就说：

"就是欢子他们的事情啊，不知道张亲家是什么意见？"

刘立雄当即表态："我来的时候，张姑爹就跟我说了，海欢和继琴的婚事，等拿了手续马上就办。"

张继红也表态说："我爹妈都说了，肯定没有问题，下半年拿了手续马上就办。"

薛欢子、张继琴两个也站在旁边不住地点头，送来赞许的目光。

薛家木心头的一块石头总算落地了。他当场宣布：

"三点钟准时发亲！"

"哇！"的一声，薛海花顿时掩面失声痛哭起来。她爹的这一声宣布，让她再也忍不住了。成串的泪水像断线的珠子夺眶而落，憋屈的喉咙就像开闸门的洪水一冲而出。所有人的目光一下子都集中在了她的身上。薛海蓉赶紧轻轻拍打几下她的臂膀，低声劝解着。她二妈、姑妈赶紧上前，边劝解边提醒着她：

"千万不要流泪，别冲掉了胭脂、水粉。"

"可别打湿了嫁妆，不然会不吉利！"

"今天是你大喜的日子，应该开开心心才对。"

不论长辈们如何劝说，海花就是收不住。

时间过得很快，时钟指向了三点。刘松林再次征求意见，薛家木点头同意。于是刘松林高声宣布："全体客人注意，发亲啦！"顿时鼓乐奏响，鞭炮齐鸣，人群开始涌动。

郑月梅突然想起一件事，匆匆忙忙将她二妈喊到一边，悄声对她说：

"海花怀孕了，您要留点心。"

她二妈一听，先是一惊，但很快说："一定一定，请您放心。"

薛海蓉、张继琴扶着哭哭啼啼的薛海花从闺房里出来，到堂屋的正中间站定，与张继平并肩而立。所有的客人都集中在周围。在刘松林的主持下，他俩对着父母、亲友各拜了三拜，转身同时跨出了大门。

娶亲的队伍上路了，大炮手、小炮手走在前面，接着是抬嫁妆的队伍，后面是红旗、乐队，再是新郎、新娘，紧跟着的是女方送亲的队伍，有六爷爷、二妈、姑妈、海欢、海蓉。男方娶亲的队伍走在最后。

海花几乎是一步一回头，泪水涟涟，辞别父母和亲友。家人和亲戚都站在门口，饱含着泪水，目送着娶亲的队伍走过山岗，消失在丛林之中。

一路上，薛欢子的眼睛一直没有离开张继琴，她也在偷偷地看着欢子。中途休息的时候，薛欢子跑上前去找张继平说话，其实是为了看看张继琴。薛海花看见了说："继琴妹妹，欢子哥哥过来了。"张继琴说："看见了。"就离开薛海花，跟欢子打着招呼。他走上前去，一把拉住她的手，继琴也任凭他揉搓着，两人显得格外的亲热。

九

一对红烛，亭亭玉立在张家堂屋里的春台上，两束黄色的火苗拉着长烟在忽闪着跳动。烟雾缭绕之中，几杆红旗、几朵葵花环绕的毛主席画像，威严地注视着屋里的一切。

张茂业在跑前跑后，正忙着迎娶儿媳妇进门。看着时间不早了，张茂业按照刘立雄的支派，在堂屋里点亮了一对红烛，在屋中间摆放了两张方桌，摆放了几盘糖果。帮忙的人在屋外的李子树上，挂上了万子鞭，在地上摆放了爆竹，专等着迎亲队伍的到来。所有人都在紧张地忙碌着，因为已经是下午四点多钟了，估计娶亲的队伍马上就要到了。

没过多久，"轰、轰、轰"，白鹤嘴的山头上响起了三声铳响，那是刘愦子放的把信铳。张家所有的人都一阵惊喜，自觉地加快了脚步。

王彩玲按照刘立春的吩咐，端着一盆炭火从厨房里出来，盆儿里的火已经烧得很旺。她把火盆放在地下，还觉得火不够旺，又拿起芭蕉扇在那里"噗噗"地扇着。

不一会儿，大炮手、小炮手回来啦，后面跟着的是抬嫁妆的队伍。又是一阵铳响和鞭炮声。等鞭炮停息下来，人们隐隐约约听到了白鹤嘴那边传来了"嘟嘟嘟"的军号声，"咚咚咚"的鼓乐声。而且越来越近，慢慢地，人们看到了在麦田的尽头，两杆红旗迎风飘扬，后面跟着的是迎亲队伍。

严兆龙听到了鞭炮声，早早地就来到了路边。他一边指着红旗一边高叫："来了，来了，张继红，严兆龙……"一阵疯人的躁动。他爹生怕他生出事端，在一边拼命地拉着他。他的个子高大，他爹瘦小，根本拉不动。高林子也在张家帮忙，他看见了严兆龙，自觉来到旁边帮助看管。

在麦地中间的十字路口，迎亲的队伍停下来了。路两边的行人向那里飞快地跑去。只见严兆启带着几个年轻人，拦住了迎亲队伍。他们开始要求新娘给他们唱革命歌曲，要张继平用口琴给她伴唱。薛海花很少唱歌，非常害羞地涨红着脸。张继平拿出口琴，单独给他们吹了一首。拦路的人高声地吆喝着说："不行，要新娘子唱歌。""新娘子好漂亮啊，歌声肯定很好听。"过不了关，张继琴就在薛海花的耳边说："就唱一首《学习雷锋好榜样》怎样？"薛海花勉强点点头："好，好……"大家起哄拍手。张继平的口琴演奏过门，薛海花开口唱了。"真是真人不露相，她的声音真好听！"一曲终了，大家拍手称赞，要求再来一首。

另一个路口的严兆龙听见了歌声，拼命地朝那边拉扯，嘴里还是吼着那句念念不忘的词句："张继红，严兆龙……"他爹和高林子也拼命地把他按住，双方拉拉扯扯，纠缠不清。

薛海蓉从布包里拿出糖果，分发给那几个年轻人。张继平也拿出香烟，又亲自点火，赔笑求情。严兆启看见他的疯子表哥在不远处暴跳如雷，也怕他过来闹事，就带头让开路。几个年轻人嘴里吐着烟圈，吆喝了几句，终于让开道。迎亲的队伍继续前行。

✛

在娶亲的路上，大炮手、小炮手与抬嫁妆的队伍走在最前面，有意与娶亲的队伍拉开距离，保证嫁妆先到，好铺床和布置新房。在一阵鞭炮声中，一伙儿年轻人抬着、挑着、扛着两垫两盖的被褥、新娘的衣物、日常生活用品等，一起涌进家门，他们一股脑儿地将物品搬到了新房里。经过精心挑选的圆亲婆婆，张继平的舅妈、姨妈，开始给他们铺床。在黄龙寺和林子山一带，铺床的女子要双数，要成双成对，模样要好，夫妻要和，儿女双全，预示着新婚人结婚以后的生活跟她们一样。

新房里挤满了客人，他们都是来围观看铺床，看新娘，看嫁妆的。两个铺床的人提着筷子、枣子、花生还有小捆儿木柴，挤过人群来到了床前。她俩刚解开被褥正准备铺床时，站在旁边的王彩玲一把拦住她们说：

"先说四句，才能铺床。"

客人们跟着吆喝起来："先说四句，才能铺床！"

他舅妈好像有备而来，胸有成竹地高声说道：

"铺床铺床，金银满堂，后生儿子，先生姑娘。"

"好，好，说得好！"大家一致赞赏。

黄龙寺有句俗话："会做鞋的先做底，会生娃儿的先生女。"人们都觉得先生女孩儿会更幸福。

"再来一个，再来一个。"客人们吆喝着，都望着她姨妈怎么表现。

只见她姨妈站在床边说："一张床儿四角方，传宗接代在中央。生的女儿做娘娘，生的儿子状元郎。"

"好，好，说得好。"客人们又是一阵起哄。

王彩玲让开，铺床开始了。她们掀开底层的被褥，在里面找到了两个红纸包，这是东家给铺床人的"利施"，每人两元人民币。一阵激动过后，她们很快铺好了底层被褥，在上面撒下了所带的东西，一边撒一边说着吉利话。

舅妈放下两把红筷子说："放上筷子，快生贵子。"

姨妈抓起几把红枣，撒在婚床四周说："撒下枣子，早得儿子。"

接着她俩又抓起花生和劈柴放到床上，一个说："撒下花生，男女都生。"

被褥、床单接着铺上去了，再摆上枕头和叠成方块的盖被子。一阵摆放之后，铺床就结束了。接着她们把陪嫁的物品一一摆好，把地面收拾得干干净净，只等着新郎新娘入洞房。

⊕一

娶亲队伍胜利归来，引来了最大一阵鞭炮声。三眼铳、鼓乐、军号一齐奏响。一时间，"轰轰轰""噼里啪啦""嘟嘟哒哒"的轰鸣声响彻了白鹤嘴。

屋里一切准备就绪。王彩玲把熊熊燃烧的火盆端到了大门口，为新娘子设置障碍。

"五一"劳动节放假了，一群小孩子前来看热闹。他们在场地上嬉戏打闹，在鞭炮渣里寻找着没有炸响的鞭炮，在麦地里围观严疯子。当迎亲的红旗飘过来，他们又尾随着新郎、新娘的队伍，东瞧瞧，西看看，撇着小嘴，做着怪相。当他们看到桌子上的四盘糖果，流着口水，瞪大眼睛，一副副十足的馋鬼相。

新郎、新娘走到大门口，薛海花被熊熊燃烧的炭火吓得直往后退，张继平一把将她拉住。在他的搀扶下，薛海花试了好几次，终于鼓足勇气一步跨过，绣花鞋挂到了炭火，火星向外飞溅，衣服差点儿被烧焦了，众人齐声喝彩。新郎、新娘被拥进堂屋，并排站立，后面紧跟着鼓乐队和接亲的人群。鞭炮鼓乐声逐渐稀落下来。这时只听到刘立雄高喊：

"结婚典礼仪式，现在开始。"

客人们都涌进来，观看结婚典礼。几个小孩子拼命从人缝处、胯裆间挤过，钻到了桌子边，随时准备哄抢糖果。

"第一项，结婚典礼开始，鸣炮奏乐。"

顿时鼓乐同奏，鞭炮齐鸣。约半分钟之后，随着刘立雄的手势，戛然而止。

"第二项，高唱《东方红》。"

在乐队的伴奏下，全体起立，齐唱："东方红，太阳升……"

"第三项，主婚人讲话。"

主婚人是家长张茂业。他没有什么讲话的经验，咳嗽了几声，才结结巴巴说了几句"欢迎所有客人到来……祝贺继平和海花结婚……没有好招待，对不起客人……"等简单几句话。

"第四项，证婚人讲话。"

只见生产队长赵生财拿起结婚证书，结结巴巴地念着。

"第五项，新婚人讲话。"

张继平向在场的亲友们鞠躬之后说："感谢毛主席，感谢共产党，感谢镇村领导，感谢岳父岳母培养了海花，感谢父母为我操办婚事……招待不周，请大家原谅。"

"第六项，拜堂。"

"一拜天地，二拜高堂，三拜亲友，夫妻对拜……"

"第七项，入洞房，鸣炮奏乐！"

鞭炮轰响，鼓乐喧天。这时鼓乐队演奏的是《大海航行靠舵手》。

靠近新房门口的客人主动让开一条路，让新郎、新娘通过。薛海花隔房门近，转身就走。刘立雄看着她走在前面，赶紧拉住，与张继平并排，一起同时跨入洞房，以免薛海花"抢床"在先。

早已虎视眈眈的一群小学生，一哄而上，迅速抢光了四个盘子里的糖果，抢到了的满心欢喜，没有抢到的哭喊打闹，屋子里充满了热闹的气氛。

十二

看到天已大亮，刘立雄站在堂屋里高声宣布："各位长辈，各位亲客们，交亲仪式，马上开始。"

新房打开了，刘立雄和张继平将大红木箱抬到窗口下，以便借助窗口的光线"抄箱子"，就是当面清点陪嫁物品，让婆家的长辈们看一看。张继平的婆婆、母亲、舅妈、姨妈等长辈先后被请进屋来。薛海花的二妈、姑妈、薛海欢、薛海蓉也都来了。薛海花给各位客人倒茶敬烟。男女双方的嘉宾都在互相请安问好。大家稍许坐了一会儿，刘立雄看了看，都到齐了，就对在场的人说："开始吧。"只见薛海花她二妈站起来，拿出一把拴着红须须的钥匙，对着刘立春说：

"一把钥匙一把锁，钥匙交给俏婆婆。"说完就把钥匙递了过去。大家在心里赞叹："到底是吃百家饭的，一张嘴真会说话。"大家把目光投向了刘立春，看她如何反应。

刘立春也是有备而来，她接过钥匙说："小小钥匙巧巧须，打开箱子看花衣。"说完转过身走到红木箱子旁边。"啪！"的一声打开了箱子上的铜锁。

张继平舅妈、姨妈走上前，从里面清点着衣服和压箱钱。一边清点一边说：

"抄箱抄件花袄袄，明年生个胖宝宝。"

"抄箱抄件背褂褂，明年生个男娃娃。"

每抄一件衣服，刘立春和男方长辈们都要大加赞叹，说如何如何漂亮，质地如何如何高档，等等。尤其是清点了三十块钱的压箱钱之后，都说亲家真是不简单，还陪嫁这么多的压箱钱。抄箱完了，刘立春将衣物整理整齐，锁上铜锁，然后把钥匙交给了薛海花。

接下来的是双方坐在一起交谈，对必要的事情进行交代。他二妈先说：

"我家女儿笨，做事不太行。拜托婆家人，娘家来感恩。"这都是一些谦虚的话。

刘立春接着说："女儿生得巧，天下难得找。陪嫁多又多，我就识领了。"也都是一些恭维的顺口溜。

刘立春领着儿媳薛海花，向她介绍张家的主要亲戚和称呼，与他们一一见面。薛海花将事先准备好的布鞋分送给他们，长辈们都给了一元、两元不等的见面礼金。

交亲过后，薛海花来到厨房，开始做元宝。每碗四个汤圆加两个鸡蛋，都是吉利数，是从娘家带来的。她亲手把汤圆奉送给每一位长辈，嘴巴叫得亲甜巴甜，长辈们都很高兴，不计多少都给她派发了红包。

第三十四章　闹房

一

白鹤嘴的夜晚来得很快。张家的喜宴刚刚开始不久，桌子上的菜肴就有些模糊不清了。这时，刘立雄开始给一盏锈迹斑斑的汽灯上油打气。不一会儿，油布棚子里就亮起了一盏明亮的汽灯。只见汽灯的下方，罩着一个汽灯泡儿，刺眼的白光就是从那个纱网子中间射出来的。

汽灯一亮，光线像刀子，刺得人眼睛都睁不开。几只飞蛾好像没有见过这么明亮的灯光，很快就飞过来扑撞在上面几次，就再也飞不起来了。孩子们没有见过这玩意儿，都围过来看稀奇。有的看得专注，有的指手画脚。汽灯挂在了棚子的中央，没有汽灯的地方点上了煤油灯、罩子灯。罩子灯是一种改进了的煤油灯，就是在煤油灯上加了一个玻璃罩子，灯罩像一个烟囱，拔高了火苗，抽出了油烟，增加了亮度。但与汽灯相比，亮度显然低了若干等级。

晚饭很快就结束了，有的客人在告别回家，有的客人在灯光下喝茶，有的打扑克，有的走出油布棚子在仰望星空。突然"噼噼啪啪……"一阵鞭炮炸响。客人们抬头一看，只见严兆启领着一行人，一边喊喜，一边走进新房。

严兆启在前面领喊："走进新人房啊！"

众人齐声怪叫："喜呀！"

"新娘好漂亮啊！""喜呀！"

"三天无大小哇！""喜呀！"

"我们要吃糖啊！""喜呀！"

众人喊毕，纷纷落座。作为送亲客儿的海花二妈、姑妈满心欢喜，赶紧高喊："倒茶，敬烟，来客了！"

帮忙的人也高声回应："来了。"

新房里点着两盏罩子灯，都是薛家陪嫁的物品，灯罩子上还装饰着红纸花。屋里人多，灯光昏暗，有人提议将汽灯提进来，得到了张继平的积极响应。他走出婚房和舅舅刘立雄商量，刘立雄也欣然同意，很快就将汽灯挂到了新房里的天花板下，顿时屋里一片雪亮，一时间睁不开眼睛。两盏罩子灯显得暗淡无光了。

明亮的灯光刺激着闹房人。严兆启、胡结巴、胡罐子、刘憻子、周痞子等一个个劲头十足。

一开始，他们就准备动粗，她二妈说：

"先礼后兵，先来文的，好不好？"

严兆启同意说："那就先对四言八句。"

他们几个毛贼，哪里是做裁缝师傅的对手，一个个被她二妈对得抓耳挠腮，漏洞百出。房间里的人和围观的人都笑得前仰后合。他们只得换一个节目，要求新郎、新娘唱革命歌曲，这个难不倒张继平，可把薛海花急坏了。张继平吹起了口琴，薛海花怎么也唱不出来。张继平吹起了《大海航行靠舵手》，薛海花才伴唱了几句，勉强过关。

接着闹房的人提出喝交杯酒，让两位新人各端一杯酒，挽着胳膊喝下去。严兆启和胡结巴做着示范。薛海花不会喝酒，推辞半天，还是勉勉强强地端起了酒杯。他俩挽起了胳膊，海花象征性地喝了一点，众人又一阵阵吆喝。张继平赶紧发糖装烟。

下一个闹房节目是吃喜糖。严兆启将一颗水果硬糖用细线吊起来，挂在桌子上方，让两人同时吃掉一颗糖。活动反复多次，就是达不到两人嘴对嘴，将水果糖咬成两半吃下去的要求。每次都是张继平一人吃下。最后严兆启要求他将吃到嘴里的糖用牙咬住，让薛海花上去咬下另一半。

她很不好意思，红着脸经过反复多次，不能过关。最后还是鼓足了勇气，咬住了糖果的另一半，并把它咬碎了，他俩和着对方的唾沫吃下去，才算罢休。

看着难不倒他们，严兆启和周痞子等人耳语一番，又想出了其他的主意……

屋里在闹房，门口和窗子外面里三层外三层，站满了人。时不时地鸡喊鸭叫，好不热闹。

夜已经很深了，闹房的人还兴致勃勃，看不到结束的迹象。

海花她二妈忧心忡忡，知道海花有孕在身，又不敢明说，只好悄悄溜出来求助刘立雄。刘立雄想了一下，借故要给气灯加油打汽。进到屋里，他取下汽灯，不知道在哪里捏了一下，汽灯一下子熄了，顿时一片漆黑，屋里一片混乱。等点上罩子灯上来，比原来的差多了。闹房的人都催着刘立雄，可汽灯怎么也修不好了。严兆启他们很是扫兴，只好在失望中作罢，不情愿地结束了闹房活动。

●

等到房屋内外的客人全部离开，夫妻两个赶紧收拾房间。张继平打来热水招呼着薛海花洗澡。她感激丈夫的温存，一把抱住他的脖子，亲吻了起来。张继平搂住薛海花，吻着她的脖子、双颊、嘴巴。两人如饥似渴地亲吻在一起。

"嘻嘻嘻……"细心的薛海花好像听到了什么声音，紧张地把张继平一把推开。他没有理会，继续将她抱到了床上亲热着。

"嘻嘻嘻……"薛海花又听见了窃窃的笑声。

"屋里有人！"这一句话，让人毛骨悚然。

"有人？怎么可能？"

她说："你听。"

两人都坐在床上，屏住呼吸，张大耳朵，洞悉着周围的一切。只听到远处有鸡的叫声，近处有无数只蟋蟀和纺织娘的鸣叫声，感觉没有什么异样，他又要亲吻海花，海花说：

"水都凉了，洗了澡再说吧。"

两人下床洗澡。薛海花脱掉了身上的婚服，只留下一个红色的小肚兜，坐在大木盆子里洗了一个流水澡，披着浴巾就上床睡了。她实在是太辛苦了，连续几个夜晚都没有睡好觉。张继平也洗完了澡，披着浴巾上床。正当两人热烈地相拥在一起的时候，薛海花又听到了"嘻嘻嘻……"的笑声。

"确实有人！"

她惊坐起来。他也迷迷糊糊听到了笑声，不再怀疑，披上衣服，拿着罩子灯，在屋里搜寻着。张继平先查看了门和窗子，都关得严严实实的，没有破绽。又打开衣柜一一检查，没有什么异样。最后检查床下，黑乎乎的什么也看不清。他拿来扫把，往里面一捅，只听"哎哟！"一声。"啪！"张继平手一颤抖，灯罩子掉在地上打破了。

薛海花在床上听见了，吓得缩成一团。张继平吓了一个够呛。他壮着胆子怒吼：

"出来，快出来！"

他连喊了几声，声音都变了调。惊恐的叫声，惊动了其他房间里的人。

张茂业第一个跑到门口，用力敲门问："什么事啊？"

继平哆嗦着回答："屋里有人。"

"你快把门打开。"张茂业急促地说。

他打开了房门，几个男人掌着灯，拿着棍棒进了新房。

张继平指着床下说："下面有人。"

张茂业用一根木棍往床底探过去，又听到了"哎哟！"的叫声。

"出来，快出来！"

"狗杂种，钻出来！"

在几个男人的一齐怒吼之下，只见床底下慢慢爬出两个人来，他们浑身都是灰土，不成人样。张继平举着灯，照亮了他们的脸，原是周痞子和刘二蛮子，是参与闹房的两个小青年。俩人嬉皮笑脸、很不自在地望着地下。

"你们两个怎么这么无聊？"张茂业厉声责问。

"好玩儿呗。"两张无所谓的怪相。

张茂业举起木棍就要开打，张继平的脸都快气歪了，但他还是很冷静，生怕大喜之日坏了他的好事，便伸手拦住说：

"算啦，算啦！他们是在搞恶作剧。"

"你们是什么时候钻进去的？"欢子厉声责问。

"汽灯熄了就钻进去了。"周痞子一脸痞相地回答。

"是谁教你们钻进去的？"继平恶狠狠地追问。

刘二蛮子摸着脑壳回答："是我们自己，没人教我们。"

"简直无聊至极！"张茂业愤愤地谴责。

"无家教！小流氓！"刘立雄高声责骂。

两人在众人的指责声中，耷拉着脑袋，被张茂业像解押犯人一样地押着出了大门，消失在夜幕中。

又折腾了一番，天已经亮了，海花已经完全没有了睡意。这时她二妈过来招呼说：

"马上就要交亲啦！快起来吧！"

张继平、薛海花穿衣化妆，走出新房。

三

交亲之后，海花亲自下厨，孝敬公爹、公婆等长辈。正在回收洗刷碗筷，清点各位长辈送给的打发。忽然听到外面有人大声说话。她放下碗筷，走出厨房。正看见公爹、公婆站在那里，一个女人揪着周痞子的耳朵，正在打骂。另一个男人牵着刘二蛮子，站在旁边说话。那位女人显然是周痞子的母亲，她边打边说：

"叫你个狗日的，就是不听话，搞出这样的下作事来，还不快点儿给张大爹、刘大妈赔礼道歉？给继平哥哥、海花嫂子道歉？"

那个男人更暴躁，挥起拳头打了刘二蛮子几拳说：

"快给张大爹道歉，给新郎、新娘赔不是！"

张茂业、刘立春赶紧上前阻拦说：

"小孩子还小，不懂事。有些事情不知轻重，以后别这样了就是了。"

那两位家长看见薛海花、张继平他们出来了，教训他们的声音更大了。薛海花也赶紧上前劝阻。其他人听到动静也围了过来看热闹。两位家长说教了一遍，得到了张家人的原谅，也就带着两个孩子离开了。

俗话说："好事不出门，坏事传千里。"周痞子、刘二蛮子躲在新姑娘的床下偷窥的事情，不胫而走，一下子传开啦，使他们两个臭名远扬了。但在一些人的心目中，却成了闹房的英雄。有人津津乐道，有人演绎着他们的传奇故事。当他们一出现在人们的视野里，就有人指指点点：

"那个就是周痞子，钻新姑娘床底的家伙。"

"那个就是刘二蛮子，看人家新姑娘屁股的流氓。"

年轻的女人们见到他们，都躲躲闪闪，像躲瘟疫。年纪大的女人们见到他们就指着他们小声辱骂："呸，流氓！"

一些男人见到他们，却是一脸的亲热。有的嘻嘻哈哈地大笑，有的边骂边说着下流话。

村里的严书记听说了这件事，骂骂咧咧地说："狗杂种，咱们林子山又出了大人物了？真是胆大包天，臭而不可闻也！"

他吩咐代理民兵连长高林子：

"去把他们两个找来，好好地教育教育！"

高林子吩咐胡炊子："去把周痞子、刘二蛮子叫到大队部里来。"

胡炊子不敢怠慢，很快就带着他俩来到了大队部，送进了严书记的办公室。几个男人对他们审讯了一番，交给高林子带了出来。他们两人仍然是嬉皮笑脸，无所谓的样子。

高林子又把他们带到了另外一个办公室里，厉声对他们说："你们两个真是胆大包天！严书记已经说了，你们这是犯的流氓罪，还叫什么……什么……瞄奸罪！要送公安局，判刑坐牢的啊！"

两个人收起了笑容，你看看我，我望望你，一脸的茫然。

高林子继续说："好啊，你们两个不说是吧？到派出所说去。"

周瘊子急了，忙开口说："高大哥，高连长，你不要吓唬我们啊！"已经带有哭腔了。

"那你们就得从实招来。看到了什么？听到了什么？"高林子恶狠狠地瞪着眼睛问。

毕竟还是十二三岁的小孩子，加上又是闹房，相当于西方的愚人节。高林子他们逼问了一通，只是简单地教育了几句，就把他们放回去了。

在这之后，一些男人见到他们，就嬉皮笑脸地摸着他们的头，要他们讲述当天的所见所闻。有的还赞赏、奖励他们，引诱他们，想从他们嘴里挖出更多的秘密。

四

"新接的媳妇儿当客待。"

张家人都知道薛海花已经有身孕了，处处照顾着她，什么事情都不让她做。但海花是个劳苦命，不劳动身上就不舒服。她总是闲不下来，一会儿扫地，一会儿剁猪草，一会儿帮助做饭。张家人都看在眼里喜在心头。

张大婶在刘立春面前夸奖说：

"你家娶这样的好媳妇儿，旺家旺夫啊！"

刘立春说："这可要感谢你了啊，媒人做得好啊！"

两个人互吹着，心里都高兴极了。

新婚后的第三天，就要出工了。薛海花脱下新衣服，换上粗布衣服，跟着张继平、张继琴，到麦田里劳动。队里的社员们看见他们来了，都热情地打着招呼。看到张继平娶到这么漂亮的媳妇都很羡慕，有的上前来道喜，有的窃窃私语地评论。薛海花把带的一些糖果、香烟分发出去，他们都很高兴。

今天的农活，是在麦垄子里面给棉花间苗。就是把没有棉花苗子的地方补齐。薛海花没有种过河田，不知道如何间苗，但是这样的农活儿一看就会。她和张继平、张继琴既分工又合作，说说笑笑，干得特别欢快。

薛海花结婚闹房的事情还在传播。在麦田里劳动的人，还在嘻嘻哈哈地谈论这件事情，说这说那的都有。也有当面询问她们的，她们都回答得很轻巧，没有当成一回事。

薛海花正在埋头专心地劳动，忽然听到了"丁零零，丁零零……"的自行车铃声。她站起身来伸着懒腰，看见是高林子正推着自行车站在田头了。他在那里高声喊着：

"张继平、薛海花，你们过来一下。"

他俩是"丈二和尚——摸不着头脑"。犹豫了一下，丢下手里的工具，来到了路边。张继琴也跟着过来了。

"高连长，你找我们什么事啊？"薛海花问。

"就是闹房的事情，找你们核实一下。"高林子说明来意。

张继平说："没有什么事情，就是在汽灯熄了的时候，屋里一片黑暗，他们两个小家伙就钻到床底下去了。"

"你们两个没有受惊吓吧？"他关心地问。

薛海花说："没有没有，我们很好。"

张继平说："他们的父母已经带着他们来承认错误了。"

"那就好。严书记说他们伤风败俗，影响很坏，必须严肃批评教育。我是过来调查一下的。"他解释得更细了。

"那太谢谢你和严书记了。"薛海花说。

之后，高林子和张继琴说了一会儿话，就骑车离开了。高林子油腔滑调的，看见张继琴就挪不开步子。薛海花看在眼里，觉得很不舒服。

薛海花的直觉并没有错。高林子和张继琴早就互有好感，私下里也有一些交往。这一次高林子过来，说的是来了解情况，其实是假公济私，借故过来撩妹的。

第三十五章　婚变

一

高林子他妈拜托张大婶给儿子当红缘先生（媒人），等了个把月没有回音，她找张大婶了解情况。张大婶一直躲着她，不敢与她见面。她有些着急了，就直接跟高林子说：

"林子，张茂业家里那个二姑娘，我看模样很不错，我很喜欢。"

"不是跟您说过吗，她家里成分有点高，免得影响我的前途。"高林子说出顾虑。

"老是拿前途来糊弄我，你快点儿给我娶媳妇儿生娃儿，我要抱孙子！"她母亲不耐烦地说。

"舅舅已经说了，今年肯定有招工指标。"他舅舅就是大队严书记。

高林子一直盼望着，"鸡颈子望成了鹅颈子"，终于盼来了侯家湾煤矿招工，严书记特地到公社要了一个指标给高林子。高林子政审自然没有问题，但在身体检查中没有通过。医院查出他肺部感染，有炎症，不适合到煤矿特别是井下工作。当年招工的事就这样泡汤了，再招工要等到下一年。

这时，高林子妈又提起这件事，张大婶也在暗中撮合。高林子才把心思用在张家二闺女身上。经过一段时间的观察，果然发现张继琴有很多值得他欣赏的地方。她个头较高，胖瘦适度，前凸后翘。瓜子脸上有一对炯炯有神的眼睛。还特别勤劳，"上得厅堂，下得厨房"，是一个理想的美人。

也恰恰是在这时，他一直暗恋的对象刘彩云已经名花有主，他就把心思全部转移到了张继琴身上了。可他仔细一打听，才知道张继琴已经和黄龙寺的薛海欢订婚了，而且是亲上亲，调换亲。他像泄了气的皮球，整天无精打采。

他舅舅严书记看出来了，问他怎么回事，他就把这件事情说了，他舅舅听了以后就说：

"你妈已经跟我说了。张继琴比刘彩云强多啦！你眼光很不错嘛！"

"她只读了个小学毕业哦。"高林子有意识地说出她的不足。

"她是富农子女哦。"高林子说出了他的担心。

"看现在的形势，这个已经不重要了。"他舅舅说着自己的看法。

"她已经订婚了。是和黄龙寺的薛海欢，两家换亲。"高林子说。

"哦，是这样啊！那你就要慎重考虑啊！你们可以竞争，但不要打破头哇！"

得到了舅舅的支持，高林子又振奋了精神，增添了信心。

二

一天，他和表哥严兆启等几个人在一起喝酒，说起这件事。高林子一边说着，一边唉声叹气。严兆启不以为然，鼓励他说：

"天下'没有转不动的轱辘，没有结不成的缘'。只要你喜欢，有勇气，这件事肯定有戏。"

"别人都已经订婚了，而且是调换亲。"高林子有些丧气地说。

"这个怕什么，你没听说'干裹怕痞子，痞子怕绵缠，绵缠又怕得闲'吗？"严兆启说。

"我不像你那么脸厚，硬是把人家秀英给抢过来啦。"高林子揭他的短。

严兆启反以为荣地说："这不是脸厚，这叫本事，你得好好向我学习。"

"那我问你，如果她严厉拒绝怎么办？"他开始讨教。

严兆启马上说："那就软缠硬磨啊，磨得她投降为止。"

"如果她态度暧昧不表态呢？"他追问。

"这就说明她对你有好感，正在犹豫之中。那就先下手为强，'生米煮成熟饭'。"严兆启教唆着，还做了一个手势。

高林子想了想说："我已经看上她了，下了决心穷追不舍，以后要拜托严哥多帮忙。"

"包在我身上。只要用得着，高连长你尽管吩咐。你们几个也要出力呀！"他指着周痞子他们几个的鼻子说。

"一定出力，一定出力。"几个哥们诺诺连声。

在他舅舅的支持下，在表哥严兆启等人的鼓励唆使之下，高林子向张继琴发动了一场死缠烂打、软磨硬泡的缠绵求爱攻势，张继琴感觉就像"蚂蟥缠到了鹭鸶的脚，蹬也蹬不掉，甩也甩不脱"。不久，张继琴的态度就发生了转变，从严词拒绝变成了犹豫不决。

三

"媒婆一张嘴，为的是汤和水。东家吃西家，肚子里都是鬼。"

在薛张两家换亲的过程中，张大婶一直是兴高采烈。她心想如果做成了两家换亲的媒人，那就是在媒人圈子里树立了标杆，自己的名望就会大大提升，找她做媒的人就会络绎不绝。因为在林子山还没有哪一个人能够超过自己，能够成为这么复杂局面的婚姻介绍人。这就是以后炫耀和吃饭的资本。加上张茂业又是本家兄弟，本来就没有不努力的借口。

但是随着事情的发展，细心的她也发现了其中的问题。那就是张继琴跟欢子由于年龄问题，没有拿到结婚证以后，态度好像有了一些微妙的变化。特别是海花嫁过来之后，这个变化显得更突出了。但是她转念一想，高林子妈又几次找上门儿来，要她给高林子介绍张继琴，由于前段没有机会，现在好像有了可能。这样一想，她就私下里有些试探性的动作了。

张大婶设了一个局，让他们两人单独见面，地点是在张大婶的家里。

一个雨天的中午，张大婶把张继琴叫到了她的家里，说是要请教编织毛衣。同时又偷偷地通知了高林子，要他到她家里来。这样就制造了他们两个人第一次单独见面的机会。两人见面好像是邂逅，其实是精心安排的。张大婶要观察两人的表现。

他们两人在一起说了很多话，这次见面都给对方留下了很好的印象。高林子是有备而来，形象谈吐都很好。张继琴没有心理准备，成熟而矜持，也表现得不错。高林子说话大方，露骨一些。张继琴表现得非常谨慎，因为她毕竟是订了婚的人，这一道门槛一时难以跨越。

四

四月中旬的一天，刘立春和张继琴两母女正走在收工回家的路上，胡海螺从后面追上来通知说：

"张继琴，你等一下。"

"哦，是胡队长啊！有什么事啊？"张继琴停下来回答。

胡队长说："你明天上工的时候到大队部去一下。"

"大队找我有什么事吗？"张继琴问。

"不晓得，肯定是好事。"胡队长答。

第二天早上吃过早饭，张继琴穿着那件红色的上衣和那条细纹灯芯绒的裤子，来到了大队部，同时去的还有另外两名女青年，接待她们的是严书记和高林子。高林子看到张继琴过来了，眉开眼笑，非常热情。严书记告诉她们，公社茶场要招收一批采茶工人，要求身体健康，心灵手巧的女工。她们几个符合要求，被大队推荐去面试。接着讲了几点要求，给她们开了介绍信。

公社茶场在跑马岗的尽头。那一垄垄的茶树像一条条青龙盘踞在山岗上，形成一道道你追我赶的波浪，一望无际，蔚为壮观。正是采摘春茶的旺季，很多青年男女都在采茶。空气是那样的新鲜香甜，路边开着各种各样的野花，许多蜜蜂和蝴蝶在花间飞舞追逐。

张继琴她们一行三人拿着介绍信来到茶场办公室。那是三栋撮箕形状的平房，是跑马岗小学搬迁以后留下的校舍。中间一栋平房的前面有一木质旗杆，插着五星红旗，后面是办公室，里面走出一位五十多岁的汪场长，热情地接待了她们。他抱着一个白搪瓷缸子，一边喝着浓茶，一边和她们交谈，说了没有几句就安排她们上山采茶了。他说的大意是：限时三天为考察期，根据每人采茶的多少和质量，进行考核评分，择优录取。

张继琴从十五岁就下学了，一直在生产队里劳动。这次能到公社茶场采茶，既感到意外，也感到特别的新鲜，因为经验告诉她，生产队的好事是轮不到他们这样的人的。她想着这一次莫非是天上掉馅饼了？莫非是有人在暗中帮助自己了？……她这样想着走着，提着篮子，围上围兜，很快就加入了采茶的行列。

张继琴对于生产队的农活儿样样都会，采茶也不例外。林子山五队除了河田以外就是山地，白鹤嘴上有一部分茶树，每年可以采摘一点儿茶叶分给社员。她轻车熟路，心灵手巧，双手在茶垅子上飞舞。到中午时分，她的竹篮子和围兜里，都装满了茶叶。

中午收工的铃声响了，她挑着茶叶回到了制茶大厅里。几间宽敞的教室里，都堆满新采的茶叶，四台制茶机械在不停地转动，不少制茶的工人在忙前忙后，屋子里弥漫着水蒸气，飘散着一股浓烈的茶香味。

午餐是茶场供应的，主食是红豆米饭，蔬菜有白菜、萝卜菜等。茶农们都吃得很开心。张继琴也觉得生活比家里好，吃得很饱。

刚放下碗筷，她就听到外面有自行车铃声。她走出厨房，就看见高林子骑着自行车过来了。他穿着时髦，满面红光，冲着张继琴而来，很远就大声说话：

"张继琴，你好啊！吃午饭了吗？"

"高连长，你好啊！我们刚吃完。你吃了吗？"张继琴答。

"吃了吃了，我在家里已经吃过啦。"

说完之后，一边在树下架起自行车的站架，一边盯着张继琴看。搞得她不好意思了，只得借故要喝点热水，躲到厨房里去了。

一天下来，张继琴的功效很高，在新招的工人中名列第一。三天之后，她被茶场正式录取，成为一名正式职工。被录取的时候，汪场长当众表扬了她，并把她单独叫出来说：

"是你们大队严书记还有高林子把你推荐到茶场里来的。高林子说你既漂亮又能干，看样子他很喜欢你哟！"说得张继琴脸上通红。

五

张继琴每次出工和回家的路上，都要经过高家老屋，她夹在同伴中很不自在。很多次她都看见高林子站在屋边的树下，远远地望着她们走过，那眼神分明是想和她搭话，她只当没有看见，和其他同伴讲着话走过去了。

不知道为什么，明明是在躲着他，却又偏偏遇见他。高林子像跟屁虫一样，与张继琴如影随形地存在着。这平添了她的苦恼，让她失眠，夜里，她辗转反侧睡不着，胡思乱想着，眼前交替出现两个人的形象。她下意识地在内心比较着：

欢子吧，聪明、勤劳、本分、有手艺。高林子吧，灵光、英俊、有钱、有地位。按诚信规则来讲，应该拒绝高林子。而按个人喜好来讲，又偏向喜欢高林子。矛盾的心理困扰着她，她陷入了苦恼之中。

哥哥张继平结婚那天，高林子又主动跑过来帮忙，一连几天都在张家晃来晃去，那床军用油布就是他帮着借来的，他还帮着看管严兆龙，帮助协调关系，所起的作用很大，搞得张继琴有些过意不去。

张继琴藏在心底里的话一直不敢对任何人说，只有她姐姐张继红可以说是她的闺密，可以无话不说，算是例外。这次张继平结婚，张继红来了，张继琴在他们结婚典礼的时候，把姐姐叫到自己的房间才偷偷告诉她。张继红一听便说：

"这怎么行啊，你是订了婚的人，怎么可以悔婚呢？薛家人要说我们是骗子，别人要说我们不地道。"说得张继琴一脸错愕。

"姐姐，你就帮帮我吧，现在只有你能帮我了！"张继琴恳求着说。

"当初是谁要你答应的啊？搞成现在这个样子，怎么得了哇！这这这……"张继红加重了责备的语气。

"我并不是很爱欢子哥啊，这你是知道的啊！只是为了咱哥哥的婚事，才答应换亲的啊！当初也是和你商量，你要我先答应下来，以后再说的呀！怎么都怪我了？"

张继琴急不择言了，把她们两个先前的秘密掀了出来。

"你快闭嘴！免得人家听见。反正你要慎重，这可不是闹着玩儿的。"张继红警告她说。

话虽这样说，但张继红还是多留了一个心眼，她对薛欢子、高林子两个人暗中进行了观察比较。她觉得，从外表上看，高林子英俊帅气，在欢子之上。谈吐举止上看，高林子也强很多。至于能力水平，表面上看不出来。难怪妹妹会动心的，这下她也没有了主意。她是过来人，知道选择男人的重要，好比女人的又一次投胎，她有选择失败的深切体会，跟着一个自己不爱的人生活一辈子是多么的痛苦。她在思考着怎样处理好这一复杂局面。

张继红知道，这一婚变非同小可，涉及三个方面的关系处理，被伤害最深的将会是薛家。薛家父母倒是其次，被打击伤害最重的人将会是薛海欢，当然薛海花也会被伤害得不轻。张继琴是应该被道德审判的人。但反过来一想，又无可厚非，她有选择的权利，有恋爱的自由。高林子也是一样，本来不够道德，但婚姻自由，法律许可。这一横跨法律、道德、亲情多层面的矛盾纠缠在一起，核心集中在张继琴的身上。如果不是她做出改变，一切都很自然，皆大欢喜。

这一婚变犹如平静的池塘里丢进了一块巨大的石头，将会击起汹涌巨浪，拍打着四周的堤岸，冲向薛张两家，冲向两对恋人……

六

张继红的心情是很糟糕的，她非常同情薛家，同情欢子，怨恨高林子为什么在这个时候，像魔鬼一样地冒了出来，缠住张继琴，使她抵挡不住诱惑，移情别恋。本来订婚的时候，张继琴是有些犹豫，当时把她叫回来，跟张继琴睡一个床上，两人一起讲了半夜，她是看在父母的态度上，看在张继平的婚事上，看在薛海欢是个老实本分的好男人上，薛海花是个旺家旺夫的好女人的分上，劝说张继琴同意这门亲事的。张继琴始终不表态时，她也是按照妈的意思劝的，希望他们俩订婚以后，会在交往中相爱，没有想到"半路上杀出个程咬金"，搞出现在这个局面。

张继红在冷静地思考着，终究还是认为，高林子纵有千般好，张继琴也不能随意改变，毕竟薛欢子也是一个很不错的好男人。她思前想后决定要坚决阻止张继琴，不能让她乱来，搅乱了这皆大欢喜的两家关系。

她想着张继琴性格倔强，凭她一人之力是无济于事的，必须得跟她妈说，形成统一阵线，共同对付张继琴。于是她来到了她父母的房间，看到房间里坐着她的姑妈、舅妈等客人，不便开口。第二天等张继平他们回门了，客人们都走了，张继琴也出工去了，才跟她妈单独说起。她妈一听，惊愕得一屁股坐在了木椅子上，半天说不出话来。过了一会儿她才哀叹着说："这可怎么办哪？继红，我们怎么对得起薛家呀？怎么跟海花说啊？"刘立春叫苦不迭。

"不要紧的，现在还来得及，才刚刚开始。"张继红安慰着说。

"我是看高林子在这里跑前忙后的，以为是继平请来帮忙的，没想到是这么回事。早知道我就把他赶开了。"刘立春后悔地说。

张继红透露："你还不知道呢，继琴到公社茶场去，是高林子通过关系把她弄过去的。"

刘立春惊问："这么说他们已经交往很长时间啦？"

"应该不会吧！继琴跟我说她犹豫不决，要我帮助她拿定主意呢！"张继红说。

"那你就不要走啦，留下来，今天晚上我们和她谈一下。"刘立春要求着。

"那可不行，我要回去上班，只请了一天的假。"继红很为难地说。

"那你什么时候再来？这个事情不能再拖啊！"刘立春退了一步请求她。

"下个星期天吧，我休息就来。"张继红答应了。

说完张继红就收拾东西，准备回去上班了。临走的时候她妈送了很远，直到麦田走完，上了河堤才返回来。母女相送，一路谈论的都是张继琴的话题。

晚上张继平他们回来了，张继琴也下班了，一家人很是高兴。晚饭后张继平他们早早地就睡觉了。刘立春在刷碗的时候，听见后面的大路上传来自行车铃声，看到张继琴有些魂不守舍，就知道是高林子来了。不一会儿张继琴就对她妈说：

"妈，我要出去一下。"

"外面黑，快去快回啊！"她妈嘱咐说。

"我知道，马上就回来。"她应承着。

大约一袋烟的工夫，张继琴兴高采烈地拿着一包东西进来了，点上一盏煤油灯，到自己房间里去了。

晚上，刘立春实在是憋不住了，才把这件事告诉张茂业。他一听就火冒三丈："狗杂种的，这还了得？人大了心也野了？看我一顿不打死她！"张茂业一急，就高声大嗓说脏话了。

"你小声点儿，不要让他们听见！"刘立春拉着他，压制着他的嗓门儿和火气。

按照以往的脾气，张茂业恨不得把张继琴拉过来拷打一顿。但是今天不行，张继平他们才刚刚结婚，薛海花也才娶进门儿，不能惊动他们。

"那你说该怎么办？"张茂业喘着粗气地问。

"琴娃子性子急，只能慢慢来。你还记得她八岁的时候吧？可不能弄僵啊！"

"那是那是，那你说该怎么办？"张茂业讨教。

"继红答应我了，她说下个星期天回来，我们一起跟她说。"

张茂业急不过，但也没有别的好办法，只好听从刘立春的安排，等待下个星期天张继红回来。

七

时间过得真快，星期天一晃就到了。

这天清晨，白鹤嘴上升起了一团白雾，随着微风慢慢飘散，村庄和田野渐渐地笼罩在了薄纱之中。

张继平和薛海花吃过早饭，就提着东西到舅舅家里去了。今天是舅舅刘立雄接新外甥媳妇儿过门。这其实是刘立春安排的，目的是要将薛海花支开，好在家里针对张继琴开个家庭会。

九点多钟，张继红骑着自行车回来了。张继琴很远就看见了，跑过去迎接。她接过自行车在稻场上骑了两圈，才推到槐树底下放好。然后陪着姐姐张继红往家里走。

"姐姐，你怎么回来啦？"张继琴好奇地问。

张继红直言相告："是专门为你的事儿回来的啊。"

"怪不得呢，妈要我不出门儿，在家里等你呢。"张继琴答。

张继红嘱咐妹妹："你可要把当说的话说清楚啊。"

"姐姐你可要帮我啊？"妹妹央求着说。

"那是当然啦，谁叫我是你的亲姐姐呢！"张继红说得很诚恳。

其实，张继红回去的这一周，思想斗争很激烈。她离开的时候跟妈表态，要劝张继琴回心转意，不要悔约，因为无法面对薛家人，无法面对薛海花。但她又同情妹妹，尤其是一回到家里，看到身边的姚家喜以后，对张继琴的同情更深了。她觉得，要站在妹妹的立场上去想这个问题，去帮她解开这个套儿。至于薛家那边怎么交代，没有想好怎么办，就让时间去摆平吧。

进到屋里，只见父母神情凝重地坐在家里等候。张继红、张继琴走到卧室里放下东西。刘立春在外面说：

"继红、继琴，快点儿出来，我们商量一个事儿。"

她俩很快从卧室里出来了，这时刘立春开门见山地说：

"继琴，今天把你姐姐请回来，就是为了你的事。你现在和高林子来往密切，是不是有那个意思啊？"

"没有啊，我们来往并不多啊。"张继琴矢口否认。

"还不多，你哥结婚，他在这里围了几天。你到茶场里去上班，是他给你安排的，是吧？"张茂业严肃地说。

"继琴妹妹，今天又没有别人，你就直说了吧。"张继红劝她。

"我说了怕你们打我。"张继琴怯怯地说。

"我不会打的，你说吧。"张茂业明确表态。

"我觉得高林子更喜欢我，我也喜欢他。"张继琴在姐姐的鼓励下，大着胆子说出了自己的想法。

张茂业一听就吼了出来："那已经订了的婚事怎么办？"

"现在结了婚的都可以退婚，我们还没有领证结婚呢！"张继琴越说越大胆。

张茂业怒不可遏："你还敢还嘴，看我不打死你。"张茂业说着就举起了烟袋要打人。张继琴也不躲闪，张继红赶紧拉住他爹说：

"爹，你不要发火，让她慢慢把话说清楚。"示意张继琴继续说。

张继琴壮着胆子说："我和欢子哥，订了婚不假，但是我们之间没有什么感觉。我觉得高林子更好。"

张茂业还在吼："他好在哪里呀？你给我说清楚。"

"他性格开朗，关系广，将来更有出息。"她说得干脆。

张茂业一听，降低了调门："那欢子哥有手艺，老实本分，对你更好，哪一点比不上他呀？"

"他就是个闷葫芦，我不喜欢他。"总算把她的心里话全部都掏出来了。

"那也不行，你们订婚在先。"张茂业坚决不同意。

"是我找婆家找男人，好不好啊？你们少干涉！"张继琴懂得婚姻自由的政策，态度坚决。

"那你当初为什么要同意啊？"张茂业也很强硬。

"是你们要我先同意了再说的呀！"张继琴把底牌全都摆了出来。

"你们哪个说的？你们哪个说的？"

张茂业恶狠狠地转向刘立春问，刘立春不敢抬头。转向张继红问，张继红也把眼睛朝向一边。

"你们想想，我们怎么对得起薛家木呀，怎么对得起你嫂子海花呀？社会上会怎么评价我们？你们想过没有啊？"张茂业的语气变软，近乎哀号。

刘立春也无可奈何地叹着气说："怎么办？我们怎么开得了口啊！真是'女大不由娘'啊！"

"不管怎样也不行！从明天开始，不准你和高林子来往，你听到了吗？"张茂业态度非常坚决地怒吼着说。

张继琴气得一下子站起来，怒气冲冲地跑进了自己的房间，"嘭！"的一声关上了房门。

张继红快步跟了上去，两姐妹关在屋里讲了半天，直到中午吃饭才出来。

第三十六章　热恋

一

第二天早晨，张继琴就从家里拿出被子，准备带到茶场里去。薛海花看见她的被子很破旧，就将自己的另外一套陪嫁过来的被褥和床单拿出来，要张继琴带过去，她很不好意思，婉言谢绝了。

出门没有多远，就看见高林子骑着自行车过来了，他是来帮张继琴拿被子的。也是怕严兆龙纠缠她，过来保护她，护送她的。

随着年龄的增长，张继琴已经出落得跟张继红一个样了，一个活生生的大美人儿。严兆龙在见不到张继红的情况下，就把张继琴认成了张继红。每次见到张继琴，就发疯似的追赶，嘴里还是不住地大叫："张继红，严兆龙……"高林子很担心，每次都自觉地过来保护她。

高林子把被子捆在货架上，推着自行车，和她一路上说说笑笑，往茶场里走去。在距离茶场还有几百米的地方，张继琴叫住了高林子，从自行车上拿下行李，和高林子挥手告别，走进了油茶树林。高林子看见她走远，才依依不舍地离开。

此时，张继琴就像一只出笼的鸟儿，摆脱了束缚，天高任鸟飞。昨天和父母一起说出了心里话，把多日隐藏在心底的秘密告诉他们了，也如释重负。她采茶的动作更加轻快，嘴里还不时地哼着歌儿，唱的是《智取威虎山》里面常宝的唱段。她看到了薛海花结婚时不会唱歌的窘迫表现，心想我会唱革命样板戏了，结婚的时候应该可以应付了。

公社茶场是亦工亦农，职工跟民办教师差不多。每天报酬是计工分，年终回生产队分配。另外每月有七块钱的补助。这对于张继琴来讲，已经是很不错的了。

第一个月发了工资，她买了香皂牙膏牙刷毛巾，把剩下的四块钱交给了刘立春。母亲见到了她的工资，也很高兴，自然在她父亲那里说些好话。张茂业一天到晚都是体力活儿，也顾不了许多，没有盯着她不放。

帮张继琴把被子搬到了茶场，高林子异常激动，这是他预想中的一步，成功地避开了她父母和薛海花的眼睛，可以有很多的机会和张继琴来往了。张继琴也是第一次把铺盖搬出家门，虽说是住在跟家里一样的土坯房子里，但减少了几双眼睛的监视，身心感觉轻松自由多了。

高林子那辆破旧的武汉牌自行车，是他舅舅借给他用的，这下派上了用场。他拿过来以后，全面的修理、保养了一次，性能还不错，像个半新的样子。自行车成了他办事跑路、谈情说爱的工具。他与车子几乎形影不离，睡觉放在床前，吃饭放在桌边，有时候上厕所撒泡尿，也要骑着它，因为厕所离卧室还有几十步远。

"丁零零……"，中午时分，张继琴刚吃过午饭，就听到了自行车的铃声。她走出房间，看见高林子来了，手里还拿着一本书。

"给你带来了一本书，《钢铁是怎样炼成的》，你有时间看看。"高林子关心她学文化。

"我一个小学毕业，认得的字不多，看小说有困难。"张继琴面露难色。

"慢慢看吧，看得多了就顺畅了。"高林子耐心劝导。

张继琴接过足有寸把厚的书，感觉到很沉，心想着这么厚的书怎么读啊？

张继琴在与高林子的交往中，虽说高林子对她好，但她还是有着女孩子应有的矜持，不可能表现得如何的主动，如何的奔放热烈。她发现高林子胆子很大，很张扬，就提醒他说：

"再来的时候，不要按车铃，不要高声大嗓，免得大家议论，说闲话。"

"那我怎样和你联系呢？"高林子疑惑地问。

张继琴想了一想，一时想不出什么好主意。恰好这个时候她听到了油茶树林子里有布谷鸟的叫声，"布谷，布谷……"

"哎，你听。"张继琴指着油茶树林子。

"布谷，布谷……"布谷鸟的叫声清晰传来。

高林子说："哦，你是叫我学鸟的叫声啊？"

"是啊，你学学看。"张继琴肯定地说。

"布谷，布谷……"高林子叫声很不错，几乎可以乱真。

"不错嘛！就这样，你以后再来的时候就学鸟叫。"张继琴拍板认定，高林子点头同意。他们俩就这样商定了联络的暗号。

二

"布谷，布谷……"张继琴刚刚准备到茶园子里去，就听到了暗号声。她循声望去，只见高林子骑着自行车，正高高低低地颠簸在土石路面上。她停住脚步等着他过来。高林子骑到她身边停下，一边说着话，一边用手巾擦着汗水。

张继琴为了避开其他同伴的视线，和他一起走上了另外一条岔道。那条岔道通向一个小山包，山包顶上有几棵高大的松树，树荫底下有一块草坪。他俩停了下来，在草坪上坐下。这时高林子从挎包里，取出了一个搪瓷缸子，里面还装了一条新毛巾和香皂，递给张继琴。

张继琴推托着说："不要，我自己有。"

高林子知道这几样东西是她当前最需要的。她整天在茶园子里露天劳动，气温高，流汗多，需要多喝茶水，这个搪瓷缸子很管用。同时要经常擦汗、洗澡，毛巾、香皂自然很实用。张继琴不好意思，经高林子多次解释才勉强收下，这是她第一次接受高林子的礼物。

当张继琴伸手来接东西的时候，高林子一把抓住她的手。张继琴像触了电一样，一股酥麻的感觉跑遍全身，她感觉高林子力气大、手劲足，她极力挣脱也无济于事。高林子发现这双手既温暖柔和又有劲儿，捏在手里揉着看。张继琴涨红着脸说：

"有什么好看的，尽是些老茧茧。"

因为采茶的缘故，指尖和指甲上都有些黄绿色，不管怎么洗也洗不掉。

"哪里啊，是又热乎又厚实啊！"高林子摩挲着赞扬着。

"让我看看你的手吧？"

张继琴说着，借机把手抽出来，反过来牵着他的手看。发现他的手掌宽大，手指细长，没有老茧，是一双花花公子的手。

"你看，我们俩的手就是不一样。我是穷人家孩子的手，你是富人家孩子的手。"张继琴有意识地和他拉开距离。

"有什么不一样啊？我喜欢你呀！"高林子拉着她的手向她表白了。

张继琴好像没有听见。她缩回手，表情愠怒地看着他说：

"我才不喜欢你这大少爷的手呢。"张继琴故意往手上扯。

"我不仅喜欢你的手，还喜欢你这个人呀！"高林子说得更明白了。

张继琴听得清清楚楚，心里一阵激动。但表面上表现出很冷静的样子，沉稳地对他说：

"我可是成分不好，莫影响了你的前途啊！"

"这个我不怕。我舅舅已经说了，现在快要不讲这个了。"他重复着严书记的话。

张继琴继续说："我可是小学毕业，没有什么文化，配不上你这个高中生啊。"

"这也不要紧。你聪明好学，又勤劳踏实，我就喜欢你这个样子。"高林子不退缩。

"这可是你亲口说的啊，以后不许反悔。"张继琴强调说。

"我还要当着其他人，公开地向你表白，向你求婚呢，让别人见证，让你放心，你信不信？"高林子进一步表白着。

张继琴脸上露出了笑容。她拆除了长时间压在心底的这两道障碍，他们俩人的心贴得更近了。

<h2 style="text-align:center">三</h2>

西边的天幕上卷起了一团红白云彩，慢慢地，红云变成了暗淡无光的乌云，铺天盖地而来，扑向将要落山的太阳。"红云变乌云，必有大雨淋。"张继琴想到这句谚语，赶紧收拾已经采好的茶叶准备收工。这时远处又传来了"布谷，布谷……"的叫声。这个声音她已经很熟悉了，是从高林子嘴里发出来的，她赶紧躲在了茶树林子当中。从茶树的缝隙中，她看见高林子正朝这边走来，正在茶树里寻找着自己。几块茶园都找遍了，也没有看见张继琴的人影。他知道继琴很调皮，可能是故意躲着他，于是他推上自行车，吹起口哨，装出准备离开的样子。张继琴生怕他生气走了，赶紧从茶树林子中跳了出来，拦住了他的去路。

"哈哈，我就知道你在躲着我。快要收工了吧？"

"乌云上来了，要下雨啦！"她指着天边的乌云答。

"那你快点收拾，我帮你挑茶叶。"高林子说。

张继琴已经采了满满的两箩筐和一大包。高林子把自行车推给张继琴，帮她挑起来送到制茶车间里去。他一边挑担子一边说：

"你交完了茶叶，我们就去看电影。"

"哪里有电影啊？"张继琴好奇地问。

高林子说："跑马河镇上有，在中学的操场上。"

"放什么片子啊？"张继琴问。

"听说是放《智取威虎山》。"高林子答。

"这个片子很好看，常宝的歌很好听，我正在学唱呢。"张继琴一阵激动。

"那正好去看一下。"高林子说。

张继琴交完了茶叶，又回到宿舍，梳洗打扮了一番，换了一套鲜亮的衣服，提着一个布包，和高林子一起说说笑笑，向跑马河镇方向走去。

下得山来，路面平整了许多。张继琴一把夺过自行车绝尘而去，害得高林子在后面一阵狂追。快到跑马河边的时候，两人都已汗流浃背，气喘吁吁，才停下来休息。高林子直喘气问：

"你真坏！为什么要丢下我，在前面猛跑啊？"

"你没有感觉到吗？这种追赶很有意思呢！"张继琴反问。

"当然很有意思，也很浪漫！"高林子赞同。

张继琴莞尔一笑说："我是看了那本书，保尔和冬妮娅在雪地里追赶，冬妮娅跑得比保尔还快，太有意思啦！"

"看来你已经看了不少啦？"高林子说。

"当然，我每天都看。"张继琴答。

"那我考考你，保尔有什么名言？"

"不因虚度年华而悔恨，不因碌碌无为而羞愧。"张继琴脱口而出。

"对对，你真不错！"

高林子赞扬着，趁她不注意，从后面一下子将她拦腰抱起。张继琴一下子紧张了，双手一松，自行车倒在了路上。她高声叫唤着：

"放下我，放下我！有人来啦！"

高林子放下她，顺势在她脸上亲了一口，搞得张继琴满脸通红。她赶紧拿出手绢，擦着脸上的唾沫，同时伸出她那绵软的拳头，追赶着要打高林子。高林子举手投降，让她打了几拳才算作罢。

在与张继琴的接触中，高林子闻到了一股体香，就像酥酪一样的香甜，令人眩晕，让人陶醉。这是他二十多年来从来没有过的体验。

跑马河的河堤高大，堤面宽敞平整。堤内是棉花田，堤外有一片一片的芦苇。河堤向远处延伸，通往跑马河镇。路上有三三两两的行人，偶尔有自行车、拖拉机经过。

张继琴总算是坐上了高林子自行车的货架。她的双手抓住他的衬衣，肩膀靠着他的背部。她觉得高林子的背部宽阔，值得依靠。高林子带着自己所爱的美人，看着别人都投来羡慕的目光，心里乐滋滋的。他用力地蹬着踏板，向着跑马河镇飞奔。

四

他们俩匆匆来到饭馆，买了几个馒头作为晚餐。张继琴没有上过餐馆，没有吃过馒头，看见又白又大的馒头直流口水。她只吃了一点点，小心翼翼地用手绢把馒头包好，说是要带给家里人尝尝。高林子听说了以后，又给她多买了几个。

啃着馒头，推着自行车，他们来到了中学大门口。看见校园操场上挂着银幕，旁边已经围了很多的人。大门口有几个小混混，在一起打闹。有两个斜着眼睛看着他们。有一个盯上了张继琴手里的馒头。他们疯赶着，一个推着一个在互相碰撞，有意识地撞到了张继琴身上，将馒头撞在地上，几个一顿哄抢，毫不客气地就往嘴里塞。高林子大吼一声，丢下自行车，抢起拳头就要开打。

"住手！住手！……"只听几声大吼，一个壮实的青年人出现在校门口。这人一出，几个小混混一哄而散。高林子弯腰扶起自行车，安抚着张继琴。

那人看了看他俩，高叫起来：

"哎哟，高连长啊，和老婆看电影？"说得张继琴一阵脸红。

高林子抬头一看说："喔，郑连长啊，维持秩序啊？"

"镇上的伢子们很厉害，喜欢打架扯皮啊。你们还好吗？"郑连长关心地问。

"没事没事，谢谢你了！"高林子感谢着说。

郑连长是跑马河镇民兵连长，经常与高林子在一起开会，彼此都很熟悉。

电影果然是放的《智取威虎山》。操场上秩序混乱，嘈杂的声音不断。观众除了前面几排是坐着观看的以外，放映机后面的观众都要站着看。后来的人要么拼命挤进人群观看，要么就是站在远处的高台子上观看。那里距离银幕很远，效果很差。高林子他俩推着自行车挤不进人群，只有站在很远的土台子上看了一会儿。觉得效果不好，高林子建议还是到操场上去看。他支起自行车的站架，让张继琴站在货架上。他双脚叉开，双手紧紧地抓住龙头，保持自行车的平衡。就这样他一直坚持到让张继琴把电影看完。

回家的路上，他们又路过了那家餐馆。见还没有关门儿，高林子又走过去买了几个馒头，让继琴带回去，这让她特别感动。

月光如水，大地洒下了一层薄薄的银辉。他们时而步行，时而骑车，沿着跑马河大堤往回赶。一路上她心情很好，时不时地哼几句常宝的歌。高林子一直护送着她到家门口。

分手的时候，他们又站在槐树底下讲了很长时间。张继琴觉得他很会体贴人，今天晚上一直保护着她。活了二十岁，还没有过这样被人呵护的感觉，这让她很感动。挥手道别的时候，她真心地对高林子说："你真好，我也很喜欢你。"算是对他表白的回应。

高林子一听，激动坏了，急忙把自行车一推，就抓住张继琴亲吻起来，张继琴没有避让，让他从额头、耳朵、脖子到嘴巴亲吻了一遍，才用力推开他，回到家里。

第三十七章　惊梦

一

　　薛海欢做了一个奇怪的梦。他骑着一辆崭新的自行车，在宽阔的马路上飞快地行驶着。一排排树影在眼前一闪而过，一声声"呼呼"的空气的摩擦声在耳边响起。突然，他看到前面出现了一个巨大的旋涡，路面一下子陷下去了。他本能地撑住了路面的一块滑溜溜的石头，眼看着自行车掉进了万丈深渊。他紧紧地用双手抱住路面上那块石头，身体在悬崖边上荡着秋千，他拼尽了吃奶的力气也爬不上来。绝望中，他看到有过路的行人走过，赶紧向他们呼救，没有人愿意理睬他。过了一会儿，他看见迎面走来了三个人，中间那个人分明是张继琴，她嬉笑着被两个男人夹持着走了过去，经过他旁边的时候头也没回。他拼命地呼喊，挣扎着慢慢地向上挪动，生怕那块石头松动了，和他一起掉下去。他累得汗如雨下，精疲力竭。终于，他将一条腿挪到了那块石头上面。有了一个小小的支撑点，他慢慢地爬起来，张继琴已经没有了踪影。他急得大声呼喊，寻着她远去的方向拼命追赶，可双腿就是不听使唤，任凭他怎么挣扎，也迈不快步子，像被蟒蛇缠住了一般。他跑呀跑呀，看见了父亲、母亲还有海花，他们一个个都不理他。夜色深沉，四周都是黑洞洞的，有时还看到一双双幽灵般的绿色的眼睛。他十分害怕，恨不得扒开地皮钻到地底下去。他浑身冷汗直流，挣扎着终于醒了过来，发现原来是一场噩梦，他的双手还抱着那个硬邦邦的枕头。

　　第二天吃早餐的时候，他向母亲讲述了梦中的情景。他妈听了以后给他解梦说：

"梦得其反。不过张继琴是六月初二生，你要提前去看看她。"

"好的，我早就想去啦。"海欢应承着回答。

"要带的东西我已经给你准备好了，在睡柜里。"他妈早就给他准备好了要带的礼物。

生怕他忘记了，反复强调说："这次一定要讲清楚拿手续的事情哦。"

"好好，我怎么会忘记呢。"欢子自信地回答。

二

农历六月初二，是张继琴二十岁的生日，这个日子对薛海欢来说很重要。张继琴二十岁了，就意味着她符合年龄，可以拿证结婚了。

薛海欢想起了三月八日拿结婚证时的情景。他们将要离开民政办公室的时候，邬癞子副主任对他说："等到张继琴满二十岁时，你们就可以来领证啦！"他一想起这句话就很激动，脚步也特别轻快。

六月初一清早，欢子就换上了崭新的衣服，穿上新麻鞋上路了。他提着的军用挎包里面，装着给未来丈人张茂业的叶子烟，给未来丈母娘的两斤面条和给张继琴、薛海花的两斤红糖。一路上，他心情畅快，脚步轻松。心里想着马上就要和张继琴拿结婚证了，想象着和她穿着婚服入洞房的情景。他还暗自提醒着自己，千万要在上床睡觉之前，把床底下还有柜子里等所有地方，认真检查一遍，免得有人藏在里面，闹出跟张继平结婚一样的丑事来，贻笑大方。

一路上他是"做梦结婚——尽想好事"。他心驭惊鸿，脚踏飞燕，很快翻过白鹤嘴，像往常一样来到张家，一口一个"大叔大婶"地叫着。张家见他到来也非常热情。张茂业在接过叶子烟的时候，第一次热情地拉着他的手问：

"你爹、你妈、你婆婆，他们都好吗？"这让欢子受宠若惊。

"还好，还好，你们都还好吗？"欢子忙不迭地回答。

刘立春马上下厨，给欢子做了一碗鸡蛋茶，薛海花挺着个肚子，给他端了过来。欢子吃过茶以后，问到张继琴。张茂业这时才告诉她：

"继琴到公社茶场里去了，已经有个把月没有回来呢。"

"是公社茶场招工，她已经被录取了，是正式工人了。"薛海花不无自豪地补充说。

欢子脑子"嗡"的一声，突然像电击了一般，一片空白。过了一会儿才反应过来，一种不祥的预感袭上心头。他心想这么大的事情怎么没有人告诉我呢？张继琴、薛海花也没有给我带个口信呀！但他又转念一想，这个不能怪别人，怪也只能怪自己。这些天跟着曹大牛学手艺，正是关键时期，又是赶产量的季节，也沉迷在跟周狗子的竞争之中，已经有个把月没有到张家来了，没有关心未婚妻张继琴。

他责备着自己，收起挎包就要往茶场里赶，他急切地想见到张继琴。张家人留也留不住，只好随他的意。临出门的时候，他突然想起了母亲的嘱咐，连忙停下来，向张继琴父母郑重地说：

"大叔，大婶，继琴已经满了二十岁了，我们可以拿手续结婚了。我的爹妈也在催我结婚，请你们同意。"

"那是，那是，同意你们去办手续结婚。"张茂业表态说。

"你和继琴要商量好，什么时候办手续，你们两个自己定，我们完全同意。"刘立春补充说。

"谢谢你们，我马上就去找继琴商量。"说完就转身上路，向跑马岗方向去了。

三

欢子匆匆上路，直奔跑马河公社茶场而去。在路过严家台子的时候，他无意间往屋门口看了一眼，发现门口一个大石磙上坐着严兆龙。他手上有一根粗大的铁链和石磙连在一起。他头发散乱，像个蓬乱的鸡窝，脏兮兮的、一绺一绺像鸡屎状的黑坨结在一起，遮住了眼睛和眉毛，只有鼻子嘴巴露在外面。他全身是黑色的粗布衣服，上面结着一层层的硬壳儿。肥胖的身体压得他佝偻着腰，就像一只衰老的黑猩猩。见到欢子路过，他低吼了几声，像是在向他打招呼。之后依旧念叨着他的经文："张继红，严兆龙……"此时的欢子顿生一种怜悯之心，心想相思病真厉害，竟能让人变成这个样子。男人啊！真的非常脆弱啊！

严兆龙的形象一直萦绕在脑海里，挥之不去。他想象着他发疯时的情景，吃饭睡觉时的情景。他无心观看沿途的风景，冒着炎热赶路。有时候停下来擦一下汗水，喝几口凉茶。中午时分，他已经进入了茶场的范围。满山的茶园蒸腾着一股股热浪，向他扑面袭来，他躲到几棵大树下乘凉，看着一群人担着茶叶，回到场部。

在劳动的人群中，他看到了张继琴的身影。那个戴着大草帽，穿着蓝色上衣，挑着两箩筐茶叶走在最后的女人就是。欢子连忙过去叫住她：

"继琴妹妹，你收工啦？"

张继琴转过身来，看见是欢子哥，愣了一下说：

"哦！是欢子哥啊，稀客啊！"

"你到茶场里啦，怎么不告诉我啊？"欢子有些责备意思。

"这不才来吗，脚跟还没有站稳，没来得及啊！"继琴解释着。她看见欢子又黑又瘦的，顿生怜悯之心，心里滋味难受。

"我是专门来看你的，有重要的事情和你商量。你有空吗？"欢子说明来意。

"我先去交茶叶，你就在这里等我。"继琴同意。

"你先去吃饭吧，吃了饭再来。"欢子替她着想。

"嗯，你也没吃吧？我吃了以后给你带点儿过来。"继琴答应了。

"好的，你抓紧，我等你。"欢子回答。

张继琴很快就来了。她用手帕包着一个黄龙寺土窑里烧制的半钵子红豆苔米饭，上面有一点青菜和粉条。欢子说：

"这么快呀！你还没有吃吧？"

"吃了，吃了，我吃饭很快的。"其实茶场食堂里的饭菜是定量的，每人每餐一钵，没有多余的。张继琴把自己的午饭给了欢子，自己只喝了一点儿菜汤，就马上过来了。欢子接过钵子，顾不上吃相不雅，狼吞虎咽地吃起来，很快就吃完了。他放下钵子筷子，拉住张继琴的手说：

"继琴妹妹，你满二十岁啦！祝你生日快乐啊！"

她想了一下说："哦，明天是六月初二，我的生日，感谢你记得啊！"

"你黑了瘦了，茶场很辛苦吧？"欢子关心地问。

继琴嘴巴一撇说："还不是跟生产队一样，除了采茶还是采茶，单调得很呢！"

"你过来好多天啦？"欢子问。

"五一过后就来了，差不多个把月了吧。"继琴回答。

"我看你们很忙啊！"欢子又问。

继琴接过话题："是很忙，正是采春茶的大忙季节，人手不够啊。"

"我也跟你一样，正是学手艺，赶产量的季节。"欢子自我解释。

两人闲扯了一会儿，就说到了两人的婚事。欢子说：

"继琴妹妹，我们两个人拿手续的事，你是怎么安排的啊？"

"我还没有跟爹妈他们商量呢。"

"我到你们家去了，你爹妈都同意我们拿手续啦！"欢子告诉她。

"哦！那等我下次放假了，就去办吧。"继琴答应爽快。

欢子得到了她肯定的答复，心里很高兴。整个中午，他俩都在小山包的松树底下说着话。直到茶场上工的铃声响起，张继琴才站起来离开。欢子提起挎包准备下山时，才想起来给她买的红糖还在包里。他马上赶上去，把红糖塞到张继琴的手里，才转身离开茶场往回赶。

四

"没有不透风的墙。"在黄龙寺的女人当中，好事者王彩玲是一个消息灵通人士。她与张茂业是姨表亲戚，互有往来。高林子和张继琴之间交往的消息，很快传到了王彩玲的耳朵里。

那天下着小雨，地上有了一锄头的墒。胡友山通知全体男女社员，上山栽红苕。薛海蓉和王彩玲穿着蓑衣戴着斗笠，来到了驴尿沟，在老刺坡山田里忙碌。薛海蓉和王彩玲关系不错，之间说话比较随意。王彩玲偷偷地跟薛海蓉说：

"你欢子哥哥他们拿手续了吗？"

薛海蓉回答："快了，要等到张继琴姐姐满二十岁。"

王彩玲眨巴着眼睛说："你欢子哥哥就是老实，只晓得做事，不了解外面的情况。"

"是啊，最近又迷上了学艺做瓦了。"薛海蓉顺口答话。

"你可要提醒你哥哥呀，免得夜长梦多哦。"王彩玲话中有话。

"你是不是听到有什么消息啦？"薛海蓉警觉地问。

王彩玲靠近海蓉，很神秘地小声说："我听说林子山有一个小青年在疯狂地追求她呢！"

"你这是听谁说的啊？"薛海蓉听了很吃惊地追问。

"你不要问，反正传到我耳朵里了。"王彩玲肯定地说。

海蓉听到这个消息，很是吃惊。她赶紧就跟郑月梅说了。她妈将信将疑，就把欢子喊过来问：

"你上次去找张继琴，她对你还好吗？"

"很好啊，她给我端了饭，和我讲了一个中午。"欢子自信地说。

郑月梅追问："你们拿手续的事，她怎么说的啊？"

"她说放假了就来办手续的。有什么事情吗？"欢子回答。

"这些嚼舌根子的，不晓得安的什么心！"郑月梅诅咒着，差点骂了出来。

听到欢子说得肯定，家里的人也就放心了。

等了十多天不见音信，张继琴并没有过来办手续。薛家木夫妇有些着急了，商量着说请六爷爷跑路，去催一下。

很快六爷爷回来了，他带回一个坏消息，张继琴变心了。张家退回了薛家的定亲礼物。

欢子听说以后，感觉如晴天霹雳，肺都要气炸了。他不相信这是真的，他要去找张继琴当面对质。可桌子上分明放着他们定亲时的礼物，他看着气得脸都黑了。一怒之下，拿起几样东西，奋力地向槐树林子里掷了过去。

第三十八章　逼婚

一

薛海欢离开张家去茶场找继琴之后，张茂业夫妇就在屋里商量张继琴出嫁的事。

张茂业说："立春啦，琴娃子已经二十岁了，今天欢子也来啦，他们的婚事我们要早些准备啊！"

"琴娃子说了不喜欢薛欢子了，这个弯子还没有转过来啊！"刘立春不无担心地说。

"她跟高林子之间还有往来？你晓得吗？"张茂业问。

"她搬到茶场里去了，我们管得到吗？"刘立春表示不知道。

张茂业恳切地说："不管怎么样，我们不能对不起薛家木，对不起欢子啊！"

刘立春反问："没有对不起他们啊！我们总不能包办代替吧？"

"他俩的事我们没有包办，订婚的时候她是同意了的啊！"张茂业强调说。

刘立春说："红娃子回来，劝她的时候说过'先同意了再说'的话。"

"你也说过这样的话，是不是？"张茂业问。

"我是说，你看你平儿哥好可怜，你就听你姐姐的吧。"刘立春承认说过。

"我说你们，尽搞一些糊涂事！"张茂业埋怨她们。

"那怎么办呢？你儿子也急着要娶媳妇结婚啊！"刘立春并不认账。

"她明天满二十岁，叫她回来，明天晚上我们给她过生日。"张茂业决定要给张继琴上政治课。

刘立春安排张继平去接张继琴回来。

晚上，张继琴回来了，一家人聚在一盏昏暗的煤油灯下吃着晚餐。桌子上有一碗腊肉条炒萝卜、一碗鸡蛋和几碗小菜，已经算是丰盛的了。一家人说说笑笑，其乐融融。

晚饭后，海花身子不舒服，提前睡了。张继兰做完了作业，也上床睡觉了。刘立春才招呼着张继平、张继琴到他们的房间，商量张继琴的事情。张茂业卷着叶子烟在煤油灯上点燃，正在津津有味地抽着，屋里弥漫着浓重的土烟味。四人到齐了，张继琴、刘立春坐在床上，张继平、张茂业坐在木椅子上。张茂业喝了两口茶，咳嗽了两声开腔说：

"我跟你妈商量开个家庭会，是关于继琴的事情。"

刘立春接过话题说："琴娃子今天二十岁了，你和薛海欢的婚事，究竟是怎么想的，我们要听听你的意见。"

"你们是不是要逼着我嫁给他呢？"张继琴一听就有些不耐烦地说。

"不是，不是，爹妈是想听听你的想法。"张继平解释说。

"是的是的，想听听你的真心话。"张茂业打消她的顾虑说。

"我说了，你们不会烦吧？"张继琴是"王巴三打锣——告明在先"。

"不会。"张茂业表态，郑月梅也点头赞同。

"我知道订了婚的人，是不能随便反悔的。但是我对欢子哥哥没有什么感觉，有的只是同情。"

"你个混账东西！那订了婚的怎么办？"张茂业的烟袋在睡柜上敲得嘣嘣响。

"我能怎么办？反正我当时就很犹豫。"张继琴嘟哝着说。

"是谁逼你了，你说清楚。"张茂业逼问。

"是大姐要我先同意了再说，妈也有那个意思。"张继琴和盘托出。

"你说得轻巧，你没得责任是不是？你跟高林子关系不清白也是她们的意思？"张茂业怒气冲冲地责问。

"爹，您别急。让她讲讲对高林子是什么态度。"张继平插嘴说。

"你跟他是不是好上了啊？"刘立春责问。

"是好上了，他喜欢我，我也喜欢他。"张继琴坦然自若。

"那你跟欢子的婚事怎么办？"张茂业恶狠狠地问。

"我能怎么办？你们说怎么办我就怎么办。"张继琴一副无所谓的神情。

她是死猪不怕开水烫了。三人一时无语。停顿片刻，张茂业把烟袋往睡柜上一甩，情绪暴躁地大声说：

"从明天开始，不准你到茶场上班，不准你和高林子来往。"

刘立春赶紧用手去捂张茂业的嘴说："小声点！免得海花听见！"

"听见就听见吧，纸包得住火啊？"张茂业继续大声说。

张继琴倏地一下站起来说："不去就不去。"接着跑过去打开房门、大门往外跑。张继平紧随其后，追到竹林子下面抓住了她的手，刘立春也追上来，两人一起用力把她拽住。

这时，薛海花和张继兰被嘈杂声吵醒，也都起床了。薛海花披着上衣，手里拿着一盏小灯走出房门，张继平赶忙放下张继琴，跑过去扶住她。薛海花向他询问发生了什么事，张继平支支吾吾糊弄着她，又扶着她进了卧室。其实薛海花起床之前大致听到了几句，心里知道是为张继琴的事情。

这时刘立春在张继琴耳边提醒："惊动你嫂子啦！"张继琴意识到这样动静太大，才软绵绵地回到卧室里。

为了劝解张继琴，刘立春和张继琴睡在一起，嘀嘀咕咕跟她说了好半天，张继琴激动的情绪才逐渐稳定了下来。

二

半夜过后，张继平才进卧室准备睡觉，他躺在薛海花身边翻来覆去就是不能入睡，有时候还坐起来发呆。薛海花看在眼里，知道他有很多的心思。第二天等他心情好转以后，才询问他昨天晚上的事。张继平本想瞒着她，但转念一想，这件事情终究是要爆发出来的，不如早点跟她讲清楚。于是他就把事情的来龙去脉告诉了薛海花。

薛海花听着听着，两行眼泪就流出来了。张继平赶紧拿出手绢，给她擦拭眼泪，并安慰她说：

"别急别急，我爹我妈都在逼她，没有松口，她想悔婚，不可能的事儿！"

薛海花望着他说："我观察她和高林子是有些不一样，高林子给我们家帮忙特别卖力。"

"他们的交往也才刚刚开始，我们都不同意的话，她应该能回心转意。"他宽慰着她说。

"我看他们两个眉来眼去的样子，就知道他们已经交往很久了。"

"不会吧，我怎么没有看出来呢？"

"我的个欢子哥！你怎么这么命苦啊！"薛海花说着又要哭起来了。

张继平看见她哭了，就急了，一把抱住她，贴在她脸上说：

"不哭不哭，哭了对胎儿不好啊！"

"你们张家人怎么这么不讲信用啊？"

"讲信用，讲信用。我们不是正在做她的工作吗？"

薛海花一把将他推开，恶狠狠地警告他说：

"张继平，我跟你说啊，你们张家这么不讲信用的话，也不要怪我们薛家不讲信用啊！"

"不会不会，我们一定会讲信用，不会让她胡来的。"张继平承诺着。

三

薛海欢又面临着一次沉重打击，他脸色煞白，心情凝重。他一直想着那天相见的情景，仔细寻找着，有没有什么不对劲的地方，哪怕只是一丝一毫的细节，并没有发现不正常、不妥当的细节。想去想来，他决定要与张继琴见一面，当面锣对面鼓地把话说清楚。他收拾好东西，顾不得向队长、师傅请假，就匆匆忙忙上路，直奔跑马河公社茶场而去。

他几乎是一路小跑，来到了那个小山包上。对面的几块茶园一目了然，很多人在采茶。他一个一个地辨认，没有发现张继琴的身影。中午收工，茶场的工人陆续回来了，他又一个一个地仔细寻找，还是没有找到。他有些着急了，就不顾影响地跑进食堂、宿舍里去找，都没有。他找到场部的时候，见了汪场长。汪场长说她已经有三天没有来茶场上班了。

薛海欢又是一路小跑地通过跑马岗，翻过白鹤嘴，来到了张继琴的家里。这时已经是下午两点钟了，正碰上张茂业、刘立春要出工。张茂业吩咐薛海花在家里接待薛海欢，就匆匆忙忙地和刘立春上工去了。

兄妹相见，抱头一场大哭。薛海花捶胸顿足地哭着说：

"张继琴是骗子，张家全都是骗子。早知道是这样，我就不会同意嫁过来！呜，呜呜……"海花号啕大哭，几乎喘不过气来。

薛海欢泪眼模糊，看着妹妹红肿着眼睛，用嘶哑的声音哭诉着，知道她的痛苦已有时日，而且程度更深。这让他非常难受，他迅速擦干眼泪，装出若无其事的样子，劝慰薛海花说：

"你不要难过，离开了张继琴，我还打了光棍不成？"

"你不要讲狠，说了这么多都吹了。"海花心疼地说。

"再吹一次又如何？我受得了。"欢子咬着牙说。

"我是说他们太欺负人了，完全是圈套，是大骗子！"海花不服气。

停顿了一会儿，欢子若有所思地问："究竟是什么原因让张继琴变心的呀？"

"你认识高林子吗？"海花问。

欢子回答："不认识啊！怎么啦？"

海花提醒他："就是那个在我们结婚的时候，在这里跑前跑后的高个子，穿军装戴军帽的年轻人。他现在和张继琴好上了。"

"是别人叫他高连长的那位吗？"欢子依稀记得地说。

"是的，他是大队民兵连长。我看见他经常骑着自行车前来纠缠她。"海花肯定地说。

"那我要去大队找他。"欢子急了说。

海花并不支持："人家舅舅是大队严书记，你找他有屁用！"

"那我要找张继琴，她在家吗？我要见她一面，当面说清楚。"欢子坚持说。

"还是她生日那天晚上回来了一趟的，这两天没有回来。"海花说。

"茶场我去了，汪场长说她已有三天没有上班了。"欢子答。

海花提出疑问："茶场没有，家里也没有，那她会到哪里去呢？"

"附近有没有她最要好的朋友啊？"欢子问。

"不晓得，她会离家出走吗？"海花回答。

"她八岁的时候是跑过的，跑出去三天才找回来。"欢子怀疑她出走了。

四

"好驴子也打不过三个练。"这一次的打击对于薛海欢来说是最为沉重的。他一连几天昏昏沉沉、精神萎靡。他不修边幅，胡子拉碴，头发蓬乱，脸上的皱纹越来越多了，跟严兆龙发疯时的形象差不多。虽然没有见到张继琴，薛海欢还心存侥幸，他希望发生的这一切都不是真的。

这几天他几次恍恍惚惚地出门进门，几次碰到了廖二。他用怪异的眼光看着薛海欢，嘴里依旧唱着那句俗语："养女莫嫁黄龙寺，吃哒苕坨就砍剌……"现在他听到这句俗语感到特别刺耳，也格外锥心。

见不到张继琴他很不甘心，他又从茶场到张家，再从张家到茶场来回找了几趟，都没有看到张继琴的影子。找不到张继琴，他就决定去找高林子。

经过一路打听，他找到了高家老屋。在一栋高大老瓦屋的门前，停放着一辆武汉牌的自行车。他刚到门口，一只大黄狗突然从屋里蹿出来，"汪，汪汪……"地叫个不停。接着一个穿戴整齐的年轻人从里面走出来，嘴里叫唤着黄狗："金毛，金毛……"欢子一看是高林子，就上前说话：

"你就是高林子吧？"

"我是啊，你是谁呀？"高林子惊奇地上下打量着他，像看一只怪物。

"我是黄龙寺的薛海欢。"欢子自报家门。

"你找我有什么事吗？"高林子拉长了声音说。

欢子急切地说："听说你跟张继琴来往很多，她是我的未婚妻，希望你离她远点儿。"

这时旁边已经围了几个人，有路过的群众，有看热闹的闲人，旁边的几个住户也开门出来观看。高林子偏着脑袋问：

"你凭什么说我跟她来往密切呀？"

"这辆自行车就是证据，你用它送张继琴到茶场，带着她去看电影，别人都看见了，告诉我了，有这种事情吗？"欢子指着自行车大声嚷道。

"有啊，我们来往很正常啊。"高林子故作镇静地回答。

欢子怒目而视："正常个屁！你就是耍流氓，抢别人的未婚妻，挖别人的墙脚。"

"狗日的，一个地主秧子，你还敢在这里撒野？"高林子破口了。

欢子一听更是火冒三丈，扑过去要抓住他拼命。高林子赶紧往屋里躲，边退边唤："金毛，金毛，上，上……"黄狗从旁边的树下一跃而起，扑向了欢子。欢子怒不可遏，飞起两脚将黄狗踢开，黄狗"汪汪"两声落荒而逃。

欢子怒气未消，一把将自行车推倒。这时人群中来了两个腰圆膀扎的青年，欢子认得其中一个是周痞子，他们两个架着他的胳膊，把他从屋场上拖走，又在路上拖了一百多米，把他丢在一块草地上。周痞子两个嘴里骂骂咧咧地扬长而去。

欢子本想跟高林子理论，要他不要纠缠张继琴。可高家老屋哪里是讲理的地方，不是疯狗咬就是恶人拖，打也打不赢，骂也骂不过。他伤心至极，躺在草地上，摸着腿上脚上的伤痕，痛苦地流下了眼泪。但他并不甘心，找高林子不成，但要继续寻找张继琴，和她当面把话说清楚。他慢慢爬起来，蹒跚着向白鹤嘴的方向走去。

五

六月的阳光就像一团烈火，烤得大地冒烟，草木焦黄。欢子顶着烈日，又饥又渴，步履沉重，走到白鹤嘴的半山腰就走不动了。他就地坐下来休息，观察着张家附近来往的人员，希望能找到张继琴。他观察着，回想着两家交往的过去，薛海花出嫁的情景；把张继琴从医院抬回来，一路上吹唢呐吹口琴的情景；三月八日那天去民政办公室拿手续的情景。想着她那灿烂的脸庞、甜美的笑声，泪湿眼眶，情不自禁地从挎包里拿出唢呐，吹了起来。他要用唢呐感动张继琴，用唢呐将她吹出来，和她见面。他从革命历史歌曲吹到鄂西民歌，再吹到革命样板戏，有的曲子不止吹一遍两遍。直到吹得头脑发涨，天昏地暗。

唢呐正对着张家，一阵阵哀婉的声音传来，薛海花听到唢呐声，知道是欢子哥吹的，她在家里唉声叹气，行坐不安。张茂业夫妇听到了唢呐声，也不知如何是好。张继平听到唢呐声，朝着半山腰望了几次，转过身要他妈热好了饭菜，准备了茶水，他要给薛海欢送过去。

他寻着唢呐声爬到白鹤嘴的半山腰。在一片草地上，看见薛海欢正闭着眼睛朝着山下吹奏。张继平来到了他身边，叫了他几次，他才睁开血红的眼睛看了看，又埋头只顾吹奏。张继平只好将茶水、饭菜放在他的旁边说：

"你渴了饿了就吃点儿喝点儿吧，不要把身子累坏了。"

欢子无动于衷，继续吹着唢呐。

太阳快要落山的时候，又来了两个年轻人，是周痞子和另外一个小青年。他们是受高林子的派遣，来驱赶薛海欢的。他们满口侮辱、威胁的话。

薛海欢就是不理不睬，继续吹他的唢呐。周痞子气急之下，一把夺过他的唢呐，薛海欢怒不可遏，站起来和他争夺。但是身体虚弱，力不从心，很快便昏倒在地……

不知过了多久，薛海欢在颠簸中昏昏沉沉地醒来。他睡在一辆板车上，身体随着路面的高低不平颠簸着。他拼命地睁开眼睛，借着微弱的月光，他看见张继平的背影，奋力地拖着板车在一条机耕路上行进。他挣扎着坐起来，坚持要自己走回去。张继平扶着他走了一段路。没走几步就走不下去了，裆部热辣辣的，剧烈疼痛。他依然又开胯子走了几步，就疼得满头大汗，没有办法走了，只得又回到板车上，由张继平拉着回家。

走了一程，薛海欢疼得更厉害了，实在忍不住了哼出声来。张继平停下来，赶紧说送到医院去，欢子反对无效，只能随着他到了跑马河公社医院，医生检查了病情，建议迅速到市里医院去手术治疗，公社医院做不了这样的手术。张继平又拖着他赶往峡江市中心医院，第二天凌晨才赶到医院。急诊医生诊断以后，确诊为急性疝气，掉下去的小肠子已经发炎，开始溃烂了，如果不及时手术就有生命危险，幸亏张继平送得及时。

没有入院费，张继平又跑去找张继红，拿来钱交了入院费。第二天早上就做了手术。等到薛海欢从手术室回到病床上，挂上了吊瓶，张继平才拖着板车离开。

第三十九章　逃婚

一

满了二十岁，张继琴的麻烦明显多了起来。薛海欢已经找上门来，要求马上拿手续结婚。她的父母已经几次逼她履行婚约，和欢子拿结婚证，根本不同意她和高林子交往。生日本是欢喜的日子，可此时她却觉得非常烦恼。昨天又和父母闹翻，估计他们还会来找她的麻烦。薛海欢肯定是等不及了，过几天又要来找她去领证。嫂子薛海花还蒙在鼓里，一旦发现了也不会放过她。这样下去肯定是不行的，她在寻思着该怎么办。没有人能够求助，唯独高林子是她的救命稻草，可以帮助她。

整个上午，她在茶园里采茶，觉得浑身没有力气，双手也不像以往那么轻巧，采摘的茶叶既没有数量，也没有质量，混进了很多老茶树叶。她也顾不了那么多，在茶叶上胡乱地采着，思绪一直飞在九霄云外。

她的心事根本没有放在茶叶上，而是对周围的事物特别敏感。她看见天上飞过来一对斑鸠，目光追过去一直看到它们落在一棵松树枝上。一只斑鸠一边点头叫着，一边靠近另一只。它们非常亲热地挨在一起，拍打着翅膀，梳理着羽毛。她又看见茶叶丛中，有不少蝴蝶和蜻蜓在自由飞翔。几只蝴蝶纠缠在一起，上下翻飞，好像是几只公的追逐着一只母的，最终有两只连在了一起，落在茶树上交尾。她的目光不停地扫视着它们，看见它们的自由欢快劲儿，她也很激动。中途休息的时候，她坐在草地上，看见草地上一群蚂蚁正在忙着搬家。她心想，这大千世界里的动物，都是多么的自由！我要是能够变成一只动物，自由自在地生活该有多好啊！

中午收工的铃声响了，张继琴交上去的茶叶又粗又少，汪场长看见了，当着一些同事的面，狠狠地批评了她几句。她很羞愧，胡乱地吃了点中餐，就向着小山包走去。她是多么希望听到那"布谷、布谷……"的呼唤声啊！多么希望能见到高林子，向他诉说自己的烦恼啊！可是高林子始终没有出现。她独自一人在小山包上漫无目标地转悠，忘记了作息时间。"当，当……"上工铃声敲响了八次，她在心里数着，完全没有上工的欲望。她旷工了，招工进场以来的第一次。

日头将要落山的时候，她终于盼来了"布谷，布谷……"的呼唤声。她急不可耐地整理了一下衣服，梳理了一下头发，就迅速跑了过去。高林子见她过来，闪在了一丛灌木林中，等她走近了，一下子从树丛中蹦了出来，抱住了她的腰。张继琴用纤纤细手捶打着他的手背，嘴里喊着"放开，放开……"那两只手举重落轻，更像是一种抚摸。两个在一起疯了一会儿，接着躺在草地上接吻，好一会儿，张继琴才推开他，严肃地说：

"昨天，我爹妈又逼我了，要我与你断绝关系。"

高林子说："薛海欢也找过我了，要我离你远点儿。"

张继琴说："那你是怎么想的呢？"

高林子也不搭话，又一把抱住她，亲着她的嘴，吮着她的耳朵说："这就是我的想法。"

张继琴说："我跟你一样。"说完将高林子抱得更紧了。

过了一会儿，张继琴说："他们都要来找我，来逼我的，你得帮我想个办法呀！"

"你怕什么？有我！他们敢！"高林子横眉怒眼地瞪着，一脸的凶相。

"你不怕我怕，你得想出一个两全其美的办法来。"张继琴央求说。

高林子眼珠一转："让我想想。是不是可以先藏起来，再躲到你姐姐那儿去？"

"好倒是很好，那我的工作不是丢了吗？"张继琴说出了她的担心。

高林子不以为然地说："亦工亦农，没有什么了不起！到时候在城里找个工作不是更好吗？"

"那我能躲到哪里去呢？"张继琴顺着问。

高林子挤着眼睛说："到我家里去，怎么样？"

"那怎么行，我害怕你们！"张继琴急了。

高林子说："到我姑姑家里去怎么样？"

"那也不行吧，我又不认识他们。"张继琴不同意。

高林子问："那你说，想到一个什么样的地方去？"

"要安全的，我熟悉的，不被他们怀疑的地方。"张继琴提出要求。

高林子想了一会儿说："那是不是可以到我们第一次单独见面的地方。

"你说的是张大婶家里？"张继琴问。

"是的，就是张大婶的家里。"高林子肯定地说。

"为什么要到她的家里去呢？"张继琴追问原因。

"她一个人在家，她男人在供销社里很少回来，儿子读高中也住校。再说她又是我们两个的介绍人。"高林子分析着。

"她会同意吗？"她仍有顾虑。

"包在我身上，我去找她说去。"高林子很有把握。

两人主意一定，当晚就开始了行动。

二

张继琴回到了茶场的宿舍里，很快收拾了被子、衣服和日常用品，用两个布袋装好，等着高林子的信息。

高林子骑着自行车，来到了张大婶的家里，和她商量让张继琴搬过来住几天的事情。张大婶一听他的讲述，根本没有料到事情发展得如此迅速，她惊得目瞪口呆，面露难色。高林子对她说：

"你是我们两个的介绍人，又是继琴的婶娘。现在你不帮我们谁来帮我们？"

"那你不怕我说出去呀？"张大婶眨巴着眼睛神秘地说。

"哈哈，您肯定不会。因为你暗地里帮我们做介绍的事情，也怕别人知道。"高林子指出她的软肋。

"那我跟你们说啊！只能在我这里暂住，时间不能长，不然我家老头子就要回来了。"她想了想，有条件地答应了。

"只住三天行不行？"高林子提出要求。

"好吧，就三天，你叫她搬过来吧。"张大婶同意了。

当天晚上，高林子就把张继琴送到了张大婶的家里。

晚上和张大婶睡在一起，两人嘀嘀咕咕讲了很长时间。张大婶把张继琴的想法都问清楚了，也赞成他们的想法。她还给张继琴出主意说：

"那你们不能这样拖下去呀！要快刀斩乱麻，要尽快让薛海欢断了这个念想！"

"那我应该怎么办呢？"她正希望有人指点。

张大婶建议："你应该明确表明自己的态度，让薛海欢死了这条心。"

"我害怕和薛海欢见面！"张继琴低声说。

张大婶灵机一动，想起了类似情况的处理办法，就建议说："你们上次订婚的时候，他给你的打发，是些什么东西呀？"

"有四样东西，绸子布、解放鞋、香皂、毛巾。"张继琴很清楚地回答。

"那你应该迅速将这些东西退回去呀，一定要退回去，越快越好！"张大婶出主意说。

"那我怎么敢回去拿呢？"张继琴很为难地说。

张大婶一时无语，沉默了好一会儿说：

"这个也不难，你要高林子再买一份一模一样的，我给你退到薛家去。"

"那好啊，就是要让您为难！"张继琴说。

"这有什么难的，就半天工呗！"张大婶说得很轻松。

"那就拜托您哪！"张继琴大喜。

"那你要办得一模一样啊，免得他们认出来。"张大婶再三嘱咐说。

"那是肯定的啦！"张继琴高兴地答应了。

三

张继琴把张大婶建议退打发的事，给高林子说了，高林子很赞同，愿意出钱买四样东西退回去。但他又马上为难地说：

"买四样东西不难，但是要买一模一样的东西我可办不到。"

高林子说得很有道理，四样东西的颜色、品牌、尺寸，他都不知道，叫他怎么买呢？张继琴一想也是，就说：

"这四样东西我熟悉，我和你一起去买吧。"

高林子用自行车带着她来到跑马河镇供销社，他俩手牵着手来到布匹店，刚一进店门，张继琴就指着那一段水红色的绸子布说："就是这种。"他们很快买了两米，又买了一双三十七码的解放鞋。又到日杂柜台买了上海牌的毛巾，大桥牌的香皂。然后买了一个蓝布包袱，把四样东西装好。张继琴觉得跟原来的一模一样，心满意足地和高林子回到了张大婶家里，把四样东西交给了张大婶。张大婶又很快交给了欢子的六爷爷，退给了薛家。

张继琴在张大婶家里躲了三天，每天晚上都和高林子幽会，两人如胶似漆，非常亲热。可白天没人陪伴，觉得很无聊。她帮着张大婶做家务，帮她下厨做饭，剁猪草喂猪，打扫室内的清洁卫生。闲下来的时候，就站在窗前发呆。她看着外面的棉花田、水稻田，看着白鹤嘴下的道路上来往的人们。她看见父母急匆匆地来来去去，看见继平哥推着自行车出门，又看见欢子哥哥提着挎包，垂头丧气地走路。不一会儿，她听见了唢呐声。那声音时而婉转悠扬，时而如泣如诉。她一听就知道这是欢子哥哥吹的。这声音曾经让她感动。她的心情是复杂的，她对欢子哥哥充满了怜悯之情，但又想高林子对她好。她感觉非常烦躁，在屋子里来回走动，那唢呐声就是追着她，让她心烦意乱。她试图离开窗口，又用棉被捂着自己的头和耳朵。声音虽然已变得非常微弱，但还是幽灵一样地穿了进来。

三天时间，张继琴度日如年，只有高林子来时，她才眉开眼笑。她急切地想要离开，就和高林子商量，高林子连夜骑着自行车，带着她来到了峡江市，找到了姐姐张继红。张继红又通过一个朋友，把她安排在街道织布厂里做纺织工人。高林子经常骑着自行车，城乡两地跑，为的是看张继琴。

第四十章 抗争

一

张继平一夜没有回来，这在他们蜜月期间，还是第一次。海花只知道他拖着板车出门，去送欢子哥了，心里想着应该不会有什么事吧。她守着油灯，拿出针线活儿来做，没缝几针就放下了。她上床睡觉，夜深人静，外面传来野狗还有蛐蛐的叫声。屋里床下、天花板上到处都有老鼠的打闹声和"吱吱"的叫声。她屏声静气地聆听，那声音就像死人在窃笑，像魔鬼在尖叫，她非常害怕，在床上缩成一团。半夜里她实在无法入睡，只得又下床掌灯，打开房门来到张继兰的卧室里，她推醒张继兰，要她陪自己睡。张继兰胡乱地擦着眼睛，跟着薛海花，来到海花房里睡下，很快就打起了均匀的呼噜。

有了张继兰做伴，她觉得安全了许多。她想着欢子哥哥，慢慢地进入梦乡。半夜里她忽然惊醒，忽地坐起，大声尖叫。她梦见被一个厉鬼追逐着。那厉鬼青面獠牙，脚像木船，手像钉耙。她看见厉鬼藏在树叶之中，一阵大风吹过，一秒钟之间忽然长大超过了大树，像大雾一样地铺天盖地而来。欢子哥哥拉着她拼命地奔跑，摔了无数个跟头。他们翻过一座座高山，蹚过湍急的河流，前面是万丈悬崖。欢子哥哥牵着她的手，试着往悬崖下边逃去。刚刚挪动脚步，突然脚下一滑，人就吊在了半空里。她感觉昏沉沉、软绵绵、荡悠悠地往下掉，耳边风声呼呼地响，身子在空中像鹅毛般飘飘荡荡。她大声呼救："哥哥，哥哥……"眼前一片漆黑，不见欢子哥哥的身影。她飘着飘着，忽然落地惊醒，发现浑身都是冷汗。

她嘤嘤地哭着醒来，看到张继兰正把她推醒，和她相拥而卧，她感觉像是张继平把她搂在怀里。哭着向她讲述着梦境，述说着恐惧。张继兰像哄孩子一样地哄着她，她还在不住地叫唤："欢子哥哥，欢子哥哥……"

直到第二天的晚上，张继平才拖着板车，狼狈不堪地回来了。他的衣服已经很脏，到处都有汗渍和泥巴的痕迹；他的脸上显得很瘦，就像腹泻病人的样子。张茂业一见就问：

"你怎么这么长时间才回来呀，你到哪里去啦？"

"薛海欢病了，我把他送到市医院里了，今天上午已经做完了手术。"

"哦，做手术？是什么病呢？这么严重？"刘立春倒吸了一口冷气，惊奇地询问。

"医生说他长时间吹唢呐，得了急性疝气，肠子都已经发炎了。"

"哎呀，欢子哥哥怎么这么倒霉呀！他现在怎么样啦？"薛海花焦急地问。

"我走的时候他已经下了手术台啦，还没有清醒过来。应该没有问题吧！"

这时晚饭已经熟了，他狼吞虎咽地吃了两碗，简单洗了一个澡，就上床睡了。

薛海花听说欢子哥哥病了，更加悲伤和牵挂。她提出要去看望哥哥，但路途遥远，她又身怀六甲，家里人都不同意她去。整日里她只能以泪洗面，极度悲伤。

联想到张继琴的无情，张家的不讲信用，欢子哥哥的病情，薛海花几乎要气疯了。她觉得这个局面，都是张继琴和张家不守信用造成的。她怎么也想不明白，张家会这样子骗人。她原以为牺牲了自己的选择权利，就可以给欢子哥换来美满的婚姻，帮助薛家解决最大的难题。没想到会出现这个结果。她心有不甘，决心要有所行动，勇敢抗争。要用自己的微弱之躯，为薛家争气。她要向张继平抗争，向张继琴抗争，向张家抗争。最好是要争取张继琴能够回心转意，最起码也要争取一个最好的结果。她决心用实际行动，报复不讲信用的人。

二

一夜之间，薛海花就像换了一个人似的，从一个柔弱的小女子变成了凶悍的泼妇。她感觉被人欺骗得太深太久，简直让她怒不可遏。她怒气冲冲，在屋里走来走去，寻找着发泄对象，对公公婆婆和张继平都横眉怒眼。张继平看到她这个样子，也很理解、很自责，不去招惹她，尽量用自己的温柔之举，化解她心头的怒火。但是薛海花并不买账，还大声地斥责他说：

"张继平，你听着，是不是你们张家不讲信用啊？"

"是，是啊，可是……"继平结结巴巴地回答。

"可是可是，可是什么？"海花吼道。

"我们正在努力呀！不信你问问我爹、我妈啊。"他指着站在旁边小心翼翼的父母说。

张茂业、刘立春在旁边连连点头称是。

"打发（聘礼）都退了，人也不见了，我哥哥也病了，还怎么努力呀？"海花横眉怒眼。

刘立春一惊说："什么？打发都退啦？我还收得好好的呢！"说着就急匆匆忙忙拿着那一尺多长的钥匙，快步走到床前，打开了睡柜，从里面提出来一个蓝布包袱，放到桌子上打开。薛海花一看，里面是一段绸子布、解放鞋、毛巾、香皂。她看了并不服气说：

"反正我哥是病了，张继琴是躲起来了。"

"我们正在找她呀，你总要给我们一点点时间吧！"张继平低声下气地说。

薛海花厉声责问："你说给你们多长时间？"

"半个月行不行？"张继平说。

薛海花斩钉截铁地说："不行，顶多一个星期。"

"好，就一个星期，到时候给你回话。"

张继平承诺一个星期，实际上心里很虚。他不知道能不能找到张继琴，即使是找到了，能不能让她回心转意，他是真的没有把握，因为他深知张继琴的脾气。现在薛海花逼着他表态，他也无可奈何，只好同意。

张家人开始努力寻找。他们来到茶场询问她的同事和领导，都说没有看到。他们找遍了所有的亲戚家里，也都说不知道她的下落。询问了她的好友，都回话不知道。一家人在屋里分析，刘立春提出：

"会不会跑到继红那里去呀？"

张继平说："我去找继红姐姐借钱的时候，没有问到这件事。"

于是张继平决定再跑一趟。他借来自行车，连夜赶往张继红家里，张继红也说没有来过。

她会跑到哪里去呢？一家人又在屋里仔细分析。刘立春忍不住哭起来说：

"我的个二女娃子啊，你可千万别寻短见啊！"

张茂业说："琴娃子性格开朗，应该不会吧！我倒是觉得，会不会是高林子把他藏起来了呢？"

张继平一听觉得也有可能，就去找高林子。

张继平来到大队部，到民兵连办公室里找到了高林子。他正在写着什么东西，听见脚步声，抬头张望。张继平进来就问：

"高连长，你看见张继琴了吗？"

"喔，继平哥啊，快请坐！我没有看见她呀！"高林子显得很客气。

张继平不信："不会吧，最近你可跟她来往很多啊！"

"我向你保证，我真的没有看见她。"高林子语气很诚恳地说。

"那她会到哪儿去呢？"张继平思索着说。

"她出门几天了？"高林子关心地问。

"已经有两三天啦！"张继平回答。

"那你还是到其他地方找找吧。"张继平感觉高林子很镇定、很诚实，相信了他的话。

三

一个星期很快就过去了，薛海花找张继平询问，张继平垂头丧气地告诉她说没有找到。薛海花武断地说：

"肯定是你们把她藏起来了，这么大个人怎么会不见了呢？"

"我们确实是找遍了所有的地方，都说没有看见她。"张继平耐心解释着。

"你说一个星期给我回话，你回答我的就是找不到三个字啊？"薛海花怒气未消。

"海花，海花！你冷静一点儿好不好啊？"张继平带着哭腔哀求薛海花说。

"怪就怪这个二女娃子，搅得我们几家人都不得安宁。唯愿她死在外面算了！"张茂业发狠地说。

"这下你们家团圆了，舒服了。可我们家呢，你们都想过没有啊？"薛海花不依不饶。

"怎么没有想过啊？我和你爹都商量过了，准备到你们家给你爹妈赔罪啊！"刘立春哀求着解释。

"谁要你们赔罪呀？不让我们好过，你们也别想好过！"说完一甩门，跑到床上哭去了。张继平赶紧跟进来劝解，可是越是劝解，她哭得越厉害。她一边哭着一边想着欢子哥哥的好处。

薛海欢大她五岁，从小就呵护着她。她跟哥哥的关系比父母都亲。小的时候，父母成天在生产队里劳动，没有工夫管她，欢子哥哥就背她、抱她、哄着她，有什么好吃的东西都留给她。桃子、杏子刚一谢花，就采摘回来给她吃。他经常带着她捉螃蟹、挖泥鳅，改善家里的生活。一次在挖泥鳅的过程当中，她提着篓子跟在她哥哥后面摇摇摆摆地跑着，脚下碰到一个石头，摔了一跤，掉到堰塘里去了，欢子哥哥奋不顾身地跳到水里，费尽了全身力气才把她救了起来。要不是欢子哥哥跑得快，救得及时，她这条小命儿早就没有了。她从小到大穿了无数双草鞋，都是欢子哥哥做的。在学校里受别人的欺负，都是欢子哥哥给她撑腰。她想着这些，泪如泉涌，泣不成声，泪水打湿了半个枕头。想着这些，她失眠了，思恋哥哥、思念娘家的心情更浓烈了。

就这样她流着泪挨到清晨，看到窗外刚一发白，就悄悄地起来，梳洗完毕，收拾好自己的换洗的衣服，用一个蓝色的包袱包好，提在手里，然后轻轻地打开房门，朝着黄龙寺的方向快步走去。

等到张继平醒来，天已经大亮了。他一看薛海花不见了，马上爬起来，在屋里找了一遍没有。他查看大门，见门开着，知道她出去了。他在屋前屋后找了一遍也没看见。回到卧室里，他看见抽屉里有一个纸条，拿过来一看，上面歪歪扭扭写着几个字：

"张继平，我回娘家去了，不要找我。"

四

薛海花心里憋屈，揣着一肚子气赶路。回到黄龙寺，跨进娘家门儿的时候，家里人都还没有出工。郑月梅见海花回来了，非常高兴，上前拉住薛海花的手，母女俩说着说着就抱头痛哭起来，声音惊动了家里的人。薛家木先出来了，见是海花回来了，也很高兴，他和薛海花说着说着话鼻子一酸，眼泪就流出了眼眶。薛海蓉、薛海桃、薛海芳见着姐姐回来了，也都高兴地上前去打招呼，在说了一会儿话后，几姊妹也抱在一起哭了起来。薛海欢从屋里出来，看见了薛海花，不觉眼泪已经在眼眶里打转。但一家人情绪很快恢复了正常。对薛海花的回娘家，都感到很高兴也很意外。郑月梅问薛海花：

"怎么这么早就回来啦？是不是受了什么委屈啊？"

薛海花说："张家欺人太甚，换亲不诚信。张二跑出去了找不到人。"

郑月梅关切地问："你没有跟公爹公婆他们吵架吧？"

"没有啊，我只跟他们争辩，要求他们把张继琴找回来，当面说清楚。"薛海花回答着。

郑月梅问："他们找了没有啊？"

"他们找了一个星期了，也没有找到。"薛海花答。

"那你就赌着气回来啦，是不是？"

"我只找他们要人，他们没有办法答复我，所以我就回来了。"

"好好，是薛家人，有血性。"薛家木赞扬她说。

"那你就安心在娘家玩吧，散散心。看看他们来不来接你。"

"我不回去了，张继琴不嫁过来，我就和他离婚。"薛海花赌气说。

"你净说一些傻话。"郑月梅说着就收拾东西上工去了。

娘家就是亲切，一切都是那么的熟悉。等到他们都上工去了，她就主动地在家里做起了家务。帮助他们收拾房间，剁猪草喂猪子，到园子里浇水种菜。中午晚上给他们做饭，感觉一切都是那么得心应手。

白天有空的时候，薛海花去岗屋里看望了婆婆薛郑氏。她已经是一个风烛残年的老人，拉着薛海花的手久久地不愿意松开。她含着眼泪念叨：

"我的个欢子啊，海花啊，真是命苦喔！"

这次回娘家，薛家人都把她当贵客对待。父母兄妹都非常喜欢她，对她格外亲热。但是越是这样，她越是觉得对不起他们，她要努力地为薛家抗争。她觉得这一切都是张家造成的，她要用自己的微薄之力，为薛家报仇雪恨。

晚上，她跟过去一样和薛海蓉睡一张床。夜里，她和薛海蓉交谈了很久，说到张家时，薛海蓉简直是咬牙切齿，她痛恨张家的背信弃义，痛恨张继琴的绝情。她问姐姐：

"你打算接下来怎么办啦？"

"张二不嫁过来，我就和继平离婚。"薛海花表明态度。

"那你肚子里的孩子呢？"海蓉担心地问。

"那就只有打掉算了。"薛海花说得干脆。

薛海蓉非常支持薛海花的想法，因为她想到一旦离婚，这个孩子就是一个累赘。

第二天薛海蓉就陪着薛海花去了公社卫生院，找了妇产科的医生。医生告诉她，要做人工流产的话，需要大队的证明，还需要夫妻双方都到医院签字同意。薛海花没有办法，只好又回到了娘家。

第四十一章　救赎

一

张继平看到海花留下的字条后，反复读了几遍。纸条告知了去向，并要求他不要寻找，这让张继平减轻了对她安全的担忧，但又陡增了劝她回家的难度。张继平知道她是为张继琴失踪而出走的。前段时间张家费了九牛二虎之力，也没有找到张继琴的下落，没有办法给薛海花一个满意的交代。怎么办呢？思前想后，他觉得自己与薛海花的婚姻，还是有感情基础的，并不会因为这件事而彻底失败，他有这个信心。薛海花是赌气回娘家的，我正好用这几天时间再仔细地找找，既给她一个满意的答复，也给父母一个安慰。同时让海花休息几天，消消气。

于是他跟父母撒谎说，他与薛海花到市里去了，让家里人放心。他带上盘缠，骑上自行车独自一人出门了。他下决心要找回张继琴。

出于对妹妹的了解，他深知妹妹的闺密就是姐姐张继红。她最大的可能是投靠张继红去了。这个恰恰让他猜中了。上次去找到张继红的时候，已经有几天了，张继红说没有见到张继琴，他也就相信了。但是仔细想来，她不可能不到她那儿去。所以他这次来到峡江市里，悄悄住进了张继红对面的一个旅社里，白天晚上都在张继红住处转悠，很快就发现了张继琴的踪影。

就在张继平到旅社住下的当天傍晚，他观察张继红门口过往的人群时，就发现张继红、张继琴两人提着小菜回家了。他跟在后面观察，直到确认她们二人，并看到她们进了家门，才停下脚步。他没有跟进去，是没有想好怎样才能说服她们，说服继琴跟他一起回家。他只得退回旅社想着办法。怎样才能说服她们呢？她嫂子跑了这是一个理由，还要说父母都为她气得生病了，而且病得不轻，看能不能打动她。

第二天早上，他看见她们俩一起出门，晚上又一起回来，他就直接跟了上去。在张继红关门的刹那间，他推开了房门。兄妹三人惊骇地互相看着，呆立片刻，张继平先开口说：

"姐姐、妹妹，你们两个都在呀！"

"继平，你是稀客啊！"张继红惊奇地说。

张继琴也打招呼说："哥哥，你怎么过来啦？"

"还不是为找你呀！你出门又不说一声，害得我们好苦啊！"他见面就数落一顿。

"怎么把你害苦了呀？"继琴不解地问。

"你嫂子赌气回娘家了。父母都为你操心气病了。我一连找你好几天，鞋子都磨破啦！"他把理由都说了。

张继琴接着说："我是成人！又不会寻短见。"

"就差到水库里去打捞你的尸体了！"继平气鼓鼓地说。

"有那么严重吗？"张继琴撇着嘴说。

张继平不无责备地说："有啊，走的走了，病的病了，人不像人，家不像家啦！"

"这我可管不了，这是你们的事。"张继琴不认账。

"你说得轻巧，都是你造成的，还敢嘴硬？"张继平提高了嗓门。

"那你要我怎么办？"张继琴开始要赖。

张继平厉声说："快点收拾好东西，跟着我回去！"

"哥哥啊！你就不能替我想想啊，我们可是亲兄妹啊！你不能胳膊往外拐啊！"张继琴降低了声调。

"那你总得替你嫂子想啊！替家人想啊！"继平反问。

"反正我是不会回去的。除非太阳从西边出来。"她把话已经说绝了，张继平无言以对，干瞪着眼睛。

尽管张继平绞尽脑汁，说干了口水，也没有能够说服张继琴。他求助姐姐张继红，但姐姐也不赞同张继琴马上回去。三兄妹在一起一直争论吵闹到半夜，谁也没能说服谁。

张继平回到旅社，想了大半夜，终于认输了，他不得不意识到这皆大欢喜的局面已经无法挽回了。但他相信天无绝人之路，生活还将继续。

第二天早上，张继平就推着车子准备回去了。临走的时候，张继红反复叮嘱张继平：

"回去了千万不要说张继琴在我这儿啊！"

张继平点头说："这我晓得。"

二

张继平虽说没能说服张继琴回家，但总算找到了她的下落，起码能给父母一个安慰，他这趟辛苦并没有白费。他骑着那辆破自行车，没有回家，就直接到了丈人薛家木的家里。岳父岳母神色平静，跟往常一样地接待了他，只是语言很少，显得有些尴尬。欢子与他没有了以前的随便，脸部的肌肉很僵硬。薛海蓉她们几个好像没有看见他一样，无视他的存在。薛海花仍然怒气未消，逼着问张继琴的下落。他只有撒谎说："没有找到。"海花彻底暴怒了，她哭喊着："离婚！离婚！她不嫁过来，我也不到你家里去！"张继平无奈得很，没有人能够求助，只得默默地承受着。

在薛海花铁了心要求离婚之后，张继平无奈地说："要离婚你也要跟我回去呀！要带上结婚证，再到跑马河公社去办呀！"

海花踟躇了一会儿，收拾好了自己的东西，用那个蓝色包袱包着，提在手里，准备回去。她妈阻拦不住，只得看着海花跟在继平的后面，走上了回林子山的乡间小路。

他俩回到了家里，家人都非常地热情，像是家里来了稀客。进到了卧室里，一切都是原样。门上的大红喜字，窗子上的红窗花，都跟刚刚贴上去一样。

一进新房门，张继平就抱住了她，非常温存地贴在她的脸上。薛海花走累了，任由他的胡子扎着她的脸、嘴唇、下巴。她困极了，打了一个盹儿，睁开眼睛的时候，看着他仍然搂着她，半坐在床上睡着了。她挣脱张继平的手，又想起了要带上结婚证的事。她打开陪嫁过来的大红木箱，先用手在箱底摸了一遍，没有找到结婚证。她又一件一件地将箱子里的衣服拿出来，仔细清理，仍然没有找到证书。她一下子激动了起来，猜想肯定是张继平藏起来了。他暴怒地捶打着张继平的肩膀：

"快把结婚证拿出来，只有你能打开我的箱子。"

张继平半躺在床上问："还要离婚吗？"

"离，坚决地离，不离不是东西！"薛海花发誓说。

张继平拦不住，家人也拦不住。他俩又走上了去跑马河公社的大路。薛海花在前面气冲冲地走着，张继平在后面快快地跟着。一路上，张继平拿出口琴，不时地吹奏着歌曲，都是他们两个谈恋爱时经常吹奏的曲子。从革命样板戏到鄂西民歌，吹了一遍又一遍，期待着感染她、唤醒她，挽救这摇摇欲坠的婚姻。薛海花只当没听见，气冲冲地走在前面。

到了公社大院，找到民政办公室，工作人员接待了他们。那位中年女同志听了双方的陈述，对薛海花说：

"我看你已经身怀有孕，这是不能离婚的。等年底生了娃儿再来办吧。"她说得非常恳切。

离婚不成，薛海花愤怒，张继平高兴。他们俩只好离开跑马河公社往家里走。薛海花吵着要回娘家，张继平又把她送回了黄龙寺。

三

面对如此局面，薛家木夫妇不能无动于衷了。他俩看着薛海花面容憔悴，看着她以柔弱的身躯不屈地抗争，心里也在滴血。俩人商量着，万一换亲不成，也只有认命。"嫁出去的女儿，泼出去的水。"哪有再收回来的道理？两人统一想法后，就转变了态度，开始劝解薛海花不要再闹了。

郑月梅流着泪说："人啦，都是命。我们命该如此啊！"

"那我哥怎么办呢？"她始终想着哥哥。

"不要紧的，你哥哥是男子汉，他有手艺，又肯吃苦，肯定不会打光棍的。"

薛海欢看到妹妹痛苦的样子，看到她为自己的婚事奋力抗争，也非常地心疼。他拿出了男子汉的担当，拉着海花的手说：

"算了吧，妹妹。我已经不把她当回事了，你还这么认真？"

海花愤怒地说："他们不讲信用，怎么能算了？"

"你跟张继平是有感情的，你爱他，他也爱你，回去好好过日子吧。"欢子哥说。

海花问："那你怎么办，说了这么多都吹了。"

"不就是嫌我们家穷吗？我会努力的，不会任人欺负的！"欢子发誓。

海花仍然坚持说："这事不能这样算了。"

过了两天，张继平带着他的父母找上薛家的门来说好话。刘立春过来的时候，特意带上了那个蓝布包袱，里面的四样东西也一样不少。到了薛家，说了一脑壳好话。中间说到退打发的事时，刘立春拿出来蓝布包袱。郑月梅也拿出了蓝布包袱。两个包袱都搁在了桌子上，几乎是一模一样。两亲家母拿着四样东西一一对比，只有绸子布有些不一样，一段是五尺，一段是两米，颜色花色都一样，其他的三样东西都是一模一样。

"这肯定是琴娃子搞的鬼。"张茂业猜测说。

"还有张大婶的两面三刀。"刘立春附和着补充。

两边的父母，四位亲家在一起交谈了很长时间。薛家木感谢张继平救了欢子的命，张茂业感谢薛家把海花嫁给张继平，双方父母把事情说开了，都解开了心中的疙瘩，和好如初了。

海花看着桌子上的东西，看着父母转变了态度，想着继平哥哥救过欢子哥哥的命，想着和继平之间真挚的感情，真的要放弃也于心不忍。她摸了摸隆起的肚皮，想着安睡在里面的已经开始躁动的胎儿，铁石心肠软了下来，她终于放声大哭了一场，最后同意跟继平回去。

那天早上，张继平拉着薛海花的手，吹着口琴，走上了回家的路。薛家木夫妇相送，一直送过了驴尿沟才回来。

第四十二章　追索

一

话说欢子当日手术麻醉后，有一段特殊的经历。

欢子被抬上手术车，推进了手术室。继平站在门外，打手势给他：要坚强，要挺住。

手术室里，几个医生、护士正在为他忙碌，只听得见轻微的脚步声和刀剪的碰撞声。主刀是一个英俊的男医生，他走过来了，在检查了欢子的伤势以后，对一位漂亮的女麻醉师说：

"伤势很严重啊，全麻！"

女麻醉师随即给他打了一针，欢子感觉她的手很温暖，动作很轻柔，正在感受她那手里的皮鞭轻轻地打在身上的时候，突然意识到，这是在打麻醉针，马上就要昏迷，于是他瞪大眼睛，极力望着天花板和无影灯，不让自己沉睡过去。可看着看着，眼前的景物慢慢地变暗，以至于消失。耳边的声音也由大变小，以至于无声。

这时，欢子似乎又悄悄地从医院里飘出，游走在茫茫夜空。他依然漫无目标地游荡。之后刮起了一阵凉风，他被凉风吹动，恍恍惚惚中，回到了黄龙寺的上空，又走进了楚公坛，踏进了阴森恐怖的夜门。

只见一个像三座坟那样的半截棺材，从半座荒坟里露了出来。棺材幽深的黑洞旋转在面前。他被不可抗拒的巨大力量吸了进去，掉进了万丈深渊。只觉得身体在急速下沉，好像掉进了十八层地狱。周围野兽的咆哮声，魔鬼的狞笑声，大人小孩的尖叫声，男人女人的哀号声，混杂在一起，一阵阵袭来。欢子在极力摆脱，拼命挣扎着，肌肉拧成了苔砣，心脏收缩成了土豆，身体被压成饼干，仍然摆脱不了这万分恐惧的场景。

欢子在黑暗中摸索，渐渐地眼前出现了一丝亮光。

目之所见，全是魔鬼在折磨死去后来到地狱的人。其惨烈程度，欢子无论如何都觉得无法承受。正在他被眼前景象惊吓到想方设法逃脱之时，几个厉鬼举着钢叉向他走来，欢子在惊惧之下，骤然觉得浑身都陷入了刺入骨髓的疼痛，他开始声嘶力竭地挣扎……

一

欢子又回到了楚公坛，找到了三楚仙翁，向他打听张继琴的下落。仙翁理着雪白的胡须说：

"要找她也不难，我要问你，想干什么？"

"我想要她回来和我成亲，完成换亲的承诺。"欢子实话实说。

仙翁盯着他，显出可惜的样子说："阿弥陀佛，善哉善哉！时过境迁，难得圆满啦！"

"怎么不可能，她答应了的啊？"欢子力争。

仙翁好像动了一点恻隐之心说："人心诚，天不欺。看你心诚，我给你三次机会，你可以去试一下，看她还跟不跟你回来！"

说罢，仙翁向欢子吹了一口仙气，就飘然而去了。

欢子似乎得了仙气，功力倍增，他马上腾云驾雾，来到了峡江市的上空。他手搭凉棚，在熙熙攘攘的人群中，寻找着张继琴的踪影。很快他就发现了，在市区东风街的一个角落里，张继琴正和张继红下班回来，打开了一扇门，这是张继红的家。原来高林子把张继琴送到了峡江市，投靠了张继红，临时在街道毛巾厂里上班，早去晚回，暂住在张继红家里。高林子隔三岔五地来看她，两人正处在如胶似漆的热恋之中。

然而没有多久，张继琴就出现了一些问题。由于无法面对欢子，内心总觉得有一个疙瘩没有解开。一段时间以后，就变得非常敏感焦虑。每到晚上刮风，她就觉得似有鬼怪作祟。半夜风雨来袭，也觉得似有厉鬼号叫。经常觉得背后有人在跟踪她，有人在盯梢她，到后来经常失眠，有了严重的神经衰弱病症。

欢子跟踪她们，正准备进入院子的时候，发现了一个熟悉的身影，他就是张继平。欢子跟在继平的后面，也进到了室内，张继平苦劝张继琴回家的过程，欢子都亲眼所见，他没有办法让太阳从西边出来，根本没有力量让张继琴回心转意，但是他还是不死心，还想试探一下，因为他有仙翁赠予的三次机会。

他做的第一件事，就是躲在阴暗角落里，尽情地吹奏唢呐，让优美的旋律飘进张继琴的耳朵，感染她的灵魂。欢子观察继琴的反应，她在听到以后，非常地烦躁焦虑，表现出十分反感厌恶的神情，没有丝毫的恋旧悔恨的表情。接着，欢子又托梦给她，两人梦中相见时，继琴躲得远远的，就像羊羔见到恶狼，老鼠见到猫一样，表现出百不情愿的样子。再就是直接出现在她眼前，让她看见欢子的影子。一次她独自一人在家的时候，欢子从窗户上进来。继琴一眼看见了，被吓得魂飞魄散，恨不得钻到地缝里去。这之后，继琴觉得家里有鬼，两姐妹还请来了神汉做法事。

三楚仙翁只给了他三次机会，他全都用完了，虽有不甘，却也尽心尽力了。没有办法，只得黯然收场，离开作罢。一觉醒来，欢子似乎心有所悟。

第四十三章　失恋

一

送走了薛海花一家人，回到家里，郑月梅唉声叹气地收拾了桌子上的两个包袱，放在了睡柜里。欢子木木然然地走进自己的房间，一股怅然若失的哀伤袭上心头。他望望父母那愁苦的脸，看到海蓉、海桃、海芳那闷闷不乐的样子，不觉泪水又盈满了眼眶。他半躺在床上思前想后，从伍小年一直想到张继琴。从她们的穿着打扮，言谈举止……各种画面在眼前交织着闪现。他太累了，不仅仅是身体，心也太累了，想着想着便昏昏沉沉地睡去。

　　他很快进入了梦乡。梦见一名女神一般的女子，穿着鲜艳的服装，手里拿着一束花草，正沿着山路向他跑过来。跑得近了，他才看清楚那女子不是张继琴，是薛海花。他赶紧跑上前去，拉着海花妹妹的手说：

　　"你不要走嘛，你不要离开我们嘛！"

　　可是海花怎么也不说话，而且那张鲜花般的笑脸，一瞬间出现了许多怪异的变化，时而变成了张继琴，时而变成了田三妹，时而变成了魔鬼般狰狞恐怖的骷髅。

　　"哥哥，欢子哥哥，快起来吃饭。"这是海桃在叫他。

　　他艰难地睁开双眼，卧室里一片漆黑，只有堂屋里的一线微弱的灯光射进来。他懒懒地起身，揉着眼睛走出房门，看见一家人都围坐在了餐桌前，谁也没有端碗动筷子，单等着他的到来才肯吃饭。他回到桌子上，端起了自己那盛满苕坨的碗，吃了起来。不知不觉，几滴很大的眼泪滚了出来，滴在了苕碗里。海桃、海芳看到了，哭出声来。他赶紧擦拭了眼泪，装出一副若无其事的样子说：

　　"妹妹，别哭，大姐她很幸福的。"他是有意把话题扯到海花身上。

　　"是啊！别哭啊！你哥哥会有嫂子的。"这是郑月梅又把话题说了回来。

　　"不管有没有，我是不会离开薛家，不会离开你们的。"欢子向全家人承诺。

　　"哎，这才像个男子汉说的话！"薛家木赞许地说。

　　"哼，这都是六爷爷、张大婶他们做的好事，把姐姐嫁出去，把哥哥害苦！"海蓉气哼哼地说。

　　郑月梅赶紧压制着说："快不要这样说，你六爷爷是好心，已经尽力啦！"

　　"是啊，不能怪你们的六爷爷，多年来都是尽力帮衬我们家的！"薛家木赞同着说。

"哎，怎么好多天没有看见六爷爷了？"海欢疑惑地问。

"哦，说是病了，薛海龙接去看病去了。"薛家木解释着说。

"难怪呢，是什么病啊？"郑月梅问。

"老毛病又犯了。"薛家木回答。

二

自从张继琴逃婚以后，六爷爷就非常自责。他觉得自己是换亲的倡导者，又是男方的长辈加媒人，是最主要的责任人。他清楚记得，那天在薛家木为难的时候，正是自己在旁边提醒，才开导了薛家木，促成薛张两家的换亲。薛家是"赔了夫人又折兵"，嫁了女儿换不来儿媳妇。弄成这样的僵局，感觉脸上无光，不好向列祖列宗交代，因而整日地唉声叹气，愁眉不展。虽然几次主动到张家劝说，却毫无收获，因为张家长辈也无能为力，只得吩咐张继平到处寻找，最后不了了之。六爷爷自此心里郁结，诱发了老毛病。

六爷爷年轻力壮时学会了酿酒，酒量也很大，有时喝酒之后倒地便睡，着了凉，落下了肺部的毛病，年纪大了就变成了老年慢性支气管炎，这一次格外严重。

前段时间，好像是着了凉，发烧咳嗽，在儿子薛海龙那里住了十来天医院，刚刚回到家里。

当天晚上，六爷爷躺在床上，突然胸口疼痛，有呕吐的感觉，就赶紧伏在床沿上，只听"哇"的一声，满口鲜血喷了出来。六婆婆一下子慌了神，赶紧简单地收拾了一下，根本不顾脚小，就往薛家木家里跑。

薛家木一家人，刚吃过晚饭，正围坐在桌子旁边谈论一些事情。突然大门外传来急切的敲门声。海蓉动作快，打开了门。借着微弱的灯光，只见黑暗中，一个瘦小的老妇人出现在门外。大伙看清了，来的是六婆婆，只见她神色慌张，进门就说：

"家木啊，你快点去看看吧，你六叔可能不行了啊！"

欢子赶紧扶她进来坐下。

"怎么个不行啊？"薛家木忙问。

"他吃晚饭的时候还好好的，刚刚睡下就吐血了。"六婆婆说。

"哎呀，这么严重啊！赶快去看看！"

一家人手忙脚乱，举着火把照明，来到了六爷爷的家里，欢子父子径直走进卧室，只见六爷爷的头耷拉着，半个身子悬在床沿上，正在向下面的一个黑不溜秋的木盆子里呕吐。床上黑锅底一样的蚊帐下，一床补丁加补丁的被褥，半遮着六爷爷的身子。欢子急忙上前，将老人家扶起来靠在墙上，薛家木急切地问：

"六叔，你感觉怎么样？"

"六爷爷，要不要接医生？"欢子问。

六爷爷艰难地抬起手，摆了摆。嘴唇动了动，没能说出话来。

六婆婆从茶壶里倒来一碗冷水，递给六爷爷。他一只手动了一动，没有接。欢子赶紧接过来，送到六爷爷的嘴边，他很勉强地喝了一小口，之后又像是有东西要吐出来，又将身子偏向了木盆，"哇"的一声，又是满口的血水，这样反复几次，总算是平息了一点。六爷爷用猫儿一样细弱的声音说：

"家木啊，我对不起你们啊！特别是欢子，我有愧啊！"

"这怎么能怪你呢？"薛家木说。

"不怪您，只怪我太窝囊、太无用，被人看不起啊！"欢子说着，快要流出泪来。

六爷爷一听急了，艰难地挪动一下身子说：

"欢子啊，千万不要这样想啊，你要把男子汉的气魄拿出来，把你的手艺练精，以后喜欢你的人会很多的啊！"

六爷爷慢慢抬起手，指了指床头。六婆婆按他的要求，拿出来了一个布包，递给欢子。欢子打开一看，那是他梦寐以求的唢呐，下面还有两本像腌菜一样的手抄书，只见上面有模模糊糊的书名《宗伯》《通酬》。六爷爷艰难地说："'艺不压身'啦！手艺学到肚子里不得烂。这些东西是我和你爷爷留下的，我把它传给你，以后会用得着的。"欢子惶恐地接过包袱，不住地点头称是。

接着商量着怎么办，欢子建议去看医生，六婆婆面露难色，只得维持着熬到天明。

清早，欢子就请来了刘一平医生，给打了一针，又拿出几颗药片，吩咐喝下。但是到了晚上，病情又复发了，等到欢子赶到床前，已经不会说话了，他气若游丝，眼睛微闭，认不到亲人了。欢子拉着他的手，已经冰凉，只有脉搏微弱地跳动。过了一会儿，他张大嘴巴喘不过气来，渐渐地气息奄奄。欢子紧盯着六爷爷的脸，只见他脸上的肌肉痛苦地拧了几下，手脚抽搐了几下，叹出来最后一口气。这时人中一歪，随即飘出一丝雾气，就再也不动了。

"爹，爹……""六叔，六叔……""六爷爷，六爷爷……"一阵撕心裂肺的呼喊，"呜呜哇哇……"一阵哭叫，六爷爷撒手人寰，魂归西天。

六爷爷的丧葬相当简单，一口水泥棺材，几件随身的破旧衣服，被埋到了三座坟那边的枯岗上。

第四十四章　还钱

越来越重的神经衰弱困扰着欢子。他要么经常翻来覆去睡不着，天南海北地想着事情，要么连续做梦，一个接着一个。梦得特别厉害时，就被卷入了夜门，进入了夜游状态，在村子里到处乱跑，每当这个时候，薛家木就跟在后面，生怕他出现意外。

一天晚上，他瞪着眼睛躺在被窝里，又在胡思乱想着。他的手不知不觉地伸到了枕头底下，碰到了一个硬硬的东西。他一摸，感觉是一本书，意识到可能是那本儿不见了的柑橘书，怎么会放在枕头底下呢？他把书抓在手里，从床上一跃而起。擦亮火柴，点燃油灯，借着灯光一看，果然是那本柑橘书，书中还夹着一个红纸包。他取出纸包，展开一看，呆住了，里面是一沓人民币。他借着灯光清点起来，整整30元。他犯着嘀咕，这是从哪里来的呢？怎么会有人在我的枕头底下放钱呢？他兴奋极了。这个天上掉馅饼的好事怎么就发生了，这不会是我爹妈放的吧？他正准备大声叫喊，可全家人都睡了。他冷静了下来，猜想着各种可能。

第二天他起床很早，拿着柑橘书到槐树底下去看。等到父母都起床后，才走到正准备做饭的他妈面前问：

"妈，您怎么把钱放在我的床上啊？"

"没有啊，哪来的钱啦？"郑月梅感到惊奇。

"您看，这一包钱，整整30块。"欢子把钱递给他妈。

郑月梅翻了翻，看了看，转过头问薛家木：

"家木啊，你在欢子床上放钱了吗？"

"没有啊，哪来的钱啊？"薛家木好奇着，拿着烟袋走过来看。

"这就怪了，天上怎么会有钱掉下来呀？还这么多！"欢子思考着说。

这时几个妹妹也起来了，都围过来看，在惊奇地议论。郑月梅突然说：

"我想起来了，这十有八九是你海花妹妹放的。"

"这倒是很有可能。"薛家木赞同地说。

"我们给她的压箱钱正好是 30 元啊！"郑月梅惊叫起来。

"对对，是啊！"海桃海芳都赞同着说。

"那天海花出嫁，亲戚们放的压箱钱是 23.5，我们又加了 6.5 元，凑齐 30 块整数。"郑月梅说得更仔细了。

"那你抽空去看看大妹，把这件事情问一问。如果是她放的，就还给她。"薛家木吩咐说。

欢子回答："好呢，我明天就去。"

⚊

第二天晚上，欢子早早地收了工，吃了一点东西，就往林子山赶去。天黑的时候，就到了白鹤嘴下。远远地就看见了张继平的家里，已经亮起了油灯。他推门进屋，口里大声叫着："大叔，大婶娘。"张家人都感到很惊讶很高兴。赶紧招呼海欢进屋坐下。海花给哥哥倒来一杯热水，主客讲了一些客套话，欢子就对海花说：

"妹妹，你怎么能把钱放在我的床上啊？"

海花一笑说："哦，是我放的，这是还你的钱啊！"

"还钱？你又不欠我的钱！"

这时张继平插话说："我打家具的木料，都是你给的，还不止这一点儿钱呢！"

"那都是一些榆木疙瘩，不值钱的。我也不要你们的钱！"欢子解释着说。

"那怎么行啊！你现在正是用钱的时候，你就收下吧。"张继平诚恳地说。

"这是还你的钱，你就收下吧！"张茂业说。

"我不需要钱啊！木料不值钱的，是送给你们的。再说继平哥还为我垫付了医药费，我都没有给钱哪！"

"医药费是你继红姐姐出的。她说了，也不要你还！"

"那怎么行啊！你就把这钱收下吧！"海欢把红纸包塞到海花手里，海花推辞，俩兄妹推来推去，反正是一个不要，一个不收。僵持不下，欢子只好把钱放下走人。又被张继平拉住，俩郎舅又是一阵推拉，欢子坚持不过，只好坐下来喘一口气。

这时，张继兰从闺房里出来，热情地叫着欢子哥。刘立春端着一碗热气腾腾的荷包蛋过来，边招呼着边递到欢子手里。全家人的热情深深地感染着欢子，使他忘记了换亲的忧伤，与张家人热情地互动着。

欢子的到来，张家人觉得比稀客还尊贵。刘立春和张继兰赶紧下厨做晚饭，海花、张继平、张茂业陪着欢子拉家常，很快把小时过去了，晚饭也做好了。欢子不由分说地被请到上席位，继平给欢子斟了一杯酒，双方吃了一顿丰盛的晚餐。欢子半年多没有沾酒，一杯酒下肚，脸色微红，话也格外地多。

晚饭后，继平邀欢子到他的书房里坐。这是一个小房间，有十多个平方米。一张书桌，一口书柜。书桌上放着一摞书，一个笔记本里夹着钢笔，旁边是文房四宝。书柜里半柜子书，码得整整齐齐。

欢子翻开笔记本，只见密密麻麻写着字，有日记，有做的数学题。看得出来，继平非常用功，除了读书还练毛笔字。欢子称赞他说：

"你很爱读书，很用功啊！"

"没有别的爱好，有空就消遣一下。"继平谦虚地说。

"他就是喜欢看书，每天都不间断。"海花在一旁说。

欢子看了书柜里的书，提出要借两本回去看。继平答应让他自己选。欢子在格子里挑了两本，《钢铁是怎样炼成的》和《林海雪原》，放到了挎包里。

这天晚上，欢子没有回去，和继平睡在一起，两人讲了半夜。继平讲了他的打算，准备多读一点书，有准备干一番事业的雄心。

欢子也讲了自己的打算，准备多学点技术，改善家里环境。

这次到林子山之行，张家人，特别是张继平的精神面貌，给了欢子很大的触动，欢子在内心深处受到教育，他一改忧郁的神情，重新焕发了精神。他暗暗发誓，一定不能颓废，要振作起来，力争有所作为。

第二天清晨，欢子趁继平还在熟睡中，就悄悄地起床，将装着钱的红纸包压在枕头下，返回了黄龙寺。

第四十五章　摘帽

一

一个雨天的中午，薛家木披着蓑衣戴着斗笠，刚从外面回来。胡炊子跟着就来到了薛家，他进门很客气地打着招呼：

"大伯，大婶娘，你们都好啊！"

薛家木抬头一看："哎哟！是胡排长啊，快进来坐。"接着战战兢兢地问："您来我家有什么事吗？"

"大队通知，请您和大婶娘下午到学校里去开会。"胡炊子的客气，把薛家木吓了一跳。因为干部到薛家来并尊称"您"，这些都是过去从来没有过的事情。

"要带什么东西吗？"薛家木疑惑着问。

"没有通知，不需要吧。"胡炊子回答。

这时薛欢子披着蓑衣戴着斗笠也从外面进来了，与他打着招呼："胡排长啊，稀客啊？"

"不稀不稀呀！"胡炊子答。

"有什么事吗？"欢子问。

"我是来通知你父母下午到学校去开会的啊！"胡炊子解释着。

"哦，快进来坐，就在我这里吃中饭。"薛欢子热情招呼。

"我还要通知别人呢！"胡炊子婉拒。

"还有谁啊？"欢子问。

"还有陈梅庭啊。"胡炊子说明。

欢子转变了话题问："听说你已经拿结婚证了？什么时候结婚啊？"

胡炊子答："七月一日。"

"哦，恭喜你啊！到时候要接我们吃喜糖啊！"

胡炊子说："那是那是啊。你和张继琴呢？"

"吹了，人都跑了！"欢子叹了一口气说。

"喔！怎么会这样呢？"胡炊子感觉有些吃惊。

欢子说："没有你的条件好哦！"

他俩说了几句话，胡炊子就告辞走了。下午两点钟，薛家木夫妇准时来到小学里。他看见了陈梅庭，还有其他人。他们心里都在打鼓，见面就互相打着招呼，悄悄打听着开什么会，都说不知道。

这时，只见魏孝站在教室门口，笑容可掬地招呼着大家。来的队员们有戴斗笠的，披塑料薄膜的，穿草鞋、打赤脚的都有，乱七八糟地坐了满满一屋子。

教室很大，大队书记裘金山、大队长马尚书、贫协主席韩子午坐在讲台上，和大家亲切地打着招呼。薛家木进来一看，哎呀，我的个妈呀！大队的大官都来了，这可不是一般的会议啊！薛家木心里直打鼓。

他们小心翼翼地坐进了教室里，正感觉不知所措的时候，几个领导却拿着篾壳热水瓶，给与会者倒热水。参会人员都受宠若惊，纷纷站起来，颤颤巍巍地接着。有的脸色苍白，有的激动得哈喇子都出来了，眼角都湿润了。只有任学怀等几个心肠硬，好像见过大世面，显得自然平常。

马尚书干咳了两声，开始讲话，下面一片鸦雀无声，一根针掉地上都能听见。他问：

"魏连长，人员到齐了吗？"

魏孝连忙拿起名册开始点名：

"薛家木！""有！"

"郑月梅！""有！"

"陈梅庭！""到！"

"任学怀！""到！"

……

"报告裘书记、马大队长、韩主席，黄龙寺大队应到48人，实到42人。"

"好，可以开会了。今天是古镇公社黄龙寺大队五类分子摘帽大会，下面由韩主席传达峡江县公安局文件。"台下发出一阵嘘嘘声，因为摘帽一词还很少听过。

"峡江县公安局《关于五类分子摘帽的通知》……"韩子午结结巴巴地念完，用袖子擦了一下脸上的细汗。

"下面由大队裘书记讲话。"

"今天的会议很重要，关系到我们在座的每个人……"

　　裴书记讲起话来滔滔不绝，从当前的形势，讲到黄龙寺大队农业学大寨情况，以及给五类分子摘帽的重要意义，再分析黄龙寺大队五类分子的现实表现，等等，拉拉扯扯讲了足有个把小时，才过足了瘾似的停下来。

　　马尚书接着宣布摘帽人员名单：

　　"薛家木、陈梅庭、吴中禄、曹先福……"

　　在座的一个个像张开嘴巴的兔子，竖起耳朵、全神贯注地聆听着。当听到自己的名字时，就舒了一口长气，感觉欢天喜地。名单念完了，有的面带微笑，有的点头称赞，有的在低头议论……一时间，屋子里的气氛热闹起来。

　　裴书记看着下面的反应，用力咳嗽了两声说：

　　"大家安静，安静！我首先代表黄龙寺大队党支部、全体社员群众，祝贺你们成为人民公社社员，加入人民群众的行列。希望你们爱社如爱家，为农业学大寨多做贡献，为黄龙寺大队的农业生产多做贡献！"

　　裴书记后面还讲了一些鼓励大家的话。

　　马尚书接着说："裴书记讲得很好，很全面。下面由摘帽代表发言。"

　　大家刚开始还怯于发言，但终于有了第一个人站起来发言了，慢慢地，大家的积极性也都起来了，一个接一个表达了自己的喜悦心情和努力的决心。

　　会议开了半天，天黑才散会。

第四十六章　高考

一

　　张家是书香门第，张继平也是一块读书的料。他时常把玩爷爷张老九留下来的两样东西，一个是画有紫藤的笔筒，方柱形的，上面有两幅紫藤的国画。可能是清代地方瓷器窑的产品，瓷质不够细腻，但是，画工和题字是一流的。再就是几本书，其中最旧的一本是《左传》。

　　张继平爱看书，只要有书，他可以忘记吃饭、睡觉，时常看到半夜。不管什么书，只要是有文字的，他都爱看。前几天，他从朋友那里拿来几张报纸，在屋里翻看。发现上面刊登的一篇文章，是今年恢复高考制度的消息。同时妹妹张继兰今年高中毕业，也说要参加高考。他暗自把高考和自己联系起来，完全没有信心和勇气。一是自己是初中毕业，很多课程没有学过，还不够资格。二是政审过不了关。直到有一天碰到了初中时的班主任杨老师，才转变了观点。

　　那天张继平到跑马河去买农资，在供销社碰到了杨老师。一见面，杨老师就关心地问他：

　　"哎！你今年报考了吗？"

　　"没有啊！我哪能啊！"

　　"机会难得！你成绩好，完全可以试一试。"

　　"我就一个初中毕业的底子，考得过吗？"

　　"初中毕业怎么了？前几年高中毕业的也没有学到什么东西。"

　　"那政审呢？能通过吗？"

"这个我就不知道啦。不过政策放宽了，我可以替你打听一下，你等我的消息。"

过了两天，杨老师带信来，要他去一趟。他来到杨老师办公室，见到了很多老师，老师们都支持鼓励他参加高考。说刚刚恢复高考，考生参差不齐，题目不会很难，机会难得，凭他的成绩应该有希望。杨老师还送给他一些复习资料，鼓励他复习参考。加上亲友家人尤其是海花的积极支持，他才下定决心试一试。

回到家里，他把高中的资料看了看，吓得直吐舌头，那些东西完全没有学过。好在张继兰给了他一些辅导，让他初步涉猎了一些高中知识，增强了一点信心，勉强同意报名。但是在报名时，又碰到了难题。年龄大了一岁，而且已婚，这在当时都是不行的。好在有杨老师帮忙，他总算是领到了一张准考证。

那是一张小纸片，正面是准考证，填写的有张继平的基本情况，报考类别是中专，旁边是照片和骑缝章，公章的文字是峡江县教育局招生办公室。背面是注意事项、妥善保管、遗失不补之类。

二

准考证来之不易，张继平非常地珍惜。他白天上工，晚上挑灯夜战。没有资料，就到处去借，借回来赶紧抄写下来。他多次跑到杨老师那里，晚上来回十几里的山路。几门功课的资料全部抄下来有半尺高，每天都拿在手里背诵。

大热天里，蚊虫很多，就关在蚊帐里复习。蚊帐空间小，油烟子大，常常是一个多小时下来，满鼻子的黑烟灰。海花看着心疼，就拿着蒲扇，给他扇风和赶蚊子。这样奋战一个多月，到了考试时间。

考场设在跑马河中学，步行十几里路。海花清早起来，给继平准备早餐，送他赶考。继平吃过早餐，背起挎包，就要赶路。海花反复叮嘱："不要着急，慢工出细活。"

继平赶到了考场上，学校门口画着警戒线，许多考生都在外面排队等着，还有警察在维持秩序。继平看着很多考生手里都拿着准考证，他伸手摸了一下衣服口袋，一个没有，两个没有，全都没有。他心里一惊，赶紧打开挎包，倒出来清了一个遍，还是没有。正当他唉声叹气的时候，杨老师走过来，问明了情况，帮他翻找了一遍，还是没有。杨老师看了一下手表，还有半个小时进场，开考半小时后不准入场，这样算下来有一个小时。就马上推了一辆自行车，要他赶紧回去找。

海花收拾好了碗筷，又收拾了书桌，发现了掉在书桌下的准考证，心里一惊，比张继平还要急。父母都老了，跑不动了，只有自己给他送去。她顾不了许多，拿起准考证就跑。

在跑马河堤上，张继平远远地就看见一个身怀六甲的女人向自己跑来。近了一看是海花，张继平激动得赶紧下车，拿起准考证就往回赶，虽然迟到了十几分钟，但是终于赶上了考试。

三

一个多月以后的一个上午，公社文教助理通知林子山大队，要张继平到峡江市里去体检，张继平喜出望外。他换上海花给他准备的衣服，按时到县人民医院，通过全身系统的体检，张继平身体健康。接着又通过了政审。

半个月后，跑马河镇邮递员小王，骑着绿色的自行车，挎着绿色的挎包，来到了张继平的家门口，给张继平送来了一封挂号信。

"张继平，恭喜你呀！"

"真是麻烦你了，还亲自送到家。"

"这是我们的责任，要对考生负责啊！"

"签字吧，表示确认收到。"

张继平接过小王的笔，在他递过来的笔记本上签了字，小王才把挂号信递到了张继平的手里。

张继平接过挂号信一看，上面写着：峡江县跑马河公社5队张继平收。下边是：峡江市农业学校。他心里怦怦直跳，小心翼翼地打开信封，看到了新生录取通知书几个字的时候，才高兴地笑了起来。这时候家里人都围了过来，相互传看着。

"继兰，继兰妹妹呢？她拿到通知书没有啊？"张继平突然问。

"她到学校去了，还没有回来呢。"刘立春回答。

张茂业把通知书看了又看，咧着嘴笑个不停。他妈胡乱地看了一下，抑制不住内心的喜悦说："这真是我们张家祖上积了德了，我们的平儿有福啦！"海花看了看通知书，发现一角的纸有折叠的印记，便按在桌子边上抻了又抻，把折印抻平，然后再折叠好，捧在胸前，闭目几秒钟，长长地舒了一口气说："考取了，终于考取了。"表现出比自己考取了还要高兴的样子。

放晚学时分，张继兰蹦蹦跳跳地回来了，她也拿回了自己的录取通知书，考取的是峡江市卫生学校的护士专业。同她一起来的，还有其他的几位同学，都是拿到了通知书的，有的是专科学校，有的是中专学校，一个个都是兴高采烈的样子。

张家一天收到了两个通知书，同时出了两个中专生，这在林子山大队是罕见的，乡亲们都为张家高兴，无不引以为豪。张茂业高兴之余，也为他们两个的学费发愁。好在张茂业人缘好，亲戚多，东挪西借，还游刃有余。

俩兄妹报道前几天，张家办了几桌酒席，请来了继平、继兰的老师，大队小队的干部和亲戚朋友，欢子和海蓉都参加了他们的酒宴，无不为他们高兴。不高兴的倒是胡海螺。一天中午，他喝了一点酒，拿着扫把，对着胡结巴、胡三就打。他俩赶紧跑出家门，胡海螺一边追赶着，一边说："别个都是大专中专，往城市里钻。你们只晓得一日三餐，往屋里钻。看老子不打死你们！"

第四十七章　承包

一

联产承包责任制，在黄龙寺快要落实了，胡海螺明显地感到不适。他觉得承包以后，他们就无事可干了。这天晚上，他夹着烟袋来到了宋德山的家里，两人一起谈起了关于责任制的事情。

他们两个都是多年的生产队干部，善于指挥生产队集体劳动，对于联产承包多少有一些抵触。宋德山见胡队长前来，肯定有事商量，赶忙吩咐让座，泡茶侍候。胡队长还未坐定就烦了起来：

"什么农业生产责任制，就是单干嘛！"

宋德山问："不是嘛。什么时候开始搞啊？"

"公社安排的是说第一年认识，第二年准备，第三年实施。今年已经是第三年了。"

"听说有很多地方都在拖。"

"是啊。"

"那我们现在应该怎么办呢？"

"公社大队已经组建了工作组，听他们的呗。唉。"

"如果要分，那窑场、副业队、林场还有堰塘，怎么分啊？还有那些缺粮款谁来收啊？"

"天晓得啊！听工作组的吧！"

过来没有多久，大队裘书记找到胡海螺谈话，要求他把生产队的事情交给胡炊子。裘书记说："老胡啊，你当了二十多年的队长了，抓农业生产你行。抓副业赚钱你也行。支部研究，让你到大队来当副大队长，主抓副业生产。你看怎么样？"

胡海螺知道，生产队长是人财物都管，实权人物，副大队长是虚的，于是说："裘书记，您看我已经五十二了，就让我在生产队搞几年算了。"

"马上要改革呢，联产承包，分田到户。"

"喔，我是军人，听从指挥吧！只是，我这队长谁来接？"

"听你的吧！你不是已经培养了吗？"

"胡春生吧，也只有他了。"

"那你就下个月交接吧。交接完了，到大队来接任。"

一

一双穿着草鞋，卷着裤管的大脚，在田埂上穿行着。草鞋上满是泥土，裤管上挂着草叶。欢子穿着单衣，手上缠着纱布，在田边地角奔忙，用尺子重新丈量土地。

上次的林子山之行，欢子受益匪浅。既加深了两家的感情，欢子又受到了鼓舞和鞭策。看到张继平的状态，欢子眼前一亮，精神为之一振。没想到继平为人是那样的慷慨，学习是那样的用功。看到了榜样，看到了希望，他见贤思齐，一改过去忧郁的神情，迫不及待地想点子，急于付诸行动。

他在思考着怎样才能像张继平那样，为人处世上，总是替别人着想；读书学习上，总是走在前面。他暗下决心，要与张继平比一比，看谁的手艺更好，看谁更能发家致富。薛家男子汉那种不服输、执着坚韧的狼性本色又回到了他的身上。

他很快就戒掉了烟瘾，烧掉了所有花牌。一有时间，就拿起借来的两本书看。虽然书中有些句子读不通，他就做上记号，一有机会就请教别人和自己的妹妹们。

回到了窑厂，也像变了一个人似的。他不再参加打牌游戏，一有时间就琢磨自己的手艺。很快他的技艺快速精进，已经超过周狗子了，师傅们都投来了赞许的目光。

就在这个时候，改革开放了。农村开始实行联产承包责任制，分田分地到户。生产队长胡海螺调到了大队任副大队长，管副业、手工业。胡炊子当上了生产队长，在他的主持下，开始联产承包、分田到户。

公社大队都成立了联产承包领导小组，派出工作组到生产队指导工作。黄龙寺一队成立了联产承包小组，在工作组的指导下开展工作。通过社员群众推举，新任队长胡炊子的认可，产生了联产承包五人小组。他们是：胡炊子、谢明义、薛海欢、齐长秀，加上胡海螺共计五人。胡海螺是大队工作组派驻一队的代表，其余是方方面面都信得过的人。

欢子这段时间是最忙的。他和谢明义在小组里面具体分工是测量员，白天要到实地丈量，晚上要汇总上表，画图张榜公布，接受群众监督。

工作量最大的是所有田亩山林得重新丈量。因为过去是"习惯亩"，普遍虚高。就水田来说，习惯上说的一亩田，有的一亩三，有的一亩五，更高的达到一亩八，甚至两亩。生产队时，社员都心照不宣，联产承包、分田到人就很计较公平。工作组成员的首要任务就是核实田亩，要实地丈量，群众认可。

丈量小组由谢明义、薛海欢、齐长秀三人组成。胡炊子请小金木匠三米长的人字尺，欢子执尺，齐长秀记账，谢明义计算。薛海欢是第一次为村民们服务，工作特别认真负责，生怕出任何纰漏，影响群众对他的看法。他按照胡队长的安排，扛着尺子将全队的八十多块水田、旱田、坡田，二十多块山林全部丈量完毕，然后张榜公布，让群众认可。再分成三六九等，按人口荤素搭配，由户主抓阄，很快将田林按二十八户一百三十六人全部分配完毕。

欢子家六口人，分到了四亩水田，五亩旱坡田，二十多亩山林。欢子觉得心里踏实，有了奔头。

三

水旱坡田分到了农户，还剩下林场、窑场、搬运队。五口堰塘要按农户划分，以就近为原则。

窑厂要承包了，曹大牛、周狗子、薛海欢都想承包。为了避免扯皮，增加集体收入，工作小组提出了提高承包押金的办法。宣布谁先交出押金，就由谁承包经营。

曹大牛想承包下来，可是拿不出 60 元的承包押金。周狗子也更不用说。薛海欢有张继平还给他的 30 元，加上半年来卖草鞋的钱，不足的找亲戚借了一点，很快凑齐了 60 元，交给了生产队，承包了窑场。

窑场移交的那一天，工作组全体人员和曹大牛、周狗子都到了窑场上。由胡海螺召集开会，将窑场的物资进行了清点登记，然后签订合同。

移交钥匙的时候，曹大牛显得闷闷不乐。欢子知道师傅的心思，于是他当着工作组成员的面，诚恳地邀请曹师傅和周狗子留下来，帮助他打理窑场事务，并私下重金聘请，曹师傅很快移交了财产和钥匙。

薛家人的春天来了。欢子在家召开了家庭会，进行了分工。薛家木和家人负责承包的农田，欢子负责窑场的生产经营，人员随时调配，互相帮衬。这样薛家人忙得不亦乐乎，男女齐上，农副两兴。

两年以后，薛家就成了远近闻名的万元户。

第四十八章　征地

一

一支勘测队进驻了黄龙寺小学，消息像燕子一样迅速飞遍了山乡。
"黄龙寺要建飞机场喽！"这个天大的喜讯，在村民和小孩子们中炸开，
人们奔走相告，激动坏了。

勘测队吸引了很多村民前来围观，欢子也来了。只见学校操场上停
着两辆解放牌汽车，上面盖着绿色的油布。很多勘测队员，正在搬运仪
器和生活物品，校长刘松林和几个老师都在帮忙。廖二和一群小孩正在
那几棵大柳树下玩爬杆，几个小孩怪声怪气地叫唱着："飞机来了我不怕，
就怕飞机屙屁屁……"

勘测队临时租用了三间教室，用于住宿和生活。学校早晚都开始热闹
起来，有时还放上一场电影，村民们都来观看。

勘测队是做施工前的勘测工作，他们每天扛着仪器、标杆，到黄龙岗
上测量、打桩、绘图，为施工队进场做准备。

一天，欢子正在屋里打草鞋，勘测队的一辆解放牌汽车开到了门口，
欢子出门一看，是刘松林带着他们来的。刘松林向欢子介绍说："这是机场
勘测队李队长，这是勘测队王主任。他们是慕名而来，找你买草鞋的。"

欢子说："李队长，王主任，你们好！快请坐。"

"你们黄龙寺就是黄泥巴多，而且黏性大，像糯米面，黏糊糊的，粘
在脚上甩不掉。"王主任深有感触地说。

"我们这里有句俗话：'天晴一把刀，下雨踩高跷。一晒就起壳，一下就裹脚。'"刘松林接着说。

李队长对着欢子说："听说你的草鞋打得好啊！我们是来买几双，野外测量时穿的。"

双方说了一会儿话，以五毛钱一双成交，李队长买了仅有的三十双草鞋，王主任付了十五元，要欢子开了收据。李队长走的时候，要求欢子每半个月给勘测队送三十双草鞋。欢子觉得有压力，不敢答应。海蓉觉得这个送上门的生意做得，就鼓励说："没问题，我给你帮忙。"欢子才同意，并签订了订购合同。

二

傍晚时分，欢子从小镇上回来，路过黄龙溪的时候，天色已经很晚了。他发现溪边稻田里有几处灯光晃动，听到田里还有人在劳动。他心想，分田到户了，真是极大地调动了村民的积极性，这么晚了还有人在挑灯夜战。

第二天再次路过的时候，他发现很多田里都栽满了柑橘、桂花还有樟树。他知道这几块田是胡蛮子和王彩玲的，不知道他们栽树是为什么。

去窑场的路上，他恰好碰到了胡蛮子，便询问这事。

"你怎么把田里都栽树啦，不种粮食啦？"欢子很是替他担心，怕他收不了粮食饿肚子。胡蛮子悄悄地告诉他说："你怎么这么聋啊，马上就要征地啦！"

"你听谁说的啊？"欢子追问。

"我爹都说了，这还有假？再说你没有看见勘测队的桩号啊？已经打到驴尿沟了。"欢子一想，是啊，前些天勘测队的李队长到驴尿沟测量，还在家里喝了茶呢。"那为什么要栽树？现在已经过了栽树的季节。"欢子不解地问。"栽树补偿高啊。农田只有青苗费，而经济林木是按树计算的，补偿是粮食作物的五倍以上。"胡蛮子解释。

"那你们从哪里弄的树苗子啊？"欢子一再追问。

"买的啊，有的是自己挖的。"

哪里是挖的，就是插的树枒子，欢子在田里仔细看了，心中有数。

晚上吃饭的时候，家里人也说到这件事。薛海蓉说："他们栽我们也栽，不然我们就吃亏了。"

欢子坚持说："不要跟着他们起哄，先看看再说。"

第二天出工回来，薛海蓉告诉他说："王彩玲、曹大牛他们都栽啦。桩号内的那些田，他们连夜都栽上了柑橘或者是樟树。"欢子坚持不要跟风，得到了薛家木的支持。

小镇里的领导也发现了，很快下发了制止各种抢栽抢种、乱搭乱建行为的通知，这股风才逐渐平息下来。

三

由机场办公室、土管局、镇村干部组成的征地小组，进驻了黄龙寺一队，队长是小镇办主任张继平。部分村民都知道欢子与张继平的关系，主动与他们套近乎，目的是想在征地过程中捞到好处。

工作队的职责是对红线内的土地进行实地丈量，对地上的作物进行清点登记，对土地类别进行鉴定，以便核算征地补偿费。

张继平知道如何把握。对薛家的土地丈量登记，张继平一概没有参加，都是安排两位小组成员完成。同时走群众路线，尽可能做到公平公正公开。欢子也知道张继平的难处，尽量配合他开展工作。

工作组在征求群众意见的时候，有的村民提出了突击种树的问题。反应有人抢种抢栽，在田里栽种了很多树苗。这个问题怎么处理？张继平没有当场回答，而是把问题带回去进行研究。还有的村民提出，驴尿沟的山地，当年分田的时候，有几户村民嫌山地贫瘠，只有几棵老刺，不想要，就与薛海欢进行了调换。现在征地的时候，那块山地划到红线内了，而且补偿非常可观，当年要换地的村民不干了，提出了要回山地的无理要求。工作组的同志一致认为这怎么行呢？已既成事实，不予纠正。村民中也有很多人说公道话。张继平连续召开了几次协调会议，在会议上明确表态："地是集体的，只有附着物是个人的。国家只是补偿附着物的损失。驴尿沟的土地，当年已经和薛海欢进行了调换，并且已经上报备案了，现在要反悔，哪有这样的道理呀？"这时胡海螺、胡炊子等人也站出来，支持张继平，劝导他们不要计较，按实际登记的土地丈量。可是这几户村民就是不听，揪着这件事不放。

晚上，欢子回到家里，和家里人商量了这件事情。薛海蓉愤愤不平地说："不换就是不换，看他们怎么办！"

海桃、海芳也支持她二姐的观点。可是欢子为了息事宁人，对他们说："换回我们原来的土地，也是可以的。一来支持了继平哥的工作。二来并不吃亏。即使亏了一点，这应该是我们家的福气。"薛家木也支持欢子的观点，海蓉她们也就无话可说了。欢子把家里人的意见报告工作组，把驴尿沟的土地退还给了几户村民，他们再无话说，都纷纷地认同了丈量的结果。抢种抢栽的事情也迎刃而解。群众大会形成一致意见，抢栽下去的树苗，一律不算数，按照原来的情况，进行登记。这为后来的征地拆迁奠定了好的基础。黄龙寺一队的征地拆迁工作很快就按照上级的要求圆满完成了。

第四十九章　台商

一

　　金秋十月，黄龙寺的山野一片金黄。柑橘挂满了丰硕的果实，枫叶穿上了火红的盛装。在一片火红背景的衬托下，黄龙寺机场建设正热火朝天地推进。

　　一天早上，欢子父子、四骡子接到机场小镇办公室的通知，要求九点钟在家门口等候，说有重要客人接待。欢子父子很纳闷，是什么样的客人呢？

　　欢子父子不敢怠慢，赶紧准备着打扮起来。欢子剃掉了拉碴的胡子，脸上抹上了雪花膏。他穿上了白色的衬衣，打了一条花色的领带，穿上了一套深蓝色的西服，然后站到镜子前，打量着自己。他用梳子梳了梳中短的头发，抿了抿撅瓢样的嘴巴，感觉比原来的欢子好多了，下颌骨不是那么显眼了。他冲着镜子里的欢子笑了笑，做了一个鬼脸，又伸手打了一下招呼，然后匆匆出去叫他爹。

　　薛家木也才刚刚换了衣服。那是搬迁以后海花给她买的一套中山装，郑月梅正在给他扣扣子，因扣眼太紧，郑月梅边扣边说："扣眼子太紧了，第一回穿，扣不上。"薛家木说："还是旧衣服宽松舒服啊！""唉！今天是办公事，哪有还穿旧衣服的道理，'远重衣帽近重人'啊！"直到他父子俩走下楼梯，薛家木还觉得很不自在。

　　到了九点左右，一辆桑塔纳和一辆雪铁龙轿车，停在了一栋安居楼前。雪铁龙上先出来一个身穿白大褂的女子，她下来后，打开后门，搀扶出一位银发飘逸的女人，向等候的人群走来，后面还跟着一位胖乎乎的中年男人。桑塔纳的车上下来了张继平和一位干部模样的年轻男子，跟在他们后面。薛家木一眼就认出来了，那位银发飘逸的高贵女人，就是表妹张馨雅。

张馨雅是张继平的姑妈。她保养得很好，皮肤白净，五官依然精致，瓜子脸上没有皱纹，言谈举止温文尔雅。她是来看望舅妈薛郑氏和表哥薛家木他们的。

中华人民共和国成立时，她还在小学里当教员，也正在和国民党军队的宋营长谈恋爱。一天中午，一辆吉普车停在了学校门口，是宋营长来接她的。她刚从教室里出来，还没有搞清楚怎么回事，就被宋营长拉上了车，一起去了江南。后来国民党败丢大陆，就一同去了台湾。

改革开放以后，随着大小三通的开启，两岸交流的热络，台商纷纷投资大陆。她也和家乡亲人有了联系。前几年是书信往来，通过香港转递，后来就直接通邮了。当她听说家乡黄龙寺建了飞机场，就说服家人，要来黄龙寺投资。她在台湾的家族企业是阿里山旅游集团股份有限公司，已经把董事长职位让给了儿子宋宝来，自任副董事长。儿子很孝顺，公司的重大决策还是她说了算。

张继平现在是机场小镇办公室主任，他站在两拨人中间，向对方一一做了介绍。后面跟着的微胖男人是她儿子宋宝来，干部模样的是机场小镇的韦平镇长。双方都很热情地打招呼，互相寒暄了一阵。张继平给张馨雅介绍欢子时，张继兰在旁边叫了一声："欢子哥。"欢子这才定眼看了一下，那位搀扶着张馨雅的女护士不是别人，正是张继兰。她穿着一身白大褂，戴着护士帽，欢子还没有能够认出来。三年不见了，张继兰已经没有当年读书时那样单薄、青涩了，而是出落成了一位大姑娘了。真是"女大十八变，变得像神仙"了。欢子惊奇地看着她，心里感叹：真是一根藤上的瓜呀！居然长得和继红差不多！正在他胡思乱想的时候，韦镇长说："张董事长，我们先到哪里去呢？"

"妈，先到哪里去？"宋宝来生怕他妈听不清，靠近她耳边说。

"肯定是先看你舅妈。"张馨雅说。

一群人又上了车，跟着欢子，在满是尘土的黄土岗上跑了一截，就到了那个满是新鲜泥土的岗屋门前，远远地下了车，望着岗屋走来。薛郑氏也在四骡子的搀扶下，杵着拐棍，早已在那棵歪脖子的枣子树下观望。走得近了，张馨雅一声呼喊，宋宝来一声"舅妈。"薛郑氏睁大了眼睛，张大了嘴巴，嘴唇不住地哆嗦，好半天才发出声来。两只干枯的眼睛艰难地溢出泪来。两个老女人拉着手，寒暄了一阵，才在堂屋里的椅子上坐下。张馨雅打量着这屋子，破旧无比，甚是叹息。韦镇长观察着说："马上就要拆迁啦，要住新屋的啦！"说得大伙都笑了起来，气氛一下轻松了许多。

二

张馨雅母子的黄龙寺之行，看望前辈是其目的之一，重要的是考察投资环境，选择投资项目。本来台湾阿里山旅游集团公司有现成的项目可以复制到大陆，然而要开发大陆市场，需要更具特色的旅游产品。这就需要更加深入地调研与分析，以便打开大陆市场，获得更大的效益。

心存这种想法，不免处处留心。这天在哥哥张茂业的家里，张馨雅一眼就看到了薛海花的鞋柜里，放着一双精致的桃花麻鞋，这引起了她极大的兴趣。她经营旅游产品，几乎走遍了世界各地，还没有见到过这样精致的手工麻鞋。她把麻鞋拿在手中端详许久，又递给宋宝来看了又看。宋宝来猜度着他妈的意思，是要在麻鞋上做点文章。

过了一会儿，张馨雅问起了这双麻鞋的来历。"海花，这鞋子是你的吗？"张馨雅问。

"是啊，怎么啦，姑妈？"薛海花回答。

"这做工很精细啊！是买的吗？"张馨雅追问。

"哦，这是我哥做的。我还有几双呢！"海花说完，又从鞋柜里找出了两双，递给张馨雅看。

这两双虽说已洗得发白，穿得有些旧，但那细密的麻线，精巧的手工，都能看得出来是巧手之作，独具匠心。她看了几遍，细声和宋宝来商量着。

"百闻不如一见！"宋宝来建议说。

"一定要去欢子那里看看。"张馨雅拿定了主意。

第二天，他们来到了薛海欢的家里。薛家木给予了热情的接待。一走进欢子的房间，张馨雅就看见满屋里挂着草鞋。她兴奋，实物和工匠都是现成的，天下真有这等好事！她断定，这是一款很有前途的值得开发的旅游产品。

张馨雅用欣喜的目光看着眼前的一切。片刻后，她坐到了草鞋耙子旁，对欢子说："你的手太巧啦！编给姑妈看看？！"张馨雅看着满屋里的草鞋，还有耙子上的半成品，虽已深信不疑，但又看着欢子那些笨拙的样子，也不免带疑：这精美的工艺品，就出自欢子这双长满老茧的手？她还是想亲眼看一下编织的过程。"眼见为实，耳听为虚"嘛。

欢子应她的要求，骑在了长条凳子上，熟练地往腰里系了一根皮带，接着将草鞋耙子往皮带上一勾，就拿起苎麻，边搓边织，动作敏如兔，速度快若风。就像李元霸使那流星锤，关公使那青铜偃月刀，让人眼花缭乱，目不暇接，很快便将一只麻鞋编织了出来。他微微一笑，擦了一把汗，快速解下耙子，卸下麻鞋递给了张馨雅看。张馨雅接过麻鞋，用颤抖的手摩挲着，眼泪汪汪地看着欢子，那复杂的眼神里，既有喜爱，又是心疼，还有发现了人才的惊喜等多种情愫。

她沉吟了一会儿，对宋宝来说："宝来，你看这个作品怎样？"

宋宝来早已佩服得五体投地，赶紧说："不错不错！"

"能不能把它变成旅游产品呢？"这可给宋宝来出了一个难题。

"妈，你说要办厂生产麻鞋吗？"宋宝来揣度着问。

"不好吗？你那几样产品已经很多年了，要不断更新产品，以适应形势发展的需要。你看现在大陆开放了，游客会很多，对旅游产品需求也会增多嘛！"张馨雅说着自己的看法。

"我知道了。我马上安排企划部认真研究，迅速拿出一个可行性的方案。"宋宝来沉吟片刻果断表态。

张馨雅补充说："搞一个可行性研究报告，迅速报给夏县长、韦镇长他们。"

"马上筹备做前期工作。"

母子俩商量定了，下来就是要组织筹备小组。宋宝来说："可以把企划部的杜一山调过来，这边要找熟悉情况的人配合。"

"杜一山是个合适的人选，我赞成。这个配合他的人选嘛，你看谁最合适？"

"大陆这边吧，您看继兰妹妹怎么样？"宋宝来推举张继兰。

"她既放心又会体贴人。只是太年轻，又是学医的，对办企业没什么经验和阅历啊。"张馨雅觉得不是最佳人选，说出了自己的担心。

"那您看欢子呢？"宋宝来又推荐了欢子。

"他倒是最佳人选，只是怕他忙，抽不出身来。"张馨雅同意，也还有顾虑。

"下来我征求一下他的意见。"宋宝来说出解决办法。

"好，你尽快安排，时间就是金钱，效益就是生命。时间比较紧了，我们还游三峡，到重庆的哟！"

"好，我马上就去办。"宋宝来承诺。

第二天宋宝来就来到了小镇办公室，把他们的想法和韦平镇长、张继平主任说了，他们都很高兴，很快物色了人选，这中间当然有欢子、张继兰等人。

台商的办事效率很高，没过几天，杜一山就从台湾飞过来了，在黄龙宾馆，与宋宝来母子见了面，商量了半天之后，他们就在夏县长的陪同下，来到了航空小镇，与镇领导见了面，很快召开了峡江市旅游品开发有限公司第一次筹备会议。市里参加会议的有夏县长和计经委、土管局、招商局的领导。航空小镇的有韦平镇长、张继平等人，台湾方面三个人。还有薛海欢、张继兰等二十多人，双方就前期准备工作进行了充分的协商，形成工作纪要，决定自即日起，组建峡江市旅游品有限责任公司，筹备工作小组开始办公。夏县长为领导小组组长，副组长有计经委、土管局、招商局负责人和宋宝来、韦平，成员有杜一山和几个所的所长，以及薛海欢、张继兰等人。

三

　　草鞋的纯手工生产，没有厚实的技术储备，足够的熟练工人，不仅质量很差，而且效率低下，必须将手工编织部分转化为机械编织，或者电脑编织。这个工艺的转换，让宋宝来颇费了一番脑筋。好在阿里山公司有一个技术部，部里有计算机专业的技术员。宋宝来火速派出了两个技术员支援黄龙寺。他们住进了黄龙宾馆，与薛海欢组成了技术攻关三人小组，开始设计技术方案，进行编织攻关。他们将麻鞋大卸八块，进行分析研究，分别用计算机编程处理。他们把整个编织分成了鞋底、鞋帮、绣花、合成等十多道工序，全部纳入计算机编程，指挥麻纺编织机操作，终于编织出了第一双麻鞋。这期间欢子和技术员一起，不分白天黑夜，在一起分析研究，进行了上千次的试验，总算获得了满意的结果。

　　经过刻苦攻关解决了电脑编制问题，但是麻丝的供给又出现了问题。因为过去都是小规模家庭作坊生产，对苎麻质量要求不高，农民对种植、管理、收割等环节上都存在着差异，生产出来的苎麻品质也参差不齐。欢子深知其中的症结。于是他率先示范，将自己的两块苎麻扩大种植，带动了部分农户跟进，很快在黄龙寺形成了五百亩以上的种植规模，保证了生产原料供应。

　　为提高苎麻质量，峡江市也派出了农业科技骨干进驻黄龙寺，从种子采收、田间管理、收割整理、晾晒加工等环节进行培训，终于生产出了优良产品，形成了稳定的供应链。

在麻鞋机织成功后，他们又经过技术攻关，连续开发出帽子、袜子、服装、手包、手套等十多个产品，形成了麻纺系列旅游纪念品，规模和效益又上了一个新的台阶。

四

真所谓"好事不出门，坏事传千里"。自从上次夜游，跳进黄龙潭以后，村民们都认为欢子得了抑郁症，甚至是疯了。媒婆们互通信息，都知道了情况，一提到给欢子做介绍，都躲得远远的，不愿意理睬。这时的欢子，像变了一个人似的，对结婚生子失去了兴趣，不再对打光棍发愁。每天只是默默地做着自己的事情，努力地发家致富。

自从张继兰那一声甜美的"欢子哥"后，欢子内心的激情好像被唤醒了。欢子在她身上看到了继红、继琴的影子，而且有比她们都高贵贤惠的气质。他情不自禁地感叹"天上掉下个林妹妹"。现在连晚上做梦都梦见她了。更巧的是，张馨雅想把她调到自己的身边，照顾自己的生活起居。她准备先调她到黄龙寺旅游品公司，再将她调到自己身边。她征求继兰本人的意见，是不是愿意调到台资企业时，继兰一时也拿不定主意，只好来找她哥张继平商量。张继平支持她调到旅游品公司工作。于是张继兰被调到了筹备小组，具体负责办公室的工作，每天和欢子有了接触。特别是因为工作关系，他俩两次飞抵台湾，参加总部的业务培训。欢子每次都以大哥哥的身份，鞍前马后地照顾，尽量用行动向她表白。仰慕才子是张继兰的天性。她从小就听说欢子哥哥有才，头脑灵活，会砖瓦手艺，草鞋打得好，唢呐子吹得呱呱叫，以为很一般，是农村男人的谋生手段。这次见到她姑妈这么看重他的手艺，让她看到了手艺的市场价值，加深了对才子哥哥的认识，但她仍然没有动心，她最大的心事是怕姐姐们反对，还有就是欢子年龄偏大，整整大她10岁，她心里这两个坎过不去。

这件事被张馨雅发现了。那天张继兰和欢子等一行出差到台北，他俩相约一起去看望张馨雅。欢子先用大哥大与张馨雅取得了联系。傍晚，两人打的前往张馨雅的家。

五

那是一个小巧的湖滨院落。三层的小洋楼，高大的院墙，穿花的铁门栏杆。在湖光山色衬托之下，显得格外美观。

欢子和继兰买了两大兜水果糕点，来到了张馨雅家的院墙外。欢子按下门铃，一个中年男仆打开了栅栏。他向来客问明了身份，放他们进到小院内。院内有一个约三十平方米的入户花园，花坛精致，花草种类繁多，奇异的花朵开放着，浓郁的花香扑面而来。

他俩用新奇的目光打量着，一边看花，一边穿过小花园，来到了小楼门前。张馨雅正穿着小花睡衣，在小楼前等候。继兰热情地叫着"姑妈"，欢子向姑妈请安，张馨雅一边应承着，一边亲热地拉着继兰的手，显得非常高兴的样子。

站立片刻，他俩就跟着张馨雅进了小楼。姑父宋营长正在逍遥椅上看书，赶忙起身。姑父个头高大，满头白发，精神矍铄。他用洪亮的峡江话，与他们两个招呼着，寒暄着。一个四十多岁的女仆人给他们倒茶看座。客厅里铺着地毯，开着空调。柔和的灯光下，一组沙发茶几，一把逍遥椅，一个矮柜子上的小彩电，都历历在目。墙壁上挂着张馨雅和宋营长在海边游玩的画像。墙角花瓶里插着鲜花，香气四溢。他们感觉有些受拘束，不敢稍有放肆，只用眼睛在屋里逡巡着。

六

富有感情经验的姑妈，一眼就看出来他们两个的情况。等到有机会单独与张继兰相处时，便问及此事。

"继兰，你是哪年出生的啊？"

"我是 1969 年出生的，正是最困难的那年。"继兰回答。

"哦，那已经是不小了。"张馨雅感叹道。

"还不算大，我们大陆提倡晚婚晚育，女孩子二十七八岁结婚都很正常啊！"张继兰解释说。

张馨雅接着问："谈朋友了吗，继兰？"

张继兰回答："谈过的，都不合适，吹了。"

"我看欢子对你很好咧。"张馨雅降低声调说，生怕别人听见。

张继兰白了姑妈一眼说："是吗？他可是我表哥啊！"说"表哥"的语气很重。

"表哥怎么啦？他又不是你的亲表哥啊。"姑妈道。

"这我知道，但他年龄有点儿大。"继兰认真地说。

"年龄大？大多少啊？"张馨雅追问。

"他整整大我十岁。他属牛，我属猪的。"她终于说出了顾虑。

"这有什么啊，你姑父还大我一轮呢。"张馨雅拿自己举例。

"那是你们这辈人，我们这辈人不行的。"张继兰说。

"那有什么不好啊，只要人好就行。"张馨雅是说品行上。

张继兰赞同："欢子哥人不错，聪明能干，现在又是企业家。"

张馨雅感叹："有本事又对你好的人，很难找啊！我们台湾这边，大二三十岁的都有很多呢！"

张继兰听着，没有再说什么。

七

继兰回到了家里，刘立春很高兴。她拉着女儿的手，问这问那，不免又问到了个人问题上了。继兰很灵动，也不免旁敲侧击，征求她妈的意见。

"妈，这是欢子哥给你带的茶叶、竹笋、木耳和香菌，还有你最喜欢的桃酥。"她边说边把一大兜东西交给她妈。

刘立春心里一动，莫非他们两个在一起上班，又一起出差，日久生情啦？真是'推不开的船头'啊！三个女儿怎么都遇见了他呢！但转念一想，欢子人聪明，又是企业家、万元户，是个踏实又可靠的人啊。现在给他说媒的恐怕挤破门呢。但她把话题岔开了，自己好再琢磨琢磨。

"继兰，你去看看你婆婆，她这几天咳嗽得厉害，是不是跟她找点药吃啊？"继兰答应着走开，去婆婆那边了。

晚上，张茂业夫妇回到了床上。刘立春主动说起来，与张茂业商量。

"继兰他们到台湾去了一趟，给你带来了这些礼物，说是欢子买的。"说着用手指了指抽屉上的袋子。

"喔，你怎么就接受了欢子的礼物啊？"张茂业有点不高兴地说。

"这是继兰带回来的，说是欢子买的。"刘立春推卸责任。

"这可要慎重啊！他不是打我们继兰的主意吧？"张茂业马上严肃起来。

刘立春却说："欢子这孩子你是知道的，有才艺，有钱，现在又长本事了。"

"我看你是喜欢他啦？"张茂业问。

"这也不是不可以。你看你几个女婿，哪个比得上欢子？"

张茂业一想也是。大女婿姚家喜吧，虽然说别无二心，但终究是个残疾人，继红与他多少有些嫌隙，结婚这么多年，也没有个孩子。二女婿高林子吧，鬼打飞锤，虽然到城里了，但和不三不四的人混在一起，根本不把继琴母子两个放在心上。现在继琴带着孩子回来，搞得张家很不安宁。

"就是个鸡蛋，也要放个稳妥的地方啊！"刘立春叹息着说。

"我何尝不是这样想啊！你要她听劝啦！"

"还是那句老话：'女大不由娘'啊！"老两口商量了半夜，还是归结到继兰的身上。

第五十章　选举

为加快飞机场的工程建设，配套的机场小镇的建设也纳入了发展规划，进入了实施阶段。峡江市政府报省政府民政厅批准，报国务院备案，进行了行政区划调整，成立了黄龙寺航空小镇，设立了党工委、管委会。黄龙寺村一分为四，成立了四个居委会。每个居委会要选配五人的领导班子，年底要进行首届选举。

这个大好消息，不啻又一颗重磅炸弹，在黄龙寺炸开。黄龙寺从一个偏僻的山村，一下子跨入城镇居委会，村民变为了城镇居民，必将极大地改变他们的命运，村民们都翘首以盼。而对于居委会选举，绝大多数人是"事不关己，高高挂起"。只有少数几个人在琢磨这事，裘发财就是一个。

裘发财是多年的黄龙寺二组组长，老书记裘金山的侄子。裘金山和裘银山是两兄弟。裘银山有三个儿子，裘发财、裘发富、裘发仁，都在黄龙寺种田或做生意，都想抓住黄龙寺修建机场的机遇，求得发财发富，光宗耀祖。

听到成立居委会的消息，裘发财就找到大伯了解情况。裘金山告诉他：你再有能耐，不把你列为候选人，一切都是"瞎子点灯——白费蜡"。只要成为候选人，当选就是十拿九稳的了。

裘金山还说：他跟马书记打个招呼，你也去找找他。现在扩充居委会，要的人多，又都是新手，凭你的条件，应该是没有问题的。

　　裴发财在大伯裴金山的参谋下，选举手法要高明得多。他首先是利用马尚书，争取到了村支部的提名。之后又与小镇工委书记拉上了关系，最后获得了候选人的资格。

　　在选举大会上，书记马尚书进行动员讲话：

　　"同志们，今天是首届黄龙寺居委会选举日。选举是公民行使民主权利的重要活动。公民通过投票，表达自己的意愿，行使自己的选举权。有人把它叫作神圣的一票……"

　　就在选举的当口，张纯银等人联合了十几个人，推举薛海欢为主任候选人。按照选举规定，这是允许的，符合选举章程。于是薛海欢被列在了选举人之中，与正式候选人裴发财竞争，二选一。等额选举变成了差额选举。薛海欢当然是喜出望外。裴发财可是感受到了威胁，私下里搞起了小动作。在选举前几天，裴家三兄弟连夜到各家各户拜票，每户送去了三五十元不等的资金，串通亲朋好友，给他投票。

　　选举前两天，胡春生找到马尚书，汇报选举准备情况，顺便提出中餐怎么解决的问题。马尚书拿不定主意，便向老书记裴金山请教。裴金山说："选举经费是不能用在这个上面的。你想一想办法，是不是找村里的企业家，出钱赞助一下？"马尚书马上想到了薛海欢。他对薛海欢说：

　　"这么多社员参加，中午没有东西吃啊。你是社员推举的候选人，是不是要给他们买一点方便面？"

　　欢子爽快回答："一包方便面，没问题。就是十包也行啊！"

　　于是他从砖瓦厂的财务上支付了一笔钱，准备买300包快餐面。但又觉得面子上过不去，又一人买了一条毛巾擦汗。一个塑料袋包着两样东西，发给了每位选民。马尚书说是小镇上拨的选举款，私下里又说是欢子出的钱。

投票的结果，欢子大胜。高出裴发财八十多张选票，成功当选为一居委会主任。选举大会结束的时候，马尚书当场宣布，选举结果合法有效。

眼睁睁地看着煮熟的鸭子飞了，裴氏族人非常气愤，裴发财更是目瞪口呆，他来找裴金山讨主意："大伯，我输了，太丢人啦！"

裴金山心里有数，看着他伤心的样子说："只晓得伤心，不晓得想办法挽回啊？"

"挽回？怎么个挽回？已经宣布啦！"裴发财嘟着嘴说。

"宣布了就认输啦？"裴金山问。

"当然不能认输。"裴发财鼓着肚子充胖子。

"这就对啦！你不能举报他贿选吗？"裴金山点拨了一下。

"哎呀！真是我忘啦。"裴发财似有所悟。

接下来裴家三兄弟就在村子里放出风声，造谣说薛海欢贿选。还编了儿歌，挑唆廖二在村子里叫唱起来：

"薛欢子，办厂子，出票子，买顶子，尿裤子……"一帮小伢子跟在廖二后面吆喝起哄。很快全村人都知道了薛海欢出钱拉票贿选的事情。

裴发财还给航空小镇写了举报信，落款是"一位选民"。没几天，举报信就到了书记办公桌上。小镇刚成立就出这样的事，工委高度重视，决定彻查。小镇派出监察小组，对选举过程进行调查。

监察小组刚到第一居委会，就听到了廖二带头唱的儿歌："薛欢子……买顶子……"再到村商店和村民中调查，确实存在买方便面和毛巾的事情。村民中也有人举报裴家兄弟贿选，但监察小组查无实据，只好作罢。

欢子太单纯，买东西的情况，财务有支出，村商店有发票，欢子觉得光明正大，合理合法。监察小组认为，欢子的快餐面是在投票之后发的，对选票没有影响。但是举报人纠缠不清，影响很坏。于是韦平镇长请薛海欢到他办公室里，跟他谈话。欢子本来对当官无所谓，遇到这种情况，就主动提出辞去主任职务，这样"快刀切豆腐——两面光"。领导研究以后就同意了。

通报栏里贴出了选举公告。那是张继平的一手隶书。内容是黄龙小镇第一居委会组成人员名单。主任：薛海欢；副主任：裘发财；妇联主任：齐长秀；治保主任：雷小明。

但是过了两天，又出了一张公示榜，覆盖了原来的榜文。主任：裘发财；副主任：雷小明；妇联主任；齐长秀；治保主任：胡春生。

张继兰出于对欢子哥的关心，留心公示栏内容。当她看到第二张公示的时候，惊呆了。她不敢相信自己的眼睛，反复看了几遍，确信无疑后，就去找她哥，张继平告诉她："这是他主动辞职，我有什么办法？"张继兰又跑去问欢子，薛海欢说："你看我行吗？"

"群众推荐了你，又选了你，怎么不行？"张继兰问。

"我不想当官，只想专心做点事。"欢子说得很诚恳，这让张继兰对他刮目相看。

联名推举薛海欢的几个村民看到后来的榜文，一把将它撕了下来，要去小镇工委讨说法，也被欢子一把拦住，经过欢子耐心劝导，才算罢休。

没过多久，裘氏族人贿选和搞小动作的事情也被上面发现了，裘发财的主任职务被免，另换了其他人。

第五十一章　换亲

一

就在欢子辞去居委会主任职务的第三天，一场罕见的龙卷风袭击了黄龙寺。这天上午，东方的天际升起了一团巨大的乌云，云头很快变成了一头黑熊，从黄龙顶后面猛扑了过来。刹那间，狂风大作，飞沙走石，天昏地暗。飓风吹得山上的树木东倒西歪，地上尘土飞扬，遮天蔽日。到处都是被吹起的树叶纸屑，还有刮起的大块泡沫箱板。人们在狂风中奔跑、呼号。很多人赶紧跑回家里，关门闭户，以确保安全。

欢子从屋里出来，一看这种情形，马上就想到了砖瓦厂，那些临时建筑该不会有问题吧？他担心起来，迅速戴上头盔，骑上摩托车，迎着狂风，向砖瓦厂方向疾驰而去。刚刚到达厂门口的时候，只听得一声巨响，厂子里的人像燕子一样，从里面飞跑出来，跑在最前头的是胡蛮子。他赶紧截住问：

"胡师傅，怎么啦？怎么啦？"他连续大喊几声。

胡蛮子看见是厂长来了，马上停下来回答："车间塌了呀！还有人在里面啊！"

欢子心里一惊，赶紧一扭油门，摩托车像箭一般地冲进了厂里。欢子一看，是制砖车间倒塌了。

"救人啊！快救人啦！"他把摩托车一丢，对着惊慌失措的几个人大喊。

几个工人正不知所措，听见欢子指挥，一边哭喊着，一边扒开瓦砾木头，营救被压在下面的工人。他赶紧掏出大哥大，拨通了小镇办公室，简单地报告了灾情，又通知了医院办公室，很快就听到了救护车"呜呜"的叫声。

车间倒塌了半边，还有半边在狂风中瑟瑟发抖。欢子不顾一切地往里冲。张纯银一把抓住他："薛厂长，危险啦！"

他从张纯银头上取下安全帽，带头冲进了车间里，里面一片黑暗，有几个人正在施救，有人在大声地呼喊，有人从里面被抬出来，不知是死是活。

正当他在现场指挥救灾的时候，一根木梁倒了下来，剩下的半间也坍塌了，欢子一下子被埋在了里面。

等到欢子清醒过来的时候，已经躺在医院的病床上了。他看到有几个身穿白大褂的人进进出出，里边好像有张继兰，也穿着白大褂。她在床边一直在照顾欢子，看见他睁开了眼睛，马上惊叫起来："醒过来了！醒过来了！"她的叫声招来了医生护士。他一醒就急切地想知道受灾的情况，人员受伤的情况，急切地问张继兰。医生命令他："不要动！不要动！"他才安静了一会儿。

张继兰告诉他："制砖车间塌了，两人重伤，五人轻伤，都在医院里治疗。"他激动了，顾不了这些，挣扎着就要起身，继兰赶紧把他按住，轻声细语地说："你三根肋骨骨折，还有脑震荡，怎么能动？"这一下子提醒了他，他才发现身子和头上都是绷带，感到身子像刀割一样地剧痛，手脚都动弹不得。他挣扎了几下，只得停下来喘着粗气。

二

欢子接连遭受了两次打击，一次比一次沉重。前一次是他没有经验，毫无防人之心。遭人算计之后，他表现出来的是果断了结，他的行动出乎很多人意料，也出乎张继兰预料。第二次是天灾，是豆腐渣工程带来的危害，他的损失是惨重的。不光是医药费，自己也受了重伤。他不顾身体骨折带来的不便，马上打起精神，支付了巨额的医疗费，补偿了工人的损失，又带病指挥修复了制砖车间，很快恢复了生产。

张继兰看着他时而亢奋，时而忧郁的神情，看着他那消瘦的面容，知道他在强忍着泪水，独自承担着痛苦。这让她感动、心疼，欢子在她心目中的形象逐步变得高大起来。她对欢子的遭遇已经感同身受，真切地意识到了欢子是她生命中的伞，是她的依靠，是能够托付终身的人。也是在他住院期间，她除了精心地照顾他，也用行动向他传递了爱意。欢子也感受到了她的态度的转变。当欢子再一次拉起她的手，将一枚铂金钻戒戴在她的无名指上的时候，她没有推托，欣然地接受了。

三

欢子的婚礼有些铺张。他首先按照城里的标准，装修和布置了新房，购置了成套的家具和所有电器、用品。请来了主持人主持婚礼。这些在当年的黄龙寺是第一个。

结婚当天，用了一辆小轿车和一辆大巴车接亲。小车上是一对新人和新娘、闺密，大巴车载着乐队和女方的亲友。接亲的车辆在小区大门口停下，鼓号一响，引来了不少人围观。娶亲的队伍依然是红旗领先，后面跟着乐队和亲友，吹吹打打，鞭炮齐鸣，欢子把张继兰接进了他的家。

酒宴设在黄龙宾馆。宴会大厅很宽大，容得下五六十张桌席。将近中午时分，大厅里已经座无虚席，前来道贺的都是双方的姑舅姨亲戚和亲朋好友。

卡着十二点准时，主持人宣布："结婚典礼现在开始。"

只见薛海欢穿着深蓝色的西装，打着红色的领带，穿着黑色的皮鞋，牵着身穿白色结婚礼服，脚穿红色皮鞋的张继兰，在悠扬的乐曲声中缓缓步入会场，全场顿时响起热烈的掌声。

主持人接着介绍："薛海欢，黄龙寺人，航空小镇砖瓦厂厂长，峡江市旅游纪念品有限责任公司经理……

"张继兰，跑马河镇林子山村人，峡江市旅游纪念品有限责任公司办公室主任……"

　　欢子环顾四周，最后把目光落在大厅前面，这里有四张贵宾席。薛家张家的父母长辈都围坐在贵宾席上。今天最高兴的是薛家木、张茂业夫妇。他们特地打扮了一番，穿的都是欢子专门给他们买的衣服鞋袜。他们都为欢子的婚事高兴，脸上的笑意一直挂着。他们热情地和来宾打着招呼，时不时地和亲友们说上两句，脸上的笑容是灿烂的。

　　张继红穿着粉红色的上装和绿色的灯笼裤，坐在刘立春的旁边。她的头发烫得卷曲，皮肤光滑白净，一对闪闪的大眼睛顾盼生辉。姚家喜坐在她的旁边，吃着花生瓜子。张继红时不时地和旁边的人说笑，不时地用眼睛看着继兰，流露出不屑的样子。

　　海花穿着结婚时穿过的礼服，和张继平坐在一起。他们的儿子已经三岁，能在桌席间、人缝中奔跑。海花不时地要跑过去，把调皮的儿子抱过来。她用欣喜的目光看着哥哥和继兰，似有说不尽的祝福。

　　海蓉带着男朋友来了，是机场的保安。她也在机场做保洁工作。海桃和海芳在接待客人，给刚到的客人端茶递水。

　　最为失落的是张继琴，她没有坐在贵宾席上，而是带着儿子坐在最里面的桌席上。她的脸色有些蜡黄，好像没有睡好的样子。眼睛一直盯着儿子，不时地呵斥几声。和其他人打招呼时，尽量地包装着自己的尬笑。她也不时瞟着台上，心里的滋味是很复杂的。她带着儿子常回娘家，时间久了，也不受待见。

　　欢子的二爹二妈、四骡子还有姑舅姨都来了，围坐在贵宾席上。都用祝福的眼光，看着欢子他们台上的表演。

　　轮到欢子讲话了，他首先讲了感谢领导，感谢亲朋好友的话，最后说，要求大家吃好喝好。

　　当他走下来的时候，张纯银等人起哄，要欢子吹奏唢呐。王彩玲带头高喊："薛厂长，来一个。薛厂长，来一个。"很多青年跟着应和，全场人都报以热烈的掌声。欢子也有所准备，转身走回舞台中央，从张继兰手里接过唢呐，试了试哨子，便吹奏了一曲《双探妹》。一曲结束，余音绕梁，众人不肯罢休，吆喝着："再来一次，再来一曲。"欢子不好推托，便拉起张继平来。张继平也受到感染，拿出口琴和欢子一起，吹奏了一首《糊涂的爱》，之后又合奏了《北京的金山上》。乐曲声由音箱传出，格外响亮动人，直吹得薛海花泪流满面，张继琴低头拭泪。此时婚礼再掀高潮，欢声雷动之后，主持人宣布："宴会开始！"全场一片杯盘碗碟碰撞之声。欢子和继兰在刘松林的引导下，依次给各位长辈和来宾敬酒。回到座位上时，又被几个老表和同事朋友轮番敬酒，直到他招架不住才算罢休。

第五十二章　嬗变

一

短短十年，黄龙寺发生了翻天覆地的历史巨变，从一个落后愚昧的山村，迅速成为经济繁荣的大城市、辐射四海的航空城，完成了从毛毛虫到花蝴蝶的嬗变。她是中国城市化的例证，展现了中国改革开放的奇迹。有《航空港赋》为证：

乘改革春风，沐盛世阳光；助大城崛起，伴峡江远航。黄龙寺，多么神奇的地方。昔日的山村野寺，穷乡僻壤；今朝的航空大港，达海通江。风流倜傥兮，惹几多明星青睐；百媚千娇兮，引无数英雄痴狂。

斯地也，三县交界，商道纵横。地处峡江东南，丘陵高坡，黄土石岗；位居古镇后山，寮少人稀，地老田荒。斯山也，有三牲敬黄龙的神话——鸡子山、猪头包、鲤鱼岩三牲拜望。斯水也，有六泉润八荒的奇景——高马河、善溪冲、马家溪四水流淌。众星拱月兮，鹤立鸡群；群山环抱兮，俯瞰大江。大自然的恩赐，扬子江的宝藏。

十里空港，文脉悠长。长阳人化石有物证，马家溪石器出滨江。烽火连天，白起焚毁夷陵城；战船云集，猇亭摆下主战场。文臣武将留胜迹，李白杜甫赋诗章。屈子行吟，世界文豪；昭君出塞，和亲番邦。欧阳修贬谪夷陵，文笔豪放；杨守敬出使东瀛，翰墨远扬。历代仁人兮，多如繁星；千秋志士兮，灿若群芳。

十里空港，满屏画廊。航空小镇，规划精巧；玲珑街区，宜居宜商。四季温润，鸟语花香。春有百花绽放，绿彩盛装；夏拥菡萏出水，芙蓉高扬；秋富漫山橙橘，闪烁金光；冬现银龙蜡像，驰骋疆场。山青青兮云遮雾绕，水潺潺兮四季流芳。更有西陵峡绝美山水，清江河百里画廊；三国猇亭绝无仅有，平湖大坝举世无双。无数旅游胜地、休闲山庄，自然生态，游人渴望。

十里空港，个性张扬。背靠荆山，依托峡江。人流如织，出北美，进西欧，天地穿梭；银燕展翅，通四海，达五洋，迎来送往。航空港人，意志坚强，呕心沥血，筑梦峡江。饱蘸浩荡江水，续写锦绣华章。雄心裁剪万里彩霞，壮志铸就世纪辉煌。

十里空港，春风浩荡。习总书记，视察峡江；谆谆教导，语重心长；高瞻远瞩，指引航向。长江巨轮，乘风破浪；中华崛起，势不可当；民族复兴，正在路上！

二

欢子不胜酒力，在亲朋好友轮番敬酒之中，很快就烂醉如泥，倒在沙发上睡着啦。张继兰叫来服务员，把他弄到床上睡下，张继兰给他擦脸洗脚，宽衣解带，盖好被子，才挨着他躺下。

在酒力的驱使下，欢子很快进入梦乡。他又游走在了黄龙寺的夜空，又去寻找楚公坛、三楚仙翁。

他来到了黄龙顶，只见三楚仙翁手持蟠龙拐杖，提着一个蓝布包袱，里面装着楚公坛土地庙和犀角拂尘，正准备起身离去。欢子上前施礼，仙翁也不回头，望着东方的天际，朗声念道："黄龙腾飞，八荒来朝。老朽年高，怎堪纷扰？罢也！去也！"说罢，便朝着东方的天际飞逝而去。

欢子急追不上，惊觉醒来，雄鸡唱晓，天已微明。只听得窗外廖二那尖厉的歌声：

"养女就嫁黄龙寺呃，有吃有喝不做事啊！……养女就嫁飞机场呃，有事无事天上逛啊！……"

（全书完）

后记　初心未泯

　　俗话说：熟读唐诗三百首，不会作诗也会吟。"读书破万卷，下笔如有神。"由此可见，阅读对于写作是何等的重要。然而对儿时的我来说，阅读是何等的艰难。世代农耕的我家，根本没有书可读。亲戚朋友当中，也没有一家是书香门第，有书可借。那时我家每年只买一本农历，上面有日历、二十四节气，平时用于记流水账，一天几个字，还断断续续的，年终用于写对联。学校发的几页课本也无法满足阅读需求。偶尔碰到包杂物的废旧报纸，都如获至宝，连夹缝中的字都要看无数遍。

　　我爹成分很高，勉强读了一个小学毕业。但由于一些原因，他的藏书也没有得以保存。入赘到我们家时，没有带任何书籍过来，哪怕是小块的纸片都没有。

　　记得读初中了，学校才开始安排两周写一篇作文，但主题也都没有半点文学的味道。

　　我读的第一本小说是在高中毕业那年，大队工作组住进了我家，上届的校友当了工作队员，给我讲了很多故事，借给了我一本《西游记》，已经像一把腌菜了，纸张严重破损，很多地方缺页，但对我来说却是难得的读物。借我半个月，我就日夜捧读，赶紧看完了迅速归还。《西游记》给了我很多的灵感，给了写作上的很多启发和帮助。

我母亲只读了半年书，父亲是小学毕业。他们都知道读书的好处，都不要我们做其他的事情，只要我们专心读书。我妈是裁缝，手艺人，隔几天，我爹就要拿个记账本子，给我妈记账。每年的年底，都要把账本拿出来算个账，做个小分配，哪个家庭交了工钱，哪些单位、个人还有赊欠，一家一家，一笔一笔算得清楚明白。师傅徒弟多少工、多少钱，都要算个明细账，好给他们结账。还有就是家里的收入、开销，一角一分，都有个记录，年终有个说法。副业收入记得详细，卖预购猪、卖鸡蛋、砍柴草、挑窑货、挖药材、扒蜈蚣等都记得很详细，就连我们扯马草卖了多少钱，都有详细的记载。这些账目，年终有个汇总，新一年有个参考，也是我们最初的读物。

写毛笔字是我爹教的。第一次见到父亲写毛笔字，是在家里新制了几把椅子，上桐油之前，我爹拿出了笔墨，在椅子的背面，写上了我和弟弟的名字。我感到新奇，问这是为什么，他不作声。晚上我问妈，她说是为了防止丢失，也为将来分家的时候，各搬各家的。我很诧异，怎么大人会想得那么远呢？后来看到村里家家户户都这样，连一条扁担都写有名字，就不足为怪了，也知道了这些东西重要，是他们可以代代相传的家具。后来家里新做了箩筐等篾器，也都分别写上我们的名字。父亲的毛笔字很差，但管用。他写字的时候，我就在旁边看着，自觉地跟着学，到初中的时候，就能够写对联了。

自己的文学启蒙，应该是在读高中的时候，那时学校请来了外来教师，是当时红极一时的农民诗人习久兰、农民故事家徐荣耀，在大礼堂给我们上大课。只有半天讲座，讲他们怎样写诗、怎样讲故事，我第一次感受到了文学艺术的魅力。习久兰那几句"风吹扁豆打竹板""一把锄头一挺炮"等诗句，至今还清晰地记得。这是我文学的启蒙，也是我萌生文学理想的开始。

高中毕业，大队学校老师生病，要请人代课。学校到公社要人，没有。公社副书记说，你们大队那个在电线杆子上写标语的就可以！学校校长回大队点名要我，让我走上了讲台。进校就带初中毕业班，语文数理化样样课程都教，这时才开始接触更多的文学作品。

1977 年，恢复了高考制度，我考取了师范学校。当时我们分文理班，我被分在了理科三班。我的文科是强项，虽然理科作业很多，但是写作不曾落下。我在校写了几本诗歌，在校刊上发表过几篇习作，在学校有一定的影响，这些都激发了我的文学兴趣。

毕业以后走上了教育行政岗位，从事管理工作，一直到退休，这段时间杂事多，没有时间搞创作，写应用文很多，都是一些现做现卖的东西，没有什么文学价值。偶尔也写一点短文，表示还在记挂着我的文学梦。

我参加工作四十二年，从未离开过家乡，始终没有离开过云池、黄龙寺，没有脱离过那些老实巴交的农民。我一直在观察他们，想为他们写点东西。我曾写过一首《小草赋》：

> 肥瘦无玄机，枯荣有时序。
> 贴地舒茎叶，仰天承露雨。
> 柔根寻墒落，弱冠索群居。
> 斗室弄倩影，苍穹舞黛绿。

就是描写和歌颂那些底层的农民，那些与命运抗争，顽强生息繁衍的土里刨食的群体。岁月的历练，让我更加熟悉农民，熟悉他们的艰难辛苦，熟悉他们的喜怒哀乐，也熟悉家乡的民俗事项，这些都成了我后来创作的养分。他们物质上的贫穷是显而易见的，而精神上的挣扎，感情上的困顿往往容易被忽视。我觉得这是需要我们特别关注的。

　　退休以后，念念不忘的写作初心，开始死灰复燃。但岁月不等人，倍感时间紧迫，只有只争朝夕的想法。前三年我整理了自己的作品，结集待印。收集了民俗精粹，也准备出版。但读书不多、文学修养欠缺的我，还是忘不了要写长篇的初心。这种意念日积月累，越来越浓烈，前年终于拿起了笨拙的笔，开始构思长篇小说，想把家乡的故事讲给大家听。经过三年的写作，《夜门》基本完成了初稿，之后又进行了三次修改，现在已经出版了。心中还有宏大的写作计划，只是精力有限，行动日渐迟钝，这时我才真正有"老骥伏枥"的感觉。余下的时光，要将有限的精力用在写作上，讲好家乡的故事，对本地的文化事业，尽绵薄之力。几十年没能忘记的初心，要趁大好时光，尽情地展现出来，讲出我经历的事情，这是我现在和将来，都要孜孜以求的事业。不为名利，更不为钱财，只为留下草根的笔墨，记录他们的人和事，以便更多的人阅读，自己也获得精神上的快乐。

杨茗

2023 年 3 月

于湖北宜昌家中